Gabriele Ketterl

Edinburgh on the Rocks

Die Autorin

Gabriele Ketterl, geboren in München, studierte Amerikanistik und Theaterwissenschaften an der Ludwig Maximilians Universität. Inspiration für ihre Geschichten sammelte sie durch zahlreiche Auslandsaufenthalte, unter anderem in Los Angeles, London und Madrid. Über zwei Jahre lebte sie auf den Kanarischen Inseln, weshalb sie Teneriffa als ihre zweite Heimat bezeichnet. Die Autorin hat 2013 ihren ersten Roman veröffentlicht und es folgten bereits viele weitere. Heute lebt Gabriele Ketterl wieder in München.

Das Buch

Für die 21-jährige Anabel erfüllt sich ein Traum, als sie ihre Zusage zum Studium an der Kunsthochschule in Edinburgh bekommt. Kurzerhand lässt sie ihr altes Leben hinter sich und zieht in eine WG in Schottland. Als sie eines Nachts jedoch alleine durch den verlassenen Holyrood Park nach Hause läuft, steht sie plötzlich einer Truppe betrunkener Hooligans gegenüber. Zum Glück kommt ihr ein mysteriöser, schwarz gekleideter Motorradfahrer zu Hilfe. Zwar ist dieser ihr fast so unheimlich wie ihre Angreifer, doch seine faszinierenden blauen Augen gehen ihr von da an nicht mehr aus dem Kopf. Einige Tage später wird Anabel von ihren Mitbewohnern auf das Konzert einer angesagten Rockband mitgeschleppt. Sie traut ihren Augen kaum, als sie in dem attraktiven Sänger der Band ihren Retter wiedererkennt …

Gabriele Ketterl

Edinburgh on the Rocks

Roman

FOREVER

MIX
Papier aus verantwortungsvollen Quellen
FSC® C083411

Originalausgabe bei Forever
Forever ist ein Digitalverlag
der Ullstein Buchverlage GmbH, Berlin September 2017

Umschlaggestaltung: zero-media.net, München
Titelabbildung: © FinePic®
Satz: Pinkuin Satz und Datentechnik, Berlin
Druck- und Bindearbeiten: CPI books GmbH, Leck
ISBN 978-3-95818-907-2

Für Kevin De'Ath.
Wo immer du auch sein magst …

Wir mögen Menschen, die frisch heraus sagen, was sie denken,
vorausgesetzt, sie denken dasselbe wie wir.

Mark Twain (1835–1910)

1

Kunsthochschule München, März 2016

»Anabel, die Bilder sind wirklich der Wahnsinn. Und Sie wissen genau, wenn ich das sage, dann hat es etwas zu bedeuten.«

Ja, das wusste sie allerdings. Wenn sich Professor Klaus Hübner zu einer derartigen Aussage hinreißen ließ, dann war das von einem Ritterschlag nicht allzu weit entfernt.

»Meinen Sie wirklich? Ich war mir noch ein wenig unsicher.« Erneut ließ Anabel ihren Blick über die vor ihnen auf dem Tisch ausgebreiteten Zeichnungen und Aquarelle schweifen.

»Sehen Sie, genau daran müssen wir dringend arbeiten. Sie müssen endlich Selbstbewusstsein an den Tag legen. Na los, sehen Sie sich an, was Sie geleistet haben, das muss Ihrem Ego doch einen Schubs in die richtige Richtung geben, oder?« Sichtlich neugierig musterte er sie.

Anabel zog die Schultern hoch. »Ja, schon. Zumindest ein bisschen.«

Nachdenklich schüttelte ihr Professor den Kopf. »Anabel, Anabel, was soll ich nur mit Ihnen tun? Ach, wissen Sie was? Da überlegen wir jetzt gar nicht lange. Mein lieber Freund Ivo hat in Schwabing diese etwas abgefahrene Galerie. Ich weiß, dass er für die nächste Ausstellung noch junge Künstler sucht. Ich melde Sie da an, basta.«

»Aber …« Weiter kam sie nicht.

»Nichts da, ich will kein ›aber‹ hören. Sie werden sich nun

endlich einmal, zusammen mit Ihren Werken, der Öffentlichkeit präsentieren. Ich habe das beschlossen und somit gibt es kein Zurück.« Ein Lächeln huschte über sein Gesicht und er kratzte sich nachdenklich an seinem schon ergrauten Bart. »Dass man euch Jungvolk immer zu eurem Glück zwingen muss. Komisch, die mit wesentlich weniger Talent glauben immer, dass sie mindestens im Prado in Madrid ausstellen müssten. Also, Anabel, Schultern zurück, Brust raus, Kopf hoch und los geht's!«

Professor Hübner klopfte ihr noch einmal aufmunternd auf den Rücken und entschwand sodann in seine nächste Vorlesung.

Da stand sie nun: unglaublich stolz und zugleich dermaßen aufgeregt, dass ihre Hände zitterten, während sie ihre Bilder vorsichtig wieder zusammenrollte und in die Hülle steckte. Das erste Jahr war eine Katastrophe gewesen, was nicht zuletzt in ihrer eigenen Unsicherheit begründet lag. Doch seitdem war es stetig bergauf gegangen.

Eine Ausstellung, noch dazu in einer sehr angesagten Galerie, war in München eine unglaubliche Chance, selbst wenn sie nur eine von vielen sein würde.

Voller Freude packte Anabel ihre Sachen zusammen und beeilte sich, den Zug nach Starnberg zu erreichen. Hoffentlich waren ihre Eltern nun endlich einmal stolz auf das, was ihre Tochter vorweisen konnte.

»Bellchen, Mäuslein, da bist du ja endlich. Wir warten schon seit einer Stunde.«

Der leicht anklagende Ton in der Stimme ihrer Mutter ließ prompt einen Teil ihrer Freude verpuffen. Himmel noch mal, konnte sie denn nicht einmal nach Hause kommen, ohne sofort überfallen zu werden? Und wann würde sich ihre Mutter endlich dieses schreckliche »Bellchen« abgewöhnen?

»Jetzt bin ich ja da.« Eilig streifte sie sich im Flur des elterlichen Bungalows die Schuhe von den Füßen. Sie wusste, dass ihre Mutter es ganz und gar nicht zu schätzen wusste, wenn man in Straßenschuhen ins Haus lief. Rasch schob sie die Schuhe so hin, dass sie sich in die Reihe an der Garderobe einordneten. »Und ich habe tolle Neuigkeiten für euch.«

»Warte, bis du unsere hörst. Du wirst Augen machen, Mäuslein.«

Oh, was machte denn ihr Vater um diese Zeit schon hier? Eigentlich brachte doch nichts und niemand Friedrich Taschner vor neunzehn Uhr aus seiner Steuerkanzlei.

»Toll, dass du auch da bist, Papa. Dann kann ich euch die Neuigkeit gleich zusammen erzählen.« Anabel trat in den Durchgang, der zum offenen Wohnzimmer führte.

»Bellchen, das wird warten müssen. Wir platzen fast schon und müssen dir sofort erzählen, was heute Nachmittag passiert ist.«

Seufzend betrat Anabel das Wohnzimmer, in dem ihre Eltern ihr, von der wuchtigen Ledercouch aus, entgegenstrahlten.

»Gut. Also ihr zuerst; dann aber bitte ich. Ich freue mich schon seit München darauf, es euch zu erzählen.«

»Natürlich, mein Mäuslein, natürlich. Jetzt ist erst einmal dein alter Vater an der Reihe.«

Ein wenig überrumpelt blieb Anabel stehen. »Na, dann raus damit. Ihr seht aus, als ob ihr ein paar Millionen im Lotto gewonnen hättet.« Nervös drehte sie die große Rolle mit ihren Arbeiten in den Händen.

»Nicht *wir*, Bellchen, *du* hast gewonnen.« Nun erhob sich auch noch ihre Mutter und trat mit ausgestreckten Armen auf sie zu. »Unseren allerherzlichsten Glückwunsch, mein Kind!«

»Ähm, wie jetzt? Wie könnt ihr denn wissen …?«

»Ach Kind, willst du denn behaupten, dass du es nicht geahnt hast? Dein Maximilian war heute bei uns, da schau hin.« Ihr Vater ergriff sie an den Schultern und drehte sie sanft zur Seite.

Anabels Blick fiel auf einen gigantischen, völlig überladenen Blumenstrauß. Nur leider verstand sie beim besten Willen immer noch nicht, wovon die beiden gerade sprachen.

Ihr Vater schüttelte sie leicht an den Schultern. »Anabel, nun stell dich nicht dümmer als du bist. Maximilian hat heute offiziell, so wie sich das bei uns hier einfach noch gehört, um deine Hand angehalten. Na, bist du jetzt glücklich?«

Glücklich? Nein, das war sie tatsächlich nicht, nicht im Entferntesten. Wie kam Maximilian dazu, um ihre Hand anzuhalten, ohne vorher mit ihr darüber geredet zu haben? Erst letzte Woche hatte sie Stunden damit zugebracht, ihm zu erklären, was sie alles mit dem Kunststudium erreichen könnte. Eigentlich war sie der Auffassung gewesen, dass er zumindest ein klein wenig stolz auf seine talentierte Freundin war. Und nun das? Irgendetwas passte hier nicht zusammen. Überhaupt nicht.

»Aber wir haben noch gar nicht übers Heiraten geredet. Wieso fragt er denn zuerst euch?« Anabel war verwirrt.

Ihre Mutter strich sich das wohlfrisierte, platinblond gefärbte Haar zurück. »Bellchen, weil er ein Kavalier alter Schule ist und weil seine Eltern ihn sehr gut erzogen haben.«

Marie-Luise Taschner erhob sich und glättete ihr beigefarbenes Etuikleid. »Das ist in der heutigen Zeit viel wert, weißt du?«

»Mag sein, aber nach sechs Jahren würde ich eigentlich erwarten, dass er damit zuerst zu mir kommt.«

Die Züge ihres Vaters wurden prompt ernster. »Anabel, was gibt es denn hier zu nörgeln? Maximilian gehört doch sowieso schon zu unserem Leben. Dazu noch seine ausgesprochen angenehme Familie. Ich muss zugeben, deine Mutter und ich sind sehr glücklich, dass sich alles so hervorragend entwickelt hat.«

Sie schwieg eine Weile. »Ja, ich war heute auch glücklich, aber aus einem anderen Grund. Eigentlich wollte ich euch ja erzählen, dass mein Professor der Meinung ist, dass meine Arbeiten schon seit geraumer Zeit gut genug für eine Ausstellung sind. Bitte versteht das jetzt nicht falsch, aber interessiert euch das in irgendeiner Form? Ich meine, alles worüber *ich* mich freue? Das, was ich erreicht habe?«

Ihre Mutter zog eine kaum merkliche Grimasse, die Anabel

aber leider nicht entging. »Ach, Bellchen, sei mir nicht böse, aber unter dem Strich ist die Malerei eine brotlose Kunst, sofern du keinen großen Namen hast.«

»Mama, kannst du mir erklären, wie ich mit *der* Einstellung jemals einen großen Namen bekommen soll?«

»Na komm, nun sei nicht gleich aufgebracht. Du hast damit ja ein schönes Hobby, mit dem du dich beschäftigen kannst.« Auf dem Gesicht ihrer Mutter erschien ein Lächeln, das sich zunehmend vertiefte.

Unsicher huschte Anabels Blick zwischen ihren Eltern hin und her. »Ihr beiden habt da noch etwas in petto, nicht wahr? Ich sehe es euch doch an. Was kommt denn jetzt noch?«

»Nun ist es aber gut. Lass bitte diesen genervten Ton, Anabel. Es sollte dir bewusst sein, dass wir alle nur wollen, dass du eine gesicherte Zukunft hast.« Ihr Vater hob den Kopf und seine Brauen zogen sich bedrohlich zusammen. Normalerweise ein Warnzeichen, das sie einzuordnen wusste, aber heute wollte sie das schlicht und ergreifend nicht.

»Kann mir einer von euch dann sagen, warum ich überhaupt studiere?«

»Noch einmal, Anabel, zügle bitte deinen Ton. Das Studium gehört zu einer, deinem Hintergrund angemessenen Ausbildung. Du weißt, dass wir beide Germanistik bevorzugt hätten. Du hast jedoch deinen Willen durchgesetzt und wir haben uns diesem gebeugt.«

Sie musste sich auf die Zunge beißen, um sich eine bittere Bemerkung zu verkneifen. Was wollte sie den beiden eigentlich beweisen? Ihre Eltern waren tief im Gemeindeleben verwurzelte und, sehr zu ihrem Leidwesen, erzkonservative Menschen. Sie würden nie und nimmer verstehen, wie viel die Kunst ihr bedeutete. Andererseits wusste sie, dass sie ihr beileibe nichts Böses wünschten. Sicherlich wollten sie nur ihr Bestes, aber war es das auch tatsächlich – ihr Bestes? Na prima, schon wieder dieser andauernde Zweifel an ihren eigenen Gedanken. Was war es, das so sehr an ihr nagte? Woher kamen die leisen Zweifel, ob dieses Leben zwischen Einladungen, Wellnesstrips, Gartenfesten bei den zukünftigen Schwiegereltern und der Ehrenmitgliedschaft im örtlichen Golfclub das war, das für sie vorbestimmt sein sollte? Wollte sie tatsächlich Torten für Charity-Abende backen? Okay, das tat sie ja schon, aber ehrlich, Spaß machte es ihr nicht.

Ihr Vater unterbrach ihre Gedanken, indem er seinen Faden von vorhin wiederaufnahm. »Was ich noch sagen wollte und ich hoffe, dich damit endlich aufheitern zu können: Wir haben ein wunderschönes Haus für euch gefunden!« Zufrieden blickte er auf Anabel hinab.

»Haus? Für uns??«

»Ja, natürlich. Wenn ihr schon heiratet, dann müsst ihr auch angemessen wohnen. Hier unter unserem Dach klappt das ja leider nicht – in Ermangelung eines Dachgeschosses.« Friedrich Taschner lachte über seine eigene Bemerkung. »Richard und ich haben da ein ausnehmend schönes Reihenhäuschen für euch gefunden. Sehr gute Lage, nicht weit vom See entfernt, hübscher Garten mit nur drei angrenzenden Nachbarhäusern. Der Preis ist ausgesprochen vernünftig und es gefällt uns wirklich gut.«

Nun war es so weit. Es verschlug ihr die Sprache. Wie konnten sich die Väter einfach hinter ihrem Rücken zusammentun? Waren denn alle total verrückt geworden? Hochzeit, Reihenhaus … – ihr ganzes Leben schien durchgeplant zu werden.

»Toll, wirklich. Und was sagt Maximilian dazu?«

»Der ist begeistert. Das Haus ist nicht weit von der Kanzlei entfernt, und sobald er richtig einsteigen kann, hat er keine weiten Wege. Es liegt zwischen der Kanzlei Ziegler und Partner und meiner und ist damit in jeder Weise perfekt.«

»Aha, das ist ja fein, dass er es schon kennt.«

»Aber, Bellchen, einer musste es sich ja vorab ansehen und das ist doch dann immer die Entscheidung desjenigen, der den Hauptteil des Lebens finanziert.«

Super! Bravo! Mittelalter pur! Was kam denn nun noch? Fehlte noch etwas? Der Küchenplan für die ersten drei Monate, oder so? Langsam wurde ihr übel und ihre Bilder, die sie noch immer umklammerte, schienen schwerer zu werden. Mittlerweile fühlten sie sich an, als würden sie zwei Zentner wiegen.

»Hat mein Zukünftiger angedeutet, wann er mit mir darüber reden will?«

»Anabel, ich warne dich. Wehe du machst dem armen Kerl eine Szene. Er hat sich nur an gute, alte gesellschaftliche Gepflogenheiten gehalten. Alles ist perfekt. Komm jetzt bitte nicht auf die abwegige Idee, nur aus gekränkter Eitelkeit einen Misston einzubringen.«

Aha, ihr Vater fürchtete Misstöne. Immerhin. Das kannte sie: Kleine Unsicherheiten verbarg er immer hinter Strenge.

»Nein, keine Misstöne. Ich wollte nur wissen, wann er gedenkt, mich über die aktuellen Ereignisse in Kenntnis zu setzen.«

»Dein Ton will mir gar nicht gefallen. Maximilian wird heute um sieben Uhr hier sein. Falls ihr nicht etwas anderes ausmacht.«

Anabel schielte zur Wanduhr: Sieben! Das gab ihr genau zwei Stunden. Nicht gerade viel, aber sie musste schnell handeln, sonst würde die Übermacht hier im Haus ihre aufkeimenden Zweifel, ihren Ärger über die Tatsache, wie hier mit ihrem Leben umgesprungen wurde, im Keim ersticken. Zumindest reden wollte sie darüber, vielleicht reagierte sie ja einfach nur über, vielleicht war all das ja wirklich das Beste für sie. Doch die einzige, wirklich neutrale Person, mit der sie darüber reden konnte, fand sie gewiss nicht unter diesem Dach.

»Nein, das ist es nicht. Ich muss nur schnell noch mal zu Maria, um über das nächste Wochenende zu reden. Du weißt doch, dass wir den Kuchenstand beim Dorffest organisieren sollen.«

Sofort wurden die Mienen ihrer Eltern wieder heller. »Natürlich, dann seht mal zu, dass ihr das gut plant. Die Bürgermeister von Starnberg und Tutzing werden da sein.«

Sie grinste in sich hinein. »Keine Bange, wir schaukeln das schon. Ich sehe zu, dass ich pünktlich wieder zurück bin. Sollte ich mich etwas verspäten, dann unterhaltet ihr bitte Maximilian ein wenig, okay?«

»Gerne. Aber du siehst zu, dass es nicht allzu spät wird, ja, junge Dame?«

»Sicher, Papa.«

Ab und an fühlte sich ihr Leben an, als sei sie zunehmend in einen falschen Film geraten. So, als bekäme der Film Risse, durch die man in eine zweite Realität blicken konnte. Diese Realität beunruhigte sie zwar, machte aber auch sehr neugierig. In dieser Realität sah sie sich ihre eigenen Entscheidungen treffend. Dann wieder schob sich der Hauptfilm vor ihre Augen, der ihr vormachte, dass ihre heile Welt eigentlich in Ordnung war. Stimmte etwas in ihrem Kopf nicht mehr? Wurde sie langsam verrückt?

Ihr blieb keine Zeit, um sich darüber Gedanken zu machen. Eilig lief sie in ihr Zimmer, zog ein dickes Sweatshirt über und flocht sich die langen, honigblonden Haare zu einem strengen Zopf, damit sie ihr beim Radeln nicht im Gesicht hängen würden. Hektisch schlüpfte sie in ihre geliebten, alten Turnschuhe, schnappte sich das Handy und flitzte aus dem Haus. Sie sprang auf ihr altes Hollandrad, fuhr los und wählte die Nummer ihrer Freundin Maria.

Dem Himmel sei Dank ging Maria auch sofort ans Telefon.

»Bin ich froh, dass du drangehst. Hör zu, Maria. Ich bin auf dem Weg zu Tante Gesa, aber offiziell bin ich bei dir wegen nächstem Wochenende. Sollten meine Eltern anrufen, dann weißt du Bescheid, oder?«

»Servus, erst einmal. Warum sollten die bei mir anrufen? Schließlich hast du doch ein Handy?« Maria war eher der logisch denkende Typ Mensch.

»Schon, aber es könnte sein, dass sie im Moment ein wenig argwöhnisch sind.«

»Aha, bekomme ich Eckdaten oder muss ich raten?«

»Eckdaten lauten: Maximilian hat bei meinen Eltern um meine Hand angehalten, ohne vorher mit mir zu sprechen. Unsere beiden Elternpaare haben bereits ein Reihenhäuschen für uns gefunden und meine Zukunft steht damit fest.«

»Jetzt spinnen sie aber, oder? Und zwar alle. Menschenskinder, lass dich davon jetzt bitte nicht verrückt machen. War da nicht etwas mit deinem Prof und einem Termin bei ihm?«

»Ja, stell dir vor: Er denkt, ich sei gut genug für eine Ausstellung. Hörst du das? Und anstatt dass sich meine Eltern mit mir freuen, bekomme ich meine Zukunft präsentiert wie ein Gesamtpaket, das ich gefälligst zu akzeptieren habe.«

»Hm, klingt ein bisschen nach ›friss oder stirb‹. Ich versteh schon, warum du zu Gesa fährst. Gute Entscheidung. Wenn jemand helfen kann, dann sie. Und ich weiß Bescheid – falls sie sich hier melden, erzähle ich, du bist im Augenblick aus dem Haus.«

»Danke, Maria. Du bist ein Schatz.«

»Als ob ich das nicht wüsste.«

Zufrieden schob Anabel das Handy in ihre Hosentasche. Das wäre geregelt. Hoffentlich war Tante Gesa zu Hause, aber sie musste einfach da sein, denn Maria lag schon richtig. Gesa, Vaters liebenswert durchgeknallte Hippieschwester, war der einzige Mensch, der ihr dabei helfen könnte, ihre wirren Gedanken vernünftig zu sortieren.

In halsbrecherischer Geschwindigkeit bog Anabel in die enge Sackgasse ein, an deren Ende sich Gesas kleines Häuschen, mitten in einem herrlich-romantisch-verwilderten Garten, befand. Die Hecke, die das Grundstück umgab, grünte schon und an den Ranken am Haus zeigten sich die ersten Knospen. Wie genau Gesa das machte, war ihr schleierhaft, aber einen grünen Daumen hatte sie bestimmt. Schnaufend sprang Anabel vom Rad, öffnete das Gartentürchen und sprintete im Laufschritt die leicht ansteigende Auffahrt hoch zum Haus. Hier betätigte sie die alte Glocke neben der Tür und prompt fühlte sie sich um Jahrzehnte zurückversetzt. Alleine der melodiöse Klang der Glocke ließ sie lächeln. Ungeduldig klopfte sie an die Tür.

»Gesa! Ich bin's, Anabel. Bist du da? Bitte sag, dass du da bist.«

»Sobald du die Luft anhältst und mir die Gelegenheit dazu gibst, würde ich das gerne tun.«

Gesas wuscheliger blonder Lockenkopf, in den sich hier und da erste graue Strähnchen mischten, tauchte an dem Fenster über ihr auf. »Ich komm gleich runter. Atme du erst mal durch, meine Große.«

Meine Große! Gesa ahnte ja nicht, wie dankbar sie ihr alleine dafür schon war.

Ein Schlüssel wurde ins Schloss gesteckt und mit leisem Quietschen dreimal gedreht. Die hölzerne Tür öffnete sich und vor ihr stand die lächelnde Gesa, wie immer in einem weiten, fast bodenlangen Leinenkleid in buntesten Farben, die wuseligen Locken nur mit einer hölzernen Spange ein wenig in Schach gehalten; und wie immer klapperten an den Armen der Tante zahllose Holzarmreifen.

»Anabel, wie schaust du denn aus? Hast du einen Geschwindigkeitsrekord gebrochen? Du glühst ja regelrecht. Jetzt komm schon rein.«

Die Tante ergriff ihren Arm und zog sie liebevoll, aber bestimmt in den engen Flur, in dem es schon wieder nach Räucherstäbchen duftete.

»Los, ab in die Küche. Ich koch uns einen feinen Tee und dann erzählst du, was du auf dem Herzen hast.«

Anabel musste tief Luft holen, ehe sie wieder vernünftig reden konnte. »Woher weißt du, dass ich etwas auf dem Herzen habe?«

Gesa füllte den antik anmutenden Wasserkessel, stellte ihn auf dem Gasherd ab und entzündete die Flamme darunter. »Anabel, glaubst du, ich werde senil? Da täuschst du dich gewaltig. Und dass du total durch den Wind bist, das sieht ein Blinder. Dafür brauch ich keine übersinnlichen Fähigkeiten.«

Gesa angelte eine bauchige, knallrote Teekanne aus dem Schrank, kippte eine gute Menge Tee aus einer Verpackung in den Filter und hängte diesen in die Kanne.

»Hm, das riecht aber lecker. Was ist denn das für eine Mischung?«

Gesa grinste sie breit an. »Ayurvedischer Glückstee. Ich habe so das Gefühl, dass du den gerade gut gebrauchen kannst.«

Anabel zog eine traurige Grimasse. »Dann mach bitte gleich ein paar Liter davon. Ich glaube, eine Kanne langt heute nicht.«

»Kind, Glückstee habe ich pfundweise im Haus, keine Panik. Hol lieber den Honig aus dem Regal und zwei Tassen aus dem Schrank und stell das schon mal auf den Tisch.«

Anabel tat wie ihr geheißen. Sie holte zwei der riesigen Steinguttassen aus dem Schrank, stellte das Honigtöpfchen daneben und setzte sich an den massiven Holztisch in Gesas kleiner, aber urgemütlicher Wohnküche. Gesa brühte den Tee auf, stellte die Kanne auf den Tisch, setzte sich Anabel gegenüber und sah sie erwartungsvoll an.

»So, Lieblingsnichte, während der Tee zieht, fängst du bitte an zu erzählen. Ich höre!«

Und Anabel erzählte.

Sie berichtete von allem, was sich in den letzten Stunden ereignet hatte: von ihren wirren Gedanken und ihren stillen Träumen, von ihren Eltern und deren Wünschen, von Maximilian und dessen Plänen.

Irgendwann, nach ziemlich langer Zeit, unterbrach Gesa sie.

»Stopp! Anabel, Stopp! Sofort! Jetzt einmal langsam und der Reihe nach. Ich will nicht wissen, was mein geringfügig spießiger Bruder oder dein Beinahe-Verlobter wollen, sondern ich würde jetzt gerne hören, was *du* willst. Ich will wissen, was *Anabel* möchte.«

»Das ist ja das Problem. Ich glaube, dass ich das nicht weiß.«

»Schmarrn! Natürlich weißt du das. Du bist eine intelligente, junge Frau, die, wenn man sie ließe, sehr genau wüsste, was sie will. Zum Donnerwetter, Anabel, du bist doch kein kleines Kind mehr.«

»Das nicht, aber ich werde andauernd so behandelt.«

Gesa goss ihr mit ernster Miene die vierte Tasse Glückstee ein, klatschte ihr etwa ein Viertelpfund Honig in das Getränk und sah sie mit gerunzelter Stirn an.

»Hör zu, du sagst mir jetzt, was in der letzten Zeit das Schönste war, das du erlebt hast. Denk nach, aber nicht zu lange. Ich bitte mir Spontanität aus.« Gesa fuchtelte so heftig mit den Armen, dass ihre diversen Armreifen klapperten wie Kastagnetten.

»Gut, also da war zuerst das Wochenende in Schottland. Du erinnerst dich? Als Papa bei diesem Seminar war und Mama und mich mitgenommen hat? Ich bin durch Edinburgh gestromert und Mama hat sich zwei Tage in der Wellness-Oase des Hotels verschanzt. Es war so schön dort, also in der Stadt, nicht in der Wellness-Oase.« Grübelnd trank Anabel einen großen Schluck Tee. »Und dann heute das Gespräch mit meinem Professor. Ach, Gesa, ich war so stolz und so glücklich. Und kaum komme ich heim, werde ich wieder zum hilflosen Mädel degradiert. Leider bin ich das ja auch.«

»Unfug, das bist du nicht. Na ja, ein bisschen vielleicht, aber das ist nichts, woran man nicht arbeiten kann. Aber mein Herr Bruder hat dich ja immer vom echten Leben ferngehalten. Nur weil er den Starnberger See als eine Art Insel der Glückseeligen betrachtet, muss das ja noch lange nicht stimmen, nicht wahr?« Gesa stützte das Kinn in die Handflächen und runzelte die Stirn. »Dir hat Schottland gefallen? Du machst große Fortschritte in der Kunst? Du wirst gerade komplett überfahren und weißt nicht mehr, wo dir der Kopf steht?« Lächelnd lehnte sich ihre Tante auf dem großen Holzstuhl zurück. »Anabel, ich glaube, du musst nach Schottland.«

Erstaunt ließ Anabel die Tasse sinken, aus der sie gerade trinken wollte. »Wie meinst du das? Ich muss nach Schottland?«

»Rede ich Chinesisch, oder was? So wie ich es sagte, meine ich es auch. Jetzt warte mal kurz, ich bin sofort wieder da.« Gesa sprang von ihrem Stuhl auf und eilte aus der Küche.

Ehe Anabel richtig zum Nachdenken kam, schwebte Gesa auch schon wieder rein.

»Tantchen, was ist das denn?« Erstaunt musterte sie den Gegenstand, den Gesa gerade auf dem Küchentisch abstellte. Der große, knallrosa Kasten entpuppte sich doch tatsächlich als moderner Laptop. »Ist es das, was ich denke? Coole Farbauswahl, Gesa.« Grinsend strich sie über die spiegelnde Lackoberfläche.

Auf Gesas Gesicht erschien ein triumphierendes Lächeln. »Ja, da schaust du, was? Deine – laut deinem Vater – alte Tante ist ja dermaßen was von technisch up to date.« Schwungvoll klappte sie den Laptop auf, schaltete ihn an und sah sich suchend um. »Na, Donnerlittchen, wo habe ich es denn wieder?«

»Wo hast du was?«

»Na, das Kabel für den Internetanschluss, Kind. So ganz ohne geht es ja nun doch nicht.«

»WLAN?«

»Übertreibe es nicht. Wenn das Ganze über ein ordentliches Kabel läuft, dann kann ich es mir wenigstens noch einigermaßen erklären. Wenn aber Kommunikation freischwebend durch die Luft abläuft, ist mir das immer noch ein kleines bisschen unheimlich … Ah, da ist es ja.« Gesa fischte ein langes Kabel unter dem Tisch hervor und stöpselte es ein.

Schmunzelnd beobachtete Anabel ihre Tante. Gesa war stets aufs Neue für Überraschungen gut – noch ein Pluspunkt mehr, den sie für sich sammelte.

»Jetzt warte mal, gleich habe ich es. Ah, ich bin drin. So, und jetzt noch auf die richtige Seite …«

Anabel beugte sich neugierig über den Tisch. »Gesa, weihst du mich bitte in deine Gedankengänge ein oder muss ich dumm sterben?«

»Musst du nicht, aber wenn ich richtig verstanden habe, dann drängt die Zeit, oder?«

Anabel nickte ergeben. »Ziemlich, und das auch noch in jeder Beziehung.«

»Siehst du, darum lass mich einfach mal schnell machen.« Gesa tippte eine Weile mit angestrengter Miene auf der Tastatur herum, ehe ein strahlendes Lächeln auf ihren Zügen erschien. »So, jetzt. Rutsch rüber.«

Gesa machte ihr etwas Platz und Anabel schob ihren Stuhl neben den der Tante. In dem Augenblick, als Anabels Blick auf den Bildschirm fiel, entschlüpfte ihr ein lautes »Der Wahnsinn«.

Ihre Tante hatte die Seite der Universität von Edinburgh, oder vielmehr der dort beheimateten Kunsthochschule, aufgerufen: eine Seite, auf der man eine Onlinebewerbung mit Auskunft über sich selbst und seinen Studienwunsch ausfüllen konnte.

»Menschenskinder, Gesa, ich kann mich doch nicht an der Universität in Schottland anmelden.«

Gesas Hand legte sich beruhigend auf die ihre. »Ach, und warum nicht? Sag mir einen guten Grund, bitte.«

»Meine Eltern.«

»Ich sagte: einen *guten* Grund! Also probiere es noch mal.«

»Maximilian ... ich kann sie doch nicht alle enttäuschen. Nach allem, was sie für mich getan haben.«

»Auszeit! Sofort! Hörst du dir eigentlich selber zu, Anabel? Das sind nicht deine Worte; da melden sich doch schon wieder deine Eltern; so geht das nicht. Es ist, zum Donnerwetter noch mal, dein Leben. Ich frag dich jetzt ein paar Dinge und du antwortest mir spontan und ehrlich darauf. Hast du mich verstanden?«

Anabel nickte kleinlaut. »Hab ich.«

»Willst du heiraten und in ein Reihenhaus ziehen?«

»Eigentlich nicht.« Anabel schüttelte sich ein klein wenig.

Gesa runzelte die Stirn. *»Eigentlich?«*

»Na gut. Nein, will ich nicht.«

»Schon besser«, konstatierte ihre Tante mit strenger Miene.

»Willst du dein Talent mit Werbeplakaten für den nächsten Tanzabend vom Heimatverein vergeuden?«

»Nein.« Die Antwort war ihr besonders leichtgefallen.

»Willst du etwas von der Welt sehen? Willst du andere Länder kennenlernen, ganz zu schweigen von anderen Menschen, anderen Kulturen?«

»Ja, das wäre toll.«

»Ha! Ich wusste es.« Gesa lehnte sich in ihrem Stuhl zurück und verschränkte mit zufriedenem Lächeln die Arme vor der Brust.

»Kann es sein, dass deine Gegenargumente sich gerade ziemlich erschöpft haben, meine Große?«

Anabel zog eine Schnute und wurde nachdenklich. »Erwischt. Ganz ehrlich? Ich glaub einfach, dass ich mehr Angst als Heimatsliebe habe.«

Gesa legte ihr den Arm um die Schulter und zog sie beruhigend an sich. »Angst darfst du haben, Kind, nur feige darfst du nicht sein. Wir füllen das da jetzt aus, ich speichere es ab und du schickst mir, sobald du daheim bist, deine Zeugniskopien und deine Immatrikulationsbescheinigung von der Münchner Uni. Sobald ich alles habe, schicke ich das Ganze los. Keine Diskussion mehr.«

Anabel holte tief Luft. »Aber, Gesa, stell dir vor, die nehmen mich.«

Seufzend und mit mildem Lächeln legte ihre Tante die Hand unter Anabels Kinn und drehte ihr Gesicht so, dass sie ihr in die Augen sehen konnte. »Stell du dir lieber vor, dass das der Grundgedanke hinter der Aktion ist. Und jetzt schnell, los geht's. Geburtsdatum – weiß ich selbst, Adresse, vollständiger Name …«

Keine fünfzehn Minuten später war der komplette Bogen ausgefüllt und Anabel starrte wie gebannt auf den Monitor. »Gesa, ich habe immer noch Angst.«

»Das ist durchaus legitim, aber mir ist es gerade absolut schnurz, Kind. Das war der erste Schritt. Du radelst jetzt in Windeseile nachhause und mailst mir noch heute Nacht die notwendigen Unterlagen zu. Ich schick dann alles sofort ab.«

Sie umklammerte Gesas rechte Hand so fest, dass sie leise knirschte. »Meinst du echt?«

Mit einem Lächeln zog die Tante ihre Hand sanft zurück. »Meine ich. Aber das wird nichts, wenn du mir die Finger brichst, Schatz. Abgesehen davon schmeiß ich dich jetzt umgehend raus, denn sonst hast du daheim gleich wieder Ärger. Lass dich nur ja nicht beschwatzen, hörst du? Edinburgh und ein selbstbestimmtes Leben warten auf dich, hast du mich verstanden?«

Anabel nickte gehorsam. »Jede Silbe, Gesa.«

»Dann raus mit dir. Ich verlass mich auf dich.«

Anabel spülte die erneut aufkeimenden Bedenken mit dem letzten Schluck Glückstee hinunter, umarmte Gesa und schwang sich auf ihr Fahrrad. Schon auf dem Rückweg wurde ihr wieder flau im Magen. Falls es klappte, wie sollte sie das ihrer Familie beibringen, ganz zu schweigen von Maximilian? Während sie in einem Höllentempo zurück nach Hause radelte, ging es in ihrem Kopf zu wie in einem Bienenstock. Aber warum machte sie sich eigentlich schon so viele Gedanken? Immerhin bestand ja noch die Möglichkeit, dass ihre Bewerbung abgelehnt wurde.

Edinburgh, Schottland, früher Abend

Verflucht aber auch, nun kam er schon wieder zu spät zu seinem Training. Alistair würde ihm die Hölle heiß machen und das zurecht. Bei dem Regen konnte er allerdings, wollte er die Fahrt überleben, nicht schneller fahren. Der Dauernieselregen hatte das Kopfsteinpflaster der Highstreet in eine verdammt gefährliche Rutschfalle verwandelt. Vorsichtig bremste Duncan ab und lenkte seine schwere Maschine in eine unscheinbare Einfahrt. »Body & Move« stand in kleinen Lettern auf einem einfachen Schild an der Mauer. Das Fitnessstudio von Stuntman Alistair Allan war ihm zu einer Art zweitem Zuhause geworden. Hier durfte er ganz er selbst sein. Er kannte Alistair seit gut fünf Jahren, und seit Duncan vor einem Jahr endlich den Mut aufgebracht hatte, ihn zu fragen, war Alistair sein Personal Coach.

Immerhin war ein Parkplatz unterm Dach frei, was ihm für später einen trockenen Hintern garantierte. Er schulterte seine Sporttasche und sprintete die zwei Stockwerke nach oben.

»Sieh einer an, unsere Diva ist auch schon da.« Alistair stand, die Arme vor der mächtigen Brust verschränkt, am Empfangstresen. Der grauhaarige Hüne mit dem imposanten Vollbart und den zahlreichen keltischen Tattoos war ein lebendes Naturwunder.

»Schon mal nach draußen gesehen? Es regnet. Ich wollte mir ungern die Knochen brechen.« Duncan hob die Hand und zeigte hinaus auf die graue Regenwand.

»Wein doch noch ein bisschen. Los umziehen und dann mögen dir alle Götter Walhallas Gnade erweisen.«

»Bin ja schon weg.« Lachend schnappte er sich seinen Spindschlüssel. Genau darum mochte er diesen Laden. Er wurde wie ein normaler Mensch behandelt, vor allem von Alistair.

So schnell er konnte entkleidete Duncan sich, zog sich das enge, graue Tank Top über und schlüpfte in seine schwarze Trainingshose. Die langen, schwarzen Haare bändigte er im Nacken mit einem Haargummi. Keine fünf Minuten später stand er so im Geräteraum und musterte seinen Trainer herausfordernd.

»Schnell genug?«

»Geht so. Ab auf den Crosstrainer, Stufe zehn, wenn ich bitten darf und fünfzehn Minuten.«

»Aye, Drillmaster.«

Kaum stand er auf dem Gerät und begann das Training, fielen sie ihm auch schon auf. Schon wieder ein paar neue Gesichter, die er noch nie zuvor hier im Studio gesehen hatte. Durch die Bank weg Frauen und junge Mädchen. Er schätzte grob sieben, sofern er sich nicht irrte. Duncan senkte schmunzelnd den Blick. Damit musste er wohl leben, und Alistair würde den Teufel tun und neue Mitglieder ablehnen. Warum die Mädels hier waren, darüber bestand kein Zweifel. Seinetwegen. Er wischte sich die ersten Schweißtropfen mit dem Handtuch, das Alistair ihm in die Hand gedrückt hatte, ab und musterte sich nachdenklich in der gegenüberliegenden Spiegelwand.

Auf eine Größe von einem Meter fünfundneunzig verteilten sich – laut Waage – achtundachtzig Kilo und zwar kein Fett, sondern reine Muskelmasse. Das Training zahlte sich aus.

Neben den täglichen Übungen hatte der massige Stuntman Alistair auch noch Bewegungstraining auf Lager. So gut wie alles, was Duncan auf der Bühne bot, stammte aus Alistairs Repertoire, und es war verdammt gut.

»Hey, Großer, fertig. Ab an die Hantelstangen, aber zackig, bitte.« Alistair wedelte ihn ungeduldig in Richtung Gewichte.

Während er – quasi zum Aufwärmen – mit dreißig Kilo pro Arm seinen Bizeps malträtierte, sah Alistair ihn prüfend an.

»Was ist? Passt etwas nicht?«

Sein Trainer schüttelte missbilligend den Kopf. »Selbstkritisch ist ja okay, aber du hast das echt nicht mehr nötig. Das, was du in den letzten sechs Monaten aus dir gemacht hast, ist der Wahnsinn.«

Prustend legte er die Stangen ab. »Japp, dank dir. Und warum siehst du mich dann so seltsam an?«

»Nicht dich, du Hirn. Die Mädels hinter dir.«

Ein vorsichtiger Seitenblick zeigte ihm, wovon Alistair sprach. Plötzlich schienen fast alle weiblichen Wesen im Studio beschlossen zu haben, dass Training mit Gewichten enorm wichtig für ihre Fitness sei.

Alistair zog eine sehr seltsame Grimasse. »Stören sie dich? Im Ernst, wenn sie dich nerven, dann kündige ich ihnen wieder, aber sie sorgen dafür, dass mehr Kerle hierherkommen, du weißt schon. Leben und leben lassen.«

»Unfug! Passt schon, ich habe mich daran gewöhnt. Solange sie nur schauen und nicht an mir herumfingern, ist alles gut.«

»Das beruhigt mich«, antwortete Alistair. Während er schweigend zwei weitere Gewichte auflegte, sah man deutlich, dass ihn noch etwas beschäftigte.

»Mann, ich sehe doch, dass du noch was auf dem Herzen hast.«

»Ich frag mich nur, warum du dir nicht endlich mal eine vernünftige Frau suchst. Vielleicht würde das die Ladies ein wenig ausbremsen.« Er hob die schwer beladene Hantelstange mit Leichtigkeit auf und drückte sie Duncan in die Hand. »Der blonde Hungerhaken, der letzten Samstag im Club an dir geklebt hat, kann ja wohl nicht dein Ernst sein.«

Duncan fiel vor Lachen beinahe die Hantelstange auf die Füße. »Hungerhaken ist originell. Beruhige dich, sie ist nur ein Groupie. Ich möchte sie nicht enttäuschen. Ich war lediglich zwei oder drei Mal mit ihr aus.« Er holte tief Luft und hob die Stange in Brusthöhe, was seine Stimme ein klein wenig gepresst klingen ließ. »Ich kann keine feste Freundin in meinem Leben haben, noch nicht. Du weißt doch warum.«

»Mhm, schaden würde es dir nicht, mein Lieber. Du bist so richtig gut in Form, deine Karriere oder vielmehr die der Band, geht gerade durch die Decke, und trotzdem fühle ich deine Rastlosigkeit.«

»Alistair, ich kann nicht. Noch nicht. Ich arbeite daran, versprochen.«

»Na gut. Ich lass das mal so stehen. Jetzt ab auf die Bank, wir gehen zum ernsthaften Teil der Veranstaltung über. Ich gebe dir Hilfestellung. Wäre ja nicht auszudenken, wenn die Hantelstange auf das Goldkehlchen knallt, nicht wahr?«

Lachend wischte er sich die Hände an seinem bereits durchgeschwitzten Top ab. »Trottel! Ihr kommt doch zum Konzert hier in Edinburgh, oder?«

Freundschaftlich hieb Alistair ihm seine mächtige Pranke auf die Schulter. »Hey, Diva, ich lass mir doch das Konzert der neuen Superstars Schottlands nicht entgehen, wir werden alle da sein.«

2

Hiermit bestätigen wir Ihnen den Eingang Ihrer Bewerbung. Wir freuen uns, Ihnen mitteilen zu können, dass Sie in die engere Auswahl gerückt sind und wir in Betracht ziehen, Sie an unserem Kunstzweig aufzunehmen. Bitte senden Sie uns drei Ihrer jüngsten Arbeiten zur Prüfung zu.

»Gesaaa, was soll ich denn jetzt tun?« Anabel starrte noch immer auf die wenigen Zeilen, die fast schon drohend vor ihr auf dem Monitor prangten, und das Handy in ihren Fingern bebte beängstigend.

»Ruhig bleiben und dich freuen, du Dummerle.« Die Stimme ihrer Tante am Telefon klang absolut entspannt, was Anabel gerade ein wenig aus der Fassung brachte.

»Darf ich nachher kurz zu dir kommen? Bitte!!« Sie konnte nur hoffen, dass Gesa die Panik in ihrer Stimme nicht bemerkte.

»Aber sicher darfst du. Versprich mir, dass du sofort die Bilder verschickst. Du willst doch einen guten Eindruck machen, nicht wahr?«

Anabel nickte abwesend, registrierte jedoch gerade noch, dass sie eventuell vernünftig antworten sollte. »Mach ich, Gesa, versprochen. Bis später.«

Auweia! Nun war der Super-GAU wohl doch noch eingetreten. Natürlich hatte sie an dem Abend vor fünf Tagen, als sie total verschwitzt von ihrer Stippvisite bei der Tante nach Hause gekommen war, nichts mehr gesagt. Gut, selbst wenn sie gewollt hätte, wäre sie wohl kaum dazu gekommen.

Denn kaum, dass sie das Haus betreten hatte, war ihr schon ihre Mutter mit geringfügig angesäuertem Gesichtsausdruck entgegengekommen. »Junge Dame, ›zwei Stunden‹, hieß es. Nicht ›beinahe drei‹, oder irre ich mich?«

Nein, natürlich irrte sich ihre Mutter nicht und wieder einmal war Anabels Herz in die Hose gerutscht und hatte ihren noch sehr fragilen Mut gleich mitgenommen.

Maximilian, noch im Businessanzug, erwartete sie mit einer Riesenschachtel Pralinen im Wohnzimmer und strahlte erwartungsvoll.

Ihr Vater hingegen verharrte mit verkniffenem Gesicht auf dem Sofa und schwenkte seinen Cognac in einem bauchigen Glas. »Bellchen, du musst zuverlässiger werden. Wenn eine Zeit ausgemacht ist, dann muss sie eingehalten werden. Ich dachte, das hätte ich dir beigebracht.«

»Hast du, Papa, aber es gab viel zu besprechen und dann hatte Maria auch noch viele Ideen …«

»Schon gut, schon gut. Nicht bei mir, bei deinem Verlobten musst du dich entschuldigen.«

Der jedoch wehrte beinahe schon verlegen ab. »Nein, nein. Das ist nicht nötig. Auf mein Mädel warte ich doch gerne.« Mit einem breiten Lächeln wandte er sich an Anabel und sagte: »Schatz, deine Eltern haben dir ja schon alles erzählt. Freust du dich genauso wie ich?«

Mist! Anabel hasste Lügen, aber wenn sie in diesem Moment das sagen würde, was ihr auf der Zunge lag, würde das in enormen Ärger ausarten. Guter Rat war teuer, und so hatte sie ein geschicktes Ablenkungsmanöver eingeleitet.

»Tut mir leid, dass du warten musstest, Maxi, aber du weißt ja: Gemeindepflichten. Hast du schon was gegessen? Du hast sicher Hunger.«

Maximilian kam kurz aus dem Konzept. »Nein, ich bin direkt

von der Arbeit gekommen. Hunger hätte ich schon, aber das macht doch nichts.«

Volltreffer! Mit Gemeindearbeit und Essen lag man in diesem Haushalt fast immer auf der sicheren Seite. Fast schämte sie sich, angesichts der, grob geschätzt, zwei Kilo Pralinen und seines verwirrten Gesichtsausdruckes. Doch der Zweck heiligte die Mittel.

»Papa, wie kannst du deinen zukünftigen Schwiegersohn verhungern lassen?« Mit gerunzelter Stirn wandte sie sich an ihren Vater.

»Na, hör mal, du hast uns warten lassen. Deine Mutter hat das Abendessen längst gekocht. Komm mir nicht so, Anabel.«

Während des Abendessens erzählte sie mit viel Begeisterung von ihren Plänen für das bevorstehende Fest und ließ das Gespräch mit ihrem Professor dann geschickt einfließen. Die verhaltenen Reaktionen darauf, sowohl seitens ihrer Eltern, als auch seitens Maximilians, machten sie traurig. Gerade von ihrem Verlobten, von dem sie sich insgeheim trotz allem etwas Unterstützung erhofft hatte, war sie maßlos enttäuscht.

»Ach, Schatzi, das ist ja so toll für dich. Ich freu mich wirklich, aber ist das gut und sinnvoll investierte Zeit? Denk noch mal darüber nach. Wäre es denn nicht besser, wenn du dir in der Nähe etwas Ehrenamtliches suchen würdest? Also, sobald du dieses Studium abgeschlossen hast natürlich.«

Wie ruhig sie nach dieser Aussage wurde, schien niemandem aufzufallen. Da sollte sie doch tatsächlich ihr Studium abschließen, um anschließend ehrenamtlich tätig zu werden – wie lächerlich!

Es gab Mousse au Chocolat. Aber Anabel war in ihre Gedanken versunken, als ihre Mutter den Nachtisch servierte. Das von ihr eigentlich heißgeliebte Dessert – nein, einfach alles! – schmeckte plötzlich furchtbar bitter, und je mehr sie darüber nachdachte, desto sinnvoller erschien ihr Gesas Idee.

Wie es ihr gelang, das Thema Heirat immer wieder in letzter Minute zu umgehen, war ihr selbst ein Rätsel.

Als vor wenigen Minuten die E-Mail aus Schottland eingetrudelt war, hatte sie zuerst ihren Augen nicht getraut. Ganz langsam aber begann die Neuigkeit sich zu setzen, und ebenso langsam begann es in ihrem Bauch zu kribbeln. Frisch verliebt war sie nicht wirklich, Hunger konnte es wohl ebenso wenig sein. Also blieb nur eines: Sie freute sich! Rasch suchte sie die besten ihrer Bilder aus und legte sie fein säuberlich in eine große Mappe. Über die Mappe legte sie ihre Jeansjacke. So schleuste sie die Bilder an ihrer Mutter vorbei.

»Mama, ich fahr kurz in die Bibliothek nach Tutzing. Zum Abendessen bin ich zurück.« Noch während sie mit ihrer Mutter sprach, schlüpfte sie in ihre Stiefel.

»Bellchen, willst du dich nicht endlich mal etwas gesitteter anziehen? Diese schrecklichen Cowboystiefel sind doch nichts für eine junge Dame.«

»Ja, Mama, ich denke darüber nach.«

Ärgerlich ließ sie die Haustür hinter sich ins Schloss fallen. Nein, so durfte es wirklich nicht weitergehen. Wenn sie hierbliebe, würde sie über kurz oder lang zu einer Marionette ihrer Eltern und Maximilians werden. Sie musste die wirkliche Anabel Taschner dringend festhalten, sonst würde sie auf Nimmerwiedersehen verschwinden.

Anabel stieg auf ihr Fahrrad und fuhr zur nächsten Post, wo sie den Umschlag mit ihren Bildern klopfenden Herzens per Express aufgab.

»Sag ich doch die ganze Zeit. Hör mir halt einfach mal zu. Deine Eltern manipulieren dich nach Strich und Faden.« Gesa, die sich ihre langen Haare heute mithilfe von bunten Filzbändern zu einem wuscheligen Dutt zusammengebunden hatte, war gerade richtig in Fahrt. Ärgerlich krempelte sie sich die Ärmel ihrer knallroten Tunika nach oben. »Denen werden wir die Suppe gehörig versalzen.«

»Na, hoffentlich klappt das auch. Sonst schaut meine Zukunft nicht sehr vielversprechend aus.« Nervös nagte Anabel an ihrer Unterlippe.

»Natürlich klappt das. Meine schlaue, talentierte Nichte wird sich doch hier nicht kleinkriegen lassen.« Flugs zauberte Gesa den Laptop auf den Tisch und schon wenige Augenblicke später erschien ein zufriedenes Lächeln auf ihrem Gesicht. »Ah, und schon fällt mir mein Passwort wieder ein.«

Anabel war verwirrt. »Passwort? Wofür denn?«

»Skype, meine Große. Schon mal was davon gehört?«

»Gesa?!«

»Sollte ein kleiner Scherz sein. Irgendwie muss ich dich ja aufheitern. Warte mal, gleich habe ich ihn an der Strippe.«

Prima, nun war Anabel nicht nur verwirrt, sondern auch neugierig. »Wen hast du an der Strippe?«

»Na, ihn hier. Kurt, meinen ehemaligen Schulfreund. Der lebt schon seit vielen Jahren in Schottland, irgendwo da drüben in den Highlands.«

Auf dem Bildschirm ploppte ein Bild auf. Dem Bild nach zu urteilen war ihr Kurt spontan sympathisch. Ein wettergegerbtes Gesicht, umrahmt von langen, ergrauten Haaren und ein sehr männlicher Dreitagebart, allerdings auch in dezentem Grau. Seine hellen Augen blitzten sichtlich gut gelaunt in die Kamera.

»Kurt, hallo. Ich bin's, Gesa.« Ihre Tante wedelte erfreut in Richtung Monitor.

Das Gesicht ihres Gesprächspartners verzog sich zu einem breiten Grinsen. »Schon klar, Gesa. Weißt du, ich kann dich sehen.«

»Sehr witzig, mein Lieber. Aber ich habe keine Zeit für Small Talk. Wir haben wichtige Dinge zu klären.«

»Wäre ich jetzt nie drauf gekommen, Lass.« Kurt lachte noch immer.

»Äh, was?« Gesa kam kurz etwas aus dem Konzept.

»*Lass* – Schottisch für Mädel, meine Liebe. Wird Zeit, dass du mal ein bisschen was lernst.«

»Ach, papperlapapp. Du nun wieder. Nein, im Ernst. Ich habe heute nur eine Frage. Sag mal, Kurt, kennst du zufällig jemanden in Edinburgh, bei dem meine Lieblingsnichte hier mal für ein Jahr wohnen könnte? Wir bewerben uns gerade an der Hochschule für Kunst, weißt du?«

»Mensch, Gesa. Respekt. In deinem hohen Alter?«

Anabel mochte Kurt von Minute zu Minute mehr.

»Unverschämter Kerl! Anabel bewirbt sich und ich helfe ihr. Also, hast du eine Idee?«

Kurt nickte. »Nicht nur eine Idee. Aber ich muss erst mal telefonieren. Ab wann wisst ihr denn sicher, ob es was wird?«

Gesa legte die Stirn nachdenklich in Falten. »Irgendwann in den nächsten Tagen oder Wochen?«

Ihr virtuelles Gegenüber überlegte und kratzte sich am Kinn. »Gib mir zwei Tage«, sagte Kurt schließlich. »Ich kläre das für euch.«

»Oh, danke! Das ist sehr lieb von dir.« Gesa streichelte liebevoll die Ränder ihres Laptops.

»Gesa, du weißt schon, dass er das nicht spüren kann?«, raunte Anabel ihr leise zu.

»Das weiß sie, Lieblingsnichte, aber das vergisst sie immer wieder. Scheint auch altersbedingt zu sein.« So viel zu leise. Kurts Lachen war einfach nur göttlich.

In hervorragend gespielter Empörung runzelte Gesa die Stirn. »Freut mich ja, dass ihr Zwei euch prima versteht. Ehe ich mir hier weitere Unverschämtheiten anhören muss, verschwinde ich lieber. Und wir hören uns, sobald du was herausgefunden hast, in Ordnung?«

»Alles klar, meine Liebe. Ich drück der Lieblingsnichte dann mal kräftig die Daumen, dass alles klappt.« Kurt zwinkerte ihnen noch einmal fröhlich zu. Der Bildschirm wurde zuerst schwarz und dann erschien der Grand Canyon in seiner ganzen Schönheit.

»Das hätten wir dann schon mal angeleiert. Jetzt fehlt nur

noch die schriftliche Zusage. Dann können wir Gas geben.« Ihre Tante schien sich richtig zu freuen.

»Gesa, wenn es wirklich funktioniert, kommst du dann mit, wenn ich es ihnen schonend beibringe?«

Anabel musste in diesem Moment mitleiderregend aussehen, denn Gesa schloss sie sehr fest in die Arme.

»Meine Große, was denkst du denn? Natürlich bin ich dabei. Das Gesicht meines Bruders, wenn seine süße, hilflose ›Kleine‹ ihm eröffnet, dass sie mal flott eine Weile auswandert, will ich um nichts in der Welt verpassen.«

3

»Menschenskinder, Anabel. Wo bist du denn heute geistig die ganze Zeit? Wolkenkuckucksheim, oder wie?« Maria musterte die Freundin neugierig und fragend zugleich, während sie zwei Blaubeermuffins über den Tresen ihres Standes reichte. Anabel und sie waren auf dem Dorffest.

Anabel riss sich sofort sichtlich zusammen. »Es tut mir wirklich leid, Maria, bin schon wieder bei dir.« Routiniert empfahl sie dem älteren Ehepaar, das gerade vor ihr stand und geduldig gewartet hatte, mehrere Kuchensorten.

Maria machte sich kopfschüttelnd daran, den nächsten Kuchen für den Verkauf zu portionieren.

»Vielen Dank für Ihren Einkauf, und lassen sie sich's schmecken.« Anabel warf das eingenommene Geld in die Kasse. Da gerade niemand an ihrem Stand war, drehte sie sich zu Maria um und zuckte ratlos mit den Achseln. »Du musst wirklich entschuldigen, aber ich glaube, ich bin geistig schon in den Highlands.«

Schmunzelnd schnitt Maria die letzten beiden Stücke zurecht und steckte dann das lange Kuchenmesser wieder in den Krug mit kaltem Wasser.

»Wenn ich etwas verstehen kann, dann das. Ich bewundere sowieso deine – wie soll ich sagen? – ›Gelassenheit‹ trifft es wohl am ehesten. Hast du schon endgültige Nachricht aus Schottland?«

Anabel verneinte: »Seit der E-Mail mit der Aufforderung, weitere Bilder zu schicken, nicht. Aber das war ja auch erst letzte Woche.«

»Ja, gut, dann brauchst du dir aber wirklich noch keine Sorgen zu machen. Die melden sich schon. Au je, die Schnabels kommen. Jetzt kannst du gleich wieder sämtliche Inhaltsstoffe aufzählen und dir ihre allergischen Reaktionen in allen Farbschattierungen beschreiben lassen.« Maria entschloss sich spontan dazu, noch eine weitere Torte zu zerteilen und überließ es Anabel, sich mit der kompliziert veranlagten Gattin des örtlichen Landrates auseinanderzusetzen. Verflixt, sie würde Anabel wirklich vermissen. Andererseits war es mehr als an der Zeit für die Freundin, das Weite zu suchen. Aus dem Augenwinkel beobachtete sie Maximilian, der etwa zehn Meter entfernt mit Anabels Eltern an einem der Biertische saß. Sicher sah der Anwaltsspross gut aus und machte schon einiges her. Groß, breitschultrig, markantes Gesicht; stets darauf bedacht, dass der kurzgeschnittene, dunkelbraune Haarschopf modisch zerzaust wirkte, was mit Sicherheit jedes Mal ein Vermögen beim Friseur kostete. Heute trug er, wie alle Mitarbeiter, seine Tracht. Die Lederhose und das grobe, weiße Leinenhemd standen ihm richtig gut. Was Maria störte war der abgeklärte, immer einen Hauch Überheblichkeit suggerierende Blick der braun-grünen Augen. Der Kerl war noch nicht einmal mit seiner Ausbildung fertig und führte sich auf, als sei er schon Partner in der Kanzlei seines Vaters. Er war immer freundlich zu ihr und – was viel wichtiger war – seine Anabel liebte er, daran zweifelte Maria nicht. Der einzige Knackpunkt war der Umstand, dass sie nie so richtig beurteilen konnte, ob es nicht auch zu einem großen Teil Besitzdenken war. Weit hergeholt war dieser Gedanke sicher nicht, schließlich war Anabel das hübscheste Mädchen in der ganzen Umgebung. Für Maximilian war es selbstverständlich, dass er, als zukünftiger Staranwalt, Vorsitzender des Burschenvereins und Champion des Tennisclubs, auch die schönste Freundin an seiner Seite haben musste. Irgendwie erinnerte sie das Ganze zu sehr an eine amerikanische Highschool-Schnulze. Seufzend drapierte Maria die aufgeschnittenen Tortenstücke, ließ das

Messer wieder ins Wasser gleiten und warf noch einmal einen hoffentlich unauffälligen Blick an den Tisch der fröhlich feiernden Schar. Nein, Anabel tat das einzig Richtige. Sie durfte sich auf keinen Fall vereinnahmen lassen, sondern musste sich den Wind um die Nase wehen lassen.

»Ja, Fräulein Taschner, dann will ich hoffen, dass ich den Kuchen überlebe, gell? Aber Sie werden schon wissen, was Sie mir verkaufen.« Frau Schnabel beugte sich zu dem stattlichen Kuchenpaket, das Anabel ihr, in einem passenden Karton verpackt, über den Tisch reichte. »Ich bin so arm dran, fast nichts darf ich mehr essen. Ein Häppchen davon werde ich mir aber jetzt doch gönnen. Auf Wiedersehen, Fräulein Taschner.« Frau Schnabel drückte, sichtlich zufrieden, das Paket an ihren wogenden Busen und rauschte – den schweigenden Gemahl im Schlepptau – hoheitsvoll von dannen.

Anabel legte das Geld für das Kuchenpaket in die Kasse und schloss den Deckel. »Ich muss zugeben, dass ich gerade gerne ganz weit weg wäre von allen Schnabels und Konsorten.«

»Du hast also zu Hause noch immer kein Wort verlauten lassen?«

Anabel riss ihre sowieso schon großen, blauen Augen noch weiter auf. »Spinnst du? Ich mach doch nicht die Pferde scheu und dann wird's nichts.«

Sie konnte es nicht verhindern, dass ihr Lächeln ziemlich breit geriet. »Anabel, du hast einfach eine Scheißangst, gib es doch zu. Was mich zu der Frage bringt, ob du dir dein zukünftiges Zuhause, du weißt schon, das schnieke Reihenhäuschen, schon mal angesehen hast?«

»Das ist jetzt so ein kleines bisschen gemein, findest du nicht?« Anabel wirkte ein wenig angesäuert.

»Und wenn schon? Es ist die reine Wahrheit. Ich hoffe für dich, dass du diesem goldenen Käfig entfliehen kannst. Je schneller, desto besser … ›Fräulein Taschner‹.«

Für einen Moment schien Anabel ihr antworten zu wollen,

doch stattdessen hielt sie mit geöffnetem Mund inne und steckte ihre Hand in die Tasche, die an dem Gürtel des schönen, gelbschwarzen Dirndls hing und zog ihr Handy heraus.

»Sorry. E-Mail. Ich schau nur mal kurz, vielleicht ist es …«

Maria hätte nicht erwartet, dass Anabels Augen noch größer werden könnten, doch sie irrte sich. Die Freundin starrte ihr Display an wie das Kaninchen den Fuchs.

»Anabel, du machst mir etwas Sorgen, nicht viel, aber immerhin etwas.« Leider schwieg die Freundin noch immer und es folgte keinerlei Reaktion auf ihre Bemerkung. »Erde an Anabel: Bitte kommen! Haben sie dich ›geblitzdingst‹, oder was ist los?«

Wortlos hob Anabel ihre Hand und hielt ihr das Display unter die Nase. Dort stand in schönstem Englisch:

Wir freuen uns sehr, Ihnen mitteilen zu dürfen, dass wir Ihrem Antrag auf Aufnahme in unserem Institut stattgegeben haben. Die entsprechenden Anmeldeunterlagen werden Ihnen an die uns übermittelte Adresse zugesandt. Semesterbeginn sowie alles Weitere entnehmen Sie bitte den entsprechenden Dokumenten. Wir gratulieren Ihnen herzlich zum Erfolg Ihrer Bewerbung und freuen uns, Sie in Kürze an unserem Institut begrüßen zu dürfen.

»Maria, mir ist schlecht« Anabel sah in der Tat leicht grünlich um die Nase aus.

»Hast du noch alle Nadeln an der Tanne? Du solltest vor Freude tanzen. Anabel, du hast es tatsächlich geschafft! Ich beneide dich, weißt du das?«

»Hmmm …« Anabel deutete mit ihrem Kinn in Richtung des Tisches, an dem sich ihre Familie, Maximilian und mittlerweile auch dessen Eltern bestens amüsierten. »Beneidest du mich auch darum, denen meine Pläne zu verkünden?«

Marias Blick wanderte nachdenklich über die erkennbar mit sich und der Welt zufriedenen Menschen, die keinen blassen Schimmer davon hatten, dass sich demnächst einige ihrer Pläne in Luft auflösen würden.

Sie zog eine mitleidige Grimasse. »Das könnte allerdings übel werden. Darum beneide ich dich tatsächlich nicht.«

Was für ein wunderschöner Tag. Die Sonne schien, die Vögel sangen in den Bäumen, es war herrlich warm und man konnte, obwohl der Kalender erst Mitte April vermeldete, zum ersten Mal in diesem Jahr ohne dicke Jacke vor die Tür. Anabel stieg am Bahnhof Starnberg aus der S-Bahn und schlenderte, den Duft der zahllosen Blüten, die sich in den letzten Stunden geöffnet hatten, tief einatmend, zu ihrem Fahrrad. An der Litfaßsäule prangte die Werbung für die aktuelle Outlander-Staffel und die Bilder des Schottland-Epos riefen ihr umgehend wieder die eigenen Pläne in Erinnerung. Eine Woche war seit der E-Mail vergangen und jeden Tag führte ihr erster Weg bei der Heimkehr von der Uni zum heimischen Briefkasten. Heute war Freitag und das Wochenende könnte haarig werden. Immer wieder fingen sowohl Maximilian als auch ihre Eltern von dem Haus an. Am Mittwoch war sie notgedrungen mit ihren Eltern, ihren – wie ihr Vater sie inzwischen nannte – Schwiegereltern und ihrem – in seinen Augen – Verlobten zu dem Haus gefahren. Für jemanden, der sich ein ruhiges, gemütliches Leben mit seiner kleinen Familie wünschte, war das Domizil sicherlich wunderschön. Ihr aber kam alleine schon beim Gedanken an *ruhig* und *gemütlich* das Frühstück vom Vortag hoch. Je länger sie über alles nachdachte, desto ärgerlicher wurde sie. Während sie erleben musste, wie ihre Mutter und Frau Ziegler, wild Pläne für die Einrichtung schmiedend, durch das Haus liefen, Maximilian ihr etwas von hochmoderner Technik in der Küche, damit sie entlastet sein würde, erzählte und ihr Vater die Raten berechnete, erhob sich vor ihren Augen das Bild des majestätischen Edinburgh Castle. Eine exzellente Alternative, wie Anabel fand.

Anabel schob ihr Fahrrad die Auffahrt hoch. Die Haustür öffnete sich.

»Bellchen, da bist du ja, du hast heute einen dicken Brief aus Schottland bekommen. Müssten wir da was wissen? Habt ihr ein Partnerprogramm?«

Himmelkreuzdonnerwetter! Wurde nun auch ihre Post schon vorab analysiert?

»Ja, Mama, haben wir. Aber vielleicht darf ich ihn mir erst mal ansehen, ehe ich was dazu sage?« Ärgerlich rauschte sie an der verblüfft zurückweichenden Mutter vorbei, schnappte sich den großen, weißen Brief vom Kästchen im Flur und verschwand in ihr Zimmer.

Schwer atmend warf sie die Tür zu und ließ sich in ihren bequemen, runden Korbsessel plumpsen. Mit zitternden Händen öffnete sie behutsam und respektvoll den schweren Umschlag.

»Gesa, es wird ernst. Die Unterlagen sind da und ich soll binnen vier Wochen in Schottland sein. Wie soll ich das denn schaffen? Ich habe ja noch nicht mal eine Wohnung, ich …«

»Doch, du hast eine Wohnung«, unterbrach Gesa sie ruhig aber bestimmt. »Nun gut, nicht exakt eine Wohnung, aber du hast ein Zimmer in einer WG in Edinburgh.«

»Ich habe *was*?« Anabel ließ überrascht den Umschlag sinken, mit dem sie aufgeregt vor Gesas Augen herumfuchtelte.

Ihre Tante trat beiseite und gab den Eingang für sie frei. »Jetzt komm erst einmal rein, hol tief Luft und beruhige dich. Du schaust aus, als würdest du demnächst einen Herzinfarkt erleiden.«

»Du wirst lachen, so fühlt es sich auch an.« Grummelnd schlurfte Anabel hinter Gesa in die Küche.

»Nerventee mit Baldrian und Johanniskraut?«

»Sehr witzig, Tantchen«

Die aber zuckte schmunzelnd die Schultern. »Das war ernst gemeint.«

Seufzend zog Anabel einen Küchenstuhl zu sich heran und setzte sich. »Auch egal. Ich trinke heute alles, was du mir braust.«

»Brav, Lieblingsnichte.« Während Gesa ihren Tee kochte, brachte sie Anabel auf den aktuellsten Stand.

»Vorgestern hat Kurt sich zurückgemeldet. Seine Tochter Mika studiert Geschichte in Edinburgh, sie möchte einmal im Fremdenverkehr arbeiten.«

»Tourismus, Gesa. Das heißt heute Tourismus«, korrigierte Anabel fast schon automatisch.

»Nix da, Fremdenverkehr, und jetzt hör gefälligst zu. In der Wohngemeinschaft, in der sie ein Zimmer hat, steht ein Zimmer leer, da der Junge die Aufnahmeprüfung an seiner Akademie nicht geschafft hat. Schlecht für ihn, gut für dich.«

»Mensch, Gesa. Das klingt toll, aber es kostet doch sicher ein Vermögen.« Schon während sie das sagte, hätte Anabel sich selbst am liebsten geohrfeigt. Bekam sie denn nichts ohne sofortigen Zweifel hin? Immerhin schien Gesa nicht sauer zu sein, denn die goss Tee in zwei Tassen, stellte sie auf den Küchentisch und murmelte: »Warte mal, kurz. Bin gleich wieder da.«

Die Tante verschwand und Anabel hörte sie im ersten Stock rumoren. Es dauerte nicht lange bis sie zurückkam und sich zu ihr setzte. Gesa hielt ihr ein kleines Büchlein entgegen, das sich rasch als Sparbuch der örtlichen Kreissparkasse entpuppte.

»Gesa, was ist das?«

»Das siehst du doch, meine Große. Mach es auf, na komm schon. Es gehört dir.« Gesa wedelte auffordernd in Richtung des Büchleins.

»Dreitausendfünfhundert Euro? Für mich?« Vor lauter Nervosität fiel Anabel das Sparbuch aus der Hand.

»Kind, trink jetzt sofort deinen Tee. Ich sehe schon, du brauchst ihn heute.« Auffordernd schob die Tante ihr die Tasse näher. »Das Geld war schon immer für dich bestimmt, Anabel. Es sollte dir, falls du es brauchst, den Weg in dein eigenes Leben erleichtern. Ich denke, das ist der perfekte Augenblick. Nimm es, davon kannst du eine kleine Weile deine Kosten decken. Hast du selber nicht auch etwas gespart?«

Anabel nickte eifrig. »Na klar. Wofür hätte ich denn mein Geld ausgeben sollen? Ich habe doch in den Ferien immer gearbeitet. Die paar Klamotten, die ich mir dann gegönnt habe, das war kein Vermögen.« Grübelnd runzelte sie die Stirn. »Warte mal, das müssten fast viertausend Euro sein.«

Ein zufriedenes Lächeln breitete sich auf Gesas Zügen aus. »Mädel, damit kannst du dir ja das ganze Jahr finanzieren. Das Zimmer kostet nur zweihundert schottische Pfund im Monat und, wenn ich Kurt richtig verstanden habe, dann kauft ihr, also fünf Leute, immer reihum ein und jeder kocht einmal die Woche für alle. Super! Passt doch alles.«

Langsam wirkte Gesas Begeisterung ansteckend. »Ja, und wenn es aus ist, dann kann ich immer noch jobben, oder?«

»Du sagst es. Ach, Anabel, soll ich dir was sagen? Ich würde am liebsten mitkommen.« Gesa trank einen großen Schluck von ihrem Tee. »Wer weiß? Vielleicht komm' ich ja nach. Der Loch Linnhe soll ausnehmend schön sein.«

4

»Bist du denn von allen guten Geistern verlassen, Anabel?« Friedrich Taschners Gesicht war so hochrot, dass sie begann, sich ernsthafte Sorgen zu machen. Wutschnaubend wandte er sich seiner Schwester zu, die, vergleichsweise entspannt, in einem der wuchtigen Wohnzimmersessel saß. »Diese Flausen kannst nur du ihr in den Kopf gesetzt haben, Gesa. Auf so einen Blödsinn käme meine Tochter nie von selbst.«

»Lieber Bruder, beruhige dich erst einmal. Du weißt doch, dass mit deinem Blutdruck nicht zu scherzen ist. Abgesehen davon brauchte Anabel mich nicht dazu, um festzustellen, dass ihr, fröhlich über ihren Kopf hinweg, ihr Leben verplant. Zum Donnerwetter, Friedrich, das Mädel ist einundzwanzig Jahre alt. Nun gesteh ihr doch bitte zu, ihr Leben in die eigenen Hände zu nehmen.«

Gesa war mit ihrem alten, knallgelben VW-Käfer vorgefahren und trug noch immer die randlose, runde Nickelbrille, ohne die sie nicht ans Steuer durfte. Diese schob sie jetzt bis zur Nasenspitze und musterte ihren aufgebrachten Bruder. Der holte nur kurz tief Luft und brüllte sofort wieder los.

»Das kannst du sonst wem erzählen. Ich kenne dich zu gut. Du boykottierst unsere Erziehung von Anfang an. Das Kind ist doch noch gar nicht in der Lage, eigene Entscheidungen zu treffen. Dazu ist sie viel zu jung und unerfahren.«

Gesa beugte sich ein wenig zur Seite und warf ihr einen vielsagenden Blick zu. »Hörst du das? Du bist zu jung für eigene Entscheidungen, aber zum Heiraten tät das dann schon passen.«

Anabels Fingernägel gruben sich in ihre Handballen, so angespannt war sie. »Ja, ich höre es, laut und deutlich wie immer.« Sie wollte zwar weitersprechen, doch das übernahm Gesa für sie.

»Friedrich, bloß weil du dein Leben minutiös durchplanst, da du ansonsten – sobald irgendetwas auch nur ansatzweise spontan ist – ins Schleudern kommst, muss das nicht auf deine Tochter zutreffen. Anabel hat das alles sehr gut und umsichtig geplant.«

Gesa lehnte sich sichtlich entspannt in ihrem Sessel zurück. »Du kannst dich auf den Kopf stellen und mit den Ohren wackeln, aber Anabel wird ihr Auslandsjahr jetzt durchziehen, basta.«

»Als ob *du* das zu entscheiden hättest …« Entschlossen trat ihr Vater einen Schritt auf seine Schwester zu.

»Ich habe das zu entscheiden, nur ich allein. Ich bin volljährig und kann und darf meine eigenen Entscheidungen treffen«, unterbrach sie ihren Vater mit einer Bestimmtheit, die sie selbst überraschte.

»Anabel, Bellchen, wie sprichst du denn mit deinem Vater?«

Ah, ihre Mutter war also nicht nur körperlich anwesend, sondern hörte tatsächlich zu.

»So, wie ich es schon vor einer ganzen Weile hätte tun sollen. Ich will ja nichts Böses, und ich will auch nicht mein komplettes Leben über den Haufen werfen. Alles, was ich will, ist herauszufinden, ob ich auch wirklich das Richtige tue. Hier kann ich das nicht. Ihr lasst mir ja nicht einmal die Möglichkeit zu entscheiden, ob ich das Leben will, das ihr für mich plant.«

Ihre Mutter versuchte es auf die sanfte Tour. »Aber, Bellchen, wir wollen doch nur dein Bestes, nämlich dass du abgesichert bist. Was wäre denn, wenn uns beiden etwas zustoßen würde? Bei Maximilian hast du dann einen sicheren Hafen.«

Anabel bemerkte Gesas geradezu angewiderten Blick und

musste sich auch selbst enorm zusammenreißen. »Mama, ich brauche keinen Hafen. Das, was ich brauche, ist ein Leben. Ich will keine *Wenns* und *Abers* mehr – ich will, dass meine Entscheidungen respektiert werden.«

Nun war der Blick der Tante deutlich bewundernd und er tat ihr in diesem Augenblick so richtig gut.

Ihr Vater sprang sofort zornig vom Sofa auf, wo er sich gerade neben ihrer Mutter niedergelassen hatte. Auf seiner Stirn pulsierte die – wie sie sie schon seit frühester Kindheit nannte – Zornader so heftig, dass sie argwöhnte, sie würde gleich platzen.

»Dann erklär das doch einmal Maximilian. Was denkst du, wie dein Verlobter sich fühlt, wenn er hört, dass du ihn sitzen lässt.« Ohne weiteren Kommentar verließ ihr Vater den Raum.

Ihre Mutter erhob sich ebenfalls und zupfte umständlich den engen, grauen Rock zurecht, den sie zu einem edlen schwarzen Rollkragenpullover trug. »Das habt ihr ja fein eingefädelt. Was ich, auch im Namen von Friedrich, hier aber unbedingt noch bemerken möchte, und was eventuell den Plänen meines Fräulein Tochter doch noch unangenehm in die Quere kommt, das ist der Umstand, dass du jegliche finanzielle Unterstützung von unserer Seite vergessen kannst. Hast du das verstanden, junge Dame?«

»Ja, Mama. Ich habe mit eurer Hilfe auch nicht gerechnet. Komm doch bitte, Gesa. Ich glaube, ich muss noch einiges erledigen.«

Ehe ihr die Tränen kommen konnten, stand Anabel auf und ergriff die Hand ihrer Tante. Eilig verließen sie das Wohnzimmer.

»Kind, gräm dich nicht. Du kennst die beiden doch von Geburt an. Mal ehrlich, waren sie jemals anders?« Gesa streichelte der Nichte tröstend über die Wange.

»Was nichts daran ändert, dass ich sie langsam gar nicht mehr verstehe.«

»Na, das fällt dir einfach nur jetzt erst auf, Anabel. Bisher hast du immer alles brav geschluckt. Aber nun komm, lass uns zu etwas viel Wichtigerem als den Eigenheiten deiner Erzeuger übergehen.« Gesa trat an den Schreibtisch ihrer Nichte und klappte deren Laptop auf. »Wann musst du noch mal in Edinburgh sein?«

»Am Montag, den 23. Mai. Die Einführungsveranstaltungen beginnen um neun Uhr.«

»Prima, dann sehen wir zu, dass wir für Freitag, den 20. Mai, einen Flug ergattern. So hast du ein ganzes Wochenende, um dich ein wenig einzuleben.« Gesa warf Anabel einen auffordernden Blick zu. »Nun komm schon. Auf, auf. Wir sind ja schließlich nicht zum Spaß hier.«

Während sie sich langsam durch das Angebot der Airlines für Flüge nach Schottland scrollten, beobachtete Gesa ihre Nichte sehr genau.

»Anabel, hör sofort damit auf, dir auf der Lippe herumzubeißen. Was ist denn los, meine Große?«

»Ich versuche gerade mein Damoklesschwert zu ignorieren.« Anabel warf ihr einen hilfesuchenden Blick zu.

»Ah, du sprichst von Maximilian? Es nutzt ja nichts, Kind. Je schneller du es ihm sagst, desto schneller weißt du, wie er reagiert. Los, ruf ihn an und sag ihm, dass ihr euch heute noch treffen müsst.«

Angesichts des traurigen Blickes ihrer Nichte hätte sie ihr das klärende Gespräch mit dem jungen Mann gerne abgenommen. Sie sah zu, wie Anabel mit zittrigen Fingern die Kurzwahl eintippte und atemlos lauschte. Als Anabel, kaum, dass Maximilian sich gemeldet hatte, überhaupt nicht mehr zu Wort kam, ahnte sie bereits Böses. Sie hörte, wie Anabel nur noch dazu kam, zu antworten.

»Ja, Maximilian … Ja, aber … Lass mich doch … Ja, gut. Heute Abend dann.«

»Was war das denn bitte?« Ärgerlich zupfte sich Gesa die störende Brille von der Nase.

»Das war mein bereits bestens informierter Verlobter. Dein Bruder hat ganze Arbeit geleistet.«

Das durfte doch nicht wahr sein. »Siehst, du? Wieder einer der Gründe, warum du schleunigst hier verschwinden musst. Unfassbar. Egal, was du tust, alles wird brühwarm sofort diskutiert. Nicht mal deinen Freund darfst du selbst informieren.«

»Stimmt genau. Und darum buchen wir nun bitte sofort den Flug da.« Anabels Finger deutete nachdrücklich auf den Bildschirm.

»Es reicht!« Wütend stand Anabel mitten im Raum. Ab sofort war sie auf sich alleine gestellt, denn ihr Vater hatte Gesa allen Ernstes aus dem Haus geworfen. Dass Maximilian bereits von ihrem Vater gründlich geimpft worden war, das wusste sie. Dass seine Familie gleich mit anrückte, das überraschte sie. Die Ansprache ihres Vaters jedoch, die war der Tropfen gewesen, der das Fass zum Überlaufen gebracht hatte: »Verwirrt« war sie also und »nicht in der Lage einen klaren Gedanken zu fassen«, ganz zu schweigen von »alleine nicht fähig Entscheidungen zu treffen und von Gesa negativ beeinflusst«.

Das ging eindeutig zu weit. »Sagt mal, glaubt ihr denn tatsächlich, dass ich nicht in der Lage bin, eigenständig zu denken? Glaubt ihr ernsthaft, dass ich Gesa brauche, um festzustellen, dass ihr ohne Rücksicht auf Verluste über mein Leben bestimmt?«

Maximilian saß bemerkenswert unruhig auf der vordersten Kante des Sessels. »Und in dem Augenblick, in dem du beginnst selbständig zu denken, beschließt du sofort, mich zu verlassen?«

Entnervt verdrehte Anabel die Augen. »Maxi, ich verlasse dich doch nicht. Ich nehme mir das Recht heraus, endlich einmal etwas anderes zu sehen.«

»Und mit anderen Kerlen herumzuhuren, oder wie?«, fiel ihr Vater ihr ins Wort und warf ihr einen eisig-kalten Blick zu.

Die Anschuldigung war so bodenlos und so aus der Luft gegriffen, dass ihr um ein Haar die Tränen kamen. »Sag mal, Papa, geht's noch? Das hat mit vernünftiger Argumentation nichts mehr zu tun. Wenn es jetzt so weit ist, dass du mit deinen Wutargumenten anfängst, dann können wir das auch gleich bleiben lassen.«

»Aber Kind, dein Vater will doch nur, dass du keine unüberlegte Dummheit machst.« Maximilians Vater und sein jovialer Ton mochten in der Politik und bei seinen Klienten bestens ankommen, Anabel aber machte er nur noch wütender.

»Ich bin eine erwachsene Frau, die einen hervorragenden Schulabschluss hingelegt hat und inzwischen in ihrem Studium Erfolge vorweisen kann. Darauf bin ich stolz. Ich lasse mir nicht unterstellen, dass meine Entscheidungen dumm sind.« An Maximilian gewandt fuhr sie fort: »Noch einmal, Maxi: Ich will dich nicht verlassen. Wir bleiben in Kontakt und ich melde mich regelmäßig. Wenn du aber nun beschließt, dass ich es nicht wert bin, dass man ein Semester auf mich wartet, dann kann ich das verstehen und muss es akzeptieren.«

Oh yes! Volltreffer. Dass das gesessen hatte, konnte sie ihrem Freund am Gesicht ablesen. Wenn man sie hier mit unhaltbaren Anschuldigungen anging, dann durfte sie auch ein wenig in die Argumentationskiste greifen. Tatsächlich ruderte Maximilian prompt zurück.

»Anabel, Schatz, das habe ich doch nicht gesagt. Ich bin nur maßlos enttäuscht, dass du unsere Pläne einfach über den Haufen wirfst und auf einmal Entscheidungen im Alleingang triffst.«

Als sie sich daraufhin an alle Anwesenden wandte, lag ein etwas sarkastisches Lächeln auf ihren Lippen. »Fein, dann siehst du, nein, dann seht ihr alle endlich, wie ich mich die ganze Zeit schon fühle. So viel zu Entscheidungen im Alleingang, liebe Familie.«

Maximilians Mutter schien es an der Zeit zu sein, ihre eigenen, »fundierten« Argumente einzubringen. »Anabel, das ist doch alles Humbug. Hier hast du dein Zuhause, deine Familie, alles, was du brauchst. Schottland ist schrecklich. Die Menschen sind ebenso rau wie das furchtbare Wetter, nichts als Regen und Nebel – dort gibt es doch nichts Ansprechendes.«

»Ja, hör auf Anne, Bellchen. Du wirst dort eingehen wie eine Primel. Du bist es doch nicht gewohnt, alleine zu sein.« Ihre Mutter legte den Kopf schief und sah sie mit dem üblichen »Nun-gib-schon-zu-dass-ich-recht-habe«-Blick an.

Anabel schwieg eine kleine Weile, und erst als sie bemerkte, dass sich auf den Mienen ihrer Kontrahenten ein siegessicheres Lächeln ausbreitete, antwortete sie:

»Ihr könnt mit dem Unfug aufhören. Meine Entscheidung steht fest. Mein Flug ist gebucht, das Übergepäck bezahlt, ein Zimmer in einer WG gefunden, genug Geld habe ich auch gespart, meine Unterlagen für die Kunsthochschule liegen alle vor. Am 20. Mai, um kurz nach zwei Uhr, geht mein Flug nach Edinburgh und ich werde definitiv fliegen. Mal ganz abgesehen davon, soll ich euch etwas sagen? Auf den schottischen Regen freue ich mich sehr, und Nebel fand ich schon immer faszinierend.«

Anabel straffte ihre Schultern, reckte kampfeslustig das Kinn in die Höhe und warf einen Blick in die Runde. »Noch Fragen?«

5

»Du hast alles eingepackt?« Gesas fragender Blick holte Anabel schnell in die Realität zurück.

Das war auch nötig, denn zum einen weilte sie geistig schon seit Tagen in Edinburgh und zum anderen war sie unbeschreiblich nervös. Endlich war er da, der große Tag. Dass ihre Eltern demonstrativ nach München gefahren waren, erleichterte sie eher, als dass es sie traurig machte. So konnten sie und Gesa ihr Gepäck in Ruhe zu Gesas Käfer schleppen und darin verstauen. Und ihr bot sich die Chance, im Geiste noch einmal alles durchgehen, um nur ja nichts zu vergessen.

»Ich glaube ich habe alles: Pass, Unterlagen, Geld, Krankenkarte, Versicherungsschein, Führerschein, Scheckkarte, Kreditkarte, Flugschein ist ausgedruckt.« Sie zuckte kurz die Schultern. »Nein, ich habe wirklich alles.«

»Na dann, ab ins Auto und los geht es. Du musst zwei Stunden vor Abflug da sein, vergiss mir das nicht.«

Gesa umrundete bereits das Auto, während sie noch einen letzten Blick auf ihr Zuhause warf. Obwohl sie eigentlich erwartet hatte, zumindest ein wenig traurig zu sein, machte sich nun in ihr ein ganz anderes Gefühl breit: Erleichterung! Lächelnd ließ Anabel sich auf den Beifahrersitz plumpsen.

»Na, dann gib deiner Rennsemmel mal die Sporen, Tantchen. Ich warte nur auf dich.«

Das Lächeln ihrer Tante war sehr herzlich. »Anabel, du glaubst nicht, wie schön es ist, dich so zu erleben.«

Während Gesa das Auto langsam aus der Einfahrt lenkte und in die Straße vor dem elterlichen Anwesen einbog, rutschte Anabel zufrieden noch tiefer in ihren Sitz. Ja, sie war wirklich so weit – das Abenteuer konnte beginnen.

Dank Gesas vorausschauender Planung waren sie im Münchner Flughafen unter den ersten Fluggästen in der Schlange zum Check-In-Schalter. Binnen zwanzig Minuten war Anabel ihr Gepäck los und hielt ihre Boardingkarte in den Händen. Aufgeregt schulterte sie ihren Rucksack und zog Gesa mit sich, um zur Sicherheitskontrolle zu gelangen.

»Immer mit der Ruhe. Anabel. Ich verabschiede mich jetzt von dir. Ich mag Abschiede eh nicht besonders und den vom einzigen Familienmitglied, das mich nicht andauernd auf die Palme bringt, sowieso nicht. Aber was muss, das muss. Meine Große, pass auf dich auf. Melde dich regelmäßig. Und ich will alles wissen, hörst du? Über die hübschen Schotten, die WG, deine Mitbewohner, na ja, so eine Rundumberichterstattung eben.« Gesa breitete einladend die Arme aus. »Nun komm schon her und drück mich noch mal.«

Der Abschied von ihrer geliebten, verrückten Tante war nicht leicht, doch Gesa würde ebenso wenig aus der Welt sein wie sie. Sie winkte Gesa noch nach, als diese durch die riesige Drehtür ins Freie verschwand und wollte gerade auf die ziemlich lange Warteschlange an der Sicherheitskontrolle zugehen, als sie ihren Namen hörte.

»Anabel, so warte doch einen Augenblick.« Maximilian kam in Riesenschritten herbeigespurtet. »Bitte warte. Ich kann dich doch nicht einfach gehen lassen, ohne dir ›Auf Wiedersehen‹ zu sagen.«

Nun war sie etwas verwundert. »Ich freu mich wirklich, dich zu sehen, aber bist du denn nicht stinksauer?«

Seufzend schüttelte ihr Freund den Kopf und musterte sie mit unergründlichem Blick. »Nicht sauer, Schatz, sondern enttäuscht und traurig. Glaub mir, es ist nicht leicht, dich gehen zu lassen. Aber ich weiß, dass ich es tun muss. Ich bin mir einfach ganz sicher, wenn ich jetzt versuchen würde dich aufzuhalten, dann würde ich dich ganz gewiss verlieren.«

Anabel schlang ihre Arme um seine Mitte. »Danke. Das zu hören beruhigt mich. Es war kein schönes Gefühl, dich einfach so, ohne Abschied, zurückzulassen. So ist es besser.«

Maximilian gelang ein leicht schräges Lächeln. »Ja, das find ich auch. Ich sehe auch zu, dass ich deine Eltern ein bisschen einnorde. Damit sie sich wieder beruhigt haben, wenn du in einem halben Jahr zurückkommst.«

Um ein Haar hätte sie ihn verbessert, doch das konnte sie sich in diesem Augenblick nun wahrlich verkneifen. Wie er auf sechs Monate kam war ihr zwar schleierhaft, aber das mit dem Jahr konnte sie ihm immer noch von Schottland aus beibringen.

»Tu das, Maxi. Ich hab dich lieb. Pass ein bisschen auf Maria auf. Die ist ohne mich sonst komplett aufgeschmissen.«

»Mach ich, verlass dich auf mich.« Grinsend wuschelte Maximilian ihr durchs Haar und küsste sie ein letztes Mal, ehe er einen Schritt zurückging. »Und jetzt ab mit dir. Ich will nicht schuld sein, wenn du deinen Flieger verpasst.«

Mit noch mehr Leichtigkeit im Herzen und noch glücklicher als zuvor stapfte sie auf die Kontrolle zu. Sie hatte die Sicherheitskontrolle schon hinter sich gelassen, als sie sich noch einmal umdrehte. Maximilian stand noch immer dort und winkte ihr zu. Anabel warf ihm eine Kusshand zu und winkte zurück. Vielleicht würde sie ja wenigstens ihn vermissen.

Edinburgh Flughafen, 20. Mai 2016

Oha, Schottland war dann doch ein wenig frisch. Okay, frisch und feucht. Anabel zog den Kragen ihrer dicken, hellgrauen Sweatjacke etwas höher und sah sich suchend um. Gerade hatte sie das Ankunftsterminal des Flughafens von Edinburgh verlassen und strebte nun mit den anderen Fluggästen auf die Bushaltestellen direkt vor dem Flughafen zu. Kurt war so nett gewesen, ihr ein paar Ratschläge an die Hand zu geben, und einer davon lautete: Fahr alles mit dem Bus. Sie wusste daher auch, dass sie den 38ger nehmen musste und dass das Ganze ein Pfund sechzig kosten würde. In der Ankunftshalle hatte sie einen sehr leckeren Schokoriegel gekauft und war nun im Besitz von genug Münzen, um die Busfahrt zahlen zu können. Der Bus kam, öffnete seine Türen und ließ die ordentlich in Reih und Glied wartenden Fahrgäste einsteigen. Gut, sie wusste welchen Bus, sie wusste wie viel es kostete, aber was war das denn? Der Fahrer saß hinter einer Glaswand und vor ihr war nichts außer einem seltsamen Trichter. Misstrauisch beäugte sie das Konstrukt.

»Lady, wenn du mitfahren möchtest, musst du dem Ding da vertrauen und ihm dein Geld geben.« Der schottische Dialekt, der aus einem kleinen Lautsprecher neben der Scheibe erschallte, war zum Niederknien, und außerdem klang da durchaus noch ein Lächeln aus der Stimme.

Anabel hob den Blick und sah den Fahrer unsicher an. »Da hinein?«

»Ja, hab Vertrauen.« Das Lächeln des jungen Mannes wurde noch etwas breiter. »Du triffst, da bin ich mir sicher.«

Schmunzelnd warf sie ihre Münzen in den Trichter, und prompt ratterte eine kleine, rechteckige Fahrkarte aus dem Schlitz daneben.

»Siehst du, du hast es geschafft. Wohin willst du denn?« Der Busfahrer wurde ihr immer sympathischer.

»Zur Claremont Park Road in Leith.«

»Na, dann verstau deine Riesenkoffer da hinten in der Ablage und setz dich hin. Ich gebe dir Bescheid, wenn du raus musst. An der Easter Road musst du aussteigen.«

Anabel bedankte sich bei dem ausgesprochen netten Fahrer, schleppte ihren gigantischen Koffer nach hinten, wuchtete ihn in die dafür vorgesehene Ablage und kletterte in die hinterste Sitzreihe.

Die Fahrt grenzte an eine Sightseeing-Tour. Zum einen war es ein Direktbus, was ihr das lästige Umsteigen ersparte, zum anderen fuhr er eine bemerkenswerte Route, auf der es ihr gelang, einen Blick auf das Schloss hoch oben auf einem Hügel zu erhaschen. Sie fuhren vorbei am Parlament, an Holyrood Palace und seinem Park, über Abbey Hill, passierten die Royal Mile und die Princess Street, an die sie sich noch von ihrem Kurzaufenthalt erinnern konnte, und entlang diverser, weiterer Sehenswürdigkeiten, die in jedem Reiseführer angepriesen wurden. Schließlich gelangten sie in eine Wohngegend, von der Anabel spontan nicht genau wusste, was sie davon halten sollte. Etwas trist muteten die hauptsächlich aus grauen Steinquadern erbauten Häuser an, doch das konnte auch an dem wolkenverhangenen Himmel liegen, durch den es derzeit kein einziger Sonnenstrahl schaffte, die Umgebung etwas aufzuhellen. Immerhin regnete es nicht mehr, als der Fahrer die Easter Road ankündigte. Anabel schulterte ihren Rucksack wieder und bugsierte den Koffer mit ein wenig Mühe auf die Straße. Zwar war es noch nass, aber wenigstens blieb sie selbst trocken. Ihre App zeigte an, dass sie etwa zehn Minuten würde laufen müssen, bis sie das Haus der WG erreicht haben würde.

An zahlreichen, sehr hübschen Guesthouses vorbei gelangte Anabel schließlich in eine kleine Straße, in der sie zwar auch graue, aber gepflegte, typisch schottische Häuser erwarteten. Liebenswerte Kleinigkeiten machten jedes einzelne der zweistöckigen Gebäude zu etwas Besonderem. An einigen waren Blumenampeln aufgehängt, wohingegen andere mit bunt gestrichenen Fensterläden dem Grau in Grau tapfer trotzten. Lustige Figuren oder Blumen, Büsche und Sträucher schmückten die kleinen Vorgärten, die fast alle von niedrigen Zäunen oder Mauern und schönen, alten schmiedeeisernen Toren von der Straße abgegrenzt wurden. Anabel bestaunte die schmalen Eingänge an den Häusern und überlegte sich schmunzelnd, wie da wohl so manch ein Zeitgenosse von hier hindurch passen sollte. Endlich kam sie auch auf die Idee, sich die Nummern an den Hauswänden anzusehen. Na prima, da war die Nummer 8 wohl am anderen Ende der Straße. Anabel atmete einmal tief durch, umfasste den Griff ihres Rollkoffers etwas fester, und machte sich auf den Weg, um das Haus der WG zu finden. Ein paar Minuten später stand sie schnaufend wie eine alte Dampflok vor einem ansehnlichen Bauwerk. Wie alle anderen hatte das Haus zwei Stockwerke, einen winzigen Vorgarten, einen Eingang, zu dem drei schmale Stufen hinaufführten, und bunte Fensterrahmen. Alle Rahmen waren in feuerwehrrot gestrichen, die Querverstrebungen der typisch schottischen Sprossenfenster hingegen in glänzendem Lackschwarz. Das sah edel und auffällig aus, vor allem, da die Haustür in den gleichen Farben gehalten war: Knallrotes Türblatt und schwarzer Rahmen. Die Wände waren aus hellgrauen Granitsteinen erbaut und schimmerten ein kleines bisschen, als sich nun ein zaghafter Sonnenstrahl in die Straße verirrte. Das sah doch schon einmal sehr gut aus. Je näher sie allerdings nun dem Eingang kam, umso mehr rutschte ihr das Herz in die Hose. Sie kannte schließlich keinen einzigen ihrer Mitbewohner, nicht einmal Mika, Kurts Tochter. Mit ihr hatte sie vorab immerhin einmal telefonieren können, doch das war es auch. Zumindest war sie am Telefon sehr freundlich und amüsant gewesen, und Kurt behauptete, seine Tochter sei das Beste und Verrückteste, das er zustande gebracht hätte. Klang gut, eigentlich, aber man wusste ja nie. Mit einem flauen Gefühl im Magen stieg sie die drei Stufen zum Eingang empor, wo es erst einmal eine Weile dauerte, ehe sie die versilberte, dicke Kette mit dem Symbol einer Distel am Ende als Glocke identifizierte. Zaghaft zog sie daran, woraufhin im Haus ein melodischer Dreiklang erschallte. Kurz darauf vernahm sie das Knarren einer Tür und dann leise Schritte, die sich näherten. Dass diese Schritte so leise nicht gewesen sein konnten und wohl eher die Tür gut isolierte, wurde ihr bewusst, als der große Mann, der ihr öffnete, sich vor ihr aufbaute.

Ohne es verhindern zu können, stahl sich ein Lächeln auf ihre Lippen. Es stimmte also doch, Elvis lebt! Okay, er war wieder Anfang zwanzig, schlank und ohne Glitzeranzug – aber immerhin, er lebte.

Viel Zeit ließ das unfreiwillige Double des King of Rock ihr aber nicht zum Nachdenken.

Er pustete sich eine widerspenstige Haarsträhne, die sich aus der schwarzen Tolle gestohlen hatte, aus der Stirn, schob sich die Ärmel seines schwarz-weiß karierten Hemdes zurück und streckte ihr die Hand entgegen.

»Okay, du musst Anabel sein. Ich bin Hanson, einer deiner Mitbewohner.« Er deutete auf ihr Gepäck und musterte dann sie selbst mit bewunderndem Blick. »Respekt! Hast du den Schrankkoffer und diesen nicht gerade winzigen Trekkingrucksack ganz alleine bis hierher gewuchtet? Du hättest anrufen können, dann wäre einer von uns, also aller Wahrscheinlichkeit nach ich, losgefahren, um dich zu holen.«

Anabel holte tief Luft. »Das ist wirklich lieb, aber ich habe es ja geschafft. Und der Ordnung halber: Ja, ich bin Anabel. Freut mich, dich kennenzulernen.«

»Ganz meinerseits. Aber nun geh bitte mal rasch beiseite, dann hole ich das Monstrum erst einmal rein, damit wir die Tür wieder zumachen können. Sonst hat sich das mit der Wärme. Du musst wissen: Ich habe gerade den Kamin angeworfen.«

Eilig huschte sie an ihm vorbei, was sich mit dem großen Rucksack als gar nicht so einfach erwies, und blieb in dem schmalen Flur stehen, während Hanson ihren Koffer ins Haus brachte. Den stellte er am Fuß einer Holztreppe ab, die rechts neben dem Eingang nach oben führte.

»Ich zeige dir erst mal alles hier unten. Folge mir unauffällig.« Grinsend machte er auf dem Absatz seiner groben, dunkelbraunen Wildlederstiefel kehrt und stapfte vor ihr her.

Hanson führte sie durch eine Glastür, die den vorderen Flur vom Wohnbereich trennte und deutete nach links in einen großen Raum, in dem tatsächlich ein wärmendes Feuer in einem schön gemauerten Kamin flackerte. »Einmal nach links, bitte.«

»Ihr habt tatsächlich einen offenen Kamin? Das sieht ja cool aus.«

»Das gute Stück haben Sean und ich mit ziemlich viel Mühe restauriert. Den hättest du sehen sollen, als wir vor über einem Jahr hier eingezogen sind. Zu gebrauchen war der nicht mehr.« Hanson war sichtlich stolz auf sein Werk. »Das ist also unser gemeinsamer Wohnbereich.« Er zeigte auf ein Bücherregal, das fast die ganze linke Wand des Raumes einnahm. »Die Bücher da drin gehören uns allen. Jeder stellt seine dazu. Und es ist Ehrensache, dass jedes Buch auch wieder zurück findet, nachdem man es gelesen hat.«

»Verstanden.« Anabel nickte beeindruckt. Auch die zwar offensichtlich alte, aber gepflegte Ledercouch, auf der gut und gerne vier Leute Platz finden konnten, und die beiden passenden Sessel fügten sich perfekt in das gemütliche Ambiente des fast rechteckigen Raumes ein, an dessen rechter Seite das Feuer im Kamin fröhlich vor sich hin flackerte und dessen Holzdielenboden mit bunten, wild durcheinandergewürfelten Teppichen ausgelegt war. Nur vor dem Kamin befand sich, wahrscheinlich aus Sicherheitsgründen, eine halbrunde Kupferplatte, direkt daran angrenzend ein flacher, runder Tisch aus dunkelbraunem Holz, der afrikanisch anmutete. Die Wände waren, untypisch für Schottland, nicht tapeziert, sondern in einer warmen Farbe – Sand, mit einem Hauch Orange – gestrichen. Auf der Anrichte an der rückwärtigen Wand standen allmögliche Gläser, Tassen und ein komplettes, froschgrünes Keramik-Teegeschirr. Was in dem braunen Holzschrank an der seitlichen Wand lagerte, konnte Anabel zwar nicht sehen, doch das was sie sah, gefiel ihr schon einmal sehr gut.

»Gut, so viel zum Wohnzimmer, ab in die Küche.« Hanson schien es eilig zu haben.

Die Küche der WG, die man sowohl über einen kleinen Torbogen vom Wohnzimmer aus, wie auch über den Flur betreten konnte, erwies sich als klein, aber hell und mit allem ausgestattet, was man brauchte. Es gab einen Gasherd mit fünf Kochstellen, einen gigantischen Kühlschrank mit Eiswürfelbereiter, ein Zugeständnis ihres Vermieters, wie Hanson berichtete, da er und Sean viel Zeit in die Renovierung des Hauses gesteckt hatten. Spüle und Herd verband eine schöne, lange Arbeitsplatte, über der ein ebenso langes Regal mit drei Böden hing. An der Kopfseite der Küche führte ein großes Fenster hinaus in einen Hinterhof, in dem Sally und Mika, laut Hanson, in großen Tontöpfen Kräuter angebaut hatten. Es gab eine Mikrowelle, eine altmodische lila Kaffeemaschine und einen Ofen mit angenehm großer Backröhre. Und in dem rot gestrichenen Holzregal – auch ein Werk von Hanson – fanden sich zahlreiche Küchenutensilien. Der Boden bestand auch in der Küche aus liebevoll gepflegten, alten Holzdielen.

»Einmal im Monat ein bisschen einölen, dann passt das. Zwar fallen wir dann regelmäßig jeder einmal auf die Nase, weil wir nicht dran denken aufzupassen, aber das ist nicht so schlimm«, sagte Hanson.

»Ihr habt es wirklich schön hier.« In Anabels Stimme lag eine gehörige Portion Bewunderung.

Lachend schob Hanson sie aus der Küche. »Was hast du denn erwartet? Studentisches Chaos? Das klappt hier nicht. Wenn man mit fünf Leuten in einem doch recht kleinen Haus lebt, dann muss man, so spießig das klingt, auf Ordnung achten. Der Einzige, der da ab und an aus der Reihe schlägt, ist Sean. Aber der ist eh ein Sonderfall.«

»Was ist da drin?« Neugierig deutete Anabel auf die weiße Holztür, die gegenüber dem Küchenausgang vom Flur abging.

»Mylady, das Speisezimmer. Na los, geh ruhig rein.«

Das Esszimmer war zwar auch klein, aber mit den in Terrakottafarbe gestrichenen Wänden, dem langen braunen Holztisch, den Sean vom Sperrmüll gerettet und neu hergerichtet hatte, durchaus schön und gemütlich. Die acht einfachen Bistrostühle hatten sie bei einer Caféauflösung ergattert und lediglich neu lackiert. Nun harmonierten sie prima mit dem rustikalen Tisch. Vom Esszimmer aus konnte man, wie in der Küche, auf den Innenhof schauen und hier genau in einen gerade gelb erblühenden Ginsterbusch.

»So, direkt nebenan ist Sallys Reich. Sie ist die Einzige, die ein eigenes Bad hat. Wobei Bad ein wenig großkotzig klingt, angesichts der putzigen Nasszelle, die der Begriff umschreibt.« Hanson schloss die Esszimmertür und zeigte auf die grün-weiß gestreifte Holztür des Nachbarraumes. »Sally ist halb Schottin, halb Irin. Eine nicht immer einfache Kombi, wie du sicher noch herausfinden wirst, aber unterm Strich ist sie echt in Ordnung. Sie studiert eigentlich Chemie, aber wenn du nachher mal in den Hof schaust, dann siehst du ihr wahres Steckenpferd. Sie schweißt da richtig gute Skulpturen zusammen.«

Hanson warf einen Blick auf die Uhr an seinem Handgelenk.

»Oh, so spät schon. Anabel, ich helfe dir rasch dabei, deinen Koffer nach oben zu bringen. Dein Zimmer ist im zweiten Stock. Das Bad teilst du dir mit Mika. Im ersten Stock sind Seans und mein Zimmer, und auch wir teilen uns das dortige Bad – zu meinem Leidwesen.« Hanson rollte genervt mit den Augen. »Nun weißt du alles. Geh voran. Ich trage deinen Koffer hoch.«

Anabel war verflixt froh, dass Hanson den schweren Koffer für sie die enge Treppe hochschleppte. Tatsächlich war der Rucksack schon schwer genug und bei den schmalen, nicht immer gleichmäßigen Stufen musste man wirklich auf jeden Schritt achten. Oben angekommen stieß ihr neuer Mitbewohner die Tür zu ihrem Zimmer auf und machte eine einladende Handbewegung.

»Bitte sehr. Das wäre dann mal dein Reich, Mikas ist gleich nebenan, und die Tür direkt gegenüber führt in euer Bad. Tut mir leid, wenn ich gerade etwas Hektik verbreite, aber ich bin heute mit Kochen dran und muss noch einkaufen.« Er grinste sie entschuldigend an. »Sonst gibt's Cracker mit Edamer. Ich glaube die anderen würden mir was husten, aber wenn ich es nicht mehr schaffe, schieb ich es einfach auf dich.« Die dunkelblauen Augen unter dem schwarzen Haarschopf blitzen sie fröhlich an.

»Prima, das tust du bitte nicht, sonst mache ich mich gleich zu Anfang unbeliebt.« Erschöpft ließ Anabel ihren Rucksack zu Boden gleiten. »Ist der Supermarkt weit weg?«

Hanson verneinte. »Mit dem Auto fünf Minuten. Warum? Brauchst du was? Kann ich doch mitbringen.«

Der Knabe war echt nett. »Das wäre lieb. Nur Milch, Schokokekse und ein bisschen Obst. Warte, ich gebe dir Geld mit.«

»Geht klar. Geld bitte nachher, habe keine Zeit mehr. Bis später.«

Ehe sie noch etwas sagen konnte, war Hanson schon auf der Mitte der Treppe, und wenige Augenblicke später fiel die Haustür mit einem lauten *Rumms* ins Schloss. Die plötzliche Stille nach dem lauten und aufregenden Tag war angenehm. Hier war sie nun: in einem fremden Land, in einem fremden Haus, bei fremden Menschen. Neugierig betrachtete sie ihr Zimmer. Links neben der Tür war eine leichte Dachschräge, von wo aus ein angenehm großes Fenster nach hinten hinausging. Man konnte über die Nachbarhäuser und vor allem in die Nachbargärten sehen. Sie mochte, was sie sah und fühlte sich fast wie in einem der typischen, schottischen Filmsets. Die Wände ihres Zimmers erstrahlten in jungfräulichem Weiß. Zwischen Tür und Fenster, an der Wand zum Flur, stand ein schwarzes Metallbett samt Bettzeug und Bettwäsche. Dabei hatte sie extra zwei Garnituren Bezüge mitgeschleppt, aber besser so als anders. Unter dem Fenster befand sich ein herrlich alt aussehender Schreibtisch und ihr gegenüber wartete ein sicherlich nicht mehr neues, aber sauberes und bequem wirkendes, weinrotes Zweisitzsofa auf sie. Neben sich an der rechten Wand erspähte sie ein schönes, stabiles Regal mit fünf Böden. An der Wand zu Mikas Zimmer hatte wohl einer ihrer Vorgänger oder der Vermieter selbst einen richtig großen Einbauschrank errichtet. Also Platzprobleme für ihre Klamotten würde sie schon einmal nicht haben. Ihren Laptop, auf dem sie Filme gucken konnte, hatte sie bei sich und ein CD-Player mit anständigen Boxen würde demnächst eintrudeln, Gesa hatte ihn online bestellt, als Abschiedsgeschenk. Einrichten konnte sie sich Schritt für Schritt. Nun wollte sie erst einmal ankommen. Ankommen und ganz dringend Hände waschen! Eilig begann sie ihren Koffer auszupacken, auf der Suche nach ihren beiden Kulturbeuteln.

Das Bad war, nun, wie sollte sie es umschreiben? Niedlich traf es wohl am ehesten. Klein, jedoch hell und sauber, mit weißen Wänden, einer Toilette, einer runden Duschkabine, einem herrlich alt anmutenden Waschbecken und einem großen, in die Wand eingelassenem, gemauertem Regal mit vier Böden, von denen zwei leer waren. Prima. Zufrieden stellte Anabel ihre ersten Utensilien darin ab. Das ein wenig blinde Sprossenfenster war mit einem knallgelben Vorhang bespannt, was für warmes Licht sorgte. Bis jetzt sah das alles verdammt gut aus. Rasch wusch sie ihre Hände, räumte in Windeseile ihre Siebensachen in Schränke und Regale, bezog das Bett und öffnete zum Lüften das Fenster. Just als sie, tief die frische Luft in ihre Lungen saugend, ein wenig entspannte, fiel im Erdgeschoss die Tür erneut ins Schloss. Anabel vernahm ein lautes Rumoren im Flur, und dann stürmte auch schon jemand im Laufschritt die Treppe nach oben. Ein Wirbelsturm begrüßte sie.

»Du bist ja schon angekommen. Oh Mann, ich wollte doch da sein und dich begrüßen. So was Blödes aber auch.«

Die junge, schwarzhaarige Frau, die, mit vor Begeisterung blitzenden Augen, vor ihr stand, war Anabel sofort sympathisch.

»Hi, ich bin Mika, Kurts Tochter. Und egal was sie dir über mich erzählt haben, ich bin vollkommen normal.« Mika reichte ihr lächelnd die Hand.

»Freut mich. Du musst dir keine Gedanken machen, Hanson

hat dich würdig vertreten. Ich kenne mich schon überall aus.« Anabel erwiderte erfreut Mikas festen Händedruck.

Mika schmunzelte und hob die rechte Augenbraue. »Ach, unser Shaking Stevens der Neuzeit? Na, gut, dass er es war und nicht Sean. Du hättest einen vollkommen falschen Eindruck bekommen können.« Ihr Blick wanderte anerkennend durch Anabels Zimmer. »Respekt, du hast ja schon ganze Arbeit geleistet.«

»Hm, das habe ich bei meinen Eltern gelernt. Du weißt schon: Zucht, Ordnung, Disziplin.«

»Auweia, gewöhn dir das mal ganz flott ab. Wobei es gar nicht doof ist, dass du schon aufgeräumt hast. Da Hanson heute mit dem Kochen dran ist, kann ich vor dem Abendessen joggen gehen, kleine Runde nur. Hast du Lust, mitzukommen?«

Anabel nickte begeistert. Und ob sie Lust hatte!

6

Erste Lektion, »Schottische Lebensweise für Anfänger«: wenn ein Schotte sagt »klein« oder »nur kurz«, so sind das für den gewöhnlichen Mitteleuropäer durchaus interpretierbare Begriffe.

Spätestens jetzt begriff das auch Anabel, während sie, verzweifelt nach Luft japsend, hinter Mika durch den Holyrood Park rannte. Ursprünglich war ihr eine lockere, entspannte Joggingrunde durch den nahe gelegenen Leith Links Park vorgeschwebt, doch Mika hatte andere Pläne gehabt.

»Nichts da, wir sind doch keine Rentner. *Die* laufen dort, *wir* vergnügen uns an anderen Orten.«

Wie es Mika gelang bei dem Tempo, hügelaufwärts wohlgemerkt, auch noch in lockerem Ton zu plaudern, war Anabel ein Rätsel. Mikas schwarzer Pferdeschwanz wippte locker hin und zurück, passend zu ihrem entspannten Gesichtsausdruck. Anabel erfuhr interessante Dinge über das Leben in der WG und die Abläufe an der Uni, selbst wenn sie atemtechnisch nicht fähig war, Mika zu antworten.

»Ich habe dir auch schon alles Wichtige aufgeschrieben. So weißt du, wohin du musst. Wenn du Lust hast, dann fahren wir das alles morgen einmal ganz entspannt mit dem Bus ab, machen einen kleinen Bummel durch die Stadt und ich zeige dir alles. Oh, schau doch. Da vorne ist Holyrood Palace. Direkt um die Ecke ist ein total süßer Tea-Shop. Hast du Lust auf eine Tasse Tee, ehe wir zurücklaufen?«

Anabel stoppte abrupt und rang nach Atem.

»Mika, das ist eine wirklich gute Idee. Dann könnte es sein, dass ich diesen Lauf auch überlebe.«

Die neue Freundin betrachtete sie mit einem breiten Grinsen im Gesicht. »Aha, mangelnde Kondition. Ich sehe schon, wir haben noch ein hartes Stück Arbeit vor uns.«

Anabel staunte nicht schlecht, als Mika sie in den bezaubernden Tea-Shop schleppte und die Dame hinter dem altertümlich anmutenden Tresen mit einem »Hi, Sophia. Das Übliche bitte und das zweimal, okay?« begrüßte.

Tief Luft holend, gelang es Anabel langsam wieder ihren Herzschlag auf ein normales Level zu bringen. »Kann es sein, dass du öfter hier bist?«

Mika nickte, während sie sich bereits suchend umblickte. »So zwei- bis dreimal die Woche. Hier gibt es den besten Chai mit Zimt der Welt. Ah, da hinten ist ein Tisch frei. Komm, setzen wir uns.«

Aufatmend ließ Anabel sich auf den weißen Holzstuhl plumpsen, was Mika zu einem Kopfschütteln veranlasste. »Also wirklich. Um darauf zurückzukommen, mit der Kondition hapert es bei dir, oder?«

Ertappt zog Anabel die Schultern hoch. »Na ja, ein bisschen. Aber ich bin in Deutschland so gut wie alles mit dem Rad gefahren.«

»Flachland?«

»Bayerische Hügellandschaft, war nicht trivial, ehrlich.« Sie konnte sich das Lachen nicht verkneifen.

»Gut, dass du selber lachen musst. Aber das bekommen wir in den Griff. Ein paar Abende im Pub, bei Extreme-Dart und passender Musik, dann einige gut ausgewählte Konzerte, bei denen du dich freiwillig bewegst und mindestens zweimal die Woche mit mir durch den Park. Du wirst sehen, in einigen Wochen springst du wie eine Gazelle.«

»Gazelle? Der Witz war gut, ehrlich. Ich bewundere dich, du atmest nicht einmal schneller.« Sie betrachtete Mika nachdenklich. »Ich glaube, ich lasse mich auf dein Fitnessprogramm ein. Wobei, Konzerte? Ich mag keine großen Menschenansammlungen. Sie machen mir Angst.«

»Unfug! Ich habe da schon ein paar Bands im Auge. Wir fangen klein an und hören groß auf. Ah, wie schön, da kommt unser Chai. Lass ihn uns genießen.«

Ja, sie mochte Mika. Die Frau sprühte vor Energie und guter Laune, vor allem aber nahm sie Anabel ganz offensichtlich sofort als gleichwertigen Gesprächspartner an. Etwas, das für sie nicht alltäglich war. Beim zweiten Schluck des dampfenden und verboten-leckeren Chai beschloss Anabel, das unsichere »Mädel vom Land« schnellstmöglich aus diesem neuen Leben zu verbannen.

»Und? Was ist, hat es euch geschmeckt?« Hanson ließ seinen Blick fragend über die noch immer schweigend und andächtig kauende Gesellschaft gleiten. Sein Blick blieb an Anabel hängen, die mit sichtlicher Begeisterung seinen Tagliatelle al Salmone zusprach. Das Mädel war gerade einmal knapp fünf Stunden bei ihnen und doch fühlte es sich an, als gehöre sie seit einer Ewigkeit zur WG. Die ausgesprochen hübsche, blonde Deutsche, die sich gerade die Ärmel ihrer hellblauen Jeansbluse hochkrempelte und ihn zufrieden anstrahlte, war eindeutig ein Gewinn für ihre Gemeinschaft. Was ihm ein wenig Sorge bereitete war Seans Blick. Nicht, dass es ihn in irgendeiner Form überraschte, dass der unverbesserliche Casanova vom ersten Augenblick an versuchte, Anabels Aufmerksamkeit zu erregen. Sein Problem lag vielmehr darin, dass er das Gefühl nicht loswurde, dass die Frau gerade einen Lebensabschnitt zu Ende brachte, der ihr offenbar nicht gutgetan hatte. Miese Voraussetzungen für eine Attacke durch Sean und seine Hormone. Aufmerksam beobachtete er den selbstverliebten Highlander. Im Grunde war Sean ein herzensguter Kerl, einmal abgesehen davon, dass er alles vernaschte, das nicht bei zweieinhalb auf dem Baum war – drei war definitiv zu spät. Die langen, weizenblonden Locken, die knallgrünen Augen in dem schmalen kantigen Gesicht und der athletische Körper, bei dem sich grob geschätzt fünfundachtzig Kilo auf einen Meter siebenundachtzig höchst ansehnlich verteilten, machten es ihm leicht, seine Beute einzufangen. Irgendwie verspürte Hanson aber bei Anabel das Bedürfnis, sie vor Sean in Sicherheit zu bringen.

»Anabel? Darf ich mal was ganz Persönliches fragen? Nur aus Interesse – wie hat denn dein Freund darauf reagiert, dass du einfach so für ein Jahr verschwindest?« Guter Plan, hoffentlich gab sie die richtige Antwort.

Die junge Frau kaute, schluckte und wandte sich ihm mit etwas betretener Miene zu. Oha, sie schien nicht gerne an Zuhause zu denken. Hoffentlich hatte er sich da nicht in die Nesseln gesetzt.

Ihre Antwort erfolgte dann auch eher zögerlich. »Nicht so gut. Ich habe ihn vor vollendete Tatsachen gestellt, nachdem er mit mir zuvor das Gleiche getan hat. Er hat, ohne mit mir darüber zu reden, bei meinen Eltern um meine Hand angehalten.«

»Was für ein vollkommen bescheuertes Benehmen ist das denn?«, sagte Sally, und sprach damit das aus, was sich hier wahrscheinlich alle dachten. Sally musterte Anabel mit großen Augen. »Gut, dass du die Notbremse gezogen hast. Ich hätte ihn wahrscheinlich umgehend in die Wüste geschickt.« Deutlich ungehalten pustete sich Sally eine ihrer widerspenstigen, rotblonden Locken aus der Stirn.

»Seht ihr, darum bin ich jetzt auch hier und nicht mehr in Deutschland. Ich möchte einfach nur ernst genommen werden und mir ein eigenes, selbstbestimmtes Leben aufbauen. Eine Heirat und ein Haus im Grüne, kommen darin einfach irgendwie noch nicht vor.« Anabel warf einen fragenden Blick in die Runde. »Was denkt ihr, ist das egoistisch von mir?«

Mikas Antwort kam spontan und schnell. »Das ist absolut nicht egoistisch, geht's noch? Bei dem selbstbestimmten Leben allerdings könnte es eng werden. Kennst du die erste Hausregel in Sachen Abendessen schon?«

Anabel schüttelte den Kopf. »Bis jetzt noch nicht.«

Grinsend rutschte Mika mit ihrem Stuhl etwas vom Tisch ab. »Wer als Letzter aufsteht, macht den Abwasch.«

Sally, Mika und Sean waren so schnell verschwunden, dass Hanson nur noch seufzend bemerken konnte: »Gewöhn dich besser daran. Sie meinen es nicht so. Abgesehen davon ist das Gespräch nicht vorbei. Wir treffen uns eigentlich so gut wie immer noch im Kaminzimmer. Komm, ich helfe dir. Dann geht's ganz schnell.«

Ihre erste Einschätzung von Hanson erwies sich als richtig. Er war ein netter, freundlicher und hilfsbereiter Zeitgenosse, der so ganz nebenbei auch noch wirklich hübsch anzusehen war und gut kochen konnte. Allerdings gab es da auch noch Sean, der aus einem kleinen Ort namens Oban, direkt am Loch Linnhe, stammte. Ein waschechter Highlander, der problemlos in jeden Historienfilm passen würde. Allerdings zeigte sein selbstsicheres Auftreten schon, dass er es gewöhnt war, bewundert zu werden. Nicht ganz zu Unrecht, wie Anabel eingestehen musste. Jetzt, in diesem Augenblick, lag ihr Hanson aber wesentlich näher und das nicht nur, weil er ihr geduldig dabei half, das, was nicht in die Spülmaschine durfte, abzuwaschen, zu trocknen und aufzuräumen. Dabei erzählte er ihr sehr unterhaltsam von seiner Familie, seiner Freundin und seinem Studium. Ehe sie es sich versah, war die Küche blitzblank und alles an Geschirr wieder in den Schränken und Regalen verstaut.

»Möchtest du auch noch Tee? Wir kochen am Abend immer zwei große Kannen, dann kann jeder sich bedienen.«

»Sehr gerne, danke Hanson, auch dafür, dass du mir geholfen hast.

Der aber wehrte bescheiden ab. »Kein Thema, wenn diese Rabauken dich so auflaufen lassen. Nicht dass du denkst, wir Schotten hätten keine Manieren.«

»Keine Bange. Ich komm gut damit klar, dass sie mich ein wenig herausfordern. Ich glaube, dass ich mich hier richtig wohlfühlen werde.« Sie strahlte Hanson fröhlich an. »Aber sag das nicht weiter.«

Es wurde noch ein langer und interessanter Abend, und während im Kamin das Feuer knisternd und zischend für angenehme Wärme sorgte, erfuhr Anabel einen kleinen Teil der Lebensgeschichten ihrer neuen Freunde. Wenn sie sich anhörte, was sie alles erlebt hatten und wie sie um ihre Existenz kämpfen mussten, dann schämte sie sich beinahe ein wenig. Vor allem als Sally, die kleine, energische und meist sehr ernste Halbschottin von ihren Eltern erzählte, die von kleinen Löhnen leben mussten und es einfach nicht schafften, auch noch die Tochter zu unterstützen, wurde Anabel bewusst, dass sie vom wahren Leben verdammt wenig wusste. Während sie aufmerksam lauschte und bereits die dritte Tasse »Evening Dream« schlürfte, fühlte sie sich von Minute zu Minute lebendiger. Es war nicht nur schön hier, nein, sie war endlich in der Realität gelandet. Gesa konnte wohl kaum ermessen, wie dankbar sie ihr dafür war. Oh, verflixt! Gesa. Die wartete sicher noch auf Anabels Anruf.

Vorsichtig stellte sie ihre Tasse auf dem kleinen Tisch ab.

»Leute, ich würde gerne noch stundenlang mit euch reden, aber ich habe total vergessen, Gesa anzurufen und Entwarnung zu geben. Nicht, dass sie glaubt, ich sei verschollen.«

»Wenn ich meinem Dad glauben darf, dann ist deine Tante eine echt coole Frau. Also, ab mit dir und erstatte Bericht. Grüß sie von uns.« Mika lächelte ihr aufmunternd zu. »Na los, verschwinde. Ich bin übrigens morgen mit Frühstück einkaufen dran. Wie sieht es aus? Baked Beans, Toast, Eier, Bacon, gebratene Tomaten, Croissant, Müsli?«

Anabel grinste. »Ja, genau in der Reihenfolge.«

Gesa reagierte begeistert, als Anabel ihr von ihrem ersten Tag erzählte. Danach taperte Anabel noch durchs Haus und schoss einige hübsche Bilder mit ihrem Handy, die sie zusammen mit einer langen Nachricht an Maximilian schickte. Trotz aller, gerade zaghaft aufkeimender Selbstsicherheit, war da noch immer eine Portion Schuldgefühl ihm gegenüber. Daran hatte sie noch zu arbeiten. Noch während sie, dem exzellenten WLAN im Haus sei Dank, eine kurze, aber informative Mail an ihre Eltern schrieb, hörte sie wie Mika ins Bad ging. Noch einmal durchlesen und dann ab damit. Anabel beeilte sich, die Nachricht an Vater und Mutter zu verschicken. Kaum war die Mail als gesendet angezeigt, schaltete sie den Laptop aus, fast als fürchtete sie, dass sofort eine anklagende Antwort erfolgen könnte. Okay, der nächste wunde Punkt, verflixt, da gab es eindeutig noch Diverses, das in ihrem Kopf im Argen lag.

Den Schlafanzug über der Schulter, öffnete Anabel leise die Tür, um nachzusehen, ob Mika schon fertig war. Die kam just in diesem Augenblick gähnend aus dem Bad.

»Oh sorry, wartest du schon lange? Ich muss mich daran gewöhnen, dass ich nicht mehr Alleinherrscherin hier oben bin.« Spontan umarmte Mika sie. »Schlaf gut, in deiner ersten Nacht hier bei uns. Du weißt doch: Was man in der ersten Nacht im neuen Heim träumt, wird wahr. Also gib dir gefälligst Mühe, okay?«

Anabel musterte die kleine, drahtige Schottin belustigt. »Ich tue mein Bestes, versprochen.«

»Sehr gut. Dann gute Nacht, Anabel.« Fröhlich vor sich hin summend trollte sich Mika in ihr Zimmer.

7

Sie hatte tief und fest geschlafen. Auch ein Traum war bruchstückhaft in ihrer Erinnerung hängen geblieben. Eine weite Grasfläche in zahllosen, satten Grüntönen und ein Bach, in dem kristallklares Wasser über silbern glänzende Kieselsteine floss. Woran sie sich erinnern konnte waren starke Arme, die sie von hinten umschlangen und festhielten. Ein durchaus angenehmer Traum, auch wenn Anabel sich beim besten Willen nicht mehr erinnern konnte, wessen Arme das waren. Dumm aber auch, denn das wäre ein nicht uninteressantes Detail gewesen.

Aus dem Erdgeschoss drangen bereits Stimmen nach oben, und sie wälzte sich seufzend zur Seite, um nach der Zeit zu sehen. Verflixt! Schon kurz vor zehn Uhr, und sie wollte noch mit Mika in die City fahren. Ganz davon abgesehen, dass ihr Magen schon wieder knurrte und sie glaubte, den Duft von gebratenem Bacon wahrzunehmen. In Windeseile flitzte sie ins Bad und schlüpfte nach einer etwas oberflächlichen Katzenwäsche in ihre Jeans sowie in einen weißen Rollkragenpulli und lief so schnell sie konnte die Treppe hinunter.

In der Tür zum Esszimmer traf sie auf einen relativ harten Widerstand.

»Autsch. Verzeihung.« Anabel rieb sich die Schulter, während ihr Blick schuldbewusst höher wanderte. Sean hatte einen verdammt harten Brustkorb.

»Es gibt nichts zu entschuldigen, wenn ich es doch bin, der hier mitten im Türrahmen herumsteht.« Sean ergriff sie lächelnd an der Schulter und schob sie ein wenig von sich. »Alles in Ordnung, Lass? Irgendwas kaputtgegangen?«

Anabel spürte, wie ihr die Röte in die Wangen schoss. »Nein, keine schweren Verwundungen. Folgeschäden werde ich dir melden.« Na immerhin, ihre Schlagfertigkeit war noch vorhanden.

»Dann ist es ja gut. Und nun komm rein und iss etwas. Mika hat für zwei Kompanien eingekauft. Wie war deine erste Nacht?« Sean gab ihr den Weg frei und nun entdeckte sie auch Sally und Mika.

»Ich habe wunderbar geschlafen, sehr schön geträumt, und wenn man dann noch von Sonnenstrahlen und dem Duft von gebratenem Schinken geweckt wird, grenzt das schon an paradiesische Zustände, nicht wahr?« Anabel trat an den reich gedeckten Frühstückstisch. »Guten Morgen, zusammen.«

Mika deutete auf den Stuhl ihr gegenüber. »Guten Morgen zurück! Ich habe schon einmal für dich gedeckt. So zum Einstand, aber gewöhn dich da nicht dran. Ab sofort findest du Frühstücksgeschirr hier in der Anrichte. Unter der Woche kümmert sich jeder selbst um sein Frühstück, darum gehen wir nachher in der City zu Tesco, das ist der Supermarkt. Da kannst du dir alles kaufen, was du essen möchtest. Unser Plan steht doch noch?«

Anabel nickte heftig. »Sicher. Tut mir leid, dass ich so lange geschlafen habe.«

Mika winkte sofort ab. »Hey, keine Panik, junge Frau. Es ist Wochenende, da schlafen wir alle gerne aus. Nur Hanson ist schon weg. Den zieht es zu seiner Freundin. Jetzt greif zu, dann können wir diesen herrlichen Tag nutzen. Finde ich cool, dass du uns die Sonne mitgebracht hast.«

Mit einem vorsichtigen Seitenblick auf Sean, der sich soeben schweigend Rührei auf seinen Teller schaufelte, setzte Anabel sich.

»Leute, das ist ja Luxus pur, was ihr alles aufgefahren habt.«

Mika hob amüsiert die Augenbrauen. »Nein, Lady, das ist einfach nur Schottland.«

Als sie und Mika eine Stunde später das Haus verließen, erwartete sie ein strahlend blauer Himmel und sichtlich gut gelaunte Menschen. Das mit den freundlichen Gesichtern der anderen mochte auch daran liegen, dass Anabel das Dauergrinsen nicht mehr aus dem Gesicht bekam und einfach jeden, der ihnen entgegenkam, anlächeln musste. Sie spurteten in aller Eile zum Hermitage Place, da Mika wusste, dass in wenigen Minuten der Bus zur Princess Street kommen würde. Prustend erreichten sie, gerade noch rechtzeitig, die Haltestelle, bezahlten ihre Tickets und setzten sich in dem Doppeldecker oben in die vorderste Sitzreihe. Edinburgh war per se schon eine faszinierende Stadt, im Sonnenschein war das noch um Welten besser. Begeistert sah Anabel aus dem Fenster und bestaunte das quirlige Treiben in den Straßen. Wie schon bei ihrem ersten Besuch begeisterten sie die alten, ehrwürdig anmutenden Gebäude, die Läden mit Schaufenstern, die aus dem letzten Jahrhundert stammen konnten. Gut, es gab auch Straßen in denen nicht alles so schön war, doch die fand man überall. Mika zeigte ihr ab und an ein Denkmal oder einen Ausblick. An der Princess Street bugsierte sie Anabel aus dem Bus und sie machten sich auf in Richtung Schloss und Royal Mile. Angesichts der Besuchermassen verzichteten sie dankend auf einen Besuch des Castles, auch von der Royal Mile bog Mika bald in kleine Seitenstraßen ab. Hier gab es entzückende Läden und Cafés, Buchhandlungen, Galerien und Antiquitäten. Anabel konnte sich nicht sattsehen.

»Gütiger Himmel, und ich dachte, ich hätte damals in den paar Tagen viel gesehen. Da lag ich ja gründlich falsch.«

Mikas Gesichtsausdruck hatte beinahe schon etwas Mütterliches. »Tja, Mädel, typischer Touristenirrtum. Gut, das touristische Edinburgh ist schon klasse, die wahren Schätze aber, die findest du wie überall in den kleinen Gassen und in entlegenen Winkeln. Ich dachte, dass für dich gerade Kunsthandlungen, Galerien und so interessant sein könnten. Abgesehen davon bitte ich dich ab sofort darauf zu achten, wohin wir gehen. Wenn du zur Uni willst, dann steigst du nicht an der Princess aus, sondern direkt an der University, verstanden? Komm mit, ich zeig es dir. Du hast doch bequeme Schuhe an, nicht wahr?«

Anabel warf einen zuversichtlichen Blick auf ihre schwarzen Turnschuhe. »Ich denke, ich bin gut gerüstet.«

Mika schritt schon wieder guten Mutes aus und so folgte sie ihr auf dem Fuße.

»Siehst du, dort vorne von der Cowgate weg geht's zum National Museum of Scotland. Von dort aus müssen wir nur weiter die Straße runter und landen direkt an der Uni und den diversen Häusern, die dazugehören.

Das rechteckige, geradezu Ehrfurcht gebietende Gebäude der Universität beeindruckte Anabel zutiefst. Durch einen gigantischen Torbogen erreichten die beiden Mädchen den großen Innenhof, der von den einstöckigen Gebäuden umschlossen wurde.

»Keine Ahnung, inwieweit du dich schon mit der Uni beschäftigt hast. Ich nenne dir einfach mal ein paar Fakten, okay?« Ohne ihre Antwort abzuwarten, fuhr Mika fort. »Die Uni wurde 1583 gegründet und zählt, was uns schon ziemlich stolz macht, zu den zwanzig besten der Welt. Hier haben echte Größen studiert. Darunter solche Berühmtheiten wie Robert Louis Stevenson, Sir Arthur Conan Doyle und – kurzer, spontaner Applaus, bitte, – Charles Darwin. Du bist also ab Montag umgeben von den Geistern der Großen der Geschichte. Na komm, wir laufen einmal herum.«

Mika ergriff ihre Hand und zog sie ein paar Stufen hoch, zu einem terrassenartigen Gang, der, direkt an die einzelnen Gebäude anschließend, um den ganzen Innenhof führte. Anabel bestaunte die grauen, sichtlich alten Steinmauern, die weißen Sprossenfenster und die schönen, alten Holztüren. Neben der wuchtigen Treppe, die zum Hauptgebäude führte, erspähte sie einen Aufsteller, der nicht ins Bild passen wollte und gerade darum auffiel. »Talbot Gallery … Oh, gibt es hier auch Ausstellungen?«

Mika nickte. »Ja, eigentlich so gut wie immer. Hier wird ständig etwas geboten. Und, was sagst du? Wie findest du es?«

Anabel musste überlegen, ehe sie die richtigen Worte fand. »Beeindruckend, einschüchternd und im Großen und Ganzen faszinierend.«

»So soll es sein.« Mika schien mit ihrer Antwort zufrieden zu sein. »Komm, ich zeig dir noch schnell, wohin du am Montag musst. Dort die Treppe hoch. Drinnen meldest du dich mit all deinen Unterlagen in der Verwaltung. Findest du ganz leicht. Einfach dahin, wo andauernd die Türen knallen.« Mika kratzte sich nachdenklich am Kinn. »Lass mich nachdenken, ich glaube, das war das Wichtigste. Glaubst du, dass du dich zurechtfinden wirst, oder soll ich dich am Montag begleiten?«

Anabel verneinte belustigt. »Nein, vielen Dank, Mom. Ich glaube, ich schaff das. Die Einführung war perfekt.«

Mika drohte ihr lachend mit erhobenem Zeigefinger. »Vorsicht, junge Dame, nicht frech werden. Lass uns einkaufen gehen. Ab durch die Mitte. Was brauchst du denn alles?«

»Zwei Bilder hätte ich gerne, dann ein paar Kerzen, einen kleinen Teppich vors Bett und, wie du schon sagtest, Lebensmittel. Vor allem würde ich gerne Tee beisteuern.« Anabel warf Mika einen fragenden Blick zu. »Womit fangen wir denn an?«

»Mit Kerzen und Bildern, da kenne ich genau den richtigen Laden. Bitte folge mir.« Mika hakte sich sichtlich gut gelaunt bei Anabel unter. »Shoppen ist doch immer wieder aufregend.«

Beladen mit zahlreichen Tüten und einem sorgsam verschnürten Paket, in dem zwei schöne, gerahmte Poster vom Schloss und einem uralten Pub verstaut waren, kehrten Mika und sie am späten Nachmittag bestens gelaunt zurück zu ihrem Haus an der Claremont Park Road. Während Mika sofort mit den Essenstüten in der Küche verschwand, um Tee für sich und Anabel zu kochen, sprintete sie selbst nach oben. In ihrem Zimmer war es angenehm warm. Die Sonne schien noch immer und trug nicht nur zur Wärme, sondern auch einer schönen Atmosphäre bei. Anabel packte rasch ihre Errungenschaften aus und stellte die vier Kerzen, für die sie auch sehr schöne Halter ergattert hatte, sofort ins Regal, neben ihr Bett, auf den Schreibtisch und auf den winzigen Tisch, der neben ihrer Couch stand. Aus dem Teppich war ein großes, kuscheliges Schaffell geworden, das sich vor ihrem Bett sehr gut machte und die Bilder würde sie, gemeinsam mit Mika, später an der Wand aufhängen. Zufrieden mit dem Ergebnis ließ Anabel ihren Blick durch das Zimmer schweifen. Schön war es, nun wurde es auch noch Schritt für Schritt wohnlicher. Ihr fiel ein, dass sie einige Bücher bei Gesa deponiert hatte, die diese ihr, sofern es nicht ein Vermögen kostete, schicken könnte. Zügig schickte sie Gesa eine WhatsApp-Nachricht. Fröhlich lief sie nach unten, um Mika in der Küche zu helfen. Sally arbeitete bis acht Uhr, Hanson verbrachte das Wochenende bei seiner Freundin. Eigentlich wurde am Wochenende nicht gekocht, doch heute wollten Mika und Anabel versuchen, Chili con Carne zu zaubern, und das machte für nur zwei Leute keinen Spaß. Sally freute sich sicher, wenn ein fertiges Essen auf sie warten würde. Folglich hatten sie großzügig eingekauft, genossen ihren Tee und machten sich dann gemächlich daran, zu kochen. Das Chili wurde hervorragend, was Anabel überraschte.

»Ich bin nicht so die Superköchin, weißt du? Meine Mam hat mich jedes Mal, wenn ich etwas kochen wollte, aus der Küche gejagt. Sie meinte immer, das gehe bei ihr viel schneller.«

Mit grüblerischer Miene spülte Mika das Holzbrett ab, auf dem sie Zwiebeln und Knoblauch geschnitten hatten. »Kann es sein, dass deine Eltern dich überbehütet haben?«

Anabel zuckte die Schultern. »Wie man's nimmt. Sie haben mich lebensfremd erzogen. Alles, was nicht ins Bild passte, war ›pfui‹ und wurde ausgeblendet. Ohne Gesa wäre ich wohl genauso geworden, wie Mam und Dad mich gerne gehabt hätten: Ein braves Mädel aus der Provinz, das rundum zufrieden mit dem

Leben ist, das sich ihr bietet.« Sie runzelte ärgerlich die Stirn. »Reihenhaus inklusive, falls du weißt, was ich meine.«

»Ich kann es mir vorstellen.« Mika angelte die Keramikschüsseln für das Chili aus dem Regal und verzog das Gesicht. »Sie wollen ja nur dein Bestes.«

Als Sean zu ihnen stieß, zeigte der sich sehr angetan von der Chili-Idee. »Mädels, das kommt mir doch sehr entgegen. Nach vier Stunden mit meiner Grandma bin ich etwas durch den Wind. Ich habe Hunger und brauche dringend vernünftige Gesprächspartner.«

Anabel war verwirrt. »Wieso? Kannst du mit deiner Oma nicht reden?«

Seans Lächeln wirkte traurig und als er antwortete, begriff sie auch, warum. »Leider nein. Grandma ist seit mehreren Jahren dement und es wird schlimmer. Meine Mutter verkraftet das nicht, mein Vater hat zu viel um die Ohren und nun rate mal, wer die alte Lady regelmäßig besucht?«

Das hätte sie nicht erwartet. »Du? Respekt, das traut man dir gar nicht zu.« Der Satz war ausgesprochen, ehe sie darüber nachdachte. »Äh, das klang jetzt nicht ganz so, wie ich es gemeint hab.«

Sean winkte ab. »Ich verstehe schon, ich komme zwar ab und an ziemlich tough rüber, aber ich habe auch eine weiche Seite. Ehrlich.« Seine grünen Augen fixierten sie.

Anabel begriff recht schnell, was hier ablief. Während sie das Chili umrührte, warf sie ihm einen amüsierten Blick zu. »Sean, machen wir hier gerade fishing for compliments?«

Grinsend zuckte der Highlander die Achseln. »Mist, sie hat es gemerkt.«

Im Flur wurden Schritte laut, und Sally erschien im Türrahmen. »Och, Leute, rieche ich da richtig? Abendessen. Chili con Carne, wenn ich mich nicht irre? Ihr seid echt toll. Ich bin so was von alle.«

Anabel deutete einladend in Richtung Esszimmer. »Na dann: Essen ist fertig.«

Sean kümmerte sich um Getränke und Gläser, und kurz darauf saßen sie zu viert um den Tisch und ließen sich ihr Essen schmecken. Anabel war stolz und glücklich zugleich. Sie erntete Lob und Anerkennung, etwas, nach dem sie geradezu lechzte.

Zu später Stunde, nach diversen Kannen Tee, einigen Flaschen Bier bei Sean und einem Glas Weißwein bei Sally, fiel Mika ein, dass doch noch etwas Grundlegendes fehlte. »Morgen gehen wir ins ›World's End‹, dort gibt es die besten Fish and Chips in ganz Edinburgh. Da musst du jetzt durch.«

Anabel war nicht ganz wohl dabei. »Fish and Chips? Echt jetzt?«

Sean legte den Kopf schief und musterte sie feixend. »Lady, noch so eine despektierliche Bemerkung zu unserem Nationalgericht Nummer zwei und wir verdonnern dich zu Nummer eins. Aufpassen!«

Sie runzelte fragend die Stirn. »Ach, und was wäre das dann?«

»Haggis.« Seans Grinsen geriet ein klein wenig boshaft.

»Ähm, gut, überredet. Ich wollte schon lange mal wieder Fish and Chips essen, ehrlich!« Alles bloß keinen Haggis. Anabel warf einen Blick in die Runde. »Gehen wir alle?«

Mika nickte huldvoll. »Wir alle werden dich begleiten und dafür sorgen, dass dein Pub-Einstand unvergesslich wird. Morgen ist auch Hanson wieder da. Das wird lustig.«

»Da bin ich mir sicher.« Anabel rutschte etwas tiefer in ihren Sessel. Das konnte ja heiter werden.

Kurz nach Mitternacht verschwanden sie alle auf ihre Zimmer. Anabel war zwar hundemüde, aber rundum zufrieden mit dem ersten Tag in ihrer neuen Wahlheimat. Edinburgh enttäuschte sie bisher nicht.

Sie ging ans Fenster und warf einen Blick hinaus in die sternenklare Nacht. Alles war ruhig und friedlich, und so schlurfte sie zu ihrem Bett und kuschelte sich glücklich in die Kissen.

8

Anabel konnte schwerlich ahnen, dass sich zur gleichen Zeit in nur etwa sieben Meilen Entfernung in einer gigantischen Stallanlage kurz hinter Musselburgh ein regelrechtes Drama abspielte.

Vier dunkle, vermummte Gestalten schlichen in geduckter Haltung durch die Nacht. Immer wieder sahen sie sich suchend um, und als sie an einen Stacheldrahtzaun gelangten, erklang ein zischendes Geräusch, das anzeigte, dass der straff gespannte Draht durchtrennt worden war.

»Nigel, du Idiot, geht das nicht leiser?«

»Nein, Seamus, sinnvoll wäre eher, dass du Blödmann deine Klappe hältst.«

»Könnt ihr zwei Schwachmaten euch bitte zusammenreißen?« Duncan war sich bewusst, dass seine tiefe, dunkle Stimme verärgert klang. Er richtete sich zu seiner vollen, beeindruckenden Größe auf. »Ihr wisst, dass wir nur ein paar Minuten haben, also darf ich um ein bisschen Disziplin bitten? Es geht hier nicht um euch.«

»Sorry, ich bin ja schon still.« Nigel zog den Kopf zwischen die Schultern.

»Okay, dann los jetzt«, raunte Duncan den anderen zu. »Nigel und Seamus nehmen die Hintertür, John und ich die vorne. Ihr öffnet die Käfige und seht zu, dass es ruhig abläuft. Jeder von uns kann zwei Tiere tragen. Mehr geht eben leider heute nicht. Lynn und Peter warten mit dem Truck auf der anderen Seite der Anlage.«

»Warum nicht hier? Das wäre für uns besser.« Nigel schien nicht besonders glücklich über die Situation zu sein.

»Hast du Schlauberger dir mal überlegt, wie sie mit dem Truck durch die eng stehenden Bäume fahren sollen?«

»Oh, stimmt, da ist was Wahres dran.«

»Können wir dann endlich, verdammt? Jetzt sind die Wachleute am anderen Ende des Geländes. Los, vorwärts, ihr Schnarcher.«

»Schon gut, Duncan, reg dich ab.« Nigel schien nicht auf Streit mit ihm aus zu sein, denn er schlüpfte bereits durch die Lücke im Stacheldraht.

Leise und beinahe geräuschlos huschten die vier Schatten auf ein langgezogenes, flaches Gebäude zu, duckten sich unter dem Lichtstrahl von zwei fest installierten Scheinwerfern hindurch und gelangten an die Seitenwand, wo sie sich sofort, wie zuvor besprochen, aufteilten. Duncan öffnete in Windeseile mit einer Brechstange und einem Bolzenschneider die Tür und schob John vor sich ins Innere. Er warf noch einen prüfenden Blick über das Gelände, ehe er die Tür wieder so gut wie möglich zuzog. Vor den beiden Männern reihten sich im Licht der wenigen, teilweise flackernden Lampen Käfig an Käfig. Duncan trat an den ersten heran.

»Scheiße, sieh dir die arme Kreatur an. Los, mach schon, nimm den nächsten.« Ohne John weiter zu beachten, öffnete er behutsam den Käfig und griff vorsichtig hinein. »Na komm, mein Kleiner, wir wollen dir nichts Böses.« Leider kapierte der offensichtlich verängstigte Hund wohl nicht, dass er ihm helfen wollte und biss erst einmal kräftig in Duncans Hand. Dicke Lederhandschuhe verhinderten, dass es böse endete und als der Hund, eine Promenadenmischung, endlich auf seinem Arm war, schien er langsam zu begreifen, dass Duncan ihm nicht weh tun würde. Der sprach ruhig auf ihn ein, packte ihn sich auf den linken Arm und eilte zum nächsten Käfig. Als er darin einen Welpen erkannte, konnte er einen deftigen Fluch nicht unterdrücken. »Diesen skrupellosen Arschlöchern ist aber auch nichts heilig.«

»Ganz was Neues.« John huschte mit einem schwarzen Hund auf dem Arm an ihm vorbei.

Kaum hatte er den Welpen auf dem Arm, kuschelte der sich an Duncan und begann leise zu fiepen. »Oh Mann, Knirps, halt bitte die Klappe. Das kommt gerade gar nicht gut.«

Nigels Stimme klang alarmiert, als sie aus dem hinteren Teil des Stalles zu ihnen drang. »Hey, wir haben unsere. Los, wir müssen raus. Die Wachen kommen zurück.«

»Shit, müssen die so schnell sein?« Duncan öffnete den Reißverschluss seiner Lederjacke, steckte sich den noch immer fiependen kleinen Kerl hinein und drückte ihn sanft an seine Brust. »Gut, verschwinden wir. Hinten raus. los.«

Sie waren schnell und der Wald lag nah, doch ausgerechnet der schwarze Hund in Johns Armen begann auf halber Strecke laut zu jaulen.

Duncan konnte aus dem Augenwinkel die beiden Wachleute kommen sehen. Das war nicht gut. Falsch, das war beschissen. »Lauft! Ihr wisst, was die Kerle für eine Order haben.«

Sie gaben ihre Deckung auf und rannten so schnell sie konnten in Richtung Zaun. Dort hatten Lynn und Peter, die beiden PETA-Aktivisten, dafür gesorgt, dass ein großes Loch im Zaun war, sogar groß genug für Duncan.

Die Schritte der beiden Wächter kamen bedrohlich nahe, und die Vier legten an Geschwindigkeit zu. Sie verstanden die Aufforderung, sofort stehen zu bleiben, sehr gut, sie hörten auch die Drohung, dass man auf sie schießen würde, doch auch das wurde geflissentlich ignoriert. Sie hatten den Zaun fast schon erreicht, als dann doch zwei Schüsse fielen. Duncan sog zischend die Luft ein.

»Hey, Kumpel, alles okay?« Nigel sah sich nach ihm um.

»Alles klar. Raus hier. Schnell.« Duncan stieß Nigel regelrecht durch das Loch im Zaun.

Auf der anderen Seite wartete der Truck mit laufendem Motor. Peter sah ihnen mit angespannter Miene entgegen. »Rein mit euch. Schnell. Sie sind euch auf den Fersen.«

Die Tür zur Ladefläche öffnete sich und alle Vier beeilten sich hineinzugelangen. Duncan sprang als Letzter in das Fahrzeug, und noch ehe sie die Tür von innen verschließen konnten, gab Peter Gas. Gegen den schnellen, umgebauten Dodge – natürlich ohne Nummernschild – waren die Wachleute machtlos, denn außerhalb des privaten Geländes war der Schusswaffengebrauch verboten.

Duncan ließ sich an der Seitenwand lehnend zu Boden sinken.

»Oh Mann, Duncan, du blutest. Sie haben dich am Bein getroffen.« Die Frauenstimme klang eindeutig besorgt.

»Vergiss es, Lynn, das bekomme ich in den Griff. Kümmere dich lieber um den hier.« Vorsichtig holte er den kleinen, hellbraunen Welpen aus seiner Lederjacke. »Der hat es eher verdient, gehätschelt zu werden.«

Duncan reichte Lynn den Hund, und während alle sich langsam beruhigten, versuchte er sein rechtes Bein mit einem Gürtel abzubinden. Nachdenklich musterte er den noch immer steten Blutfluss, der aus seinem Oberschenkel drang.

»Äh, Leute, vielleicht solltet ihr mich doch mal kurz zu unserem Doc bringen. Das ist irgendwie beschissen viel Blut.«

Das waren Duncans letzte Worte, ehe er das Bewusstsein verlor.

»Ich liebe euren Optimismus und euren ungebrochenen Willen, etwas für meine körperliche Fitness zu tun. Aber im Ernst, hätten wir nicht den Bus nehmen können?«

»Liebste Anabel, das hätten wir ganz sicher tun können, und zurück werden wir das auch machen, aber wie willst du deine neue Heimat kennenlernen, wenn du sie dir nicht erläufst?« Mika grinste sie vielsagend an und verdrehte feixend die Augen.

»Ich kann meine neue Heimat wohl kaum genießen, wenn ich demnächst vor lauter Erschöpfung zusammenbreche.« Grummelnd stapfte Anabel wieder hinter Mika und Sean her, die sich entschlossen hatten, mit einem »kleinen Spaziergang« für Appetit zu sorgen und den sonnigen Sonntag zu genießen. »Wo sind übrigens Sally und Hanson? Ich dachte, die kämen mit?«

Sean wandte sich ihr mit dem unschuldigsten Lächeln der Welt zu. »Die besorgen schon mal einen Tisch. Das ist im World's End nicht so leicht, weißt du?«

Sie musterte Sean mit gerunzelter Stirn. »Wie geht das denn, bitte? Sie waren doch noch da, als wir schon aufgebrochen sind.«

»Ach, haben sie dir das nicht gesagt? Sie sind mit Hansons Auto gefahren.«

Das verhaltene Kichern von Mika kommentierte sie mit einem langgezogenen Seufzen. »Danke, ihr zwei. So was vergesse ich nicht, das nur am Rande bemerkt.«

Allerdings lagen ihre Freunde richtig. Der Holyrood Park war im Schein der tiefstehenden Sonne traumhaft schön. Anabel zückte ihr Handy, schaltete die Kamera ein und versuchte die Ruine auf dem Hügel, direkt hinter dem See, ganz aufs Display zu bekommen. »Leute, könntet ihr bitte mal kurz warten? Das sieht so toll aus, und ich kriege es nicht richtig aufs Bild.«

Sean drehte auf dem Absatz um und kam zu ihr zurück. »Mädel, das ist auch nicht leicht. Hast du denn keine richtige Kamera?«

Sie zog eine leichte Grimasse. »Doch, eigentlich schon. Das Bild wollte ich aber jetzt gleich an Maximilian schicken. Er soll einfach sehen und verstehen, warum es mir hier so gut gefällt.«

»Ah, der etwas machomäßige Freund?«

Sie zuckte die Schultern. »Er ist einfach, wie er nun einmal ist. Ein Produkt der Gesellschaft und des Umfeldes, in dem er aufgewachsen ist.«

»Hm.« Sean streckte ihr auffordernd die Hand entgegen. »Gib mal her. Ich versuche, dich samt dem schönen Hintergrund auf das Bild zu bekommen. Dann sieht er dich mal wieder, was meinst du?«

Anabel lächelte ihn erfreut an. »Gute Idee. Vielen Dank, Sean.«

Der trat einige Schritte zurück und fuchtelte mit der Linken ein wenig herum, um Anabel in Position zu bekommen. »Kein Thema. Allerdings muss ich sagen, dass der Hintergrund gegen das Hauptmotiv doch ziemlich blass wirkt.«

Mika verpasste ihm einen leichten Klaps auf den Hinterkopf. »Mann, Sean, lass stecken. Das ist Anabel, die fällt nicht mehr auf dich rein.«

»Was abzuwarten bliebe«, kommentierte der nur schmunzelnd, hob das Handy und schoss gleich mehrere Bilder. Dann drückte er es Anabel wieder in die Hand. »Da, such dir eines aus. Sind sicher zwei oder drei Gute dabei.«

Schon im Weitergehen prüfte Anabel die Bilder, und tatsächlich schien Sean ein sehr gutes Auge für Fotos zu haben. Zwei davon schickte sie direkt an Maximilian. Während Anabel die Nachricht eintippte, wanderten ihre Gedanken zwangsweise zurück zur Familie. Es wurde wirklich langsam Zeit, dass sie diese dummen Schuldgefühle loswurde. Was nach so langer Zeit unter der Fuchtel ihrer dominanten Eltern leichter gesagt war, als getan.

Als ein starker Arm sie festhielt, blickte sie verwirrt hoch. »Was ist denn los?«

Sean deutete auf den dicken Laternenpfosten. »Du solltest deine Aufmerksamkeit wieder deiner Umgebung widmen. Der ist härter als dein Schädel, glaube ich zumindest.«

»Oops! Danke. Das käme ja prima, wenn ich morgen mit dicker Beule in der Uni aufschlage.« Anabel steckte beschämt das Handy zurück in die Tasche ihrer dunkelblauen Jeansjacke.

»Erstens das und zweitens fang endlich an, deine neugewonnene Freiheit zu genießen. Du haderst noch immer mit deiner eigenen Entscheidung. Hör auf damit!« Mika schien Gedanken lesen zu können.

»Versprochen, ab sofort. Abgesehen davon geht eure Rechnung auf. Ich habe einen Riesenhunger.«

»Nur noch ein Viertelstündchen«, konstatierte Sean im Brustton der Überzeugung, »dann sind wir im World's End.«

Eine halbe Stunde später erreichten sie »The World's End«, den alten und traditionsreichen Pub an der High Street. Schon von außen begeisterte sie das sichtlich uralte Gebäude, mit den blau gestrichenen Wänden und den vielen, bunten Blumenampeln, die an großen Haken über den Fenstern baumelten. Kaum traten sie ein, begrüßte sie eine laute, fröhliche Geräuschkulisse, bestehend aus vielen, durcheinanderredenden Stimmen und Musik aus den Lautsprechern. Direkt neben dem Eingang erwartete sie das übliche Pult, an dem man stehen blieb, um seinen Platz zugewiesen zu bekommen. Rechts davon durchzog eine lange, gut besuchte Theke aus dunklem Holz den ganzen Raum und links erspähte Anabel nach ein paar Sitzbänken, einen großen Bogen, der wohl in den hinteren Bereich führte.

»Ladies and Gentlemen, euch habe ich ja eine Ewigkeit nicht zu Gesicht bekommen. Hach, was sage ich denn. Dich sogar noch gar nicht, wenn ich mich nicht irre.«

Anabel spürte, wie ihre Hand ergriffen wurde, und erst jetzt sah sie den kleinen, schmalen dunkelhaarigen, schwarz gekleideten Mann in Kellnerschürze, der zu der leicht näselnden Stimme gehörte. Der Kerl ging ihr gerade einmal bis zur Brust und grinste sie just in diesem Augenblick breit an. »Mylady, ich bin entzückt.«

Der Augenaufschlag, der darauffolgte, war dermaßen gelungen und so amüsant, dass sie lauthals lachen musste.

Seufzend ließ der Mann daraufhin ihre Hand los, nicht ohne sie zuvor zu küssen.

»Wie soll ich mir jemals ein annähernd vernünftiges Selbstbewusstsein aufbauen, wenn mir das immer wieder passiert, hm?«

Sean kam ihr, selbst verhalten kichernd, zur Hilfe. »Samy, lass gut sein. Anabel ist neu hier. Verschreck sie nicht gleich.«

Samys Lider mit den verboten langen Wimpern klappten erneut nach oben, und er legte den Kopf schief. »Anabel, welch wunderschöner Name, und dann sieht sie auch noch aus wie ein Engel. Ach, wie bezaubernd.«

»Samy!«

»Schon gut, Sean. Nun gönn mir doch einmal ein bisschen Spaß. Pah, immer diese langen, riesigen Schönlinge so wie du, da könnte ich es auch, das mit der Flirterei.« Mit frechem Lächeln griff Samy sich drei Speisekarten, warf den Kopf mit dem schwarzen, verwuschelten Haarschopf in den Nacken und drehte sich schwungvoll um. »Nun kommt schon, ich habe schließlich nicht ewig Zeit.«

Anabel spürte Seans Hand auf ihrer Schulter. »Wunder dich über nichts, der ist immer so. Er ist eine der Attraktionen vom End.«

»Ich habe mir schon so etwas gedacht. Er ist schon ein echtes Unikat, oder?«, raunte sie Sean leise zu.

»Wohl wahr. Glaub mir, du wirst ihn lieben. Er ist einfach Klasse.«

Samy führte sie durch den Torbogen zu einem Tisch für sechs Personen an der rechten Wand, vom dem aus Sally und Hanson ihnen bereits entgegen grinsten.

»Schöner Spaziergang?«

Anabel warf ihm einen vernichtenden Blick zu. »Traumhaft, und in schottischen Zeiteinheiten tatsächlich nur eine halbe Stunde, alles in allem.«

»Aha, also eine gute Stunde in flottem Schritt, stimmt's?«, kommentierte Sally trocken.

»Stimmt!« Anabel ließ sich seufzend auf der Bank nieder, wohin Mika sie bugsierte.

»Von dort aus kannst du alles sehen. Es ist ziemlich unterhaltsam hier.« Mika schubste sie ein wenig weiter und setzte sich neben sie. »So, da wären wir. Herzlich willkommen im World's End, liebe Anabel.«

Während sie alle fünf mit angestrengten Mienen die Speisekarte studierten, las Anabel neugierig die Geschichte des Pubs und verpasste um ein Haar Samys zweiten Auftritt.

Aufreizend mit den Wimpern klimpernd, wickelte der kleine Kellner sich geradezu um den langen Holztisch der vor ihr stand. »Na, wisst ihr wunderschönen, ganz bezaubernden Menschen denn schon, wonach euch heute der Sinn steht?«

Ehe Anabel antworten konnte, hörte sie Hansons Stimme. »Wir nehmen alle Fish and Chips und dazu vier große Guinness dunkel und ein kleines für Anabel. Die hat gar keine Wahl heute, so leid mir das tut. Und dann bring ihr doch bitte noch ein schönes kühles Irn Bru, okay?«

»Alles klar, meine Lieben. Ich gehe angeln. Tut nichts, was ich nicht auch tun würde, aye?«

»Schon klar, Samy, wir lieben dich auch. Und jetzt sieh zu, dass du Land gewinnst. Wir haben Hunger und Durst.« Sean wedelte den kichernden Kellner davon.

»Fish and Chips und Guinness? Seid ihr euch da auch ganz sicher?« Anabel musterte ihre Mitbewohner unsicher.

»Absolut!« Mika nickte nachdrücklich. »Wobei das ja gar nicht das Interessante ist. Hast du Irn Bru schon einmal gekostet, Anabel?«

»Nein, an den Namen könnte ich mich erinnern. Was ist das?«

Täuschte sie sich, oder hatte Hansons Lächeln heute etwas leicht Hinterhältiges? »Dann, meine Liebe, ist es wahrlich an der Zeit. Irn Bru ist echte, schottische Limonade. Wird nur in Schottland gebraut.«

»Was mich nun nicht weiter wundert«, brummelte Sally, während sie den Salzstreuer auf dem Tisch hin und her schob.

»Halt du dich da raus. Halbschotten haben jetzt gerade Sendepause.« Hanson tätschelte Sally liebevoll die Wange.

Samy kehrte zurück, und es war Anabel ein Rätsel, wie er es schaffte, das riesige Tablett so gekonnt durch den engen Gang, in dem ihm auch noch andauernd Leute über den Weg liefen, zu balancieren. Doch er stellte es mit einer eleganten Bewegung vor ihnen ab und verteilte blitzschnell die Getränke. Vor Anabel landeten zwei Gläser. Ein kleines, in dem sich eine dunkle, malzig riechende Flüssigkeit mit cremigem, weißem Schaumrand befand und ein wesentlich größeres mit grellorangenem Inhalt, in dem Kohlensäure wie kleine glitzernde Kügelchen an die Oberfläche perlte.

Mit ernster Miene zeigte Hanson auf das Glas mit der Limonade. »Jetzt ist es so weit. Jetzt kannst du beweisen, dass du dich zur Schottin eignest.«

»Wegen einer Limonade?«

»Ts ts ts, ›Limonade‹ sagt sie. Leute, hoch die Gläser. Auch du, liebe Anabel. Slainté, und lass uns wissen, was du denkst.« Der Rand von Hansons Bierglas klackte auffordernd an ihr Irn Bru und auch die anderen drei prosteten Anabel lachend zu.

Zögerlich nippte sie an dem prickelnden Getränk. Pappsüß zwar, aber durchaus ein interessanter, angenehmer Geschmack. Sie nahm einen zweiten, dieses Mal größeren Schluck und überlegte, wie man Irn Bru am besten beschreiben könnte. Also, ihr schmeckte es schon einmal.

»Und?« Seans Blick ruhte sichtlich neugierig auf ihr.

»Hm«. Sie warf einen nachdenklichen Blick in das Glas. »Das schmeckt echt gut. Zwar fast zu süß, aber damit komme ich klar. Schwer zu beschreiben, wie es schmeckt.« Erneut trank sie einen großen Schluck. Ein breites Lächeln erschien auf ihrem Gesicht.

»Wonach schmeckt es denn nun?« Sean gab nicht so schnell auf.

Sie wandte sich ihm zu und sagte, so ernsthaft wie es ihr eben möglich war:

»Gummibärchenspucke.«

Es dauerte eine Weile, ehe ihre Aussage in den Köpfen der anderen ankam. Dann jedoch gab es für ihre neuen Freunde kein Halten mehr.

»Anabel, du hast gewonnen. Du bist einfach klasse. Gummibärchenspucke. Oh Mann. Auf so etwas muss man erst einmal kommen.« Hanson langte über den Tisch und klopfte ihr freundschaftlich auf die Schulter.

»Ja«, schloss Mika sich lachend an, »und wieder einen schottischen Einbürgerungstest mit Bravour bestanden. Genug der Beweihräucherung. Macht Platz, Leute, da kommt unser Essen.«

Samy wuchtete erneut ein volles Tablett auf ihren Tisch und verteilte dieses Mal wohlgefüllte Teller. Neugierig nahm Anabel ihr nicht ganz freiwillig gewähltes Dinner in Augenschein. Vor ihr befand sich ein großer, ovaler Teller, auf dem neben einem Berg Pommes ein Häuflein Erbsen und ein gewagt gestapelter Hügel aus Eisbergsalat, Tomaten, Kraut und Gurken zu sehen waren. Das Eindrucksvollste jedoch waren die zwei riesigen Stücke frittierter Fisch, die richtig appetitanregend dufteten.

»Et voilà, Fish and Chips nach Art des Hauses. Lasst es euch schmecken, Freunde.« Samy schulterte grinsend das Tablett, zwinkerte Anabel noch einmal fröhlich zu und schon verschluckte ihn die Menge.

»Sieht gar nicht übel aus. Bei Fish and Chips hatte ich an etwas ganz Anderes gedacht.« Anabel beugte den Kopf und schnupperte an ihrem Fisch.

»An pappige Pommes und Fischstäbchen in Zeitungspapier? Die Zeiten sind längst vorbei, zumindest hier in Schottland«, erklärte Sean deutlich amüsiert. »Oh, ihr Ungläubigen, schlimm ist das mit euch. So, und nun essen, aber flott, sonst wird die Köstlichkeit kalt. Und wir wollen umgehend einen Bericht zur Lage der Nation, verstanden?«

»Oui, mon Capitaine.« Anabel salutierte mit ernster Miene. »Messer und Gabel bitte zu mir.«

Sally reichte ihr, bereits mit vollen Backen und genüsslich kauend, ihr Besteck. »Genieß es.«

Schon der erste Bissen des knusprig gebratenen Fisches war köstlich. Auch die krossen Chips waren wirklich lecker und die Erbsen zart und süßlich.

Anabel kaute andächtig, schluckte und schob sich sofort den nächsten Bissen in den Mund.

»Interpretiere ich das einigermaßen korrekt, wenn ich sage, es scheint dir zu schmecken?« Hanson strahlte regelrecht.

»Mhm, köschtlich.« Anabel kaute so schnell sie konnte, spülte mit Irn Bru nach und grinste einmal in die Runde. »Also, noch mal verständlich und für alle: Ihr habt mich überzeugt. Das ist etwas ganz Anderes, als ich erwartet hatte.«

»Wie so oft im Leben«, bemerkte Sean schulterzuckend. »Wenn du jetzt noch, stilecht, das Guinness zu diesem köstlichen Mahl trinkst, dann bekommst du ihn, deinen schottischen Einbürgerungsbescheid.«

Es wurde ein wunderschöner Abend. Anabel überlegte, wann sie das letzte Mal so viel Spaß gehabt hatte, geschweige denn sich die Lachtränen aus dem Gesicht hatte wischen müssen. Ihr fiel beim besten Willen nichts ein.

Kurz vor neun Uhr drängte Mika zum Aufbruch. »Ich muss früh raus und Anabel hat ihren ersten Tag an der Uni. Da sollte auch sie fit sein.«

»Wohl wahr. Lasst uns zahlen.« Sean zückte seine Börse und die anderen taten es ihm gleich.

Als Anabel in ihre Jacke fassen wollte, legte Sally ihr die Hand auf den Arm. »Nein, du nicht, du bist heute unser Gast. So als Willkommensgeschenk.«

Sie schüttelte energisch den Kopf. »Kommt ja gar nicht in Frage. Das kostet doch ganz schön, das kann ich nicht annehmen.«

Hansons Blick war die pure Unschuld. »Hat dich jemand gefragt? Steck dein Geld weg und gewöhn dich daran – du bist jetzt in Schottland.« Plötzlich schien ihm noch etwas einzufallen. »Hat eigentlich schon jemand für nächsten Mittwoch reserviert?«

Sean schlug sich mit der flachen Hand an die Stirn. »Shit! Das Fußballspiel England gegen Deutschland, habe ich total vergessen. Aber vielleicht haben wir noch Glück.«

Als Samy antrabte, um zu kassieren, stellte sich rasch heraus, dass nur noch vier Plätze frei waren.

»Ich bleibe dann zu Hause. Das ist schon in Ordnung.« Anabel blickte einmal in die Runde. »Wirklich.«

»Nein, *ich* bleibe zu Hause. Ehrlich gesagt habe ich so viel zu tun, dass ich gar nicht böse bin, wenn ich eine Weile meine Ruhe habe.« Für Sean war die Sache damit geregelt.

Sie verabschiedeten sich von ihrem herrlich durchgeknallten Kellner und traten hinaus auf die High Street, in der noch immer zahllose Menschen unterwegs waren.

»Auweia. Hoffentlich gewinnen die Deutschen am Mittwoch nicht.«

»Hä? Warum sollten sie denn verlieren?« Hanson war eindeutig verwirrt.

»Nun ja, sonst muss ich mich wohl ganz still verhalten und nicht bei jedem Tor jubeln.« Anabel runzelte grübelnd die Stirn. »Sonst werde ich noch geteert und gefedert.«

»Aber sonst geht es dir gut? Hey, Lass, Schottland! Klingelt da was? Wir mögen die Deutschen, und sollte sich ein Engländer in den Pub verirren, dann hast du Personenschutz von grob geschätzt zweihundert Leuten. Und jetzt leg einen Zahn zu, meine Liebe, es sei denn, du möchtest zu Fuß zurück zum Haus.« Hanson stapfte lachend in Richtung Parkplatz und Anabel hatte es plötzlich sehr eilig.

9

»Duncan, verflucht noch mal, wirst du wohl liegen bleiben?« Ärgerlich raufte sich der alte Mann den weißen Haarschopf.

Er schüttelte mit zusammengebissenen Zähnen den Kopf. »Nein, das geht schon wieder. Du hast mich prima zusammengeflickt, Doc.«

»Himmel, Junge, wenn ich nicht schon weiße Haare hätte, würdet ihr dafür sorgen, dass ich sie bekäme.«

Duncan schwang die langen Beine aus dem Bett und stellte die Füße auf den Boden. Gut, es zog höllisch. Und wenn er das Bein bewegte, brannte es ziemlich. Aber es war erträglich.

»Ach, Doc, du weißt doch: Was mich nicht umbringt, macht mich stärker.« Er schenkte dem Doc ein Lächeln, von dem er hoffte, dass es aufmunternd aussah.

»Donnerwetter, Duncan, du bist vor nicht einmal vierundzwanzig Stunden angeschossen worden. Wenn sich die Wunde entzündet und es schlimmer wird, dann bringt uns das alle in Teufels Küche.«

Langsam und bedächtig stand Duncan auf und testete die Belastbarkeit seines lädierten Beines. Ja, es tat weh, aber darauf konnte er keine Rücksicht nehmen. Er wandte den Blick und musterte den alten Mann liebevoll.

»Ach, Doc, komm wieder runter. Du hast unsere diversen Verletzungen doch immer wieder gut verarztet. Warum sollte es ausgerechnet dieses Mal schiefgehen?«

Der Blick des Arztes drückte milde Verzweiflung aus. »Weil

es die erste Schusswunde ist? Oder eventuell aufgrund des unbedeutenden Umstandes, dass ich Tierarzt bin?«

Duncan tat probeweise einen Schritt. Alles okay. Kein Thema, er würde schon nach Hause kommen. Er riss sich zusammen so gut es eben ging, um nicht zu hinken, und legte dem Doc den Arm um die Schulter. »Du bist der beste Tierarzt, den ich kenne. Auch heute noch. Ich vertraue dir weit mehr als jedem anderen Doc. Und jetzt Schluss mit der Diskussion. Wir haben am Mittwoch Bandprobe mit Fotoshooting, und bis dahin muss ich eh wieder fit sein. Nigel hat mir vorhin das Motorrad gebracht, also komme ich problemlos nach Hause. Ich gebe dir Bescheid, wenn ich heil gelandet bin, dann musst du dir keine Sorgen machen.«

Der Doc streifte sich den weißen Kittel ab, den er über dem braunen Rollkragenpullover trug, und hängte ihn seufzend an eine Stuhllehne. »Bei dir kommt man mit vernünftiger Argumentation nicht wirklich weiter, was, Mister Superstar?«

Duncan verdrehte nur die Augen. »Für dich gerne weiter einfach nur Duncan, wenn es recht ist. Nein, im Ernst, ich pack das schon. Wo ist denn meine Hose, so kann ich ja wohl kaum raus?« Sein Blick glitt an seinen roten Boxershorts hinunter zu dem dicken Verband an seinem Oberschenkel.

Mit anklagendem Blick reichte der Doc ihm seine verdreckte Jeans. »Da, bitteschön.«

Missmutig betrachtete er das Loch und das getrocknete Blut. Es blieb ihm allerdings keine andere Wahl. Stöhnend schlüpfte er hinein und knöpfte die Jeans zu. Ein kurzer Blick in den Spiegel ließ ihn schmunzeln. »Gib es doch zu, Doc, das sieht martialisch aus, oder?«

»Duncan, ich kenne dich seit deiner Geburt. Daher muss ich dir jetzt leider sagen dürfen, dass du ab und an ein ganz schöner Idiot bist. Du spielst mit deinem Leben.«

»Du weißt aber auch warum, oder? Wer hat mir denn beigebracht, nicht wegzusehen, sondern den Mund aufzumachen und zu handeln?«

Ein stolzes Lächeln kräuselte die Lippen des Arztes. »Na, das war dann ja wohl ich. Schon gut, halt einfach die Klappe, Duncan. Ich gebe es ja ungern zu, aber ich bin, im Grunde meines Herzens, verdammt stolz auf dich.«

Zufrieden zog er sich seine schwarze Lederjacke mit dem Nietenadler auf dem Rücken über und schlüpfte in seine Bikerboots. »Na also, siehst du wohl. Gut, dass wir darüber geredet haben.«

Der Arzt legte den Kopf etwas schief und musterte ihn. »Sag mal, Junge, wirst du eigentlich irgendwann über deinen Schatten springen und mich Großvater nennen?«

Duncan zuckte überrascht zusammen. »Warum sollte ich?«

»Vielleicht, weil ich das nun einmal bin: dein Großvater?«

Auch wenn sein Bein gerade ziemlich zu toben anfing, so ging er doch festen Schrittes auf den alten Mann zu und schloss ihn in die Arme. »Es genügt doch, wenn ich das weiß, und außerdem klingt Doc einfach viel cooler.«

»Schon gut. Und jetzt raus mit dir. Und wenn dir etwas zustößt, lege ich dich eigenhändig übers Knie. Da helfen dir auch deine fast zwei Meter nicht und überhaupt, kämm dir erst mal die Haare.«

»Ganz sicher nicht.« Grinsend fuhr Duncan sich mit beiden Händen durch die schulterlange, schwarze Mähne.

»Du bist unmöglich!« Der Doc bugsierte ihn liebevoll aus dem Zimmer.

Zwei Minuten später saß Duncan auf seiner Maschine, startete sie, winkte dem Mann dort in der hellerleuchteten Eingangstür des kleinen Hauses in der Portobello High Street zu und verschwand in der Nacht.

»Anabel? Miss? Haben Sie verstanden, was ich gesagt habe?« Ihr Professor, von dem sie zumindest wusste, dass er David hieß, musterte sie fragend.

Ja, im Prinzip war sie seinen Erklärungen aufmerksam gefolgt. Wenn sie ihn nun auch noch verstanden hätte, wäre das enorm hilfreich gewesen. Allerdings sprach David in einem dermaßen heftigen schottischen Dialekt, dass sie gerade einmal ein paar Wörter aufschnappen konnte, die ihr etwas sagten. Fazit: Sie stand hier vor der kompletten Seminargruppe und spürte, wie sie langsam und unweigerlich rot wurde. Wie peinlich war das denn? Eigentlich war ihr Englisch doch wirklich gut, und nun sollte sie nicht in der Lage sein, dem Vortrag ihres Dozenten zu folgen?

»Doch, doch, natürlich habe ich verstanden.« Eine glatte Lüge, doch was sollte sie denn sagen?

»Fein, dann setzen Sie sich bitte auf einen Platz Ihrer Wahl und hören mir einfach weiter zu. Wenn Sie irgendwelche Fragen haben, können Sie nach dem Kurs gerne zu mir kommen.«

Immerhin, das hatte sie verstanden. Aufatmend und froh, aus dem allgemeinen Focus entschwinden zu können, huschte Anabel zu einem der wenigen freien Plätze in dem schönen, frisch renovierten Raum, in dem hohe Fenster für helles Licht sorgten.

»Hallo.« Mehr wagte sie nicht zu sagen, auch wenn ihre Nachbarin, ein hellblondes Mädchen mit lustiger Stupsnase und fröhlich blitzenden hellblauen Augen, sehr nett wirkte.

Die sah das offenbar unkomplizierter. »Hallo, ich bin Kirsten. Ich komme aus Schweden, du aus Deutschland, habe ich das richtig verstanden?«, flüsterte sie Anabel zu.

Anabel nickte zaghaft. »Ja, hast du. Ich bin seit drei Tagen hier.«

Kirsten nickte. »Aha, das erklärt einiges. Gib es zu, du hast von dem, was David dir erzählt hat, nur einen Bruchteil verstanden.«

Erschrocken sah sie ihre Nachbarin an. »Oh Gott, war das so offensichtlich?«

Die hob nur mit wissendem Blick die Augenbrauen. »Für uns alle schon, für ihn nicht. David lebt in seiner ganz eigenen Welt. Er kommt von der Isle of Skye und vergisst ab und an, dass es auch außerhalb seines kleinen Kosmos intelligentes Leben gibt.

Versuch einfach zuzuhören. Ich gehe nachher mit dir zu ihm. Lass mich nur machen.«

Als Anabel antworten wollte, legte Kirsten nur den Zeigefinger an die Lippen. »Später.«

Das konnte ja heiter werden. Wie sollte sie denn dem Kurs folgen und etwas kapieren, wenn sie nicht einmal verstand, wovon der Mann dort vorne überhaupt sprach? Abgesehen davon erschien David nett und durchaus sympathisch zu sein. Kurze, rotbraune Haare, die ihm wild vom Kopf abstanden, freundliche braune Augen, einen gepflegten, kurzen Bart, schlank, recht groß, Jeans, einen grauen Pulli, dessen Ärmel er immer wieder bis zu den Ellbogen hochkrempelte und dunkelbraune Mokassins. Sein ebenso braunes Ledersakko war kurz nach seinem Eintreffen bereits auf dem Pult gelandet. Ja, David war gewiss nett und sah auch noch ganz cool aus – wenn sie ihn auch noch verstehen würde, wäre alles gut.

Zwei Stunden später stand die erste Pause an, und während sich ihre Kommilitonen ins schöne Freie verzogen, ergriff Kirsten ihre Hand.

»Jetzt komm mal mit, das wäre doch gelacht. Jedes Mal das gleiche Spiel.«

Anabel hatte zwar keine blasse Ahnung, wovon die nette Schwedin redete, trottete aber folgsam hinter ihr her.

Ihr Dozent saß inzwischen an seinem Schreibtisch und war in diverse Papiere vertieft. Als die beiden Frauen neben ihm auftauchten, hob er neugierig den Blick.

»Kirsten, Anabel, was kann ich für Sie tun?«

Kirsten strahlte ihn fröhlich an. »Das Übliche, David. Sie müssten sich bitte wieder einmal solange zügeln, bis Anabel mit dem Schottischen etwas vertrauter ist. Sie wissen, was ich meine?«

Für einen winzigen Augenblick wirkte David ein wenig verstört, dann weiteten sich seine Augen. »Oh ja, richtig. Ich verstehe. Anabel, Sie müssen entschuldigen, doch nach einer Weile verfalle ich immer wieder in meine alte Gewohnheit und achte nicht mehr auf meine Aussprache. Sie sind in diesem Semester die einzige Neue, die nicht aus Schottland stammt. Ach verflixt, das tut mir leid.« Ihr Dozent erhob sich und reichte ihr erneut die Hand. »Auf ein Neues? Ich gelobe Besserung.«

Er sah so zerknirscht aus, dass Anabel ihm nicht böse sein konnte. Wie auch, schließlich war sie in seinem Land. Erfreut ergriff sie seine Hand. »Sehr gerne. Ich verspreche, dass ich mich ganz schnell integriere. Schließlich lebe ich mit drei schottischen Highlandern und einer halben Irin zusammen. Da sollte das doch machbar sein.«

David nickte sichtlich zufrieden. »Ja, das klingt gut. Aber erst einmal gebe ich mir mehr Mühe. Ach, Kirsten, haben Sie Anabel schon von unserer guten alten Tradition erzählt?«

»Nein, aber jetzt dann sofort. Vielen Dank, David.«

Kirsten zog sie mit sich, und wenige Augenblicke später saßen sie auf den Stufen des Hauptgebäudes und ließen sich die Sonne auf die Nase scheinen.

Nun war Anabel doch neugierig. »Was meinte er mit guter, alter Tradition?«

Kristen trank einen Schluck aus der Wasserflasche, die sie aus dem Hörsaal mitgenommen hatte. »Ach, das. An jedem ersten Tag im neuen Semester treffen wir uns am Nachmittag nebenan im Black Bull. Das ist ein Pub der, glaube ich zumindest, schon seit Jahrhunderten existiert. Also so sieht er auf jeden Fall aus. Da haben wir die Möglichkeit, unsere Ideen und Vorstellungen mit David zu besprechen. Das ist gut und sinnvoll. Bei der Gelegenheit kannst du ihm ein Loch in den Bauch fragen, zu all dem, was du heute morgen nicht verstanden hast.«

Anabel atmete erleichtert auf. »Ja, das klingt sehr vernünftig. Heute kann ich auch. Morgen wäre doof, da bin ich in der WG mit dem Kochen an der Reihe.«

Kirsten schien beeindruckt. »Ihr kocht füreinander? Wie praktisch. Ich teile mir zwei Zimmer, Küche und Bad, wobei das

Ding eigentlich nur eine Nasszelle ist, mit meiner Mitbewohnerin. Das sind nur dreißig Quadratmeter und ich glaube nicht, dass ich will, dass sie kocht. River kommt aus Wisconsin. Ich habe das Gefühl, sie verträgt nur Hamburger, Hotdogs und Chili. Aber ansonsten ist sie voll in Ordnung.«

Anabel nickte. »Ja, meine Mitbewohner sind wirklich klasse. Ich hatte Angst, herzukommen. Das erste Mal alleine und weg von der Familie. Aber ich fühle mich prima dabei.«

Kirsten warf ihr einen langen Blick zu. »Das erste Mal weg von zu Hause? Okay, glaub mir, das tut dir gut. Wenn es dir jetzt schon gefällt, dann wird es noch besser. Aber es wird Zeit. Wir sollten wieder reingehen. David ist echt cool, aber wenn man unpünktlich ist, wird er zum Hochlandtroll.«

Lachend angelte Anabel ihr Handy aus der Tasche. »Na, das wollen wir nicht riskieren. Ich muss nur rasch Bescheid geben, dass ich heute Abend nicht zum Essen da bin.«

Das Black Bull war ein uriger Pub mit schwarzen Holzmöbeln, goldenen Zapfhähnen für kühles Bier und geräucherten Fischen aus einem Küstenort mit dem Namen Arbroath auf der Speisekarte. Anabel und ihre Kommilitonen belagerten fast den kompletten rückwärtigen Bereich des Pubs, doch das schien niemanden zu stören. Die zerschlissenen, roten Lederpolster auf den Bänken hatten sicher schon einiges miterlebt und auch die Holzdielen auf dem Boden hätten so manche Anekdote aus vergangenen Tagen zum Besten geben können. Anabel fühlte sich in dem gemütlichen Pub sofort wohl und da sie Starnberger Preise gewöhnt war, konnten die hiesigen sie nicht abschrecken. Kirstens Fischempfehlung entpuppte sich als Volltreffer, denn der geräucherte Lachs schmeckte köstlich. Dazu gab es einige Guinness und viele Erzählungen von David und den Studenten, die schon länger dabei waren. Außerdem gelang es ihr, all das doch noch in Erfahrung zu bringen, was sie am Morgen nicht verstanden hatte. Sie erfuhr von diversen Kursmöglichkeiten und von einem der begehrtesten Kurse, in dem sich des Öfteren Studenten für kleines Geld als Modelle zur Verfügung stellten und nackt für Aktzeichnungen posierten.

»Vertrau mir, das ist der Hammer. Du musst das ein paarmal mitgemacht haben.« Anabel wusste inzwischen, dass der kleine, quirlige Kerl, der das sagte, Rory hieß und irgendwann als Maler in Frankreich leben wollte.

»Ist das nicht ein bisschen viel Klischee? Oder hoffst du auf hübsche Französinnen, die dir Modell stehen?« Anabel musterte den Schotten belustigt.

Der zuckte nur die Schultern. »Mag sein. Aber man muss einfach Träume haben. Wenn ich die nicht hätte, dann würde ich unweigerlich im Haushaltswarenshop meines Vaters landen. Also nichts gegen den Laden, aber vorher möchte ich schon raus in die große, weite Welt.«

»Das kann ich sehr gut verstehen«, pflichtete Anabel ihm bei, »ich versuche das ja gerade mit Schottland.«

»*Versuche* klingt nett, Lass. Du bist dabei, dich ganz gut einzuleben.« Rory zeigte auf ihr Bierglas, das schon wieder fast leer war.

Anabel prostete ihm lächelnd zu. »Man passt sich an, wo man kann.«

Ziemlich glücklich, beschwipst und mit einer Tasche voll wichtiger Informationen, saß Anabel um kurz nach neun Uhr abends im 38er in Richtung Ocean Drive. Es war noch immer hell und die untergehende Sonne tunkte den Park am Hermitage Place in gelbgoldenes Licht. Sie schlenderte betont langsam durch die Straße, genoss den schönen Anblick und erst als sie die Stufen zum Haus der WG hinaufging, fiel ihr ein, dass sie den ganzen Tag kein einziges Mal an Maximilian gedacht hatte.

10

Anabel lief durch die Gänge des riesigen Tesco-Supermarktes wie ein verschrecktes Huhn, so dass Mika Schwierigkeiten hatte, ihr zu folgen.

Besorgt musterte Mika ihre neue Freundin. »Anabel, jetzt schalt mal einen Gang runter. Du sollst kein Gourmet-Menü auf den Tisch zaubern, sondern für vier sehr bodenständige Menschen kochen«

»Das sagst du so einfach, aber was, wenn sie es nicht mögen?«

Mika stemmte sich energisch die Arme in die Seite. »Denen würde ich was erzählen, aber fangen wir doch mal klein an. Was willst du denn machen?«

»Hm, ist einer von euch Vegetarier?«

»Nicht dass ich wüsste. Sally verträgt Schweinefleisch nicht gut. Darum haben wir das Chili mit Rind gemacht. Aber sonst fällt mir nichts ein.« Mika wischte sich eine Strähne ihrer dunklen Haare aus der Stirn. »Also noch mal, woran denkst du?«

»An Hühnchen in Champignonsauce und selbstgemachte Spätzle, kennst du das?«

Mika rollte mit den Augen. »Als Tochter eines deutschen Vaters? Was glaubst du denn?«

»Gut, dann kaufen wir jetzt ein. Oh Gott bin ich aufgeregt.« Anabel stürmte in Richtung Fleischregal, als müsste sie einen Rekord brechen.

Während Anabel alles in den Wagen lud, sorgte Mika sich um

den Nachtisch. »Bananen an der Seite aufschlitzen, Schokoriegel rein und ab in den Ofen, was meinst du?«

Anabel hielt kurz inne und warf ihr einen vielsagenden Blick zu. »Ihr Schotten und die Kalorien.«

Grinsend hob sie die Arme. »Hey, wir brauchen das. Bei dem Klima hier muss man sich warmhalten. Da verbrennt der Körper viel.«

Anabels Antwort kam spontan. »Bei 19 Grad Celsius, echt jetzt?«

Sie warf ertappt den Kopf in den Nacken. »Spießer!«

Lachend liefen sie zur Obstabteilung, in der Anabel alles für einen frischen Obstsalat besorgte.

Zurück in der WG vertrieb Anabel Mika umgehend aus der Küche. »Lieb, dass du mir helfen möchtest, aber das macht mich noch nervöser. Das verstehst du doch, oder?«

Mika verkrümelte sich mit einem »Dann-decke-ich-eben-den-Tisch-wenn-meine-Gesellschaft-hier-nicht-gewünscht-wird.«

Tatsächlich gelang ihr das Gericht auf Anhieb, und es duftete sehr fein. Dass die Küche nach ihrer Spätzle-Aktion chaotisch aussah, nahm sie seufzend in Kauf. Überall klebte der zähe Teig, doch das Ergebnis konnte sich sehen lassen. Glücklich und sehr erleichtert trug Anabel das Abendessen auf.

Sean kostete zuerst zögerlich die schwäbischen Knöpfle. Schon nach dem zweiten Bissen war er genauso begeistert wie Sally, Mika und Hanson. »Anabel, Respekt. Das schmeckt echt gut, kannst du öfter kochen.«

Ihr fiel ein Stein vom Herzen, und endlich konnte sie entspannt und voller Begeisterung von ihren Erlebnissen an der Uni berichten. Vor allem Hanson hörte ihr sehr interessiert zu.

»Schön, dass du dich dort wohlfühlst. Es ist wichtig, dass das Umfeld passt. Und der Dozent ist in Ordnung? Wie viele hast du überhaupt?«

Da es nur zwei waren, weil David an der Fakultät auch für die

Vorlesung und nicht nur für das Grundseminar zuständig war, blieb es sehr übersichtlich.

Während sie bereits beim Obstsalat angelangt waren, erzählte Sally von ihrer Arbeit in einem Pub, und Mika zeigte sich sehr angetan von den aktuellen Plänen des schottischen Tourismusverbandes und Historic Scotland.

»Das wird einfach nur gut. Sanfter Tourismus, immer mit einem Auge auf die Natur. Da lässt sich so viel machen. Wir müssen unbedingt einmal an einem Wochenende mit dir rausfahren, Anabel. Der Loch Lomond, die Trossachs. Ach, du wirst es lieben.«

Anabel holte tief Luft. »Ich liebe es doch jetzt schon. Also das, was ich bisher zu sehen bekommen habe. Und ja, das würde mich wirklich freuen, aber nur, wenn ich euch damit nicht eure Zeit stehle.«

Sean spießte mit breitem Grinsen eine Himbeere auf seine Gabel. »Zeit stehlen? Lass, wir sind stolz auf unsere Heimat. Dementsprechend macht es uns Spaß, sie zu zeigen. Mal ganz abgesehen von den ganzen romantischen Bed & Breakfast Möglichkeiten.«

Mika fixierte ihn seufzend. »Du bist ein unverbesserlicher Schürzenjäger, oder?«

»Das trifft mich jetzt aber schon. Ich bin eben einfach ein Romantiker. Himmel, egal was man tut, es ist immer falsch. Ihr wollt keine Machos, weil das ja doof ist; ihr wollt keine Romantiker, denn das ist ja gleichzusetzen mit Hintergedanken oder einem Softie; und wenn uns alles egal ist, sind wir arrogante Langweiler. Was wollt ihr denn?«

Mika machte ein trauriges Gesicht. »Soll ich dir was sagen? Ausnahmsweise hast du gar nicht unrecht. Wobei ich ja mit Fug und Recht von mir behaupten kann, dass ich eher auf die harten Kerle stehe.«

Sally legte ihre Gabel beiseite und schaufelte sich eine zweite Portion Obstsalat in ihr Schüsselchen. »Seht ihr, ich kann da ebenfalls ganz gut Stellung beziehen, denn mein Freund Brayden ist der Typ Mann, der dich auf Händen trägt, selbst wenn du ab und an in diese Hände beißt. Er kennt mich und meine Ticks und hat gelernt, mit viel Geduld damit umzugehen. Trotzdem ist er kein Softie, möchte ich jetzt mal behaupten.« Sie zog ihren zweiten Nachtisch zu sich heran und warf Anabel einen fragenden Blick zu. »Wie ist denn dein Maximilian so?«

Tja, wie war Maximilian? Es dauerte tatsächlich eine Weile, ehe sie ihn vernünftig beschreiben konnte. Sehr gut aussehend, selbstsicher, unterhaltsam, erfolgsverwöhnt und sicherlich ein wenig verzogen. Er sorgte dafür, dass sie bekam, was sie wollte, wobei das oft auch das war, was er wollte. Und er war ihr treu, glaubte sie jedenfalls – ein durchaus wichtiger Punkt.

Sie beendete ihre Aufzählung sehr nachdenklich, und auch die anderen am Tisch schwiegen eine Weile. Wieder war es Sean, der ihrer aller Gedanken treffsicher zusammenfasste.

»Anabel, du beschreibst da einen guten Bekannten, einen Schulfreund aber irgendwie werde ich das Gefühl nicht los, dass du nicht den Mann beschreibst, den du wirklich liebst. Bitte sei mir für die offenen Worte nicht böse, aber deine Aufzählung suggeriert das irgendwie.«

Sie wehrte sofort ab. »Ich bin dir nicht böse. Schon während ich nachgedacht und geredet habe, musste ich mich das auch fragen. Ob das an der Entfernung liegt?« Sie biss grübelnd auf ihrer Unterlippe herum.

»Oder einfach daran, dass irgendwann aus Liebe Freundschaft wurde?« Sean war ziemlich gut in dem, was er da tat. Nämlich darin, ihr Leben zu analysieren.

Die Worte des Highlanders wollten ihr den ganzen Abend nicht mehr aus dem Kopf. Die übliche, fröhliche Runde am Kamin verließ sie früh und zog sich mit dem Hinweis, dass es am nächsten Abend sicher spät werden würde, zurück auf ihr Zimmer. Während sie im Bad unter der heißen Dusche stand, rekapitulierte sie ihre Beschreibung. Es dauerte eine Weile, ehe sie sich bewusstwurde, dass sie gerade versuchte herauszufinden, was sie an Maximilian liebte. Als sie sich vor Jahren in der Schule trafen, war es bei beiden Liebe auf den ersten Blick. Er war der strahlende Tenniscrack und Mädchenschwarm, sie die beliebte Klassensprecherin und bewunderte und gefürchtete Verfasserin der gezeichneten Kolumne für die monatliche Schülerzeitung. Es war schön gewesen in seinem BMW Cabrio zu sitzen und sich den Fahrtwind um die Nase wehen zu lassen. Auch die teuren Restaurants, die er sich leisten konnte, waren durchaus ein Erlebnis gewesen. Aber wo, verflixt noch einmal, war das Prickeln im Bauch abgeblieben? Wo waren sie, die Schmetterlinge?

Sie trocknete sich grübelnd ab, putzte die Zähne, schlüpfte in ihren Pyjama und schlappte zurück in ihr Zimmer. Fast schon trotzig griff Anabel nach ihrem Handy, suchte die drei schönsten Bilder aus, die sie heute an der Uni eingefangen hatte, und schickte sie mit ein paar lieben Zeilen an Maximilian. Sie erzählte ihm von ihrem Tag, von dem gelungenen Abendessen und von den Plänen, demnächst die Umgebung zu erkunden.

Maximilians Antwort ließ nicht lange auf sich warten und hinterließ Anabel noch ratloser als zuvor:

»Schatzi, schöne Bilder, wirklich. Lass dich nicht zu sehr ausnutzen. Du weißt doch, dass du immer zu gutmütig bist. Glaub nicht alles, was man dir so ins Ohr setzt. Wäre es denn für dich nicht besser, dir eine eigene Wohnung zu nehmen? Wenn du dann nicht mehr für wildfremde Menschen kochen musst, unterstütze ich dich da gerne ein wenig. Melde dich einfach. Werde mir nicht krank da drüben in den kalten Gemäuern. Hier genießen wir herrlichen Frühsommer und unsere Eltern haben nicht lange gefackelt. Wenn du wieder zurückkommst, erwartet dich dein Traumhaus. Na, da freust du dich, nicht wahr, meine Belle? Bis bald, Maxi.«

Anabel las diesen Text gefühlte hundertmal. Redete sie eigentlich mit der Wand? Verstand oder vielmehr registrierte Maximilian, was sie ihm schrieb? Da erzählte sie etwas von herrlichen

Sonnentagen und wie viel Spaß ihr das Leben in der WG machte, und was kam von ihm? Wie kam er auf die abstruse Idee, sie könnte ausgenutzt werden? Wobei, eigentlich konnte sie sich das ja denken, Maximilian war nie ein Teamplayer, sondern immer der »natural born leader« gewesen, das allerdings hauptsächlich wegen des Geldes, über das er verfügen konnte. Wie sollte er verstehen, wie sehr sie es genoss, Teil einer Gemeinschaft zu sein, vor allem ein gleichberechtigter Teil?

Anabel krabbelte unter ihre Decke und löschte das Licht. Schon während sie wegdämmerte, verschwand Maximilian aus ihren Gedanken und wurde ersetzt durch den Blick über das Schloss und die Royal Mile in der Abendsonne.

»Anabel, mach schnell. Ich lade nur noch rasch die Spülmaschine voll und dann machen wir uns auf den Weg.« Hansons Stimme klang angespannt. Der begeisterte Fußballfan schien ein wenig Angst zu haben, im Pub etwas zu verpassen.

Sean war ausnehmend flott gewesen mit der Kocherei, und da er sowieso zu Hause blieb, jagte er jetzt Hanson aus der Küche.

»Lass das, ich gehe eh nicht, also kümmere ich mich darum. Verschwindet und habt Spaß. Los, raus mit euch.«

Hanson flitzte auf sein Zimmer, und auch Sally holte rasch ihre Jacke.

Anabel selbst stand, bereits fertig für den Aufbruch, neben der Küchentür und sah Sean dabei zu, wie er aufräumte. Sie klappte sich den Kragen hoch und steckte die Hände in die Taschen ihrer geliebten Jeansjacke. »Schon schön, anderen beim Arbeiten zuzusehen.«

Sean warf ihr einen vielsagenden Blick zu. »Lady, Vorsicht, hier kommt alles irgendwann zurück.«

Lachend ging sie einen Schritt rückwärts. »Jetzt habe ich Angst.«

Drohend hob Sean den hölzernen Kochlöffel. »Das solltest du auch. Wenn ich mich recht erinnere, gibt es da noch ein uraltes

Dekret, das in Schottland die Züchtigung von ungehorsamem Weibsvolk erlaubt. Ich glaube, es ist an der Zeit, das mal zu recherchieren.«

»Dann wollen wir dich bei deiner Recherche nicht weiter stören.« Mika, die seine letzten Sätze offenbar gehört hatte, zog Anabel mit sich. »Weibsvolk! Ich glaube, ich spinne.«

Ob ihre Mitbewohner auch nur annähernd ahnten, wie sehr sie all das genoss? Wie gut ihr diese wenigen Tage schon getan hatten? Anabel winkte Sean lächelnd zu und eilte dann hinter Mika her.

Kaum war auch Sally in Hansons Toyota Camry geklettert, gab dieser auch schon Gas. »Sorry für die Eile, aber in zwanzig Minuten ist Anpfiff. Ich glaub nicht, dass die auf uns warten.«

Der Pub war brechend voll und die Stimmung gigantisch. Samy schmiegte sich sofort bei ihrer Ankunft an ihre rechte Seite und strahlte zu ihr auf. »Lass, nur mal so eine Frage: Für wen drückst du heute Abend die Daumen?«

Schmunzelnd schob Anabel ihn ein wenig von sich. »Nun, wenn heute Schottland gegen Deutschland spielen würde, dann wäre das ein echter Gewissenskonflikt, aber so muss ich leider sagen: Deutschland.«

Der Kellner bedachte sie mit einem himmlischen Augenaufschlag. »Exzellente Antwort, meine Liebe. Sehr diplomatisch. Und nun folgt mir, euer Tisch ist bereit.«

Anabels Furcht, dass man ihr eventuell doch ein wenig feindselig gegenüberstehen könnte, war zu ihrer großen Freude unbegründet. Das erste Tor der deutschen Elf wurde stattdessen von vielen bejubelt, und so war es auch ihr möglich, sich lautstark zu freuen. Samy schleppte Unmengen an Guinness an, bis sie ihn wissen ließ, dass sie gerne ein Irn Bru trinken würde.

»Hey, Lass, du wirst mir immer sympathischer.« Wenige Augenblicke später stellte er einen halben Liter der herrlich künstlich schmeckenden Limonade vor ihr ab. »Und es schmeckt dir wirklich?«

Anabel warf ihm einen amüsierten Blick zu. »Ja, vor allem schmeckt es irgendwie verboten. So eine Art Absinth des Künstlers in Ausbildung, verstehst du?«

Prustend verschwand der kleine Kellner in der Menge.

Das Ausgleichstor fiel nach etwa einer halben Stunde und verleitete Sally, die bereits völlig außer Atem war, zu dem Ausruf: »Anabel, darf ich mir von deinem Team ein wenig mehr Einsatz erbitten?«

Sie zog entschuldigend den Kopf zwischen die Schultern. »Ich sag es ihnen, sobald ich die Gelegenheit dazu habe.«

In der Halbzeit gab es Nachos mit Guacamole. Sally, die laut eigener Aussage nur in Notfallsituationen rauchte, verschwand mit Hanson und einer Zigarettenpackung nach draußen.

Anabel blickte ihr verwundert hinterher. »Sie raucht ja tatsächlich.«

Mika schob sich gleich zwei Nachos mit, grob geschätzt, einem Viertelpfund Salsa in den Mund. »Entweder Zigaretten oder sie kaut sich die Fingernägel weg. Dann lieber die Glimmstengel.«

Anabel betrachtete ihre Umgebung und stellte fest, dass sie sich nicht besonders von einem Public Viewing in einem Biergarten ihrer Heimat unterschied. Die Gäste waren gut gelaunt, keine Aggressivität, sondern im Gegenteil gute, wenn auch etwas bierselige Stimmung. Doch auch das kannte sie von Starnberg. Als sie ihre Überlegungen an Mika weitergab, erschien auf deren Gesicht ein breites Grinsen.

»Tja, so ist das. Eigentlich bist du ja, mehr oder weniger, eh zu Hause.«

Nun war sie verwirrt. »Wie meinst du das?«

»Nun ja«, erläuterte Mika mit vollem Mund, »mein Dad sagt immer, dass die Schotten die Bayern Großbritanniens sind. Genauso stur und genauso dickschädelig. Kein Wunder, dass ihr euch hier so wohl fühlt.«

Kopfschüttelnd griff Anabel in die knusprigen Nachos. »Cooler Ansatz, so habe ich das noch nie gesehen.«

Die zweite Halbzeit wurde zu einem Desaster für die englische Mannschaft und bescherte dem deutschen Team einen 4:1 Endstand, was von Sally und Mika mit einem doppelten Whisky begossen wurde.

Sicherlich freute Anabel sich über den Sieg ihrer Mannschaft, doch es war schon fast Mitternacht, und ihre Freunde schienen noch nicht daran zu denken, sich auf den Heimweg zu machen. Mika und Sally orderten die nächste Runde, und Hanson verdünnte seinen Pegel zumindest ein wenig mit Wasser. Nicht, dass es ihr etwas ausgemacht hätte, doch noch war all das Neue aufregend und anstrengend für sie. Sie sehnte sich nach ihrem Bett. Weil sie über eine Monatskarte für den Busverkehr verfügte, war die Entscheidung schnell getroffen.

»Leute, seid mir nicht böse, aber ich fahr schon mal vor. Der Bus hält eine Ecke weiter und fährt durch, also kein Thema.«

Hanson schien nicht glücklich zu sein mit ihrer Entscheidung. »Na komm, um diese Zeit ist das Auto doch die bessere Wahl. Nur noch eine halbe Stunde, okay?«

Eine halbe Stunde. Das bedeutete in der deutschen Übersetzung mindestens eine Stunde, eher eineinhalb.

Sie klopfte ihm und Mika beruhigend auf die Schultern. »Das ist schon in Ordnung. Ich bin ein großes Mädchen und ich habe keine Angst. Ich fahr gerne mit dem Bus, da passiert mir schon nichts.«

»Na gut, aber wenn etwas sein sollte, dann ruf bitte sofort an. Ich habe das Handy in der Tasche. Wenn das anfängt zu brummen, spüre ich es.« Hanson zeigte auf die Brusttasche seines Hemdes, durch die sich der Umriss des Handys abzeichnete.

Anabel ließ das Geld für ihre Getränke bei Mika zurück und verabschiedete sich eilig, nachdem Sally einwarf, dass der Bus 38 um diese Zeit nur alle zwanzig Minuten fuhr. Auf langes Warten hatte sie tatsächlich keine Lust. Draußen erwartete sie frische, kühle Nachtluft und zahlreiche Passanten. An der nächsten Straßenecke spielten zwei Musiker wunderschöne Balladen, und aus der Ferne erklang ein Dudelsack. Nein, die Atmosphäre war so friedlich und es waren dermaßen viele Menschen unterwegs, dass sie sich keine Gedanken machen musste. Eilig strebte sie auf die Bushaltestelle zu. Zu ihrem Leidwesen bog der Bus just in dem Augenblick um die Ecke, als sie noch auf halber Höhe zur Haltestelle war und, als würde das nicht genügen, schaltete auch noch die Ampel für sie auf Rot. Anabel wartete die wenigen Autos ab und spurtete dann todesmutig über die Straße. Doch ihre Anstrengung wurde nicht belohnt. Der Bus fuhr vor ihren Augen davon und sie konnte nur noch keuchend hinterher schauen.

»Mist, verdammter. So ein Scheiß.« Ihr Fluch kam von Herzen, nutzte nur rein gar nichts. Zurück wollte sie nicht, zwanzig Minuten zu warten war auch doof. Allerdings erinnerte sie sich daran, dass direkt am anderen Ende des Holyrood Parks eine andere Buslinie hielt, die die ganze Nacht fuhr. Wenn sie sich beeilte, war sie bei zügigem Tempo in fünfzehn Minuten durch den Park, und von dort aus waren es nur vier Haltestellen. Immer noch besser, als hier herumzustehen. Leute waren genug auf den Straßen, sie würde also nicht allein sein. Entschlossen reckte sie ihr Kinn hoch, steckte die Hände in die Jackentaschen und stapfte, froh darüber, dass sie mit ihren bequemen Chucks unterwegs war, los. In der Royal Mile ging es, wahrscheinlich auch wegen der vielen Straßenmusiker, noch richtig rund, doch als sie auf die Straße abbog, die zum Park führte, wurde es langsam ruhiger. Aber auch hier waren Spaziergänger unterwegs, von denen die meisten augenscheinlich ihre Hunde ausführten. Anabel musste unwillkürlich lächeln. Da mussten die Doggies wohl bis zum Spielende Haltung bewahren. Der Hauptweg des Parks war von schönen Laternen beleuchtet. Während tagsüber Autos mit Sondergenehmigung und zahllose Fahrräder entlangfuhren, war die Zahl der Radfahrer und Passanten nun sehr übersichtlich. Je weiter sie in den Park hineinlief, desto ruhiger wurde es. Ein wenig mulmig wurde ihr dann doch, als irgendwo ein Käuzchen schrie und sie glaubte, den Wind durch die alte Ruine hinter dem See wehen zu hören. Ein vorbeigehender Hundebesitzer musterte sie freundlich und grüßte, während sein Hund an ihr schnupperte. Entspannter lief sie weiter. Schon lag der See zu ihrer Rechten, als sie erneut Stimmen vernahm, die sich schnell näherten. Das waren eindeutig Männerstimmen und sie klangen nicht fröhlich, sondern aggressiv. Wie unangenehm. Wohl angetrunkene Fußballfans. Danach stand ihr der Sinn eigentlich gar nicht.

Wie richtig sie lag, zeigte sich, als die Fremden sie erreichten. Zwar wechselte Anabel extra die Straßenseite, doch das beeindruckte die Männer offenbar nicht. Obwohl Anabel ablehnend den Kopf zwischen die Schultern zog und betont angestrengt zu Boden blickte, hörte sie, wie sich Schritte näherten.

»Miss? So alleine? Wohin soll's denn gehen?« Die Stimme klang dumpf, das kannte Anabel leider. Immer, wenn es bei Dorffesten spät wurde, waren viele der Burschen angetrunken und klangen dann exakt so. Ganz toll, betrunkene Kerle. Sie beschleunigte ihre Schritte, ohne zu antworten.

»Hey, Blondie, ich red mit dir. Bist du zu fein, um zu antworten, oder wie?«

Mist. Vielleicht sollte sie sich die Männer doch endlich ansehen. Anabel bereute ihre Entscheidung binnen weniger Sekunden. Die englische Fahne über der Schulter, kurzgeschorene Haare und ausgesprochen wütende Gesichter. Fußballfans, oder wohl eher Hooligans. Ganz sicher Engländer. Nun war guter Rat teuer, wobei ihr nicht viel Zeit zum Überlegen blieb.

»Oh, du bist aber was Hübsches. Du könntest diesen trostlosen Tag tatsächlich noch retten.« Der Sprecher, ein untersetzter, junger Mann mit rotem Gesicht und einer Alkoholfahne, die ungefähr die Ausmaße der Fahne über seiner Schulter hatte, kam langsam näher. »Ich frage noch mal: Zu fein, um mit uns zu reden, oder wie?«

Irgendetwas musste sie ja nun wohl sagen. »Nein, ich bin nur sehr müde und möchte auf dem schnellsten Weg nach Hause.«

Der Mann kniff die Augen zusammen und musterte sie eingehend. »Ey, den Dialekt kenn' ich doch. Jungs, das Weib ist eine Deutsche. Ich sag' doch, der Tag kann nur besser werden.«

Nachdem die vier Fremden sie mittlerweile eingekesselt hatten, machte es keinen Sinn mehr, davonzulaufen. Was sollte sie tun?

»Hört zu, ich will keinen Ärger. Ich will nur meine Ruhe.«

»Ruhe ist gut. Ey, ihr habt uns gerade in einem drecksunfairen Spiel besiegt. Das bedeutet Krieg. Schon klar, oder? Sei einfach nett zu uns und mach gut, was deine Nazispieler verbockt haben.«

Anabel kochte beinahe die Galle über. Diese strohdummen Halbaffen, die geistig im Mittelalter festhingen, hatten ihr gerade noch gefehlt. Nur waren ihre Fluchtmöglichkeiten gerade nicht existent und ausgerechnet jetzt war kein einziger Passant unterwegs. Es sei denn, die hatten genauso eine Angst vor diesen Schlägern wie sie selbst. Warum zum Geier musste sie auch unbedingt mitten in der Nacht durch einen Park laufen? Wie blöd musste man sein? Nur nutzte ihr auch diese Erkenntnis in diesem Augenblick denkbar wenig. Der Typ vor ihr legte gerade, ohne den Blick von ihr zu wenden, sehr sorgsam seine Flagge auf den Rasen neben der Straße.

»Schau mal, du deutsche Schlampe: Verdient hast du es zwar nicht, aber ich sorg' trotzdem dafür, dass du nicht auf'm Boden liegen musst. Wir sind ja schließlich Gentlemen, oder Jungs?« Gröhlendes Gelächter antwortete ihm. Anabel wurde übel.

»Lasst mich in Ruhe, oder ich schreie.«

»Und wer sollte dich hören, du blöde Kuh? Hübsch bist du ja, verdammt hübsch, aber echt blöd. Tu einfach, was wir dir sagen. Wird sicher lustig.«

Anabel ballte ihre Hände in den Taschen der Jeansjacke verzweifelt zu Fäusten. Gegen vier betrunkene Kerle würde sie nie etwas ausrichten können. Bitte nicht. Das durfte doch nicht wahr sein. Kaum tat sie ihre ersten, selbstbestimmten Schritte, schon sollte sie tatsächlich dermaßen im Schlamassel sitzen? So gemein konnte das Schicksal doch nicht sein, oder doch?

Offensichtlich wohl nicht.

In einiger Entfernung vernahm sie den Klang eines Motorrades. Motorräder durften hier eigentlich gar nicht fahren, doch darüber machte sie sich in diesem Moment absolut gar keinen Kopf. Hoffentlich bog der Fahrer nicht ab, sondern blieb auf dem Hauptweg.

»Bitte. Nicht abbiegen. Bitte komm her«, dachte Anabel.

Ihre stillen Beschwörungen schienen Gehör zu finden, denn aus dem Halbdunkel schälten sich die Umrisse einer großen Maschine, die näherkam. Vom Fahrer war nicht viel zu erkennen, wahrscheinlich aufgrund der Tatsache, dass er komplett in Schwarz gekleidet war. Er reduzierte seine Geschwindigkeit, fuhr aber langsam an ihnen vorbei, und einen furchtbaren Augenblick lang glaubte Anabel, er würde seinen Weg einfach fortsetzen. Das allerdings tat er nicht. Nach etwa zehn Metern wendete der Fahrer das Motorrad und kam zurück. Er stellte die Maschine ab, bockte sie in aller Ruhe auf und wandte sich dann ihnen zu.

»Guten Abend, gibt's irgendwelche Probleme?«

Oh Mann, was für eine Stimme. Tief, dunkel und triefend vor Selbstsicherheit. Wäre Anabel ein Mann gewesen, dann hätte sie exakt diese Stimme haben wollen.

Der Typ, der ihr am nächsten stand, versuchte sie mit seinem Körper zu verdecken, was angesichts der Tatsache, dass er fast einen Kopf kleiner war als Anabel, beinahe schon amüsant war. »Kein Problem hier. Alles okay. Wir unterhalten uns nur. Kannst wieder verschwinden.«

Hoppla, wie war es dem Motorradfahrer gelungen, so schnell näher zu kommen? »Geh doch mal der jungen Frau aus dem Weg. Ich würde gerne von ihr hören, dass alles gut ist.«

Der Engländer wandte sich ihr mit einer drohenden Geste zu und murmelte: »Lady, halt bloß den Mund. Wir sind zu viert, den machen wir alle. Also pass auf, was du sagst.«

»Warum soll sie denn aufpassen, was sie sagt? Könnte es sein, dass du Idiot gerade versuchst, die Frau zu bedrohen?« Verdammt gut hören konnte er offenbar auch.

Die Hooligans ließen den letzten Rest an Zurückhaltung fahren. Ausgerechnet der Kleinste brüllte den Fremden lauthals an. »Verschwinde, du blöder Arsch, oder du wirst ein echtes Problem bekommen. Hey, wie dämlich bist du eigentlich? Das Weib gehört uns.«

Anabel vernahm ein dumpfes Seufzen und verstand endlich auch, warum die Stimme gar so dunkel klang, als der riesige Mann sich den Motorradhelm abnahm. Darunter kam, im Schein der Laterne, eine schwarze Haarflut und ein wütendes, sehr blasses Gesicht zum Vorschein. In einer geschmeidigen Bewegung warf er Anabel den Helm zu.

»Fang und schlag damit zu, wenn nötig.« Im selben Moment griff er sich den Typen, der sie bedroht hatte, hob ihn offenbar mühelos hoch und schleuderte ihn auf seinen daneben stehenden Kumpanen.

Anabel umklammerte den Helm und strauchelte einige Schritte zurück. Gütiger Himmel, ihr Retter war ganz sicher jemand, mit dem man sich nicht anlegen sollte. Er schlug so schnell und hart zu, wehrte ab und trat nach seinen Gegnern, dass es nur ein paar Augenblicke dauerte, bis drei der Engländer blutend am Boden lagen. Der Vierte bat wimmernd darum, dass er aufhören solle, zu schlagen.

»Nenn mir nur einen guten Grund, warum ich aufhören sollte, du Stück Scheiße. Ihr habt eine Frau angegriffen. Und ich mag mir nicht vorstellen, was passiert wäre, wenn ich nicht vorbeigekommen wäre.«

Er ergriff den sich windenden Kerl am Kragen seiner Jacke.

»Es tut uns leid. Echt. Es tut uns leid.«

Der Schwarzhaarige ließ den Mann einfach los, der darauf wie ein nasser Sack vor ihm auf den Boden plumpste.

»Hört zu, ihr Affengesichter: Seht zu, dass ihr Land gewinnt, und zwar ein bisschen plötzlich.« Er machte einen Schritt auf die noch immer am Boden Liegenden zu, was diese dazu veranlasste, sich sehr zügig aufzurappeln und, nicht ohne sich mehrmals nach ihm umzudrehen, das Weite zu suchen.

»Autsch, Scheiße!«

Anabel, die noch immer verängstigt den Helm an sich drückte, schaffte es langsam, ihre zitternden Beine in Bewegung zu setzen.

»Hast du dich verletzt? Kann ich dir helfen?« Langsam näherte sie sich ihm.

Der Mann wandte sich ihr zu und kurzfristig war Anabel sich nicht darüber im Klaren, ob sie das gut finden sollte. Abgesehen davon, dass er sie um fast einen Kopf überragte, strahlte er eine unangenehme Kälte aus. Sein Gesicht war blasser als zuvor und seine hellen Augen funkelten noch immer wütend. An seiner schwarzen Lederjacke waren eindeutig nasse Stellen zu sehen, wohl das Blut der Hooligans. Erst jetzt sah sie, dass seine Hände in nietenbesetzten Lederhandschuhen steckten. Kein Wunder, dass es mehrmals heftig geknirscht hatte, als er zugeschlagen hatte.

Der Blick, mit dem er sie musterte, war nicht gerade freundlich.

»Nein, nichts passiert, nur mein Bein macht Zicken. Aber sag mal, was machst du bitte um diese Zeit alleine hier im Park?«

Verdammt, nun war er wütend auf sie und das auch noch aus gutem Grund.

»Ich weiß, dass das dumm war. Ich habe nicht nachgedacht und wollte zur Bushaltestelle auf der anderen Seite.«

»Um Mitternacht, ohne Begleitung? Ein tatsächlich ausgesprochen dummer Plan. Dir ist klar, dass das hätte schiefgehen können?« Er wartete ihre Antwort gar nicht erst ab, sondern nestelte am Verschluss seiner Jeans. Erst als er sah, dass sie ihn mit großen, erschrockenen Augen dabei beobachtete, schüttelte er leicht den Kopf.

»Lady, könntest du dich bitte kurz umdrehen und dezent wegsehen, während ich mir die Hose runterziehe und mein Bein untersuche? Es sei denn, du willst es unbedingt sehen. Auch kein Thema.«

Anabel drehte sich weg. »Sie haben dich also doch verletzt?«

Sein Stöhnen zeugte eindeutig von Schmerzen. »Nein, nicht wirklich, ist nur eine alte Kriegsverletzung, die aufgebrochen zu sein scheint. Ich will mir das eben ansehen.«

Sie musste sich wohl verhört haben. »Eine was?«

»Sagte ich doch, eine Kriegsverletzung. Du weißt schon, im Einsatz verwundet.«

Anabel schluckte heftig. »Du warst im Krieg?«

»Im übertragenen Sinne, ja.« Das erneute Stöhnen wollte ihr gar nicht gefallen.

»Kann ich dir nicht doch helfen?«

Seine Stimme klang etwas zweifelnd. »Nur, wenn du beim Anblick von Blut nicht umkippst.«

»Tu ich nicht.« Entschlossen drehte Anabel sich um und konnte im gleichen Moment nicht verhindern, dass sie leise aufschrie. »Heilige Scheiße, was hast du denn da gemacht?«

Am muskulösen Oberschenkel des Fremden prangte ein breiter Verband, durch den frisches, hellrotes Blut drang. Es sah tatsächlich gefährlich aus.

Er zuckte nur mit der Schulter. »Genau das, was ich befürchtet habe. Die Wunde ist wieder aufgegangen. Kannst du mir aus der linken Satteltasche dort den Verband holen? Ich muss das noch mal umwickeln, ehe ich zu meinem Arzt fahre.«

»Klar.« Anabel flitzte los und fand das Verbandszeug sofort. »Hier.« Sie reichte ihm das Gewünschte, wobei sie versuchte, nicht allzu fasziniert in diese hellblauen Augen zu starren. Sie erinnerten sie fatal an Eiszapfen, durch welche die Wintersonne schien. Ihr Retter verblutete gerade, und woran dachte sie? An seine Augen.

»Kann ich dir dabei helfen? Ich kippe auch nicht um.«

Er schien sich da nicht so sicher zu sein. »Okay, versuch es mal. Du musst ihn richtig eng wickeln, sonst nutzt es nichts.«

»Ich tue mein Bestes.« Endlich kam ihr in den Sinn, den Helm am Boden abzulegen, um beide Hände frei zu haben. Da sie sich nicht direkt vor ihn knien wollte – das hätte komisch ausgesehen – ging sie neben ihm auf die Knie und begann den neuen Verband über den durchgebluteten, alten zu legen. An den Beinen zumindest bestand der Mann nur aus Muskeln, und es war schwierig, *nicht* fasziniert auf seine Schenkel zu starren. Immerhin schaffte sie es, den Verband perfekt anzulegen und zu befestigen. »Fertig.«

»Danke. Sieht gut aus.« Er zog sich seine Hose hoch, machte die Knöpfe zu und drehte sich zu ihr um. »So, und jetzt sagst du mir, wo du wohnst.«

»Warum?«

»Damit ich weiß, wohin ich deine Todesanzeige schicken muss, wenn ich dich jetzt umbringe und im See versenke.« Er schüttelte sichtlich genervt den Kopf. »Mein Gott, damit ich dich nach Hause fahren kann.«

»Du musst zum Arzt.«

Sein Blick war nicht gerade freundlich. »Nachher. Je länger du zickst, desto mehr Blut verliere ich. Verdammt, ich tue dir nichts. Dazu hätte ich schon genug Gelegenheit gehabt, denkst du nicht?«

»Stimmt, bitte entschuldige.« Anabel nannte ihm ihre Adresse und beschrieb ihm den Weg.

»Schon okay, ich kenne mich da aus. Meine Familie wohnt in der Nähe. Los, rauf mit dir, und setz das auf.«

Sein Blick duldete keinen Widerspruch, und so stülpte sie sich den Helm über den Kopf und kletterte hinter ihm auf den Sozius.

Durch den zu großen Helm bekam sie kaum mit, wohin sie fuhren. Doch schon nach kurzer Zeit stoppte er das Motorrad.

»Da wären wir. Du kannst absteigen.«

Ungelenk ließ sie sich vom Sitz gleiten, nahm den Helm ab und reichte ihn seinem Besitzer.

»Vielen Dank für deine Hilfe, das hätte echt dumm enden können.«

»Mhm. Denk daran, wenn du wieder mal Todessehnsüchte hast und nachts in Parks herumlaufen willst, okay?« Er musterte sie eine Weile schweigend. Anabel fröstelte unter dem forschenden Blick der kalten, blauen Augen. Dann aber zog er seine Handschuhe aus und streckte ihr seine Hand entgegen. »Nur der guten Ordnung halber, ich heiße Duncan.«

Aufatmend griff sie nach der Hand und drückte sie dankbar. »Anabel. Ich heiße Anabel.«

»Okay, Anabel, ich verschwinde dann mal. Mach's gut.«

Die Hand, die sich durchaus angenehm anfühlte, entzog sich ihr, und Duncan verschwand. Sie sah der Maschine nach, bis sie um die Ecke bog. Erst als sie nicht mehr zu sehen war, beeilte sich Anabel ins Haus zu kommen.

11

»Hey, schon zurück? Sonst wird doch immer bis in die Puppen gefeiert?« Sean stand mit einer offenbar gerade geöffneten Flasche Kilkenny Bier in der Küchentür. »Abgesehen davon, was war das denn gerade für ein unglaublicher Sound?«

Anabel sah ihn leicht abwesend an. »Ein Motorrad.«

Sean runzelte fragend die Stirn.

»Nein, sag bloß? Wäre ich ja nie draufgekommen.« Erst jetzt schien er sie genauer zu betrachten. »Anabel, mit dir stimmt doch was nicht. Ich habe dich noch nie grün im Gesicht gesehen. Was ist passiert?«

Sie wollte ihm sagen, alles sei in Ordnung, wollte sagen, dass sie nur müde war, doch das schaffte sie nicht. Ohne dass sie etwas dagegen hätte tun können, liefen ihr die Tränen über die Wangen. Sean reagierte sofort. Ehe sie es sich versah, fand sie sich in seinen Armen wieder.

»Ganz ruhig, Anabel, beruhige dich. Komm mit ins Wohnzimmer.« Sean trug sie mehr, als dass er sie führte, setzte sich aufs Sofa und nahm sie kurzerhand auf den Schoß. Seine Umarmung tröstete sie und hatte nichts Unangenehmes.

Nach einer kleinen Weile beruhigte sie sich wieder. »Tut mir leid, dass ich dir was vorheule. Das war echt nicht so geplant.«

Lächelnd streichelte Sean ihren Rücken. »Das habe ich mir beinahe gedacht. Aber nun erzähl, was los war.«

Anabel berichtete ihm von ihrer Odyssee durch den Holyrood Park, von den betrunkenen Hooligans und von dem großen Unbekannten auf dem Motorrad. »Wäre der nicht gekommen, hätte der schöne Abend böse für mich geendet.«

Seans hübsche Züge waren noch nie so ernst gewesen. »Das kannst du laut sagen. Mädel, Schottland ist ein sicheres Land, das stimmt wohl. Aber in einer Fußballnacht und dann noch alleine durch den verlassenen Park … Mach das nie wieder. Gut möglich, dass du dem Fremden dein Leben verdankst. Oh Gott, ich mag gar nicht daran denken.«

Sie zog eine leichte Grimasse. »Ich auch nicht. Ich bin nur sehr froh, wieder hier zu sein.«

»Glaub ich dir. Auf den Schreck darf ich mir aber jetzt mein Bier holen, das ich in der Küche gelassen habe, ja?« Sean stupste ihr mit dem Zeigefinger gegen die Nasenspitze. Schmunzelnd rutschte Anabel von seinem Schoß. Er eilte in die Küche und kam mit seinem Bier in der einen und einem Ginger Beer in der anderen Hand zurück. »Hier«, sagte er, »für dich.«

»Danke, lieb von dir«, sagte sie und nahm das Bier dankbar entgegen.

Sean trank fast die Hälfte in einem Zug leer. »So, jetzt geht es mir besser. Aber nun zurück zum fremden Retter in der Not. Erzähl mal. Und vor allem: Was war das für eine Maschine?«

Anabel beschrieb ihm Duncan so gut sie konnte, bei dem Motorrad war das schwieriger. »Also es war auch schwarz, mit viel Chrom. Und groß war es, sehr groß.« Sie machte eine vage, andeutende Handbewegung. »So in etwa, na ja, groß eben.«

»Was stand denn auf dem Tank?«

Daran erinnerte sie sich. »Harley Davidson.«

Seans Lächeln vertiefte sich um einige Nuancen. »Interessant. Bis heute kann ich mir deinen Maximilian nicht wirklich vorstellen. Diesen Duncan hingegen hast du so exakt beschrieben, dass ich den Kerl bildlich vor meinen Augen sehe. Wenn du jetzt noch lernst, besser auf Motorräder zu achten, passt alles.«

»Sagt dir ›Fat Boy‹ irgendwas? Ich glaub das stand auch auf der Maschine.«

Seans Augen weiteten sich. »Und ob. Das sagt mir, dass dein Duncan einen guten und teuren Geschmack hat. Eine Fat Boy ist super, aber echt teuer.«

Anabel trank einen Schluck der kalten, bittersüßen Limonade. »Nenn ihn nicht *meinen* Duncan. Den sehe ich nie wieder. Außerdem ist er ziemlich furchteinflößend.«

Sean erhob sich und streckte seine langen Beine durch. »Mädel, er weiß jetzt, wo du wohnst, und du solltest mal dein Gesicht sehen, wenn du von dem Typen redest. Keine weiteren Kommentare. Ich gehe schlafen, das heißt, wenn du wieder in Ordnung bist?«

»Ja, alles klar, geh nur.« Anabel spürte einen sanften Kuss auf ihren Haaren und schon war Sean verschwunden. Sie löschte das Licht im Wohnzimmer, machte in der Küche die kleine Leuchte über der Tür für die Spätheimkehrer an und stieg die Treppe hoch. Sie schaffte es gerade noch, sich das Gesicht zu waschen und die Zähne zu putzen, ehe sie todmüde ins Bett fiel.

»Autsch! Hey, das tut weh!«

Der Doc würdigte ihn keines Blickes. »Recht so. Leiden sollst du. Habe ich nicht gesagt, du sollst das Bein schonen? Aber was macht der Herr? Er prügelt sich. Ganz toll. Reife Leistung, mein Junge.«

Duncan verzog die Lippen zu einem entschuldigenden Grinsen. »Ach, Doc, was hätte ich denn tun sollen? Warte mal, wie hätte man in deiner Zeit gesagt? Ach ja, da war schließlich eine *Jungfrau in Nöten*. Ich konnte sie doch nicht einfach diesen Neandertalern überlassen.«

»So, so, eine Jungfrau in Nöten. Junger Mann, schließlich bin ich nicht 1098 oder so geboren.« Der Doc runzelte nachdenklich sie Stirn. »Natürlich, du hast ja recht. Selbstverständlich musstest du der jungen Frau helfen. Aber deine Wunde dankt dir das gerade wenig.« Energisch zog er den Verband zurecht und steckte ihn schließlich fest. »Fertig. Wie sah die Kleine denn aus?

Hat sich der martialische Einsatz denn zumindest auch in dieser Beziehung gelohnt?«

»Sie war verdammt hübsch, das auch. Aber darum ging es mir nicht. Ich hasse solche Arschlöcher, die sich an Frauen vergreifen.«

Sein Großvater musterte ihn eingehend. »Na, du weißt ja, wo sie wohnt. Besuch sie doch einfach mal. Erkundige dich, wie es ihr geht.«

Fast schon unwillig zog er sich seine Jeans wieder über. »Und was sollte das bringen?«

»Duncan, zum Teufel noch mal. Nun hör doch endlich auf, in der Vergangenheit zu leben. Damit hilfst du niemandem, und Theresa wird davon auch nicht wieder lebendig. Junge, du bist doch erst fünfundzwanzig Jahre alt.« Die Schere, mit welcher der Doc zuvor seinen Verband abgeschnitten hatte, flog in hohem Bogen in die Desinfektionsschale, dass es nur so schepperte.

So ärgerlich kannte er den Doc sonst kaum. Nur brachte ihn in diesem Fall eine Diskussion auch nicht weiter. Das verstand einfach niemand, wie auch? Es steckte ja keiner in seiner Haut. »Alles klar, Doc. Ich gelobe Besserung.«

»Wäre nicht übel. Deine One-Night-Stands mit irgendwelchen Groupies mögen ja ihren Zweck erfüllen, aber glücklich macht dich das wohl kaum.«

Wie sollte er dem alten Mann nur erklären, warum eine Beziehung ihm Angst machte? Der Schmerz von damals steckte ihm noch in den Knochen. Einfache, problemlose Affären – ja, das war okay. Keine Verpflichtungen, keine Versprechen, keine komplizierten Arrangements. Sein Dasein war aufregend genug. Noch einmal hilflos dabei zuzusehen, wie alles um ihn zusammenbrach, jemand durch seine Schuld sein Leben verlor? Nein, danke.

Mit zusammengebissenen Zähnen schlüpfte er wieder in seine Jacke. »Danke, Doc. Mein Bein fühlt sich an wie neu. Ich hau dann wieder ab.«

»Erzähl keinen Mist. Ich weiß, wie weh das tun muss. Bis zu deinem großen Auftritt am Samstag in zwei Wochen hältst du dich gefälligst komplett still, sonst stelle ich dich eigenhändig ruhig. Hast du mich verstanden?« Die Stirn seines Großvaters lag in bedenklichen Falten.

»Ich habe dich klar und deutlich verstanden, Doc. Trotzdem verschwinde ich jetzt. Kommst du zu unserem Konzert?«

Der Doc schüttelte sich ein wenig. »Spinnst du? In die Meute stell ich mich nicht freiwillig. Pass auf dich auf, mein Junge.«

Er umarmte den alten Mann liebevoll. »Mach ich. Und bei Gelegenheit gibt's ein Privatkonzert.«

»Na, das ist doch mal ein Wort. Damit kann ich leben.«

Während er auf sein Motorrad stieg, strich er sich die Haare zurück und wollte gerade den Helm aufsetzen, als ihm auffiel, dass der ganz zart duftete. Der schwache Hauch von Parfüm genügte ihm, um Anabel wieder vor Augen zu haben. Ungehalten schüttelte er die durchaus nicht unangenehme Vision ab. Nichts da, nur keine Schwächen mehr. Er durfte sie einfach nicht wiedersehen. Rasch stülpte er sich den Helm über, startete die Maschine und fuhr, etwas schneller als nötig, davon.

»Und er sah gut aus? Also sofern du dich nach dem Schreck überhaupt noch erinnern kannst?« Mika trabte, beide Arme voller Bücher, mit großen Augen neben ihr her.

Anabel seufzte ein wenig theatralisch. »Mika, er hat mir geholfen, er war echt cool. Und soweit ich das richtig sehe, wäre er genau dein Typ. Reicht das?«

»Echt? Oh Mann, warum begegnet er dann dir und nicht mir?«

»Weil ich so bescheuert war und mitten in der Nacht alleine durch den Park gedackelt bin?«

»Abgesehen davon, dass das eine echte Meisterleistung von dir war, beneide ich dich um die Begegnung schon.« Mika verdrehte genussvoll die Augen.

»Ach, um vier betrunkene, hässliche, nach Alkohol stinkende Hooligans? Echt?«

»Blödsinn! Um den tollen Fremden. Los, beschreib ihn mir noch mal.«

Anabel holte tief Luft. »Er ist etwa ein Meter neunzig groß, hat schwarze Haare bis zu den Schultern, irgendwie so einen stylish-fransigen Schnitt. Dann hat er ein schmales Gesicht, hellblaue Augen, die so eiskalt schauen können, dass du fröstelst, wenn du hineinblickst. Er hat einen schönen Mund, der aber offenbar nicht lächeln kann und eine Figur wie ein Bodybuilder. Außerdem trägt er wohl gerne schwarzes Leder mit Nietenbeschlag und derbe Bikerboots. Was toll war, das war – mal abgesehen von der unbedeutenden Tatsache, dass er mir eventuell das Leben gerettet hat – sein sehr sympathischer, kräftiger Händedruck. Der hatte was.«

»Der hatte was«, äffte Mika sie nach. »Lady, du beschreibst hier gerade den Mann meiner Träume, oh verdammt. Und ich muss mich jetzt dann wieder mit Steve aus der Unibibliothek und seinem Schmachtblick begnügen.«

Anabel kicherte vergnügt in sich hinein. »Na komm, sei nicht so. Steve müsste nur noch etwas wachsen, etwa zwanzig Jahre trainieren, die Cordhosen gegen Jeans tauschen, die roten Haare schwarz färben und die graue Strickjacke gegen eine schwarze Lederjacke tauschen und – voilà – du hättest deinen Traummann.«

»Junge Frau, legen Sie mal einen Zahn zu, und nutzen Sie Ihre Atemluft zum Laufen anstatt dazu, mich hier auf den Arm zu nehmen.« Mika rempelte sie ein wenig an und warf ihr einen amüsierten Blick zu. »Dafür, dass er überhaupt nicht dein Fall ist, hast du ihn dir aber verdammt gut angesehen.«

Anabel zuckte die Schultern. »Das war wahrscheinlich gesteigerte Konzentration, weil ich unter Schock stand.«

»Mhm, das kannst du deiner Großmutter erzählen. Und jetzt renn gefälligst, da vorne kommt unser Bus.« Lachend schubste Mika Anabel in Richtung Bushaltestelle.

Starnberg, Deutschland

»Keine Ahnung, warum du ihr das durchgehen lässt. Ehrlich, ich würde mir das von meiner Verlobten nicht bieten lassen. Vor allem, was soll der Unfug? Ihr heiratet, warum also will sie unbedingt das mit der Kunst durchziehen?« Sein Freund Alexander nahm einen Schluck von seinem Hefeweizen und lehnte sich mit selbstzufriedenem Grinsen zurück. »Ich würde ihr ja was erzählen.«

Maximilian starrte mit verdrossener Miene vor sich hin. »Ach, was bringt's, wenn ich mich aufrege? Sie wird schon noch begreifen, dass das eine enorm dumme Schnapsidee war. Was hat denn das Land da drüben einer Frau schon zu bieten? Okay, wenn du ein Kerl bist, dann gibt's da schon ein paar schöne Sachen. Mein Gott, Anabel hat wohl gerade einen Schub von, nennen wir es Freiheitsdrang. Wenn ich stur gewesen wäre, hätte das doch weder ihr noch mir was gebracht.« Nachdenklich malte er mit dem Zeigefinger kleine Kringel auf die zerkratzte Platte des Biergartentisches und schnippte ein Kastanienblatt weg. »Glaub mir, sie wird schnell merken, dass die Sache mit dem alleine leben kein Zuckerschlecken ist.«

Alexander rümpfte die Nase. »Sei dir da mal nicht so sicher. Du weißt doch, dass Frauen da ab und an ein wenig seltsam gestrickt sind.«

»Wie meinst du denn das jetzt wieder?«

Sein bester Kumpel schenkte ihm ein vielsagendes Lächeln. »So, wie ich es sage. Zuviel Freiheit schadet, glaub es mir. Unsere Mädels hier wachsen doch alle noch behütet auf, werden verwöhnt und von dem ganzen Schund da draußen ferngehalten. Die brauchen uns, die brauchen den Beschützer an ihrer Seite.«

Verärgert über Alexanders recht deutliche Worte schüttelte Maximilian den Kopf. »Ja, du Schlauberger, hat dir Maria deswegen den Laufpass gegeben? Ist sie weg von dir, weil sie sich nicht ausreichend ›behütet‹ gefühlt hat? Nein, das ist alles Blödsinn. Wenn sie nicht für sich selbst herausfindet, dass das alles Humbug ist und dass es ihr hier bessergeht, dann hat sie irgendwann, in ein paar Jahren, plötzlich das Gefühl, was verpasst zu haben. Nichts da, das riskiere ich nicht.«

»Das musst du wissen. Aber komm mir nachher nicht mit der alten Leier von wegen hat-mich-ja-keiner-gewarnt. Und Maria ist ein stures, selbstsüchtiges Biest geworden, seit sie in der Sozialstation in München arbeitet. Der weine ich keine einzige Träne nach.«

»Depp! Darum hast du auch ihr Bild noch immer in der Brieftasche. Nein, ich weiß schon was ich tue. Lass mich nur machen.« Maximilian trank in kleinen Schlucken sein inzwischen schal schmeckendes Weißbier aus. Ohne, dass er es verhindern konnte, nagten nun, nach Alexanders dummen Bemerkungen, Zweifel an ihm. Aber die musste er beiseiteschieben. Letztendlich würde Anabel ganz genau wissen, wohin sie gehörte. Er war sich sicher, dass sie keine sechs Monate durchhalten würde. Er rechnete mit einem Monat, höchstens zwei. Dann würde sie feststellen, dass das alles ein ziemlicher Unsinn war und wieder auf der Matte stehen. Ja, so ganz alleine konnte sie ja gar nicht zurechtkommen. Ein wenig beruhigter drehte er sich suchend nach der Bedienung um. Ein schönes, kühles Bier, dann wieder ins Haus und den Maler überwachen. Alles ging seinen Weg.

Edinburgh, Schottland, 10. Juni 2016

»Meine hochwohlgeborenen Damen und Herren, bereitet euch darauf vor, mir die Füße zu küssen. Gut, jetzt nicht alle gleichzeitig.« Mika stand mit einem dermaßen selbstzufriedenen Grinsen in der Wohnzimmertür, dass es eine Wonne war.

Sally wandte sich ihr mit unergründlichem Lächeln zu. »Was gab es denn heute in der Geschichtsfakultät zu Essen? Muss schlecht gewesen sein. Du hättest mein Irish Stew probieren sollen.«

Mika verdrehte die Augen. »Warum rede ich eigentlich mit euch? Ich meine, ich kann natürlich die VIP-Karten für die ›Ravens of Avalon‹ im Internet versteigern.«

»Spinnst du? Wage es ja nicht.« Mit einem Satz war Sally auf den Beinen, ging unter dem lauten Gelächter aller Anwesenden vor Mika in die Knie und hob in einer flehend anmutenden Geste die Hände. »Herrin, deine untertänigste Dienerin. Was kann ich für dich tun?«

»Schon besser. So gefällt mir das. Du darfst dich erheben und mir einen Orangensaft aus dem Kühlschrank holen.«

»Schon unterwegs.« Sally war verschwunden, ehe jemand etwas sagen konnte.

Endlich hatte auch Anabel sich wieder so weit beruhigt, dass sie sich nur noch letzte Lachtränen von den Wangen trocknen musste. »So, und jetzt bitte ernsthaft: Was habe ich verpasst?«

Hanson stellte, mit amüsiertem Blick auf Mika, seine Bierflasche auf dem Couchtisch ab. »Ganz einfach. Die ›Ravens of Avalon‹ sind die derzeit angesagteste und beliebteste Band Schottlands. Ach, was sag ich. Da können wir unsere englischen, irischen und walisischen Freunde auch gleich mit aufzählen. Sie machen eine Mischung aus bodenständigem Hardrock, gemischt mit einer Prise Punk. Ich gebe es ja ungern zu, denn eigentlich bin ich in diesem illustren Kreis der Verfechter des Blues, aber die Kerle sind verdammt gut.«

»Ah, ich verstehe. Und die haben demnächst hier ein Konzert?« Anabel warf einen fragenden Blick in die Runde.

»Demnächst ist gut. Morgen spielen sie im ›RocksOff‹, das ist eine große, ehemalige Lagerhalle, die für Konzerte ausgebaut wurde. Da passen mal locker vierhundert Menschen hinein.« Sean wiegte bedächtig den Kopf. »Das Konzert ist seit Wochen ausverkauft.«

»Du sagst es.« Mika fläzte sich sichtlich entspannt in ihren

Sessel. »Und heute bin ich in Jimmy von der Security gerannt und was soll ich sagen: Mein Augenaufschlag wirkt noch immer.«

»Du hast ihm ernsthaft vier Karten aus den Rippen geleiert? Respekt!« Sean schien nachhaltig beeindruckt.

»Karten? Pha!« Mika machte eine wegwerfende Handbewegung. »Lies es mir von den Lippen ab: VIP-Karten. Wir dürfen nach dem Konzert in den Backstage-Bereich und mit der Band feiern.«

Sally kam zurück, mit einem Sektkelch in ihren Händen, in dem offenbar Orangensaft war. Allerdings hatte sie noch Obst aufgeschnitten, das, auf ein kleines Holzspießchen gesteckt, über dem Glas lag. Und der Rand war mit roter Zuckerdeko verziert. »Herrin, dein Drink.«

Mika blickte einige Sekunden auf das ihr entgegengestreckte Glas, ehe sie sich laut lachend in ihrem Sessel kringelte. »Ach, Leute, so liebe ich mein Leben.«

»Vor allem, da du dann morgen das Objekt deiner Begierde einmal in Fleisch und Blut vor dir hast, was?«

Hanson hob fragend die Augenbrauen und auch Sean wandte sich mit neugierigem Blick an Mika.

Die nippte mit hoheitsvoller Miene an ihrem Saft und biss in ein großes Stück Ananas. »Verarscht mich nur. Heute könnt ihr mir gar nichts.« An Anabel gewandt fuhr sie fort: »Der Sänger und der Bassist sind Geschenke der Götter an die Frauen, ach, was sage ich, alle vier sehen toll aus. Egal, wohin sie kommen, flippen die Mädels komplett aus. Dazu kommt eben dann noch, dass die Musik verdammt gut ist. Die Band hat gerade erst ihren ersten großen Vertrag unterzeichnet, und es ist bekannt geworden, dass sie hart verhandelt und ihre eigenen Konditionen durchgesetzt haben. Du kannst dir annähernd vorstellen, was das in der Schlangengrube der Musikszene heißt?«

Anabel musste nicht lange nachdenken. »Dass sie die Band unbedingt haben wollten?«

»Bingo! Die Ravens sind derzeit echt der Stolz Schottlands.«

Schlagartig wurde Mika ernst. »Aber davon abgesehen, es sind leider nur vier Karten. Jimmy konnte nicht mehr rausgeben, ohne Probleme zu bekommen. Was machen wir denn jetzt?«

»Da müsst ihr gar nicht nachdenken. Ich bleibe hier und sehe zu, dass ich meine Kohleskizzen fertigbekomme. Selbstverständlich geht ihr zusammen dorthin.« Für Anabel war die Sachlage klar. Es kam ja überhaupt nicht in Frage, dass ihre Freunde hier damit anfingen, zu diskutieren, wer dabei sein sollte und wer nicht.

»Nein, das Problem löst sich von ganz alleine.« Hanson reckte sich ein wenig und angelte sich seine Flasche wieder vom Tisch. »Ich habe meiner Freundin und deren Familie schon vor Wochen fest versprochen, morgen mit ihnen zur Food-Fair auf Cawdor Castle zu fahren. Wenn ich das absage, wären sie alle schrecklich enttäuscht. Das kann ich wirklich nicht bringen. Ich haue morgen um halb sieben schon hier ab.«

»Echt jetzt? Na prima, Anabel, du bist morgen Abend bei den ›Ravens of Avalon‹. Mach dich auf was gefasst.« Zufrieden strahlte Mika in die Runde.

Schon im Schlafanzug tapste Anabel, mit dem auf Lautsprecher geschaltetem Handy, durch ihr Zimmer.

»Gesa, du bist doch musikalisch up to date. Sagt dir der Name Ravens of Avalon etwas?«

»Ach, liebe Anabel, danke für das Vertrauen. Aber hilft es dir was, wenn ich dir erzähle, dass meine letzten großen Helden ›The Sweet‹, ›Mud‹, ›Van Halen‹ und ›Poison‹ hießen? Oh, hoppla, ein gewisser Herr Bon Jovi stand auch noch auf meiner ›nicht-von-der-Bettkante-schubsen‹-Liste.« Gesas amüsiertes Lachen war deutlich zu hören.

»Du wirst lachen, dank dir kenn ich die fast alle. Na ja, ich dachte ja nur. Denn wir haben für morgen Abend Karten. Ich freu mich schon. Ach, Gesa, du glaubst nicht wie schön es ist, endlich heimkommen zu können, ohne sofort gefragt zu werden, wo ich denn schon wieder gesteckt hätte. Oder noch mal schnell losrennen zu dürfen, weil ich was vergessen habe, oder spontan mit den anderen in den Pub oder ins Bistro an der Ecke gehen. Ich genieße es so sehr, bis nach Mitternacht mit ihnen zusammen zu sitzen und zu reden.«

»Anabel, meine Große, das nennt man ganz einfach Leben. Du hast das allererste Mal ein selbstbestimmtes Leben. Das, was du dir so gewünscht hast«, unterbrach Gesa sie.

Anabel warf sich auf ihr Sofa, schob sich ein Kissen unter den Kopf und ließ die Beine über die Armlehne baumeln. »Ja, ganz ehrlich, ich habe auch zum ersten Mal in meinem Leben das Gefühl, frei atmen zu können.«

Gesa schwieg eine kleine Weile, ehe sie antwortete. »Das glaube ich dir aufs Wort. Deine Eltern haben dich nicht nur überbehütet, sondern auch noch ständig beeinflusst. Da muss man ja über kurz oder lang ersticken.«

Eigentlich hätte sie die Frage gern vermieden, doch ihr anerzogenes Pflichtbewusstsein ließ das nicht zu. »Hast du was von ihnen gehört? Ich schreib zwei Mal pro Woche eine E-Mail. Am zweiten Tag hier habe ich es mit Anrufen probiert. Das ging kräftig daneben. Ich durfte mir eine Flut von Anschuldigungen anhören und mein Herr Vater hat mich dann noch als egoistisches Luder tituliert. Das reichte für eine Weile. Seither schreibe ich nur noch. Die Antwort besteht meist aus zwei Sätzen, und einer davon ist immer: ›Denk an deine Pflichten.‹«

»Pfeif auf deine Pflichten. Anabel, du hast keine Pflichten. Abgesehen davon spricht mein geliebter Bruder keinen Ton mit mir. Als ich ihm auf dem Wochenmarkt über den Weg gelaufen bin, hat er mit geflissentlich ignoriert.«

»Das tut mir leid, Gesa. Das wollte ich nicht.«

»Och, kein Problem.« Gesa klang nicht wirklich traurig. »Damit, dass er mich nicht darüber belehrt, dass ich nichts aus meinem Leben mache und eine Schande für die Familie bin, kann ich ganz gut leben. Was mich eher beunruhigt ist, dass mir Maria gesteckt hat, dass dein, nun ja, Verlobter und beide Familien eifrig das Reihenhaus einrichten. Sag mal im Ernst, Anabel: Hast du jemals seinen Antrag angenommen?«

Anabel dachte angestrengt nach, doch sie kam zum einzig möglichen Schluss. »Nein, ich habe nie ›ja‹ gesagt. Sie haben mich lediglich darüber in Kenntnis gesetzt, dass er bei meinen Eltern um meine Hand angehalten hat.«

»Dachte ich es mir doch. Anabel, klär das bitte so schnell wie möglich. So, wie das hier aussieht, scheint alles bereits durchorganisiert zu werden. Nicht, dass du irgendwann deinen eigenen Hochzeitstermin in der Zeitung liest.«

Ruckartig richtete sie sich auf. »Bloß nicht. Das wäre wirklich das Letzte.«

»Lieblingsnichte, jetzt mal unter uns: Überleg dir bitte dort drüben im fernen Schottland in aller Ruhe, was du von dem Leben hier tatsächlich vermisst und was du gerne wiederhättest. Nutze die Chance, die dir die Abgeschiedenheit von all dem gibt. Versprich es mir.«

Die Antwort fiel ihr leicht. »Gesa, das Einzige, das ich echt vermisse, das bist du.«

»Danke, meine Große, das ist lieb. Du fehlst mir auch, aber ich bin gleichzeitig unendlich froh, dass du weit weg bist. Wir telefonieren gleich nach dem Wochenende wieder. Genieß morgen das Konzert, hüpf ein bisschen für deine alte Tante mit und pass auf dich auf, ja?«

Anabel konnte sich das Lachen nicht verkneifen. »Wird gemacht, alte Tante! Ich hab dich lieb. Bis bald.« Sie legte das Handy zur Seite, verschränkte die Arme hinter dem Kopf und begutachtete die schwachen, gelblichen Streifen, welche die Laternen vor dem Haus an die Zimmerdecke zauberten. Nein, ihr fehlte tatsächlich nichts von zu Hause, mal abgesehen von Gesa und Maria. Sie versuchte, sich Maximilians Gesicht vorzustellen, doch ohne dass sie etwas dagegen hätte tun können, verwandelte sich der braune Schopf in eine schwarze, lange Mähne und die braungrünen Augen in hellblaue, die sie kühl und distanziert musterten.

12

»Schneller, ich will doch nichts verpassen.« Mika war eindeutig nervös.

»Mein Gott, Mika, schalt doch bitte ein paar Gänge zurück. Wir sagten, wir essen vorab eine Kleinigkeit. Also darf ich bitte mein Abendessen noch aufessen? Ich hasse es, im Gehen meinen Fisch runterzuschlingen.« Sean wartete ihre Antwort gar nicht ab, sondern biss mit zufriedenem Gesicht in eine gigantische Fritte.

Auch Anabel genoss ihre Fish and Chips Portion, über die sie sich sogar ein wenig von dem malzigen Essig träufelte.

»Jetzt wirst du aber wagemutig.« Sally zeigte auf die Fritten. »Hat da nicht vor zwei Wochen jemand ziemlich das Gesicht verzogen, als wir unser Leibgericht erwähnt haben?«

Schulterzuckend steckte Anabel sich ein großes Stück knusprig gebratenes Fischfilet in den Mund. »Da habe ich ja noch nicht gewusst, wie lecker das Zeug schmecken kann.«

»Schlaues Mädchen«, lobte Sean, »außerdem siehst du heute wieder ganz bezaubernd aus.« Sein Blick glitt eindeutig bewundernd über Anabels Körper.

Sie sah an sich hinunter. Schwarzes, enganliegendes Shirt mit Rundkragen und überlangen Ärmeln, eine ebenso schwarze Skinnyjeans, die in schwarz-silbernen, extrahohen Chucks endete, dazu eine helle Jeansjacke, einen luftigen, schwarzen Schal mit silbernen Sternen darauf, die langen Haare offen und dazu große Creolen, natürlich aus Silber. »Das ist doch was ganz Alltägliches.«

Sean zog eine Grimasse. »Hm, das ist alles andere als alltäglich. Abgesehen davon strahlst du dermaßen mit der Sonne um die Wette, dass es wirklich schön ist, dich anzusehen.«

Mika zog genervt die Augenbrauen hoch. »Sean, iss lieber fertig, ehe du hier pfundweise Süßholz raspelst.«

Der antwortete mit einem unschuldigen Augenaufschlag. »Ich bin einfach nur charmant, das liegt mir so im Blut. Und außerdem strahlt die hübsche Lady schon so, seit ein unbekannter Motorradfahrer sie vor dem Haus absetzte.« Sean klopfte ihr freundschaftlich auf die Schulter. »Ich hätte also derzeit wohl sowieso keine Chancen bei Miss Anabel.«

Eigentlich wollte sie spontan antworten, dass das Unsinn sei, doch sie klappte den Mund dann doch wieder zu. Letzte Nacht hatte sie, nicht zum ersten Mal, von ihrem geheimnisvollen Retter geträumt. So sehr sie sich auch bemühte, er ging ihr einfach nicht aus dem Kopf. Ihr Unterbewusstsein sah das offenbar genauso und schickte ihr Träume mit ihm als Hauptdarsteller. Also beließ sie es bei einem vielsagenden Lächeln. Wahrscheinlich erledigte sich das eh ganz von alleine, denn so klein, dass man sich ständig über den Weg lief, war Edinburgh ja nun auch nicht.

»Jetzt aber, ab zum ›RocksOff‹, in einer Viertelstunde ist Einlass. Los, los, bewegt euch.« Mika drängte sie aus dem Kiosk und in Richtung Bushaltestelle.

Die Halle befand sich unweit der Queens Quay, gleich hinter dem Ocean Drive, in einem der ehemaligen alten Hafengebäude. Eine freie Fläche neben der Halle war in einen Parkplatz umgemodelt worden und schon jetzt brechend voll. Pendelbusse brachten die Menschenmengen wohl auch aus anderen Teilen der Stadt hierher, denn direkt vor der Halle gab es eine Sonder-Haltestelle. Mika umrundete eine gigantische Werbefläche.

»Das glaube ich nicht. Nun haben diese hysterischen Teenie-Girls doch tatsächlich alle Poster der Band schon abgemacht.«

Sally legte die Stirn in nachdenkliche Falten. »Und was, bitteschön, wolltest du dann gerade machen?«

Mika zuckte mit entschuldigendem Grinsen die Schultern. »Mir ein Poster klauen?«

Anabel warf einen neugierigen Blick auf die Plakatwand. »Ach komm, ist denn wirklich keines mehr da? Ich hätte ja schon gerne vorab gewusst, wie dein Traummann so aussieht.«

»Ach, bei dem habe ich eh keine Chancen. Der kann ja nun wirklich jede haben, die er will.« Suchend drehte Mika sich im Kreis. »Ah, da hinten, Eingang zwei, da müssen wir hin. Dort ist Jimmy.«

Jimmy entpuppte sich als Zweimeter-Schrank, mit langem Pferdeschwanz, Vollbart, martialischen Schnürstiefeln und schwarzer Cargojeans. Er sah zwar sehr furchteinflößend aus, aber er schien ein angenehmer Zeitgenosse zu sein.

»Na, rechtzeig geschafft dieses Mal, Mika?« Er hieb Mika freundschaftlich, aber doch so fest auf die Schulter, dass die leicht in die Knie ging.

»Ja, nachdem ich die faule Bande hier vor mir hergetrieben habe. Das sind Sally und Sean, und die hübsche Lady hier ist Anabel aus Deutschland.«

Jimmy reichte einem jeden die Hand und fuhr sich dann nachdenklich mit der Hand durch den Bart. »Also, Leute, ihr habt zwar die VIP-Tickets, aber es ist jetzt schon brechend voll. Nach vorne kommt ihr nicht mehr. Ich habe da aber eine Idee. Folgt mir doch bitte.« Jimmy drehte sich um und stapfte in die Halle.

Im Inneren blieb Anabel erst einmal die Spucke weg. Kopf an Kopf standen die Fans so dichtgedrängt, dass es wohl auch nicht aufgefallen wäre, wenn jemand ohnmächtig geworden wäre. Er hätte eh nicht umfallen können. Sie selbst standen an einem Seiteneingang unweit der Bühne. Die war noch komplett hinter einem schwarzen Vorhang verborgen. Davor standen massive Absperrgitter, wie Anabel sie von diversen Konzerten in München aus der Ferne kannte. Zwischen Gittern und Bühne befand sich der sogenannte Fotograben, in dem bereits zahlreiche Fotografen mit teilweise gigantischen Kameras der Dinge harrten, die da wohl kommen sollten. Anabel war beeindruckt. Die Ravens of Avalon schienen tatsächlich eine angesagte Band zu sein.

»Ich lass euch in den Fotograben, aber tut mir den Gefallen und steht den Fotografen nicht im Weg, okay? Bleibt einfach hier links, das geht dann schon in Ordnung, und hängt euch damit eure Tickets um, sieht irgendwie profimäßiger aus.« Er reichte ihnen vier Lanyards, die typischen Bänder, an denen man Ausweise und Sonstiges um den Hals tragen konnte. »Das ist eine ganz große Ausnahme, als kleines Geschenk für Miss Anabel hier.« Jimmy bugsierte sie an einem weiteren Security-Kollegen vorbei in den Fotograben, grinste ihnen noch einmal zu und verschwand dann eilig, als sich an Eingang zwei allzu viele Gäste drängelten und ein regelrechter Tumult entstand.

Mika strahlte. »Wie genial ist das denn? Anabel, du scheinst genau sein Typ zu sein. Sehr praktisch. Also hier war ich noch nie.«

Sally war offensichtlich nicht weniger begeistert und selbst Sean ließ sich zu einem anerkennenden Nicken herab. »Sehr schöner Platz, gefällt mir tatsächlich«, verkündete er.

Anabel hörte nur noch mit halbem Ohr zu. All das war viel zu aufregend. Nicht nur, dass sie bei einem so großen Konzert allen Ernstes direkt vor der Bühne standen, nein. Danach gab es, wenn sie Mika richtig verstanden hatte, sogar noch eine Party mit der Band. Ihr Blick fiel auf die ersten Reihen hinter ihnen. Mit vor Aufregung roten Wangen und glänzenden Augen waren dort zwar zahlreiche Mädchen, doch auch den Männern schienen die Ravens zu gefallen. Zumindest standen genug davon in schwarzen Fanshirts, auf denen die vier Bandmitglieder in silbernen, fast Manga-mäßig skizzierten Umrissen zu sehen waren, im Publikum. Auf jeden Fall war Anabel sehr froh, hinter der Absperrung zu stehen.

»Hast du deine Ohrstöpsel dabei?«

»Wieso?« Sie hätte um ein Haar nicht verstanden, was Sean zu ihr sagte.

»Weil du sonst, vor allem wenn du direkt hier vorne stehst, nach dem Konzert einen Satz neue Ohren brauchst.«

Verflixt, daran hatte sie nun wahrlich nicht gedacht. Bravo, das gab wieder ein paar Tage Tinitus vom Feinsten.

Doch ehe sie sich weiter den Kopf darüber zerbrechen konnte, reichte Sean ihr bereits ein originalverpacktes Paar Ohrstöpsel. »Da, für die empfindlichen Mädchenohren.«

»Und du? Ich will nicht, dass du dann einen Gehörschaden hast.« Zweifelnd blickte sie auf die knallrosafarbenen Oropax.

»Keine Bange, ich habe noch mein Profiset dabei«, sagte Sean und grinste.

»So, ihr Lieben, gleich geht es los. Ich schätze wir werden uns erst wieder hören, wenn die Vorband fertig ist. Erduldet sie einfach, ich kenne die schon.« Mika stopfte sich ihren Ohrenschutz in die Gehörgänge und reckte beide Daumen hoch.

Anabel atmete tief ein und warf einen letzten Blick über die Menschenmasse, die in den letzten Minuten tatsächlich noch einmal angewachsen war. Langsam war sie doch sehr neugierig auf die neuen Helden Schottlands.

Mika behielt recht. Die Vorband war, nun, wie sollte man das charmant ausdrücken? »Ambitioniert« traf es sicherlich am besten. Die fünf Teenager auf der Bühne bemühten sich redlich, und mit ein wenig gutem Willen und viel Zeit im Proberaum konnte daraus sicher noch etwas Gutes entstehen. In der Umbaupause organisierte Sean erst einmal Bier für alle, das Anabel tapfer ablehnte. Das kannte sie schon. Wenn es jemandem gelang, sich vor lauter Gucken und Staunen einen halben Liter pappiges Getränk über das Shirt zu kippen, dann war sie die erste Wahl. Zwar hatte sie nach dem salzigen Fisch tatsächlich Durst, aber Vorsicht war die Mutter der Porzellankiste. Als urplötzlich das komplette Licht im Saal ausging, fingen die Zuschauer an, frenetisch zu klatschen und zu jubeln.

»Ra-ven, Ra-ven, Ra-ven«, skandierte die Menge in einer Lautstärke, die beachtenswert war. Sicherheitshalber stopfte Anabel sich ihre Stöpsel fester ins Ohr und starrte dann gebannt auf die Bühne.

Der Vorhang, bei der ersten Band noch immer geschlossen, verschwand nach oben. Am hinteren Bühnenrand erschien ein Backdrop mit einem mindestens vier Meter großen, wunderschön gezeichneten Raben darauf, als Hintergrund fungierten silbergraue, blattlose Bäume und vor dem gesamten Kunstwerk stieg langsam künstlicher Nebel auf, der die Bühne in eine mystische Atmosphäre tauchte. Nur drei riesige Scheinwerfer beleuchteten das Szenario. Zwei davon hoben die beiden seitlichen Bühnenbereiche hervor, einer traf mitten auf ein gigantisches Schlagzeug, das auf einem etwa fünfzig Zentimeter hohen, rechteckigem Podest stand. Das Intro, das just in diesem Augenblick einsetzte, kam ihr verdächtig bekannt vor. Als der Schlagzeuger mit einem Riesensatz von hinten auf das Podest sprang und sofort mit einem schnellen, stakkatoartigen Doublekick auf die Basedrum einstieg, argwöhnte Anabel kurzfristig, der Kerl müsse mindestens sechs Arme und ebenso viele Füße haben. Vor allem wusste sie jetzt, warum Mika auf die Band stand. Schwarzes Muscleshirt, schwarze Lederhose, schwarze Stiefel, die blonden, halblangen Haare wild verwuschelt und ein Grinsen, für das er eigentlich einen Waffenschein beantragen müsste. Die Fotografen begannen bereits wie wild zu knipsen, als zeitgleich von rechts der Bassist und von links der Gitarrist, bereits spielend, auf die Bühne stürmten. Der eine mit einer Unmenge, weißblonder Haare, die ihm bis weit über die Schultern fielen, in dunklen Jeans, einem grauen, bodenlangen Mantel, der ihm das Aussehen eines mittelalterlichen Druiden verlieh, der andere in schwarzer, knallenger Lederhose und einem schwarzen Gehrock auf blanker Haut, der mit silbern glänzenden Ornamenten geschmückt war. Seine dunkelroten, zu etwa zehn Zentimeter hohen Stacheln aufgestellten Haare trug er mit sichtlichem Stolz.

Verflixt, die Jungs machten echt etwas her. Mit offenem Mund starrte Anabel auf die Bühne. Auch den Song erkannte sie nun endlich. *Radar Love*, der alte Golden Earring Klassiker. Ein tolles Lied aus einer vergangenen Zeit. Allerdings spielten die Ravens das Ganze eine Ecke schneller, was per se schon eine reife Leistung darstellte. Als direkt vor dem Drummer eine gigantische Feuersäule in die Höhe schoss, brach hinter Anabel frenetischer Jubel aus. Wie sie das machten, würde wahrscheinlich ihr Geheimnis bleiben, doch aus dem Feuer trat der Sänger ins Licht des Scheinwerfers. Halb mit dem Rücken zu Anabel stehend, erkannte sie einen bodenlangen, schwarzen Ledermantel, lange, schwarze, leicht hochtoupierte Haare und vorerst nur grobe, schwarze Boots mit silbernen Schnallen daran. In dem Augenblick, als der eindrucksvolle Mann den Kopf hob und ins Publikum blickte, flippte Mika neben ihr aus. Wild hüpfend und die Arme in die Luft werfend brüllte sie seinen Namen.

»DUNCAN!!«

Sie schrie so laut, dass Anabel es sogar durch das Oropax hörte.

Anabels Kopf schoss wie von Geisterhand wieder zu dem schwarzen Kerl herum. Der drehte sich nun aufreizend langsam ganz dem Publikum zu. Dann hob er den Kopf und begann zu singen. Die Stimme war tief und unbeschreiblich melodisch. Mit spielerischer Leichtigkeit hangelte er sich durch die Strophen des Songs und bewegte sich dabei mit der Geschmeidigkeit eines Tänzers über die Bühne, was man dem riesigen Kerl so gar nicht zugetraut hätte.

Anabel kannte den Text und sang lauthals mit. Von der ersten Sekunde an hatten die Ravens of Avalon es geschafft, sie in ihren Bann zu ziehen. Verdammt, waren die vier gut.

»I've been driving all night … it's half past four and I am shifting gear …« Anabel konnte gar nicht anders. Begeistert warf sie die Arme in die Luft.

Als der Song zu Ende war, piekte Mika sie mit strahlendem

Blick in die Seite. »Und, was sagst du? Sie sind der Hammer, oder?«

»Sind sie«, brüllte Anabel zurück, »sag mal, *wie* heißt der Sänger?«

Mika drohte ihr lachend mit dem Zeigefinger. »Duncan, das ist Duncan Wolfe. Aber Vorsicht, der ist nichts für sanfte Kunststudentinnen. Der ist eher was für Hardcore Rocker wie mich.« Nachdem der Drummer erneut begann, auf die Tom einzudreschen, wandte Mika sich umgehend wieder der Bühne zu.

Die Größe, die Bewegungen, die tiefe Stimme, alles passte und doch war da irgendwo in ihr die leise Stimme, die sie ermahnte, jetzt mal ganz flott wieder auf den Boden zu kommen. »Das kann er nicht sein«, raunte ihr die leise Stimme zu, doch just in diesem Moment rannte der Sänger in einer beachtenswerten Geschwindigkeit den kompletten Bühnenrand entlang und kam direkt vor ihr zum Stehen. Nicht, dass er sie eines Blickes gewürdigt hätte, nein. Er stellte sein linkes Bein auf die Bassbox vor sich und sang den Refrain des Songs gemeinsam mit dem Publikum.

Ihr wurde ein wenig schummerig. Der Mann, der hier vor ihr stand, das Objekt der Begierde von so ziemlich allen weiblichen Gästen, der gefeierte Sänger der Ravens of Avalon, war kein anderer als ihr dunkler Retter in der Not.

Jetzt hieß es Haltung bewahren und zwar zackig, nur nichts anmerken lassen und nur – um Himmels Willen – nicht zu angestrengt auf die Bühne starren. Es kostete sie eine Menge Überwindung, ihren Blick von ihm abzuwenden und stattdessen den blonden Bassisten zu fixieren, der sein Instrument mit einer Virtuosität beherrschte, dass es eine wahre Wonne war. Abgesehen davon war auch er ausgesprochen nett anzusehen. Doch trotz diesem bildhübschen Legolas-Verschnitt kam sie nicht darum herum, Duncan doch immer wieder verstohlen zu mustern. Unter dem Ledermantel trug er nur ein weites, schwarzes Muscleshirt und als er den Mantel irgendwann in hohem Bogen von sich warf, kreischten die Frauen im Publikum so laut, dass es in

Anabels Ohren fiepte. Seit wann, zur Hölle, gefiel ihr so etwas? Seit wann starrte sie fasziniert auf verschwitzte, glänzende Muskeln und klatschnasse Shirts? Seit wann konnte sie den Blick nur mit Mühe von langen, schwarzen Haaren wenden, aus denen der Schweiß tropfte? Ganz zaghaft klopfte ihr Verstand an. »Woher hättest du wissen sollen, dass das gut aussieht?«

Sie hatte etwas Derartiges noch nie zuvor erlebt. Wie es schien hatte Duncan sie entweder noch nicht gesehen oder aber er erkannte sie nicht mehr. In etwa beim zehnten Song stand er so nahe, dass sie ihn hätte berühren können, was sie natürlich, im Gegensatz zu Mika, tunlichst unterließ. Stur musterte sie »Legolas zwei«, um auf gar keinen Fall in den Verdacht zu kommen, dass sie wegen *ihm* hier sein könnte. Es klappte prima, hoffte sie zumindest. Denn durch das ständige Wegschauen hatte sie keinen blassen Schimmer, ob er sie wahrnahm oder gar erkannte. Innerlich ohrfeigte sie sich für ihre Dummheit. Wie kindisch konnte man sich denn eigentlich benehmen? Irgendwie durchlebte sie in der letzten Dreiviertelstunde die komplette Gefühlspalette. Schluss damit, sie musste ihn einfach ansehen. Anabel hob zaghaft den Kopf und sah direkt in ein Paar eisblauer Augen, die eindeutig auf sie gerichtet waren. Sie war so perplex, dass ihr nur ein grenzdebiles Grinsen gelang. Zu allem Überfluss musste sie auch noch husten. Die trockene Luft und das laute Mitsingen hatten dazu beigetragen, ihren Hals in ein – nicht gerade stumpfes – Reibeisen zu verwandeln. Na super, Duncan warf ihr gerade mal einen mitleidigen Blick zu und verschwand in Richtung Schlagzeugpodest. Prima. Sich blamieren, ja, das konnte sie problemlos. Alle Achtung. Krampfhaft versuchte sie noch, den Hustenanfall unter Kontrolle zu bekommen, als ihr von der Bühne aus eine Flasche Mineralwasser unter die Nase gehalten wurde. Zaghaft hob sie den Blick, um erneut in diese eisblauen, dieses Mal aber sichtlich besorgten Augen zu sehen. Da er sie aufmunternd mit der Flasche anstupste, griff sie danach und murmelte ein verschämtes »Danke«, was angesichts der lauthals jubelnden Menge sinnlos war. Ein Blick zur Seite endete für Anabel beinahe in einem satten Lachkrampf, denn Mika musterte sie mit weit aufgerissenen Augen so fassungslos, dass es ausgesprochen lustig aussah. Als Mika gerade zum Sprechen ansetzte, begann die Band mit dem nächsten Song, und so klappte ihr Mund wieder zu.

Beinahe zwei Stunden lang gaben die Ravens of Avalon alles. Schnelle Metalsongs, wunderschöne Rockballaden und nur sehr wenige Coversongs, die von der Band sehr individuell interpretiert wurden. Als sie sich nach dem letzten Lied verbeugten, war der Applaus so laut, der Ruf nach Zugabe so unerbittlich, dass sie nur zwei Minuten später wieder auf der Bühne waren. Drei Zugaben handelte sich das Publikum durch Klatschen, Jubeln und Brüllen aus. Den Musikern klebten die schweißgetränkten Outfits wie zweite Haut an den Körpern, so sehr hatten sie sich verausgabt. Das Publikum schien jedoch noch immer nicht genug zu haben, denn erneut erscholl aus hunderten Kehlen der Ruf nach mehr. Dieses Mal jedoch wurden die Scheinwerfer gedimmt und die Bühne lag im Halbdunkel, so dass Anabel sich schon fragte, ob nun nicht doch Schluss sei. Unerwartet erklang hinter der Bühne der Sound eines und dann zweier Dudelsäcke. Die vier kehrten zurück auf die Bühne, nur mit Jeans und Stiefeln bekleidet, um die Hüfte karierte Hemden geknotet. Bassist und Gitarrist hatten ihre Instrumente gegen Sackpfeifen getauscht, und der Drummer trug nun eine Davul, eine gigantische Mittelaltertrommel, vor dem Bauch. Die Musik wurde leiser. Von einer Sekunde auf die andere herrschte in der Halle andächtiges Schweigen.

»Wenn ihr glaubt, dass nur wir hier arbeiten, habt ihr euch geirrt. Nun seid ihr dran. Ihr werdet jetzt mit uns singen, ein jeder Einzelne von euch, habt ihr mich verstanden?« Duncan maß das Publikum mit drohendem Blick.

Die Dudelsäcke wurden wieder lauter, die ersten Schläge auf die Davul dröhnten durch die Halle. Anabel bekam eine Gänsehaut. Sie kannte das Lied: Loch Lomond, ein von Runrig weltweit bekannt gemachtes, schottisches Volkslied. Die Musiker stellten sich nebeneinander an den Bühnenrand, und Duncan hob das Mikrophon an die Lippen. Schon nach den ersten Tönen stimmte das ganze Publikum ein, Duncans Stimme aber übertönte es. Inzwischen stand an Anabels Körper jedes einzelne Härchen zu Berge. Die urtümlichen Instrumente, Duncans traumhaft schöne Stimme, dazu dieser herrliche Song trieben ihr die Tränen in die Augen. Als Sally sie umarmte, wusste sie, dass dies einer der Augenblicke im Leben war, die sie niemals vergessen würde.

Der letzte Ton war kaum verklungen, als noch einmal ohrenbetäubender Jubel ausbrach. Die Ravens verneigten sich tief. Als sie sich wiederaufrichteten, konnte man deutlich sehen, dass die besondere Stimmung der letzten Minuten an den harten Rockern nicht spurlos vorübergegangen war. Duncan musste sich kräftig räuspern, ehe er ein letztes Mal zum Mikro griff.

»Folks, ihr seid großartig und wir lieben euch. Kommt heil nach Hause, aye?«

Warum er Anabel daraufhin einen kurzen, vielsagenden Blick zuwarf konnte sie sich denken. Sie kam nicht dazu, sich lange Gedanken zu machen, denn kaum dass die Band verschwunden war, die Lichter angingen und die ersten Gäste die Halle verließen, ergriff Mika sie an den Schultern und schüttelte sie.

»Du hast seine Wasserflasche. Er hat dir seine Flasche gegeben.«

Anabel schüttelte tadelnd den Kopf. »Mika, oh Mann, du benimmst dich wie ein durchgedrehter Groupie. Er hat mich lediglich vor dem Erstickungstod bewahrt.«

»Lady, ich *bin* ein durchgedrehtes Groupie. Entschuldige bitte, hast du dir diesen Wahnsinnstypen einmal genauer angesehen? Sei ehrlich, wer will denn den Mann nicht? Im Notfall schleppe ich sein Equipment tagelang durch die Gegend.«

Sean tippte Mika freundschaftlich auf die Schulter. »Mädel, du kannst gerne weiter schwärmen, aber korrigiere mich bitte:

Wir haben VIP-Karten, das heißt, dass wir jetzt Backstage gehen dürfen und in den Pub, oder?«

Nun verstand Anabel gar nichts mehr. »In den Pub? Ich dachte ihr wolltet hierbleiben?«

»Ach, du arme Unwissende!« Lachend tätschelte Sally Anabels Wange. »*Der Pub*, so heißt der Raum hier in der Halle, in dem nach den Konzerten der Punk abgeht. Du verstehst?«

»Nicht wirklich, aber ich muss ja auch nicht alles verstehen.« Resigniert zuckte sie die Schultern.

»Ach, komm doch einfach mit. Folge uns vertrauensvoll.« Zielsicher marschierte Sally, auf dem Fuße gefolgt von Mika und Sean, davon. Gerade noch rechtzeitig kam Anabel in den Sinn, dass sie das eventuell auch tun sollte. Sie beeilte sich, mit den drei Freunden Schritt zu halten. Am rechten Bühnenende befand sich eine große, schwarz tapezierte Doppeltür, die nun geöffnet war und hinter der reges Treiben herrschte. Auf der anderen Seite, hinter den Absperrgittern, standen zahlreiche Fans, die ganz offensichtlich darauf warteten, dass die Musiker herauskämen und ihre Poster, Bilder oder was auch immer sie alle in Händen hielten, signierten. Just in dem Augenblick, als Sally an der von zwei finster dreinblickenden Securities bewachten Tür ankam, begannen einige der Mädels lauthals zu kreischen. Ehe Anabel sich fragen konnte, warum, trat der Bassist aus dem Durchgang. Da Sally beinahe in ihn hineinrannte, musterte er sie zwar überrascht, aber nicht unfreundlich.

»Immer mit der Ruhe. Wohin denn so eilig?«

»Da hinten soll es sehr gutes Bier geben und kostenfreie Snacks. Dafür haben wir uns ja schließlich zwei Stunden vor die Bühne gestellt.« Sally zauberte ein sehr cooles Lächeln auf ihre Lippen.

Er musterte Sally kurz mit verwirrtem Gesichtsausdruck, ehe er schallend lachte. »Lady, der war gut, der war so richtig gut. Das diskutieren wir später bei einem Guinness aus.« Noch immer lachend gab er ihnen den Weg frei. Mit einem kurzen Blick auf ihre Tickets ließen die Securities sie passieren. Mika eilte allen voran zielstrebig durch die Menge an herumlaufenden, Boxen schleppenden Roadies und wartenden Fotografen hindurch zu einem Rundbogen, vor dem wiederum Security stand. Auch hier durften sie nach einem prüfenden Blick vorbei und standen in einem großen Raum, der aussah wie ein Pub. Sie waren beileibe nicht die einzigen Gäste in dem mit einer langen Bar aus dunkelbraunem, glänzendem Holz und zahlreichen runden Tischen sowie Bistrostühlen aus Holz und Ledersitzen ausgestattetem VIP-Raum. Viele, unglaublich wichtig aussehende Leute mit beeindruckender Ausweismenge um die Hälse tummelten sich hier. Sean entdeckte am hinteren Ende des Raumes an der Wand noch einen freien Tisch mit zwei Bänken.

»Och nein, da sieht uns ja keiner.« Mika schien zu befürchten, dass sie etwas verpassen könnte, doch Sean blieb unerbittlich.

»Mika, bei aller Liebe, ich habe jetzt über zwei Stunden da vorne gestanden. Wenn ich sitzen kann, tue ich das.«

»Du bist so ein Spießer.«

Sean stapfte unbeeindruckt von Mikas Flehen auf den Tisch zu und ließ sich mit einem zufriedenen Grunzen auf die Bank fallen. »Hier bin ich und hier bleibe ich. Wer holt Bier?«

Anabel meldete sich freiwillig, weil die anderen ihr diesen wunderschönen Abend ermöglicht hatten. Vorsichtig balancierte sie drei Bier und eine Flasche Ginger Beer zurück zum Tisch.

»Wo ist er denn? Himmel, wenigstens aus der Ferne anschmachten muss doch drin sein, oder?« Mika renkte sich halb den Hals aus bei dem Versuch herauszufinden, ob die Musiker in Sichtweite waren.

»Die werden noch Autogramme geben. Immer mit der Ruhe. Jetzt kommen erst einmal ein paar Snacks. So mag ich das.« Essen hatte bei Sean eindeutig Priorität.

Ein Kellner bot auf einem Tablett kleine, appetitlich aussehende Sandwiches an. Sie langten alle hungrig zu.

»Na, wie fandst du die Band und die Musik?« Mika warf Anabel einen fragenden Blick zu.

Da musste sie nicht lange überlegen. »Genial. Sie sind eine Wucht. Ich bin total begeistert. Ich hatte Bedenken, aber das war ja kein wilder Punk, sondern schnelle, gute Rockmusik.«

»Genau. Sie werden auch immer besser. Freut mich sehr, dass es dir gefallen hat. Es soll ja nicht heißen, Schottland hätte nur alte Schlösser und Burgen zu bieten, nicht wahr?« Mika biss gerade mit sichtlichem Genuss in ein Lachsbrötchen, als es im Raum unruhig wurde.

Anabel hob neugierig den Kopf, um herauszufinden, woher die plötzliche Aufregung kam. Kaum ließ sie den Blick suchend über die anwesenden Gäste schweifen, wurde ihr schlagartig klar, was los war. Die Musiker hatten den Raum betreten. Bis auf den rothaarigen Gitarristen waren alle sehr groß und stachen aus der Menge heraus wie bunte Hunde. Auch Duncan stand dort an der Bar, und an seiner Seite räkelte sich eine sehr schlanke Blondine. Anabels Herz rutschte tiefer. Sie biss sich auf die Lippe und versuchte, sich ihre Enttäuschung nicht anmerken zu lassen. Was bitteschön erwartete sie denn? Dass ein solch gutaussehender, noch dazu berühmter Kerl hier einsam und alleine herumspazierte? Schließlich war sie mit dem Vorsatz hierhergekommen, ein Konzert zu besuchen und das zu genießen. Dass ihr ausgerechnet Duncan bei dieser Gelegenheit über den Weg lief, war ein netter Zufall, mehr auch nicht.

Mika fand deutlichere Worte. »Menno, muss der denn unbedingt seine Wärmflasche mitbringen?«

»Das wärmt nicht, viel zu wenig Substanz«, konstatierte Sean mit vollen Backen.

»Egal, ich gebe ja zu, dass ich einfach nur neidisch bin, aber das ist auch mein gutes Recht. Jede Frau, die ihm näher als einen Meter kommt, ist auf der Stelle meine erklärte Feindin, basta.« Mika gönnte sich sichtlich empört einen großen Schluck Guinness.

Anabel zog es vor, zu schweigen und möglichst unbeteiligt an ihrem Ginger Beer zu nippen. Stattdessen versuchte sie unauffällig Duncan zu beobachten. Während die Frau ihn mit ihrem rechten Arm fest um die Mitte hielt, schien er sie kaum wahrzunehmen. Angeregt plauderte er mit einem Mann, der so viele Ausweise an seinem Bändchen mit sich schleppte, dass Anabel befürchtete, das Gewicht könne ihn bei erster Gelegenheit nach vorne kippen lassen. Nur zu gerne hätte sie verstanden, was Duncan zu seiner Begleiterin sagte, als er sich von ihr löste, dem Mann freundschaftlich auf die Schulter klopfte und sich an eine ständig hektisch herumlaufende Frau wandte, die ihm zuhörte, mit ernster Miene nickte und verschwand.

Als der Bassist sich am hinteren Ende der Theke ein Getränk über den Tresen reichen ließ, fiel sein Blick auf die vier Freunde. Auf seinen Zügen erschien ein sehr freundliches Grinsen, er stieß sich vom Tresen ab und kam auf sie zu.

Mika stockte mitten im Satz und starrte ihm entgegen. »Kommt der jetzt etwa … Nein, oder? Der kommt jetzt nicht zu uns. Wahnsinn, er kommt echt … ich …« Mikas Nervenzusammenbruch schien nah.

Sally legte ihr die Hand auf den Arm. »Mika! Halt einfach nur die Klappe.«

»Ist bei euch noch ein Platz frei?« Der Musiker schenkte Sally ein breites Grinsen. »Ich denke, wir haben Gesprächsbedarf.«

Sally warf einen Blick neben sich auf die Bank. »Mal sehen, mit ein wenig gutem Willen könnte ich dir Platz machen. Hast Glück, ich habe gerade meine wohltätigen zehn Minuten.« Mit hoheitsvoller Miene rutschte sie und machte ihm Platz.

»Zu gnädig, Mylady. Ich werde dir ewig dankbar sein.« Unter den neidvollen Blicken von wahrscheinlich allen anwesenden weiblichen Wesen setzte er sich und stellte seine Bierflasche ab. »Hi, ich bin Nigel.« Lächelnd streckte er ihnen reihum seine Hand entgegen. »Na, hat euch das Konzert gefallen, oder war es schwer dort vorne an der Bühne auszuharren?«

»Ach nein, es war erträglich. Blödsinn, natürlich wart ihr der Hammer. Ein megatolles Konzert, ehrlich. Auch wenn es jetzt ein wenig mit den Snacks hapert.« Sally bedachte Nigel mit einem traurigen Augenaufschlag.

Der antwortete mit einem Lächeln. »Freut mich, dass es euch gefallen hat. War das erste Konzert mit den neuen Songs. Das ist jedes Mal wieder spannend – du weißt nie, wie sie beim Publikum ankommen.«

Mika schien ihrer Stimme wieder zu vertrauen. »Die neuen Songs sind spitze. Du kannst gerne Anabel nach ihrem Eindruck fragen. Sie kannte euch bis zum heutigen Tag nicht. Das ist dann Kritik aus erster, nicht vorbelasteter Hand.«

Nigel runzelte die Stirn. »Wie, du kanntest uns nicht? Ich muss schon sagen, ts ts ts. Nein, Quatsch, war nur Spaß. Aber jetzt bin ich wirklich neugierig. Wie fandst du die Show?«

So direkt angesprochen, wurde Anabel prompt wieder unsicher. Doch da Nigel wohl im Umgang mit nervösen Fans Erfahrung hatte, lächelte er sie aufmunternd an. »Trau dich, ich mag ehrliche Kritik.«

Sie holte tief Luft. »Ehrlich gesagt, war ich auf was Anderes vorbereitet. Da Mika etwas von Punk erzählte, hatte ich ein wenig Angst. Ich befürchtete, es wäre eins von den Konzerten, bei denen vier Musiker gleichzeitig anfangen zu spielen und dann versuchen, als Erster fertig zu werden. Aber ich wurde sehr positiv überrascht. Gleich der Einstieg war hammertoll und das ganze Konzert, bis auf einen Song, der in der Mitte, war richtig genial. Ich bin begeistert.«

»Das mit dem ›als Erster fertig werden‹ muss ich mir merken. Sehr lustig. Aber ich freu mich über das Kompliment. Danke.« Er trank einen Schluck und musterte sie mit nachdenklicher Miene. »Du bist nicht von hier, oder? Ich meine, dein Englisch ist echt gut, aber der Akzent. Deutschland?«

Anabel nickte. »Erwischt. Ja, ich studiere hier für ein Jahr. Ich bin erst seit Ende Mai in Schottland.«

»Ah, sehr schön. Aus welchem Teil Deutschlands?«

Anabel verzog das Gesicht. »Bayern, wenn dir das was sagt.«

Nigel reagierte regelrecht empört. »Etwas sagen? Machst du Witze? Bayern ist cool. Ich war da vor zwei Jahren auf einem Ritterturnier. Verdammt, mir fällt der Name nicht ein.«

»Kaltenberg?« Anabel beäugte ihn fragend.

»Yeah, genau, danke. War sehr cool. Freunde haben mich mitgeschleppt und ich war im Nachhinein sehr dankbar dafür. Ich …«

»Sieht gemütlich aus bei euch. Ich hoffe, ich störe nicht. Habt ihr noch Platz für mich? Anabel, wenn du ein wenig rutschst, dann passe ich auch noch hin.«

Von einer Sekunde zur anderen schoss Anabel das Blut in die Wangen. Ihr wurde verdammt heiß. Ehe sie sich jetzt gnadenlos blamierte, sagte sie lieber gar nichts, sondern rutschte wortlos zur Seite.

Duncan setzte sich seufzend neben sie und streckte seine langen Beine von sich. Sofort scannte Anabel die Umgebung und entdeckte die gutaussehende Blondine mit sehr säuerlicher Miene am Tresen.

Ihr neuer Nachbar stieß ihr leicht den Zeigefinger der linken Hand in die Rippen. »Na, alles gut, oder soll ich mich wieder verziehen?«

»Anabel, überleg dir jetzt verdammt gut, was du sagst. Ich warne dich.« Mika sah zum Fürchten aus, als sie ihr das zuraunte.

Auch Nigel wirkte ausgesprochen überrascht. »Ihr kennt euch? Kumpel, du legst ein flottes Tempo an den Tag. Dafür, dass sie gerade mal ein paar Wochen hier ist.«

Mika ließ Anabel und Duncan erst gar nicht zu Wort kommen. »Das würde mich jetzt auch interessieren. Sagtest du nicht, dass du die Ravens noch nie gesehen hast?«

Anabel hasste es im Mittelpunkt zu stehen, doch da es Duncan vorzog vielsagend zu schweigen, musste sie wohl oder übel antworten.

»Von der Band hatte ich keine Ahnung, als ich ihn getroffen

habe. Okay, ›getroffen‹ stimmt nicht. Die Wahrheit heißt: als er mir das Leben gerettet hat.«

Sean fiel um ein Haar die Bierflasche aus der Hand. »Sekunde mal. Dein dunkler Ritter auf dem Motorrad mit dem geilen Sound, das war Duncan Wolfe? Das war er hier?« Sean deutete auf Duncan und ließ gleichzeitig Anabel nicht aus den Augen.

»Ja, genau, das war er. Aber ich wusste wirklich nicht, wer er war. Woher denn auch?« Anabel warf Duncan einen hilfesuchenden Blick zu und der schien endlich Mitleid mit ihr zu empfinden.

»Sie hatte eindeutig keinen Schimmer. Ich war ihr eher so gar nicht geheuer.«

Sally klatschte begeistert in die Hände. »Klasse, das könnte kein Romanautor besser schreiben.«

Mika sah das Ganze offenbar noch etwas anders. »Mann, Anabel, so ein Glück muss man erst mal haben.«

Ehe sie antworten konnte, vernahm sie Duncans ruhige, dunkle Stimme. »Im Ernst, Leute. Beinahe von vier besoffenen Hooligans vergewaltigt zu werden, würde ich nicht unbedingt als Glück bezeichnen. Also lasst jetzt das arme Mädel in Ruhe. Ich denke, sie würde diese Nacht sicherlich lieber vergessen. Außerdem habe ich vorhin unser Essen geordert, das da gerade kommt. Also bitte, Themenwechsel und Platz machen.«

Während Nigel und Duncan ihre edlen Fischpasteten mit einem Berg Bratkartoffeln und Salat verputzten, gelang es Nigel trotz voller Backen Anabel über die deutsche Musikszene auszuquetschen. »Ist das, was wir machen, dort irgendwie angesagt? Glaubst du, wir hätten damit eine Chance? Hier stehen wir echt gut da, Frankreich fährt auch auf uns ab, Italien auch, aber in Deutschland haben wir es noch nicht versucht.«

Nun war sie nicht das, was man einen Musikprofi nannte, doch eines wusste sie seit heute: Die Ravens würden in Deutschland ihre Fanbase leicht finden, leicht und schnell. Während alle angeregt diskutierten und Nigel neugierig alles hinterfragte, blieb Duncan vergleichsweise still. Anabel argwöhnte gerade, dass er sich langweilte und sich lieber wieder zu seiner Begleiterin verziehen würde, als er aufstand und wortlos verschwand. Allerdings nicht für lange, denn während er am Tresen stand, einigen Gästen zunickte und kurz mit anderen sprach, schien er nur auf etwas zu warten. Als der Barkeeper ihm zwei Gläser über den Tresen reichte, rief Duncan ihm etwas zu und drehte sich dann auf dem Absatz um und kam zurück an ihren Tisch. Er stellte eines der vollen Gläser vor Anabel ab.

»Dein Getränk war leer. Du scheinst Ginger Beer zu mögen, also versuch mal das hier.« Er schob ihr das Glas mit der goldbraunen Flüssigkeit zu und nickte aufmunternd. »Na los, probier es.«

»Dankeschön. Was ist das?« Anabel nippte vorsichtig.

»MacRabbies Ginger Beer, bisschen Alkohol, aber saulecker.« Duncan grinste zufrieden vor sich hin. »Wetten, du liebst es?«

Nach dem zweiten Schluck musste sie ihm zustimmen. »Stimmt, schmeckt sehr gut.«

Nigel legte die Stirn in Falten und schüttelte schmunzelnd den Kopf. »Ach ja, unser Duncan. Er kennt sich aus bei Frauen, zumindest bei dem, was sie gerne essen und trinken. Was, Alter?«

»Halt den Mund und trink erst mal dein Zeug da aus. Wir sollten irgendwann an Aufbruch denken. Vergiss nicht, dass wir um elf im Studio sein müssen.«

»Mann, Duncan, du bist ab und an dermaßen ekelhaft vernünftig. Spaßbremse.« Nigel leerte seufzend sein Glas.

Duncan hob nur die rechte Augenbraue. »Einer muss es ja sein.«

Ein Blick zur Uhr zeigte Anabel, dass es bereits kurz vor zwei Uhr morgens war. Die Zeit war wie im Flug vergangen.

»Oh, so spät schon?«

Duncan kratzte sich am Kinn, auf dem sich erste Bartschatten zeigten. »Bist du müde? Also ich weiß nicht, wie ihr nach Hause kommt, aber ich würde in eure Richtung fahren.«

»Ernsthaft jetzt? Der Sänger meiner absoluten Lieblingsband bietet uns gerade an, uns heimzufahren?« Mika konnte ihr Glück kaum fassen.

»Das ist echt cool von dir, Duncan, aber ich halte es hier noch eine Weile aus. Sally, wie siehst du das.«

Anabel, die über eine gute Beobachtungsgabe verfügte, sah das kurzzeitige Unverständnis in Sallys Blick, das allerdings sehr schnell einem wissenden Lächeln wich.

»Ich sehe das genau wie du, Sean. Wenn ich schon mal die Chance habe, neben Legolas' Zwillingsbruder zu sitzen, dann werde ich das bis zuletzt auskosten.«

Mika musterte die beiden relativ fassungslos, bis sie plötzlich schmerzhaft zusammenzuckte. Anabel befürchtete, dass Seans Tritt ziemlich heftig gewesen sein musste, doch immerhin verstand Mika wohl, worauf er hinauswollte.

»Äh ja, so sehe ich das auch. Wir fahren mit dem Bus, oder Nigel macht einen kleinen Umweg, nicht wahr?«

Überstimmt zuckte er ergeben die Schultern. »Klar, kein Thema.«

Duncan erhob sich kopfschüttelnd. »Nun, was ist, Anabel? Schließt du dich deinen Freunden an? Oder soll ich dich mitnehmen? Hauptsache, du läufst nicht wieder in menschenleeren Parks herum.«

Er streckte sich gähnend und warf ihr einen auffordernd fragenden Blick zu. Da Anabel sich durchaus darüber im Klaren war, was für eine Show ihre Mitbewohner hier gerade für sie abgezogen hatten, musste sie wohl oder übel mitspielen.

»Das ist lieb von dir, ich fahre sehr gerne mit, danke.«

Duncan nickte beinahe schon grimmig. »Okay, gut. Das passt. Ich habe vorhin den Barkeeper gebeten, zu euch zu kommen und zu fragen, was ihr möchtet. Also ordert einfach, worauf ihr Lust habt. Nigel, wir sehen uns in alter Frische.«

»Leute, ich bin dann weg.« Anabel verabschiedete sich von Nigel und ihren feixenden Freunden.

Nigel reichte ihr die Hand und meinte schmunzelnd. »Irgendwas sagt mir, dass wir uns wiedersehen werden. Bis bald, Anabel.«

Duncan lief vor ihr her, rief einigen der noch anwesenden Gäste ein paar Worte zum Abschied zu und musste schließlich notgedrungen abbremsen, da sich ihm die inzwischen sehr ungehalten wirkende Blondine in den Weg stellte.

»Darling, du willst schon gehen?«

»Ja, Candy, ich muss. Wenn ich nicht wenigstens sechs Stunden schlafe, bin ich im Studio zu nichts zu gebrauchen.«

»Schade.« Es klang ein wenig süffisant. »Könntest du mich dann eventuell kurz nach Hause bringen?«

Duncans umfasste den Arm des Schlagzeugers. »John, du fährst doch in Candys Richtung. Könntest du sie bitte mitnehmen?«

Ehe Candy protestieren konnte, nickte John bereits. »Klar, mach ich. Zwei bekommst du ja wohl nicht auf den Sozius, oder?«, antwortete er mit einem prüfenden Seitenblick auf Anabel.

Duncan schlug ihm freundschaftlich auf die Schulter. »Gut erkannt, Alter. Vielen Dank.«

Er legte seine Hand auf Anabels Rücken und schob sie, ohne die sichtlich aufgebrachte Candy noch eines Blickes zu würdigen, in Richtung Ausgang.

»Komm schnell mit. Ich muss noch mein Zeug aus der Garderobe holen.« Schnellen Schrittes eilte er auf eine geschlossene Tür in dem langen Gang, der an den Pub anschloss, zu und öffnete sie. Auf dem Schild daneben prangte groß: »Duncan Wolfe«

»Du hast deine eigene Garderobe?« Sie war beeindruckt.

»Ja, weil ich direkt vor dem Konzert meine Ruhe brauche. Das sind keine Star-Allüren sondern ganz einfach das Bedürfnis, mich in Ruhe auf den Auftritt zu konzentrieren. Das geht mit den Chaoten nicht. Ich liebe die Kerle, aber vor dem Konzert nerven sie.«

Duncan griff nach seiner Lederjacke, die an einem Haken an

der Wand hing und schlüpfte hinein. »So, und wo ist jetzt mein Helm, verdammt noch mal?« Während er die Jacke zumachte, blickte er sich suchend um. »Ach, da ist er ja. Und da ist noch eine CD. Magst du die haben? Ich meine, weil du unsere Musik kaum kennst?«

Anabel nickte erfreut. »Sehr gerne, das ist lieb.«

»Kein Ding, ich habe ein paar von den Dingern, weißt du?« Duncan drückte ihr die CD in die Hand, griff sich den Helm und bugsierte sie wieder hinaus auf den Gang. »Den Rest räumt unser Manager auf. Lass uns verschwinden.«

Dass draußen noch immer zahlreiche Fans warten würden, hätte sie ehrlich gesagt nicht erwartet, doch alleine der kurze Weg zum Motorrad war trotz Absperrung für Duncan länger als erwartet. Sie schätzte, dass er mindestens dreißig Poster, Bilder und CDs signierte, ehe sie endlich neben seiner Harley standen.

»Damit wäre auch das geschafft. Hier, aufsetzen.« Auffordernd hielt Duncan ihr den Helm entgegen.

»Und du?«

»Lass, ich habe hier keine Diskussionsrunde eröffnet, das war eine Anweisung. Wir müssen auf deinen Kopf achten.« Duncan zog den Gürtel seiner Jacke enger und musterte sie eingehend. Prompt spürte sie, wie ihr wieder warm wurde. Ihre Wangen glühten. Der Blick aus den kühlen Augen schien bis in ihre Seele vorzudringen.

Er spürte wohl, dass sie sich unwohl fühlte, denn sein nächster Satz war prompt versöhnlich. »Bist du sicher, dass dir nicht zu kalt wird? Ich habe drinnen noch ein Sweatshirt.«

»Mann, wenn du wüsstest, wie warm mir gerade ist, dann würdest du das wohl kaum fragen«, dachte Anabel, verkniff es sich aber, das zu antworten. »Das geht in Ordnung, danke, die Jeansjacke hält warm.«

»Mhm. Wenn du das sagst.« Duncan beugte sich nach vorne, wobei ihm eine Strähne seiner langen Haare in die Stirn fiel. Er pustete sie sich aus dem Gesicht, während er in seine Nietenhandschuhe schlüpfte, dann stieg er auf und nickte ihr zu. »Los, rauf mit dir. Und halt dich anständig fest.«

Anabel stülpte sich den Helm über und kletterte auf den Sozius. Wie beim letzten Mal hielt sie sich zaghaft an seiner Lederjacke fest.

»Lass, das kannst du vergessen. Letztes Mal habe ich dir das durchgehen lassen, da standst du noch unter Schock. Aber jetzt bitte ich darum, dich richtig festzuhalten. Oder ist es so grauenvoll, mich anzufassen?«

Anabel murmelte ein leises »Unsinn« und legte ihre Arme um ihn. Sie konnte, trotz des Helms, den Duft seiner frisch gewaschenen Haare und seines herben Parfüms riechen. Was sie auch noch wahrnahm, waren die neidvollen Blicke aus großen, traurigen Mädchenaugen, die sie verfolgten, als Duncan die schwere Maschine vom Innenparkplatz des Hallengeländes lenkte. Es war, als fühlte sie, durch die dicke Lederjacke hindurch, die Wärme seines großen Körpers. Und das, da half kein Leugnen, fühlte sich unbeschreiblich gut an. Zaghaft schlang sie ihre Arme fester um Duncans Mitte.

Aha. Es war wohl doch nicht so schlimm, mit ihm auf der Maschine zu sitzen. Er konnte sehr wohl fühlen, wie sich ihre Arme fester um ihn legten und Anabel sich an ihn schmiegte. Duncan konnte sich eines Grinsens nicht erwehren, während er langsam und gemächlich den Ocean Drive entlangfuhr. Sicher hätte er schneller fahren können, doch dazu fehlte ihm die Motivation. Die ging gerade in eine ganz andere Richtung. Die Kleine fühlte sich gut an. Na schön, sie sah auch sehr gut aus und sie war klug und süß … ach Scheiße, warum versuchte er eigentlich, sich zu wehren? »Weil du Chaot es immer wieder hinbekommst, andere Menschen in Gefahr zu bringen? Weil du die Schuld am Tod einer wunderbaren Frau hast?«, dachte er. Es fühlte sich an, als säßen ein kleiner Teufel auf seiner rechten und ein sehr ernst dreinblickender Engel auf seiner linken Schulter. Normalerweise pflegte er ziemlich schnell auf den Engel zu hören, doch irgendwie wollte ihm das an diesem Sonntagmorgen nicht gelingen. Zu gut fühlte es sich an, Anabels Arme um seine Taille zu spüren. Verdammt noch mal, musste sein Leben denn immer so kompliziert sein?

Die Nacht war sternenklar, nur vereinzelt huschten weiße Wolkenfetzen, getrieben von der Meeresbrise, über den Himmel. Ohne groß darüber nachzudenken, bog er ab in Richtung Hafen und Ocean Terminal. Duncan fuhr durch die menschenleeren Straßen, genoss den Fahrtwind auf seinem Gesicht und fühlte sich seltsam frei und unbeschwert. Ein erfolgreiches Konzert, die neuen Songs waren gut angekommen, ein schöner Abend, gute Freunde und nun noch eine bildhübsche Frau auf dem Sozius. Eigentlich sollte er sich nicht über sein Leben beschweren.

Als er das Meer erreichte, bremste er ab und stellte den Motor aus.

»Das ist aber nicht meine Straße.«

Ihre Stimme klang durch den Helm etwas dumpf, und er wandte sich zu ihr um.

»Nein, Lady, ich wollte dir nur was zeigen. Etwas, das du nur in einer wolkenlosen Nacht so sehen kannst. Nimm den Helm ab und steig kurz ab.«

»Solange du nicht vorhast, mich hier auszusetzen.«

Seine Brauen zuckten amüsiert nach oben. »Respekt, du hast ja ein ausgeprägtes Grundvertrauen in Männer.«

»Menschen«, korrigierte sie ihn, während sie den Helm abnahm, »einfach nur in Menschen.«

»So viele schlechte Erfahrungen gemacht?«

Anabel schüttelte den Kopf und vermied es sichtlich, ihn anzusehen. »Ganz im Gegenteil, keine Erfahrungen, also sehr wenige. Naiv und gutgläubig, könnte man sagen.«

Das nachdenkliche Gesicht unter der honigblonden Mähne rührte ihn. »Keine Bange, ich bin einer der Guten.«

»Mit Kriegsverletzung.«

»Hä? Wie meinst du das?« Nun war er doch überrascht.

»Na, ich hör dir ja zu, wenn du etwas sagst. Dein verletztes Bein, erinnerst du dich? Du sagtest, das sei eine Kriegsverletzung.« Noch immer blickte sie stur auf die Spitzen ihrer Schuhe.

Er wusste nicht, ob er lachen oder weinen sollte. Musste er immer so einen Mist verzapfen? Nun hielt sie ihn wahrscheinlich für eine Art Teilzeitsöldner.

»Das war, in gewisser Weise, ein Scherz. Vielleicht erkläre ich dir das mal, aber ich war nicht an der Front, oder so.«

»Mhm.«

»Hier gibt's nicht zu ›mhm-men‹, kurz: vertrau mir einfach.« Er stieg ebenfalls ab, griff nach ihrer Schulter und drehte sie in Richtung offenes Meer. »Sieh dir das lieber an.«

Sie hob den Kopf und ließ ihren Blick suchend über den Hafen und das Meer schweifen. Anabel wusste sofort, was er meinte. Das Wasser lag sehr ruhig vor ihnen und in ihm spiegelten sich abertausend Sterne. Das ganze Meer schien ein gigantisches, glitzerndes, strahlendes Fließ zu sein. In der Ferne hoben sich die Brücken des Firth of Forth wie die Skelette gigantischer, urzeitlicher Wesen aus dem weißen, über dem Meeresarm liegenden Nebel. Mehrere Schiffe durchpflügten die schimmernde Oberfläche. In Edinburgh schienen die Möwen nie zu schlafen, denn laut kreischend flogen sie über sie und Duncan hinweg, hinaus auf die offene See, umkreisten die Schiffe, wohl in der Hoffnung auf etwas Fressbares.

»Das ist wunderschön.« Anabel war überwältigt von dem herrlichen Anblick, der sich ihr bot. »Sind das Fischerboote?«

»Freut mich, dass es dir gefällt. Nur zwei davon, sieh hin: die, bei denen sich die Möwen tummeln. Die sind ja nicht dumm, diese Viecher.«

Anabel sog die kühle, salzige Luft tief in ihre Lungen. »Die Luft hier ist irgendwie anders, kalt und trotzdem weich. Ich weiß nicht, wie ich es beschreiben soll.«

Duncan saß seitlich auf seiner Maschine und beobachtete sie aufmerksam. »Passt schon, hast du gut beschrieben. Nun lass uns aufbrechen. So leid es mir tut, aber ich muss tatsächlich pünktlich im Studio sein. Jede Minute da drin kostet unsere Plattenfirma ein Vermögen.«

»Na dann.« Sie setzte sich den Helm wieder auf und deutete auf die Harley. »Wird's bald? Zeit ist Geld.«

Sein Gesicht war Gold wert.

»Lass, du bist echt in Ordnung.« Lachend setzte Duncan sich auf das Motorrad und machte ihr Platz.

Dieses Mal musste er sie nicht daran erinnern, sich an ihm festzuhalten. Wie von selbst schlangen sich ihre Arme um ihn und sie schmiegte sich an seinen Rücken. Jetzt fuhr er eindeutig schneller als zuvor. Die Fahrt war viel zu schnell zu Ende. Sie bedauerte es, sich von ihm lösen zu müssen, sog noch ein letztes Mal seinen Duft ein und stieg ab.

»Hier, damit auch dein Kopf wieder geschützt ist.« Sie reichte ihm seinen Helm und wuschelte sich durch die etwas lädierten Haare. »Vielen Dank fürs Mitnehmen und für den schönen Anblick unten am Meer.«

»Gerne geschehen. Freut mich, wenn's dir gefallen hat.« Duncan nahm mit ernster Miene seinen Helm entgegen, und für einen Augenblick glaubte sie, dass er etwas sagen wollte, doch dann rutschte er nach hinten, ergriff sie am Oberarm, zog sie etwas zu sich und küsste sie leicht auf beide Wangen. »Man sieht sich. Lass mich bei Gelegenheit wissen, wie dir die CD gefallen hat.«

Er stülpte sich den Helm über die schwarze, vom Wind zerzauste Haarflut, fuhr an und winkte ihr zu.

Anabel sah ihm auch dieses Mal nach, bis er um die nächste Ecke bog und das Wummern der Harley stetig leiser wurde. Enttäuscht angelte sie ihren Schlüssel aus der Jackentasche. Das Haus war vollkommen dunkel, nur die kleine Laterne neben der Eingangstür spendete Licht. Sie schloss auf und war froh darüber, dass sie allein zu Hause war. Rasch sprintete sie die zwei Treppen hoch, verzichtete aufs Zähneputzen, zog sich aus, schlüpfte in ihren Schlafanzug und krabbelte unter die Bettdecke. Das bedrückende Gefühl der Enttäuschung wollte nicht weichen. Was, zum Donnerwetter, war denn nur los mit ihr? Sie war doch schließlich keiner dieser exaltierten Teenager, die kreischend hinter ihrem Idol her hechelten. Gut, es war ja nicht so, dass sie seinetwegen dort gewesen war, und doch sah sie andauernd nur noch diese hellen, kühlen Augen vor sich. Dazu den schön geschwungenen Mund, der, wenn er sich einmal zu einem Lächeln verzog, unglaublich sexy war. Überhaupt war Duncan Wolfe ein Bild von einem Mann, das stand schon einmal fest. Trotzdem! Verflixt noch mal, sie hatte einen Freund. Oh, falsch, sie hatte einen Verlobten. Sie versuchte sich Maximilians Lächeln ins Gedächtnis zu rufen, was darin endete, dass sie Duncans sarkastisches Grinsen und den spöttischen Blick aus diesen magischen Augen vor sich sah. Ganz toll. Das musste sich ändern, ganz schnell. Allerdings war es dazu dringend nötig, diese leise, aber sehr beharrliche Stimme in ihrem Kopf zum Schweigen zu bringen, die ihr fortwährend zuflüsterte: »Warum willst du es ändern? Hör endlich einmal nur auf dein Herz.«

»Trottel. Absoluter, unbelehrbarer Volltrottel!« Das war eindeutig die ätzende Stimme des Teufels.

»Nein, du hast richtig reagiert. Das war sehr vernünftig von dir.« Aha, sein alter Kumpel, der Engel, meldete sich ebenfalls zu Wort.

»Ach, haltet doch einfach beide den Rand.« Wütend auf sich selbst gab er noch ein wenig mehr Gas und raste durch die mondhelle Nacht. So eine Scheiße. Das war knapp gewesen. Schon in dem Augenblick, als Anabel wieder hinter ihm aufgestiegen war, hatte er fühlen können, dass er ziemlich heftig auf sie reagierte. In der Sekunde, als sie sich an ihn gekuschelte und ihre Arme sich so fest um ihn geschlossen hatten, dass ein angenehmer Schauder durch seinen Körper gegangen war, hatte er gewusst, dass es gefährlich werden würde. Doch was hatte er getan? Nicht nur, dass er extra schneller gefahren war, nein. Als er sie abgesetzt hatte, war er regelrecht vor ihr geflohen. Anstatt sie in den Arm zu nehmen, sie festzuhalten und zu küssen, seine Nase in diesen weichen hellen Locken zu vergraben, hatte er den coolen Macho gemimt und Fersengeld gegeben.

»Idiot, hirnloser Idiot.« Zornig schlug er auf den Lenker ein.

In seinem Haus an der Sydney Terrace schob er, noch immer wutschnaubend, die Harley in den Vorgarten und schloss die Haustür auf. Der Helm flog in hohem Bogen auf das Sofa, von wo aus er unsanft auf den Boden katapultiert wurde. Ihm war das egal, er brauchte jetzt erst einmal eine kalte Dusche, eine sehr kalte Dusche. Zwanzig Minuten später und wahrscheinlich ein klein wenig unterkühlt, schlurfte er, nur mit seinem Handtuch um die Hüfte, noch immer ärgerlich auf sich selbst, in die Küche. In seinem riesigen Kühlschrank fanden sich auch prompt neben einigen Bieren eine halbvolle Flasche Wodka und ein Liter Orangensaft. Ja, das brauchte er jetzt. Großzügig mixte er Wodka mit Orangensaft und hielt das Glas unter den Eiswürfelbereiter. Das Zeug war eiskalt und sicher nicht gut für seine Stimme, doch das kümmerte ihn jetzt gerade überhaupt nicht. Er musste irgendwie dieses bezaubernde Lächeln und den neugierigen Blick aus den großen, von langen Wimpern beschatteten Augen aus dem Kopf bekommen.

13

»Erzähl, und zwar jede Einzelheit. Ich will alles wissen, schon klar, oder?« Mikas Gesicht war ungefähr drei Millimeter von Anabels Ohr entfernt.

»Da gibt es tatsächlich nicht viel zu erzählen.« Anabel lud sich eine Portion Rührei auf ihre Gabel und steckte sie in den Mund. »Er hat mir den Hafen gezeigt, was wirklich toll war, mit Mondschein und so, und dann hat er mich heimgefahren. Das war es auch schon.«

Mika stellte ihre Teetasse so heftig ab, dass es leise klirrte. »Du willst mir erzählen, ihr bestaunt zuerst den Sternenhimmel und dann schmeißt er dich gnadenlos vom Motorrad?«

»Ganz so war es auch wieder nicht. Er hat sich schon verabschiedet. Ich habe ein Küsschen auf die Wange bekommen und weg war er.« Selbst in den eigenen Ohren klang ihre Stimme enttäuscht.

»Also gut, das klingt zwar noch nicht ganz nach Happy End, aber das wird schon noch.« Stirnrunzelnd angelte Mika sich einen Toast aus dem dafür vorgesehenen Korb. »Männer sind per se kompliziert, Musiker wahrscheinlich noch komplizierter. Seine seltsame Tussi kam letzte Nacht noch an unseren Tisch und wollte Nigel über dich ausfragen. Der blieb total cool und meinte, du seist eine langjährige, sehr liebe Freundin. Himmel ist die Frau doof, kein einziger Satz ohne ›ey‹ oder ›Mann‹.«

»Prima, dann habe ich wohl auch noch seine Freundin anständig vergrätzt.«

»Keineswegs. Das wäre sie wohl gerne. Wenn ich Nigel richtig verstanden habe, dann läuft sie Duncan seit Wochen hinterher, nachdem sie mal eine Nacht zusammen verbracht haben. Das war's aber auch, er will nichts von ihr.« Mika schmierte sich Butter und Himbeermarmelade auf ihren Toast und ließ ihn sich geräuschvoll schmecken.

Nicht seine Freundin also. Gut, aber warum freute sie sich darüber? Wirklich weiter brachte sie das auch nicht. Wahrscheinlich hatte er einfach kein Interesse an ihr und war nur freundlich und aufmerksam.

»Anabel? Na komm, nun sei nicht geknickt. Ich habe seinen Blick gestern gesehen. Glaub mir, Duncan Wolfe steht auf dich.«

Seufzend legte sie die Gabel neben den inzwischen leeren Frühstücksteller. »Dann hat er eine komische Art, das zu zeigen. Abgesehen davon, sollte ich mich echt am Riemen reißen. Schließlich habe ich Maximilian. Ich war ihm noch nie untreu, in all den Jahren nicht. Das kann ich nicht bringen, ich bin in festen Händen.«

Die Freundin schwieg eine Weile, schenkte sich eine weitere Tasse »Scottish Breakfast« ein, kippte kräftig Milch hinterher und schaufelte eine Unmenge Zucker hinein. Erst als sie umrührte kam ihre Antwort. »Anabel, sei endlich ehrlich zu dir selbst. Du liebst diesen Maximilian doch gar nicht mehr. Glaubst du, ich bin blind? Wenn du von Duncan sprichst, dann leuchten deine Augen und du strahlst regelrecht. Lass mich nachdenken, wie lange kennst du ihn? Du hast ihn gestern zum zweiten Mal gesehen, nicht wahr? Sorry, aber so sieht man aus, wenn man Hals über Kopf verliebt ist.«

Anabel wandte sich ihr mit einem Lächeln auf den Lippen zu. »Dann ist es ein Wunder, dass ich noch lebe.«

»Wie? Verstehe ich nicht.«

»Wie war das? Jede Frau, die ihm nahekommt, ist deine Todfeindin?« Anabel betrachtete Mika aufmerksam.

Die schüttelte fast schon unwillig den Kopf. »Blöde Amsel.

Das gilt natürlich nur für Fremde und für Candys und Co. Für dich würde ich mich aufrichtig freuen. Anabel, der Kerl ist ein Geschenk der Götter.«

»Schon möglich, aber er scheint mich mit anderen Augen zu sehen.«

»Unsinn. Der taut schon auf. Aber du lenkst geschickt ab. Anabel, im Ernst, denk nach und triff eine Entscheidung, unabhängig von Duncan.« Mika stand auf und griff nach ihrem Geschirr, um es in die Küche zu tragen. An der Tür zum Flur hielt sie inne und drehte sich zu ihr um. »Wobei ich mir eigentlich sicher bin, dass du diese Entscheidung bereits an dem Tag getroffen hast, als du in München in den Flieger gestiegen bist.«

Während sie, verzweifelt darum bemüht, einigermaßen gleichmäßig zu atmen, hinter Mika durch die Hermitage Gardens hechelte, fragte Anabel sich zwangsweise, ob sie nicht doch masochistisch veranlagt war. Sean und Sally schliefen noch immer den Schlaf der Gerechten und sie rannte, gerade mal eine Stunde nach dem Frühstück, durch den schottischen Sprühregen.

»Mika, wie lange noch?«

»Mindestens zwanzig Minuten. Keine Müdigkeit vorschützen. Und die Luftfeuchtigkeit macht schöne Haut.«

Notgedrungen musste sie lachen. Schottland war wohl eines der wenigen Länder, in denen Regen als hohe Luftfeuchtigkeit bezeichnet wurde. Da sie nicht auf Mitleid zählen konnte, holte sie tief Luft und sprintete hinter der Freundin her.

Eine gute halbe Stunde später kehrten sie durchnässt, aber stolz zurück nach Hause.

Gerade als Anabel im Eiltempo nach oben gehen wollte, um vor Mika im Bad zu sein und heiß zu duschen, schlappte ihr ein noch immer verschlafener Sean in Jeans und barfuß aus der Küche entgegen.

»Morgen, Mädels. Nass draußen, ja?«

»Wir tun wenigstens etwas für unsere Fitness, und Anabel ist freiwillig mitgekommen, ich musste keine Gewalt anwenden.« Mika klopfte ihm freundschaftlich auf die Schulter.

Es war sie selbst, der Seans seltsamer Gesichtsausdruck auffiel. »Sean, ist was passiert? Du guckst so komisch.«

»Wie man es nimmt. Vor etwa zehn Minuten hat hier ein Range Rover vor der Tür gehalten, dem ein uns allen bekannter Musikus entstiegen ist. Duncan wollte dich etwas fragen, aber er meinte, er käme dann ein anderes Mal wieder.« Seans Grinsen war jetzt so breit, dass es gerade noch von seinen Ohren gestoppt wurde.

Ruhig bleiben, cool bleiben. »Hat er seine Nummer hiergelassen oder so was?«

Sean schüttelte mit bedauerndem Blick den Kopf. »Weder Nummer, noch so was, Lass. Aber, ey, Kopf hoch. Er war hier, wegen dir. Das ist mehr, als tausend andere Frauen von sich behaupten können.«

»Das bringt mich jetzt richtig weiter.« Anabel zog eine traurige Schnute.

Mika nahm sie spontan in den Arm. »Jetzt ärger dich nicht. Habe ich nicht gesagt, er wird auf der Matte stehen? Freu dich gefälligst. Und ehe du mir erfrierst, geh ins Bad, aber zackig.«

Eine halbe Stunde später, wieder warm, nachdem sie wahrscheinlich den halben Heißwasservorrat der WG aufgebraucht hatte, griff sie mit zitternden Fingern nach dem Handy. Bevor sie einen Fehler machte, musste sie Maximilian anrufen. Sie musste wissen, wie es sich anfühlte, seine Stimme zu hören.

Es klingelte lange, ehe endlich die Stimme ihres langjährigen Freundes erklang.

»Bella, endlich rufst du an. Hast du die Nase schon voll von Schottland? Soll ich dich abholen?«

Was war das denn für eine bescheuerte Begrüßung?

»Hallo, Maxi. Ich freu mich auch, dich zu hören. Und nein, ich habe die Nase nicht voll. Wie kommst du auf den Gedanken?«

Sie hörte sein Seufzen klar und deutlich. »Ach, Anabel. Nun komm schon, so ganz alleine da drüben auf der Insel. Okay, mit vier Fremden, aber das ersetzt doch nicht die Familie und das Zuhause.«

War sie durch einen dummen Zufall an ihren Vater geraten, oder was sollte das?

»Max, aus Fremden können Freunde werden, das nur mal so nebenbei. Ich fühle mich in der WG sehr wohl, alle vier Mitbewohner sind der absolute Hammer. Ich mag sie wirklich.«

»Was willst du mir damit sagen?«

Sie zuckte automatisch die Schultern. »Eigentlich nur, dass du dich irrst, wenn du denkst, dass ich hier einsam und alleine bin.«

»Aufschlussreich, Anabel. Aber abgesehen davon tut sich hier auch einiges. Das Haus sieht schon richtig gut aus. Unser Nest wird immer schöner.«

Nest? Ihr wurde übel. Sie wollte kein *Nest*!

»Max, ist das dein Ernst? Ich meine, ihr habt wirklich dieses Haus gekauft und richtet es ein? Findest du nicht, dass ich da mitzureden habe? Du weißt schon, so in Richtung freie Meinungsäußerung und so?«

»Aber, Bell, Anabel, das war doch alles geklärt. Das hatten wir doch besprochen.« Seine Stimme bekam diesen supergeduldigen Tonfall, den sie immer bekam, wenn Anabel auf ihre Rechte pochte. »Die Zeit bleibt nicht stehen, meine Maus, nur weil du dort drüben ein bisschen Auswandern light spielst.«

»Max, jetzt hör mir mal zu.« Ihre Stimme wurde gefährlich leise, dafür waren ihre Worte umso deutlicher. »Wir hatten rein gar nichts besprochen. Ihr, du, meine Eltern und deine Familie, ihr habt mich immer wieder vor vollendete Tatsachen gestellt. Ich wurde bei nichts gefragt und in keine Entscheidung mit einbezogen. Ist dir eigentlich bewusst, dass du zwar meine Eltern gefragt hast wegen der Heirat, mir aber nie einen anständigen Antrag gemacht hast? Genauso wenig wurde ich wegen des Hauses gefragt. Schon einmal daran gedacht, dass ich lieber in einer kleinen Wohnung in Schwabing leben möchte? Nur mal so als Gedanke?«

»Anabel, drehst du jetzt total durch? Stellst du unser komplettes, gemeinsames Leben in Frage? Das Leben, das wir seit langem geplant haben?«

»Himmel, Maxi, rede ich Chinesisch oder was? *Ihr* habt geplant und ich wurde gleich mit verplant. Ihr könnt doch nicht über meinen Kopf hinweg über mein Leben bestimmen. Ich bin ein erwachsener, denkender Mensch.«

»Ach, Anabel, was weißt du denn schon vom Leben? Ein behütetes Mädel, das nie für sich selbst sorgen musste. Darum mache ich mir ja auch solche Gedanken. Ich sehe doch, dass die da drüben versuchen, dir irgendwelche Flausen in den Kopf zu setzen. Und du süßes Dummerle lässt dich auch noch beeinflussen.«

Anabel holte tief Luft, dann brüllte sie wutentbrannt in das Telefon: »Du spinnst wohl! Ich lasse mich doch hier nicht als die dumme Unschuld vom Land hinstellen. Was glaubst du denn, mit wem du redest? Hör mir gut zu: Ich will kein Haus am See, ich will keine Feiern im Verein und Shakehands mit den Honoratioren der Gemeinde. Ich will leben, ich will meine Bilder malen, ich will etwas von der Welt sehen. Hast du das jetzt verstanden?«

Seine Stimme war nun ganz ruhig und ansatzweise kam der sonore Unterton seines Vaters zum Vorschein. »Anabel, du bist durcheinander. Wir beruhigen uns jetzt beide wieder und dann reden wir wie erwachsene Menschen. So hat das keinen Sinn.«

Und dann beendete ihr definitiv Ex-Verlobter einfach das Gespräch. Anabel starrte fassungslos auf ihr Handy. Sie fühlte sich fatal an einen Film erinnert, der ihr schon immer sehr beängstigend erschienen war. »Die Frauen von Stepford«. In diesem Film hatten die Männer eines kleinen Örtchens in Amerika beschlossen, ihre Frauen nach ihrem Ideal zu formen. Sie schalteten deren Gehirne aus und machten sie zu Abbildern dessen, was sie als ihre Traumfrau sahen. Sie machten die Frauen zu Robotern ohne eigenen Willen. Anabel schüttelte sich bei dem Gedanken. So weit war sie davon nicht entfernt gewesen.

Es dauerte eine geschlagene Stunde, ehe sie sich wieder beruhigte und es ihr gelang, mit einigermaßen normaler Stimme bei Gesa anzurufen.

»Ach, Anabel, meine Große, ich ahnte schon, dass du dich melden würdest.«

Überrascht riss Anabel die Augen auf. »Öhm, warum denn bitte?«

»Na, das war doch klar. Nachdem mein Herr Bruder gerade eine halbe Stunde stinkwütend in den Hörer geblökt hat und ich mir anhören durfte, dass du in Schottland unter Drogen gesetzt würdest und du nicht mehr in der Lage seist, einen klaren Gedanken zu fassen …«

»Gesa, meine Familie ist verrückt geworden und mein Möchtegernverlobter hat echt einen an der Klatsche.«

»Sehr schön umschrieben, Lieblingsnichte. Aber du hast absolut recht. Sie drehen tatsächlich langsam durch. Man kann sie wirklich nicht mehr für voll nehmen. Kaum rüttelt man an ihrem Plankonstrukt, erklären sie einen für unmündig. Abgesehen davon, wie sieht es denn in der richtigen Welt aus, also außerhalb des kleinen, bunten Schlumpfhausens deiner Familie?«

Die Vorstellung ihrer Eltern und Maximilians in blauen, weiten Hosen und mit Zipfelmützen auf den Köpfen belustigte sie. Ausführlich erzählte Anabel Gesa schließlich von Duncan.

Die Tante hörte ihr aufmerksam zu, und als Anabel atemlos zum Ende ihrer Geschichte kam, vernahm sie das warme Lachen Gesas.

»Anabel, mein Mädel, du bist ja verliebt.«

Ein einziger, kurzer Satz, und doch sorgte er dafür, dass ihr mühsam aufrecht erhaltenes Gerüst an eingebildeter Normalität wie ein Kartenhaus in sich zusammenfiel.

»Denkst du wirklich? Ich bin so unsicher.« Nervös knabberte sie an ihrer Lippe herum.

»Natürlich denke ich das. Ach, Anabel, das höre und fühle ich doch sogar auf die weite Entfernung. So, meine Anabel, genau so, soll sich Liebe anfühlen. Und nun seid ihr ja noch nicht einmal annähernd so weit, sehe ich das richtig?«

»Hmpf, leider«, grummelte sie in das Telefon. »Er war gestern beim Abschied so kühl und heute kommt er wieder vorbei und will mich sehen. Männer!«

»Das kannst du aber laut sagen. Doch ich denke bei diesem Duncan spielt einfach etwas Anderes mit. Gib ihm Zeit, ich bin mir sicher, dass er auf dich zukommen wird. So wie du ihn beschreibst, ist er ein wunderbarer Mann.«

»Das ist er, und das nicht nur, weil er einfach göttlich aussieht.«

»Ach, ist das schön. Anabel, hast du eine Ahnung, wie ich mich auf das Gesicht deiner Eltern freue, wenn du ihnen einen langhaarigen Rockmusiker vorstellst? Himmlisch, absolut himmlisch.«

»Gesa, schäm dich. Vater bekommt einen Herzinfarkt.«

»Das halte ich für unwahrscheinlich. Wo kein Herz, da kein Infarkt. Und jetzt muss ich leider aufhören, denn mein sonntäglicher Chat mit den Highlands steht an. Anabel, versprich mir, dass du an deinem Leben dranbleibst, ja?«

Anabel nickte.

»Mach ich. Und wie war das mit deinem Highland Chat, habe ich was verpasst?«

»Beim nächsten Mal, Schatz.«

14

»Duncan! Himmel, nun konzentrier dich doch bitte«, sagte Angus. Der Manager und normalerweise gut gelaunter Freund der Band war sichtlich genervt.

Duncan atmete tief durch und schob sich die Kopfhörer zurecht. »Sorry, gleich noch einmal, bitte. Ich gelobe Besserung.«

Verfluchter Mist, sein Schädel brummte nach den drei Wodka-Orange von letzter Nacht noch immer, und sein Mund fühlte sich an, als habe man ihn mit einem uralten Waschlappen ausgewaschen. Pfui Teufel! Duncan nahm einen großen Schluck aus der Flasche mit stillem Mineralwasser und spülte sich den Mund aus.

»Kann losgehen!« Er reckte den Daumen in Richtung Aufnahme und Nigel begann mit einem furiosen Basslauf. John fiel mit der Basedrum ein, und dann folgte sein Part. Dieses Mal klappte es problemlos, und auch der nächste Song war nach nur zwei Aufnahmen im Kasten.

Angus lehnte sich deutlich entspannter als noch vor einer guten halben Stunde in seinem Drehsessel zurück. »Okay Jungs, das war's für heute. Jetzt nur noch John und Seamus für die Solos. Die Songs werden morgen noch mal neu abgemischt, und dann ist alles fertig.«

»Sehr gut.« Duncan fühlte sich müde und ausgelaugt. Stöhnend warf er sich auf das Sofa im Aufnahmeraum und schloss die Augen.

»Du bist ja topfit, mein Alter. Was ist denn los mit dir? Okay, die Aufnahmen sind jetzt cool geworden, aber du selbst gefällst mir gar nicht.« Nigel setzte sich auf die breite Lehne des Sofas und musterte ihn besorgt.

»Mir geht's gut. Alles in Ordnung.« So sehr ihn die Anteilnahme seines Kumpels rührte, eigentlich wollte er nur seine Ruhe.

»Aber sicher, alles optimal. Für wie blöd hältst du mich eigentlich?« Sichtlich angesäuert verstaute Nigel seine Mähne in einem Zopf im Nacken und schlüpfte in seine Jacke. »Es ist wegen Anabel, nicht wahr? Sie gefällt dir, das sieht ein Blinder. Und was tut Herr Duncan? Er fängt sofort an, wie wild Barrikaden aufzubauen. Hör verdammt noch mal auf damit. Das Mädel mag dich. So wie sie dich angesehen hat war das eine gute Mischung aus ›was bist du eigentlich für einer‹ und ›du könntest mir gefährlich werden‹. Vor allem aber ist sie kein Groupie und kein hohlköpfiger Kleiderständer. Duncan, ich bin dein ältester Freund. Ich kenne deine Dämonen. Tu endlich etwas gegen sie, so geht das nicht weiter.« Nigel erhob sich, klopfte ihm zum Abschied auf die Schulter und wandte sich an die anderen. »Leute, ich bin hundemüde. Ich hau ab, wir sehen uns im Proberaum.«

»Aye, verschwinde … und, Nigel, danke.« Duncan öffnete sie Augen und warf ihm einen dankbaren Blick zu.

Er zwang sich zum Aufstehen, streckte seine Arme und Beine, dass es knackte und griff ebenso nach seiner Jacke.

»Leute, braucht mich noch jemand?«

Angus schüttelte den Kopf. »Nein, du kannst abhauen. Ich brauch John noch für zwei Songs und Seamus, du bleibst noch um die Gitarre noch mal aufzunehmen.«

Beide nickten ergeben und trabten gehorsam zurück zu ihren Instrumenten.

»Die hast du gut im Griff, Angus.«

»Worauf du Gift nehmen darfst. Und jetzt raus mit dir, wir müssen arbeiten.« Grinsend wedelte ihr Manager ihn aus dem Raum.

Draußen empfing ihn kühler Sprühregen, und ein Blick auf

sein Handy zeigte ihm, dass es schon kurz vor zehn Uhr war. Sein Magen grummelte missmutig vor sich hin. Und nachdem nun wohl der Restalkohol endlich verflogen war, verspürte er auch Hunger. In einem Sandwichladen in der Rose Street deckte er sich mit zwei gigantischen Tuna-Sandwiches, einem gemischten Salat und einer Dose Guinness ein. Das Mädel hinter dem Tresen packte ihm alles mit hochrotem Gesicht ein, ehe sie es wagte, ihn nach einem Autogramm zu fragen. Sie bekam ihr Autogramm auf den Unterarm und er sein Päckchen. Mist, alleine essen war auch dämlich. In Gedanken versunken lief er zurück zu seinem Rover, und ehe er wusste was er tat, stand er vor dem Haus in der Claremont. Suchend ließ er seinen Blick über die Vorderfront gleiten. Noch waren Lichter an, wobei, er konnte ja wohl nicht einfach um diese Zeit noch läuten, oder doch? Ach verflucht, warum eigentlich nicht? Es war ja eine Studenten WG und kein Seniorenheim. Er griff nach seinem Abendessen, stieg aus dem Wagen und stapfte entschlossen die Stufen zum Eingang hoch.

Seit fast einer Stunde saß sie nun schon über dem großen DIN A1 Bogen aus hellgrauem, dickem Papier. Bis jetzt war sie mit der Zeichnung eigentlich ganz zufrieden. Mit prüfendem Blick lehnte Anabel sich zurück und schob die Ärmel ihres alten, grauen Sweatshirts hoch. Wenn nur manche Kohlestifte keine solche Sauerei verursachen würden. Ihre Hände sahen aus, als habe sie auf Schornsteinfeger umgesattelt und nun fiel ihr auch noch eine Haarsträhne aus dem unordentlich zusammengezwirbelten Dutt. Seufzend steckte sie die widerspenstige Locke hinters Ohr. Sie hatte das Deckenlicht angeknipst und die Lampe neben dem Sofa so gestellt, dass sie auch noch auf das Bild leuchtete. Sie hätte das Tageslicht nutzen sollen, aber es war einfach zu unterhaltsam gewesen im Wohnzimmer zu sitzen und zu reden, mit Sally, Mika und Sean, der nach einem kurzen Besuch bei seiner Großmutter wieder dringend Ablenkung gebraucht hatte. Nun war es fast dunkel, und eigentlich sollte das Bild morgen fertig sein.

»Meine ganz spezielle Werbung für Schottland«.

David ließ ihnen freie Hand und bat lediglich darum, keine Whiskyflaschen sehen zu müssen. »Das ist zu sehr Klischee.«

»Hm, ich bin ja gespannt.« Nachdenklich kratzte sie sich an der Nasenspitze. Hoffentlich war David Kilts gegenüber aufgeschlossener. Denn seit ein paar Stunden prangte in der Mitte ihres Ensembles ein – so hoffte sie zumindest – waschechter Highlander. Es wunderte sie selbst kein Bisschen, dass der Kerl, der da stand, einem gewissen Motorradfahrer verblüffend ähnlich sah: das rechte Bein auf einen großen Stein gestützt, mit offenem Hemd und einem Kilt nach altem Brauch, lang und mit Gürtel und allem. Sie kauerte in einer seltsamen Haltung auf dem Boden. Und ehe ihre Beine deshalb komplett absterben konnten, stand sie ächzend auf, um die CD neu zu starten. Die Ravens klangen auf CD genauso gigantisch wie im Konzert. Gerade als sie den Knopf drückte, hörte sie, wie es unten läutete. Anabel schmunzelte amüsiert. Wahrscheinlich kam Hanson gerade von seinem Ausflug zum Cawdor Castle zurück. Eine richtig lange Fahrt. Und sein Schlüssel steckte wieder einmal irgendwo in den Tiefen des riesigen Rucksacks, den er immer mit sich schleppte, wenn er zu seiner Freundin fuhr. Schön, nun waren sie alle wieder vereint, und die neue Woche konnte beginnen. Lächelnd nahm sie einen Schluck aus der großen Teetasse, die auf dem Tisch stand, ehe sie sich wieder zu ihrem Bild setzte und nach dem Kohlestift griff. Noch nie hatte sie sich so wohl, so geborgen gefühlt, wie in diesem Haus mit den vier Menschen, die vor wenigen Wochen noch Fremde für sie gewesen waren.

Als es an ihrer Tür klopfte, wunderte sie das nicht weiter. Wahrscheinlich war Mika neugierig auf das Bild. »Komm rein, ich sitze gerade auf dem Boden.«

Die Tür öffnete sich und sie hörte ein leises Lachen, gefolgt von einem amüsierten: »Hübsches Stilleben.«

Ihr Kopf schoss regelrecht herum, und sie musterte den Neuankömmling geringfügig fassungslos. Es dauerte eine gefühlte Ewigkeit, ehe sie in der Lage war, einen vernünftigen Satz zu artikulieren.

»Duncan, was tust du denn hier?«

Der sah sie noch immer mit diesem seltsamen Lächeln auf den Lippen an. »Ich kam gerade bei euch vorbei und hatte irgendwie keine Lust alleine zu essen. Störe ich dich, soll ich wieder abhauen?«

Erst jetzt bemerkte sie das Paket in seiner Hand, das einen sehr leckeren Duft verströmte.

»Nein, nein, bleib. Aber bitte schau mich nicht an, ich bin komplett eingesaut. Tut mir echt leid, aber ich habe eigentlich nicht mehr mit Besuch gerechnet.«

»Gut, ich sehe weg.« Duncan betrat das Zimmer und zog die Tür hinter sich ins Schloss. »Und ich nerve dich echt nicht?«

Eilig schüttelte sie den Kopf. »Wenn es dich nicht nervt, mit einer Vogelscheuche zu reden.«

»Ich finde, du siehst bezaubernd aus. Vor allem die schwarze Malerei da auf deiner rechten Wange, ausgesprochen reizend.« Mit breitem Grinsen deutete er auf ihr Gesicht. »Bajuwarische Stammeszeichen?«

Es fiel ihr schwer, sich zusammenzureißen, doch es gelang überraschend gut. Sein Lächeln war so offen und freundlich, dass es ihr zunehmend die Unsicherheit nahm. Und obwohl sie sicherlich unmöglich aussah, war es Anabel egal. Was in diesem Moment zählte, war, dass Duncan mitten in ihrem Zimmer stand und sie anlächelte.

»Ja, das sind die Zeichen, die wir uns ins Gesicht pinseln, ehe wir unsere Waffen aufnehmen und auf die Jagd nach vorlauten Musikern gehen.«

Duncans Antwort war ein leises Schnauben. »Pha, wir sind schnell und wehrhaft. Und sei vorsichtig, in diesem Paket ist ein verdammt scharfes Plastikmesser.«

»Oh Gott, dein Essen wird kalt, oder?«

»Ich bin ja ein cleveres Kerlchen und hab mir gleich kalte Sandwiches gekauft. Darf ich mich auf dein Sofa setzen und sie essen? Ich mach auch keine Sauerei, also ich versuch's zumindest.«

»Mach es dir bequem. Falls du doch krümelst, zeig ich dir nachher, wo unser Staubsauger steht.« Anabel bedachte ihn mit einem hoheitsvollen Blick.

Während sie ihren Zeichenstift zwischen den Fingern drehte und unschlüssig war, ob sie sich ihm oder ihrem Bild widmen sollte, setzte Duncan sich, wickelte sein Essen aus und öffnete sich eine Dose Bier.

Er biss in das Sandwich und warf ihr einen aufmunternden Blick zu. »Ich wollte dich nicht vom Zeichnen abhalten. Was wird das?«

»Wir sollen ein Plakat entwerfen, mit dem wir für Schottland werben würden. Ich bin eigentlich fast fertig, aber irgendwie fehlt mir noch was. Noch bin ich einfach nicht zufrieden.« Anabel musterte ihr Werk nachdenklich.

»Du stellst recht hohe Ansprüche an dich selbst, liege ich da richtig?« Duncans Aussprache mit grob geschätzt einem halben Pfund Sandwich im Mund war ziemlich lustig.

Sie nickte unschlüssig. »Ja, schon. Aber wie kommst du da jetzt drauf?«

Er spülte den Bissen mit einem großen Schluck Bier hinunter, stand auf und trat neben sie. »Weil das, was ich da sehe, schon verdammt gut ist.«

Anabel legte den Kopf schief und runzelte die Stirn. »Kann man denn überhaupt erkennen, was es darstellen soll?«

»Sicher.« Duncan beugte sich über Anabel. »Das da ist die Seitenansicht von Edinburgh Castle, das, was da direkt daran anschließt, ist das Scots Monument, dann kommt … äh … Sekunde mal. Das ist die Ruine aus dem Holyrood Park und das dahinter, hm, ich würde sagen, das ist der Ben Nevis.«

Erfreut sah sie zu ihm auf. »Echt? Du erkennst den Ben Nevis? Das freut mich, denn den habe ich nur in einer Doku über Schottland gesehen und war total fasziniert von ihm. Der Berg ist herrlich.«

»Wie jetzt? Du hast das Panorama noch nie selbst gesehen? Dafür hast du es geradezu naturgetreu eingefangen. Lass, du hast ein verdammt gutes Auge. Großes Kompliment! Und wen haben wir denn da noch?«

Anabel konnte fühlen, wie die Röte in ihre Wangen kroch. »Ähm, ich dachte ein echter Schotte dürfte nicht fehlen.«

»Respekt, cooler Typ. Ist dir wirklich gut gelungen.«

Erkannte er sich etwa nicht? Hoffnungsfroh hob sie den Blick, doch sein Grinsen war eindeutig: Er hatte sich erkannt.

»Ja, ich fand ihn hierfür auch ganz okay.« Jetzt um Himmels Willen locker bleiben.

»Ah, ja? Ganz okay. Ja, da hast du recht. So, und ich habe noch immer Hunger.« Ohne weiter auf den Highlander auf ihrem Bild einzugehen, ging Duncan zurück zum Sofa, wickelte in aller Seelenruhe sein zweites Brot aus und kam wieder zu ihr. »Und was soll daran nun noch fehlen?«

»Ich kann es dir nicht sagen. Ich weiß es eben selber nicht, sonst wäre es ja längst fertig.«

Duncan biss in sein Sandwich und betrachtete ihr Werk eingehend. »Gib ihm ein Schwert in die Hand.«

Anabel verstand nicht sofort. »Wie? Warum ein Schwert?«

»Du hast lauter alte Gemäuer da drauf. Der gutaussehende Kerl da passt zwar prima ins Bild, aber er ist zu modern. Pack ihm ein altes Schwert in die Hand und du wirst sehen, es wirkt ganz anders.«

»Das könnte stimmen.« Anabel beugte sich über das Bild und begann sofort damit, ein Schwert zu skizzieren. Tatsächlich! Duncan lag absolut richtig. Der historische Highlander vervollkommnete das Plakat perfekt.

»Woher hast du das gewusst?«

»Intuition und tatsächlich etwas Erfahrung in der Richtung.

Ich entwerfe gemeinsam mit Seamus unsere Bühnenbilder. Du und Seamus werdet euch sicher prima verstehen. Der Rabe und die Bäume von gestern, das war alles er. Selbst gemalt, ausgeschnitten und gezimmert. Der Kerl ist ein Genie.«

Nun war sie beeindruckt. »Das darfst du laut sagen. Es sah ausgesprochen mystisch und geheimnisvoll aus.«

Duncan zuckte nur die Achseln. »Tja, Avalon eben, du verstehst?« Er schob sich den letzten Bissen in den Mund und sah sich suchend um. »Anabel, hast du irgendwo ein Waschbecken? Ich würde mir gerne die Hände waschen.«

»Klar, raus und über den Flur. Die pinkfarbenen Handtücher sind meine.«

Duncan öffnete die Tür. Sie hörte, wie er an der Badezimmertür klopfte, ehe er eintrat. Der Mann sah nicht nur aus wie ein Model, er hatte auch noch Manieren. Verflixt aber auch, langsam wurde er ihr wieder unheimlich. Im Bad wurde das Wasser am Waschbecken angestellt und sie hörte, wie er sich die Hände wusch. Schmunzelnd stellte sie sich vor, was passieren würde, wenn Mika ausgerechnet jetzt aus ihrem Zimmer kommen und ins Bad schlurfen würde. Das Gesicht hätte sie zu gerne gesehen. Duncan kam zurück und erklärte mit stoischer Miene: »Hübsche Handtücher, coole Farbe.«

»Geschenk meiner Tante. Die mag es bunt und fröhlich.«

»Dann mag ich sie ganz sicher auch.«

Anabel nickte zustimmend. »Darauf könnte ich wetten.«

»Hör zu, Anabel.« Duncans Züge wirkten plötzlich sehr ernst. »Ich habe dich nicht nur überfallen, weil ich nicht alleine zu Hause hocken wollte. Ich würde dich gerne einladen. Nur ein kleiner Ausflug am nächsten Samstag, es sei denn, du hast schon etwas Anderes vor.«

»Hab ich nicht.« Die Antwort war ihr so schnell und spontan entschlüpft, dass sie selbst lachen musste. »Was ich auszudrücken versuche, ist, dass ich sehr gerne mitkommen möchte. Wohin soll's denn gehen?«

Sein Lächeln wirkte sehr erfreut. »Überraschung. Ich habe da so eine Idee.«

»Gut, ich mag Überraschungen. Was soll ich anziehen? Etwas Besonderes? Wann soll ich fertig sein?«

Duncan ging zum Sofa, knüllte das Papier zusammen, in dem sein Essen eingewickelt war, trank sein Bier aus und drehte sich zu ihr um. »Am liebsten wäre mir, du würdest genau so bleiben, aber ich schätze, du willst zwischendurch duschen. Du weißt schon, wegen der Stammeszeichnungen. Aber zieh dir einfach was Bequemes an, und ich hole dich gegen zehn Uhr ab. Einverstanden?«

»Cool. Ich werde zusehen, dass ich rechtzeitig fertig bin.«

Sein Lächeln war zum Niederknien. »Das will ich hoffen. Bis dann, Anabel. Danke für das abendliche Asyl. Ich hoffe, ich habe dich nicht allzu sehr aus dem Konzept gebracht.«

Sie hob eine Augenbraue und warf ihm einen gelangweilten Blick zu. »Kein bisschen. Weißt du, ich habe andauernd irgendwelche Rockstars in meinem Zimmer. Und nun verschwinde, damit ich endlich gepflegt in Ohnmacht fallen kann.«

Duncan beugte sich lachend zu ihr hinunter, legte eine Hand um ihren unordentlichen Dutt und zog vorsichtig ihren Kopf etwas nach hinten. »Bin so gut wie weg.«

Anabel fühlte den zarten Kuss auf ihren Lippen. Nur eine kurze, kaum spürbare Berührung, und doch entzündete sie in ihr ein wahres Feuerwerk.

»Bye Lass, pass auf dich auf. Wir sehen uns Samstag.«

»Ciao.« Weiter kam sie nicht, denn schon fiel die Zimmertür hinter Duncan Wolfe ins Schloss. Anabel biss sich auf die Lippe, bis sie auch die Haustür klacken hörte. Erst dann ließ sie sich nach hinten fallen und versuchte verzweifelt, ihren Herzschlag wieder auf ein annähernd normales Niveau zu bekommen.

»Also das ist … ich muss schon sagen …« David zog ihr Poster, das er mit vier dicken Magneten an das riesige Whiteboard im

Seminarraum gepinnt hatte, ein wenig zurecht und musterte es sehr eingehend.

Prompt wurde ihr heiß und ihre Handflächen begannen zu schwitzen. Verflixt und zugenäht, wann würde sie denn endlich diese dauernde Unsicherheit ablegen können? Anabel tat, was sie immer in solchen Situationen tat: Sie biss nervös in die Innenseite ihrer Wange.

»Ich war mir eine Weile unsicher, ob nicht noch etwas fehlen würde, ich …«

»Anabel«, unterbrach ihr Dozent ihr Gestotter, »nun mal ganz entspannt. Was ich sagen wollte, ist, dass ich es außerordentlich gelungen finde. Wenn man die Zeichnung so nimmt, wie sie hier ist und in einen antiken, silbernen Rahmen packt, dann hat man das perfekte Werbeplakat für jede Schottlandausstellung.« David drehte sich mit hochgezogenen Augenbrauen zu ihr um. »Ernsthaft, Anabel, Sie können stolz darauf sein. Es ist sehr gut. Sie dürfen mir bitte nicht böse sein, aber ist es möglich, dass Ihr Selbstvertrauen, insbesondere in Bezug auf Ihre eigenen Leistungen, nicht allzu groß ist?«

Anabel nickte zaghaft. »Stimmt, das war bei mir schon immer so. Inzwischen habe ich zwar das Feedback von meinen Mitbewohnern, doch ich argwöhne dann immer, dass sie nur nett sein wollen.«

David schüttelte leicht den Kopf. »Das wollen sie sicher nicht. Und ich will das schon gar nicht.« Jetzt lächelte er. »Also, ich will damit sagen, ich bin ja per se ein sehr netter Kerl, aber in Punkto Talent habe ich meine ganz eigene Meinung. Damit pflege ich auch nicht gerade hinter dem Berg zu halten. Aber Sie haben Talent und das nicht zu knapp. Machen Sie etwas draus, Anabel. Mit dem, was sie können, stehen Ihnen zahlreiche Türen offen.«

»Meinen Sie wirklich?« Zögernd und noch immer unsicher musterte sie ihr Werk.

»Das meine ich allerdings. Das Bild behalte ich gleich, wenn's recht ist. Ich habe eine Idee. Und jetzt darf ich bitten, dass Sie sich auf die nächste Herausforderung konzentrieren: Die lebensnahe Wiedergabe von menschlichen Modellen.« Sein Blick fiel noch einmal auf Anabels Zeichnung. »Wobei Sie das bereits ausgesprochen schön demonstriert haben. Ansehnliches Exemplar, das da den Highlander mimt.«

Schmunzelnd zuckte sie die Schultern. »Tja. Jeder, wie er es verdient, nicht wahr?«

»Glückwunsch, Anabel. Das war heute eine echte Ehre. David ist sehr sparsam mit Lob.« Kirsten löffelte andächtig ihren Joghurt. »Aber ich muss zugeben, das Bild ist wirklich gut geworden.«

Anabel, die sich entspannt an das steinerne Geländer der Treppe an der Uni lehnte und die Sonne genoss, öffnete die Augen einen kleinen Spalt und blinzelte zu ihrer Kommilitonin hinüber. »Deine Interpretation von Urquhard Castle und dem Loch Ness ist aber auch der Hammer.«

Kirsten schenkte ihr ein dankbares Lächeln. »Vielen Dank, das ist lieb. Mir fließt es einfach nicht so aus den Fingern wie dir. Ich muss hart arbeiten, um meine Ideen auch umzusetzen. Aber es wird immer besser. Ich bin ganz optimistisch.«

»Wenn nur endlich meine dummen Selbstzweifel aufhören würden.«

»Woher kommen die denn, bitte? Die hast du überhaupt nicht nötig.« Kirsten war aufrichtig verwundert. Denn egal, was Anabel anfasste, es wurde zu einem Kunstwerk.

Die aber zog eine deutlich verunsicherte Grimasse, was wegen der gekrausten Nase ausgesprochen niedlich aussah. Sie erklärte ihr, dass sich das stärkste Selbstbewusstsein über kurz oder lang in Nichts auflösen konnte, dank der sehr eigenen Meinung ihrer Familie und auch ihres langjährigen Freundes.

»Dann haben sie keine Ahnung von Kreativität und künstlerischer Gestaltung. Lass dich davon bitte nicht weiter verunsichern, das wäre wirklich dumm.«

»Meinst du wirklich?«

Kirsten nickte eifrig. »Absolut, und mal ganz abgesehen davon: Wo hast du denn das leckere Kerlchen auf deinem Plakat her? Soll ich dir sagen, an wen er mich erinnert?« Sie warf Anabel einen herausfordernden Blick zu. »Bist du etwa auch Fan der ›Ravens of Avalon‹? Der Knabe sieht dem Sänger Duncan Wolfe verdammt ähnlich.« Dass Anabel prompt errötete, war ihr Antwort genug. »Dachte ich es mir doch. Hast du ihn von einem Poster abgemalt?«

Anabel verneinte. »Ich war am Samstag im Konzert. Meine Mitbewohnerin Mika kannte einen der Securities. Daher durften wir in den Fotograben.«

Nun war sie neidisch. »Ehrlich? Oh, Anabel, ich platze gleich vor Neid. Hast du eine Ahnung, was ich dafür geben würde, Duncan Wolfe einmal so nahe sein zu dürfen? Kein Wunder, dass du ihn so perfekt gezeichnet hast.« Kirsten stand auf, entsorgte ihren leeren Becher im Papierkorb und trank ihren Bananen-Mango-Smoothie aus. »Und nun musst du leider die Sonnenanbetung für heute abbrechen, denn wir werden jetzt gleich unser erstes Nacktmodel zu sehen bekommen. Vielleicht haben wir Glück und Duncan hat einen Zwillingsbruder.«

Sie reichte Anabel ihre Hand, zog sie hoch und hakte sie unter. Kichernd und herumalbernd strebten sie dem Atelier im zweiten Stock zu.

Das konnte heiter werden. Es grenzte an ein Wunder, dass sie noch nie etwas von den Ravens gehört hatte, ehe Mika mit den Karten angekommen war. Zumindest ganz Schottland schien sie zu kennen. Sie musste wirklich vorsichtig sein, mit dem, was sie erzählte. Vorerst aber musste Anabel noch vielmehr darauf achten, dass der durchaus ansehnliche, schlanke Jüngling, der sich, nur mit einer Art Toga um die Hüften, vor ihnen räkelte, nicht wieder wie von Geisterhand die Züge eines gewissen Herrn annahm. Anabel holte tief Luft und konzentrierte sich auf ihre Arbeit.

Dass sie das ziemlich entspannt und beinahe schon glücklich tun konnte, lag an dem Zuspruch, den sie im bisherigen Tagesverlauf bekommen hatte. Zuerst David und dann noch Kirsten, das tat einfach nur gut, streichelte das zarte Pflänzchen an Ego, das sie sich gerade aufbaute. Es war herrlich, unter Menschen zu sein, die ihre Träume und ihre Werke nicht als Spinnerei und nettes Hobby abtaten, sondern ihr Mut zusprachen und sie in dem bestätigten, was sie liebte. Anabel war es nicht gewohnt, ernst genommen zu werden, doch sich daran zu gewöhnen, war nun eine ihrer leichtesten Übungen. Mit konzentriert gerunzelter Stirn brachte sie den Faltenwurf der Toga zu Papier.

»Habe ich es nicht gesagt, er steht auf dich. Hör auf mich, ich habe eine sehr gute Beobachtungsgabe.« Mit wichtiger Miene drückte Mika ihren Teebeutel am Rand der Tasse aus. »Wohin wollt ihr denn am Samstag?«

Anabel nippte vorsichtig an ihrem dampfenden Lemon-Ginger-Tee. »Das hat er mir nicht gesagt. Ist eine Überraschung.«

Mika schnappte sich ihre Tasse. »Komm, wir setzen uns draußen auf die Treppe«

Es war ein leicht bewölkter Mittwochnachmittag. In etwa einer Stunde war Anabel mit kochen dran, doch bis dahin konnte sie guten Gewissens der schottischen Teestunde frönen. Dass sie das auf den Stufen vor dem Haus tun konnten, war lustig, und außerdem bekam man so einiges von den Nachbarn mit. Die netten Inder nebenan kannte Anabel inzwischen auch und die etwas chaotische, schottische Familie auf der anderen Seite hatte ihnen am Montag selbstgemachten Haggis gebracht. Die Gesichter ihrer Mitbewohner, während Anabel die erste Gabel mit dem schottischen Nationalgericht zum Munde führte, waren schlicht göttlich gewesen. Entgegen ihrer Erwartung schmeckte das Gericht ganz gut. Wie Leberwurst. Es würde wohl nie ihr Leibgericht werden, aber man konnte es essen.

»Anabel, dir ist schon bewusst, dass du am Samstag von Tausenden von Mädchen beneidet werden wirst, oder?«

Sie stellte behutsam ihre Tasse neben sich auf die Stufe. »Das würde ich wahrscheinlich, wenn sie es denn wüssten. Doch da ich niemandem erzähle, mit wem ich unterwegs bin, wird das nicht passieren. Und du, meine Liebe, wirst schweigen wie ein Grab.«

»Auch Gräber geben ab und an ihre Geheimnisse preis.«

»Alte Gräber, Mika, nur uralte Gräber. Du bist quasi ein frisches Grab. Folglich erbitte ich mir stoisches Schweigen.« Sie warf der Freundin einen sehr ernsten Blick zu.

Die seufzte gotterbärmlich. »Wenn's denn sein muss.«

»Muss es. Es ist nur ein Ausflug. Interpretier da bitte nichts hinein.«

Mika verschluckte sich an ihrem Tee. »Schon klar, nur ein Ausflug. Abgesehen davon: Hast du endlich mal Klartext mit deinem, wie ich inzwischen doch annehme, Exfreund geredet?«

»Ja, wie denn? Der Mann hat mich doch beim letzten Telefonat einfach weggedrückt, als ich gerade einmal damit angefangen habe, ernsthaft mit ihm zu reden.«

»Dann ruf noch mal an. Echt jetzt, Anabel. Fang doch dein neues Leben bitte ohne diese Altlasten an. Das mag sich jetzt etwas hart anhören, ist aber so. Sei ehrlich.« Mika trank einen weiteren Schluck ihres Gebräus und musterte Anabel fragend.

Anabel starrte unablässig auf ihre Füße, die in alten Ugg-Boots steckten, die ihr als Hausschuhe dienten. »Das ist richtig, aber hast du eine Vorstellung davon, wie schwer es ist, die Träume von fünf Menschen gleichzeitig platzen zu lassen? Ganz zu schweigen davon, dass mein Vater mich dann wahrscheinlich für geisteskrank erklärt und mir einen Psychiater auf die Pelle hetzt.«

»Kann ich mir vorstellen, aber ich mach dir jetzt einen Vorschlag, der eigentlich klappen müsste. Du wartest bis Samstag und siehst dir einmal an, wie dein Tag mit Duncan so verläuft.

Erst dann triffst du eine endgültige Entscheidung. Hab Vertrauen. Es ist einfacher, solch schwerwiegende Neuigkeiten in einen Telefonhörer zu sprechen, als sie vor versammelter Mannschaft zu artikulieren. Und wenn sie dir allzu schräg kommen, dann beendest dieses Mal du das Telefonat. Sag zuerst deinem Maximilian Bescheid und dann erst deinen Eltern, denn wenn ich das richtig im Kopf habe, hängt Pappi sonst postwendend in der Leitung und berichtet deinem zukünftigen Ex brühwarm von deiner Entscheidung. Das muss nicht sein.«

»Stimmt, das klingt vernünftig. Auch wenn ich es schon längst, vollkommen unabhängig von Duncan, entschieden habe. Aber ich gebe zu, wenn sich das mit ihm gut entwickelt, dann macht es mir alles leichter und – warte, wie sagt man so schön? – dann stärkt mir das den Rücken.«

Mika klopfte ihr freundschaftlich auf die Schulter. »Na, dann lass dir mal den Rücken anständig stärken, meine Liebe.«

»Ich habe Angst.«

»Unsinn! Hast du nicht. Du machst mit einem netten Typen einen Ausflug.« Mika leerte ihre Tasse. »Okay, mit einem Typen, der mal locker Hallen mit zweitausend Plätzen füllt, für den Tausende von Mädels, ohne mit der Wimper zu zucken, töten würden und der nur mit seiner Lederhose bekleidet auf dem Cover des Music Magazin abgebildet ist, aber sonst …«

Anabel musterte Mika mit einem wahrlich hilflosen Blick. »Danke, das macht mir doch gleich so richtig Mut und beruhigt enorm.«

Mika stemmte grinsend den Arm in die Seite. »Ja, nicht wahr? Ich habe eine echt tiefenpsychologische Seite, stimmt's? Und jetzt ab nach drinnen, deine Spaghetti à la Nonna lassen mir schon beim bloßen Gedanken daran das Wasser im Mund zusammenlaufen.«

15

»Anabel! Raus aus den Federn. Du musst schließlich heute gut aussehen!« Ungestüm wurde die Tür zu ihrem Zimmer aufgestoßen und Mika stand im Raum. Die jedoch stockte überrascht mitten in der Bewegung. »Oh, du bist ja schon fertig.«

Anabel nickte. »So was von fertig. Ich konnte seit halb vier Uhr nicht mehr schlafen. Als ich geduscht habe, war ich dann erst so richtig wach. Grob geschätzt hatte das Wasser zehn Grad. Dafür dürfte es jetzt warm sein.« Sie sah unsicher an sich hinunter. »Was denkst du, kann ich mich so sehen lassen?«

Nach ungefähr acht unterschiedlichen Outfits, war ihre letztendliche Wahl auf dunkelblaue Jeans, einen weißen Rollkragenpullover und eine bequeme Jacke aus Wildleder gefallen. Draußen war es etwas bewölkt, doch immer wieder schaute die Sonne zwischen den Wolken hervor, und es sah nicht nach Regen aus.

Mika krauste die Stirn und musterte sie eingehend. »Sieht gut aus. Bodenständig, natürlich und es steht dir prima. Welche Schuhe dazu?«

»Meine braunen Boots. Damit kann ich auch auf unwegsamem Gelände laufen, ohne auf die Nase zu fallen.«

»Guter Plan. Nimm dir noch was für die Haare mit. Sollte er auf den Gedanken kommen, ans Meer zu fahren, wirst du mir dankbar sein. Du weißt doch: Schottland und der Wind.«

»Recht hast du.« Anabel fischte ein dickes, schwarzes Haargummi aus einem Körbchen in ihrem Regal und zog es sich übers Handgelenk. »Fällt dir noch was ein?«

»Ja.« Mika deutete lächelnd auf ihr Gesicht. »Ein etwas weniger panischer Gesichtsausdruck wäre eventuell gar nicht übel.«

Anabel zog eine genervte Grimasse. »Leichter gesagt als getan.«

»Komm erst mal mit runter und sieh zu, dass du ein wenig in den Magen bekommst. Wir haben alles für uns. Hanson und Sean sind dieses Wochenende gemeinsam losgezogen und Sally ist mit ihrem Freund schon um kurz vor acht Uhr nach Glasgow zum Folk-Festival aufgebrochen. Also nervt dich niemand mit dummen Fragen.«

»Das kling beruhigend. Warte, ich komme gleich mit.« Anabel griff nach ihrem kleinen Rucksack, in dem sich ihre Minimalausrüstung für Beautykatastrophen, Taschentücher, Kaugummi und Bachblüten-Notfalltropfen (man konnte ja nie wissen … sagte zumindest Gesa immer) befanden.

Nach zwei Tassen Ayurveda-Happy-Day, einem Toast und einer kleinen Portion Rührei mit Bacon fühlte sie sich besser. Auch wenn der Blick zur Uhr erneut für etwas Bauchgrummeln sorgte. »Schon halb zehn, hoffentlich kommt er überhaupt.«

»Anabel!«

»Ja, schon gut. Ich versuche es ja. Aber das mit dem Gleichmut ist nicht wirklich einfach.«

Mika lehnte sich gemütlich zurück und nippte an ihrem Multivitaminsaft. »Er wird kommen und es wird ein schöner Tag. Los, ein wenig mehr Optimismus, bitte.«

Keine zehn Minuten später läutete es schon. Anabel lief zur Tür, während in ihrem Bauch anscheinend ein paar Schmetterlinge beschlossen hatten, dass es Zeit zum Aufwachen sei. Sie öffnete und vor ihr stand ein sichtlich gut gelaunter Duncan. Seine Haare waren noch nass, seine Hände tief in den Taschen einer dezent zerrissenen Jeans vergraben, dazu trug er, als hätten sie sich abgesprochen, ein weißes Bauarbeitershirt mit langen Ärmeln, und um die Hüfte hatte er ein grau-rot kariertes Flanellhemd geknotet. Wie bei ihr steckten seine Füße in groben, braunen Stiefeln. Er sah so verboten gut aus, dass Anabel erst einmal schlucken musste, ehe sie ihn begrüßen konnte.

»Guten Morgen, du bist ja superpünktlich.«

Duncans Lächeln wurde noch eine Spur größer. »Bei hübschen Frauen bin ich das immer.« Sein Blick glitt prüfend über sie hinweg. »Gute Kleidungswahl, exzellent. Eindeutig schottische Denkweise, so mag ich das.«

Sie gab ihm, erfreut über das Lob, den Weg frei. »Vielen Dank, aber komm doch rein. Ich räume rasch noch mein Zeug auf. Hättest du gerne einen Tee oder so was?«

Duncan stapfte an ihr vorbei und zielstrebig dem Geschirrklappern aus dem Esszimmer entgegen. »Ich will ja nicht unverschämt sein, aber hättet ihr vielleicht auch einen Kaffee?«

Mika antwortete, ehe Anabel den Mund aufmachen konnte. »Guten Morgen und ja. Für dich würde ich doch glatt kurz nach Italien fliegen, um dir einen zu holen. Latte Macchiato, Espresso, Milchkaffee …?«

Anabel staunte nicht schlecht. »Seit wann haben wir das alles?«

Ein zufriedenes Lächeln erschien auf Mikas Gesicht. »Seit ich die Chance habe, Duncan Wolfe damit für ein paar Minuten an meinem Frühstückstisch zu haben.«

Duncan verkündete lachend, dass ein Espresso prima wäre und setzte sich tatsächlich an den Tisch. »Wenn sie sich schon solche Mühe gibt, muss ich wohl mitspielen, oder?«

Wenige Augenblicke später balancierte Mika einen Espresso in stilechter Tasse durch die Esszimmertür.

»Signore, per voi.«

Mit stoischer Miene nahm Duncan das Tässchen entgegen. »Grazie, Signorina.«

»Hast du italienische Vorfahren oder so?« Mika starrte ihn mit großen Augen an.

»Nicht, dass ich wüsste, aber ich mag Italien.« Duncan schlürfte genüsslich seinen Kaffee.

Anabel half Mika noch dabei, das Geschirr aufzuräumen und griff dann entschlossen nach ihrem Rucksack und der Jacke. »So, fertig.«

»Prima, dann raus mit dir. Wir haben eine ganz nette Strecke vor uns. Ciao, Mika.« Duncan küsste Mika im Vorbeigehen auf die Wange, was dazu führte, dass der die Kinnlade nach unten kippte und nur noch ein leiser, leicht gequält klingender Laut aus ihrem Mund kam.

Anabel unterdrückte ein Kichern und verschwand zügig nach draußen.

Duncan war mit dem Range Rover vorgefahren und öffnete ihr nun, ganz Gentleman, die Beifahrertür. »Mylady, darf ich bitten?«

Sie kletterte auf den Sitz und lächelte ihn erwartungsvoll an. »Wir können dann, ich wäre so weit.«

Sie fuhren auf dem schnellsten Weg aus der Stadt hinaus und überquerten den Firth of Forth. Die Brücke war so dicht befahren, dass sie nur im Schritttempo vorankamen, was Anabel jedoch nicht weiter störte. Der Ausblick von der Brücke aus war beeindruckend und durchaus ein paar Bilder wert. Sie zückte ihre Kamera, ließ das Fenster herunter und fing den Blick bestmöglich ein.

»Wenn du das schon gut findest, bin ich ernsthaft neugierig, was du von unserem Ausflugsziel hältst.«

Schmunzelnd ließ Anabel sich wieder auf ihren Sitz fallen. »Mach mich nur weiter neugierig, aber ja, ich finde auch das hier sehr schön.«

»Schottland ist eben schön.«

»Erwarte nicht, dass ich dir widerspreche. Alles, was ich bisher gesehen und erlebt habe, hat mir gefallen.« Sie verstaute die Kamera wieder im Rucksack und legte ihn zurück in den Fußraum. »Und das, obwohl ich noch nicht aus Edinburgh hinausgekommen bin.

»Na, dann wurde es aber Zeit. So, das war es mit der Brücke, ab sofort geht's schneller.« Duncan warf einen Blick in den Rückspiegel und gab Gas.

Da er sich, bis auf ein paar Antworten auf ihre Fragen, in Schweigen hüllte, beschloss Anabel einfach die Fahrt zu genießen. Auf der M90 ging es zuerst nach Perth und von dort aus in Richtung Dundee. Hier verließ Duncan die Autobahn und wählte stattdessen die Küstenstraße, um ihr eine schönere Route samt atemberaubenden Ausblicken auf das Meer zu zeigen. In Arbroath legten sie direkt am Hafen einen kurzen Halt ein, und Duncan kaufte in einem kleinen, unscheinbaren Laden ein, wobei sie nicht mit hinein durfte. »Abwarten.« Mehr bekam sie nicht zu hören.

Als sie den kleinen Ort nach etwa zwanzig Minuten wieder verließen, bog Duncan in Richtung Stonehaven ab. Die Strecke war so schön, dass sie ihn mehrmals bat, in einer der Parkbuchten zu halten, um Fotos zu schießen. Duncan bewies eine Engelsgeduld und kam ihren Bitten ohne zu murren nach. Anabel war so begeistert von der Umgebung, dass sie kaum mehr mitbekam, wo sie gerade waren, und so überraschte es sie, als Duncan auf einen Parkplatz abbog und den Motor ausmachte.

»Da wären wir.«

Erstaunt sah Anabel sich um. »Und wo sind wir hier?«

Lächelnd legte Duncan seinen Zeigefinger unter ihr Kinn und drehte ihren Kopf ein wenig zur Seite.

»Dunnottar Castle« stand in großen Lettern auf dem Schild direkt neben dem Auto.

»Oh, ein Schloss. Super!«

»Nicht irgendein Schloss. Dunnottar ist etwas Besonderes. Vor allem um diese Tageszeit und dann wieder, wenn die Sonne tief steht. Los, komm, beeilen wir uns.« Ohne ihre Antwort abzuwarten, sprang Duncan aus dem Auto, öffnete die Tür zur Rückbank, hievte einen großen Rucksack heraus und schnallte sich diesen auf den Rücken. Dann setzte er sich noch eine verspiegelte Fliegerbrille auf die Nase. »Man weiß ja nie.«

Eilig raffte Anabel ihre Sachen zusammen und folgte ihm. Er schloss den Rover ab und zeigte auf einen schmalen Weg, der in Richtung Ufer führte. »Da lang.«

Suchend blickte Anabel sich um. »Ich will ja nicht neugierig sein, aber wo ist denn hier ein Schloss?«

Sein Blick hatte etwas Nachsichtiges. »Wart's einfach ab, okay?«

»Hab ich eine Wahl?«

Schon im Loslaufen kam seine Antwort. »Eher nicht.«

Mit ihnen waren nicht gerade wenige Touristen unterwegs, was darauf hindeutete, dass hier tatsächlich irgendwo eine Sehenswürdigkeit sein musste. Also lief sie hinter dem zügig vorauseilenden Duncan her und harrte der Dinge, die da kommen würden.

Und sie kamen. Als Duncan sich an einem kleinen Holztor bückte und es öffnete, was dem Tor ein leidendes Quietschen entlockte, ließ er ihr den Vortritt und zeigte gleichzeitig nach vorne. »Da, sieh hin.«

Oh mein Gott! Der Anblick, der sich ihr bot, raubte Anabel den Atem. Vor sich, direkt auf einem gigantischen Fels ins Meer hinaus gebaut, erblickte sie die eindrucksvollste und mächtigste Burgruine, die sie jemals gesehen hatte. Gerade als sie über einen engen Trampelpfad auf die Burg zuliefen, kam die Sonne hinter den Wolken hervor und verscheuchte die dunklen Schatten. Dunnottar war direkt auf den Klippen erbaut worden. Das Meer donnerte mit all seiner Kraft an die Felsen. Weiße Gischt spritzte in die Höhe und verteilte sich in feinem Nebel überall zu Füßen der mächtigen Mauern. Mit ein wenig Phantasie konnte man sich vorstellen, dass die eindrucksvollen Überreste des Castles gerade eben direkt aus dem Schlund der Unterwelt nach oben gestiegen waren.

»Das ist, mir fehlen die Worte, um zu beschreiben, wie das ist. Wahnsinn, das sieht ja herrlich aus.« Anabels Arme beschrieben einen allumfassenden Kreis, und sie bestaunte mit weit aufgerissenen Augen diesen phänomenalen Anblick. Schon während sie all das in sich aufsog wie ein Schwamm, erwachte vor ihren Augen eine längst vergangene Welt zum Leben. Sie vernahm den Hufschlag von Pferden, die mit ihren Reitern durch das Tor in die Burg einritten, sie hörte das Hämmern der Schmiede, das Rufen des Gesindes und aus den Resten der Kamine stieg Rauch in den Himmel.

»Wahnsinn, das ist einfach nur herrlich.« Begeistert drehte sie sich zu Duncan um. »Herzukommen war eine wundervolle Idee.«

Der aber schmunzelte nur. »Abwarten, Lass. Jetzt klettern wir erst einmal runter zum Strand. Von unten bieten die Überreste dieses Schlosses auch einen echt coolen Anblick. Du hast ja vernünftige Schuhe an. Geh mir einfach nach.«

Sie folgte Duncan auf dem Weg nach unten, wobei sie mehrmals ehrfürchtig zu den erhabenen Mauern hinübersah, die umso eindrucksvoller wurden, je näher sie an die Burg kamen. Doch anstatt auf den mit Steinen befestigen Weg zu gehen, der in die Burg führte, bog ihr Begleiter ab zum Strand. Er lief auf einige kleine Felsen zu, bei denen er anhielt und seinen Rucksack von den Schultern gleiten ließ.

»So, jetzt lass mal das Gesamtpaket auf dich wirken.« Er machte eine einladende Handbewegung und setzte sich auf einen der flachen Steine. »Von hier aus siehst du die Küste, die Klippen in Richtung Stonehaven, die Ruine und das Meer. Sieh es dir in Ruhe an und dann sag mir, wie du es findest.« Er stützte die Ellbogen auf den Knien ab und warf ihr einen auffordernden Blick zu.

Langsam sog sie das Panorama in sich auf. Es war wahrlich überwältigend. Hier unten am Stand waren kaum Menschen, da alle in die Ruine strebten, und so waren sie ungestört, was sicherlich vor allem Duncan sehr zu schätzen wusste.

Anabel setzte sich neben ihn und stupste ihn leicht in die Rippen. »Danke! Es ist einfach nur herrlich.«

»Das freut mich. Ich mag diesen Ort sehr gerne, hier erwacht für mich die Geschichte unseres Landes zum Leben. Hier habe ich schon oft gesessen und einige unserer Songs sind hier entstanden.«

»Das glaube ich dir aufs Wort.« Sie erzählte ihm von ihrem ersten Eindruck und dem, was vor ihren Augen passiert war, als sie sich auf die Ruine konzentriert hatte.

Es lag tatsächlich ein wenig Bewunderung in seinem Blick. »Das ist interessant. Irgendwie wundert mich das aber nicht, denn du bist ein phantasievoller und empfindsamer Mensch. Das war mir relativ rasch klar. Perfekt, dann habe ich ja eine Punktlandung hingelegt.«

»Empfindsam?«

»Ja, sicher. Man muss dir nur zuhören oder sich deine Reaktionen ansehen.« Duncan schien sehr überzeugt von dem, was er da sagte.

»Hm, du liest in mir wie in einem offenen Buch, ich hingegen weiß von dir nur das, was ich auch in jedem Teenie-Magazin lesen könnte.«

Duncan bohrte seinen Absatz in den feuchten Sand. »Vielleicht ändert sich das ja im Laufe des Tages. Aber für den Augenblick habe ich ehrlich gesagt erst einmal Hunger. Ich habe heute noch nichts gegessen.«

»Um Himmels willen, sag doch was. Sollen wir hoch zum Kiosk auf dem Parkplatz gehen?«

Er wandte sich ihr zu und musterte sie sichtlich belustigt. »Keine Angst. Erstens fall ich nicht gleich ohnmächtig um und zweitens habe ich alles dabei. Pass auf.«

Vor ihren staunenden Augen öffnete Duncan den Rucksack, förderte Servietten, Wasser, Ginger Beer und zwei in Alufolie verpackte Baguettes zu Tage. »Da, für dich. Ich wusste nicht, ob du Fleisch magst, darum habe ich uns in Arbroath was mit Räucherfisch gekauft. Die sind berühmt dafür.«

Ha! Endlich konnte auch sie punkten. »Ich weiß, ich habe im Black Bull schon Lachs und Makrele gegessen.«

Lachend schob er ihr eines der Päckchen zu. »Na dann weißt du ja, was auf dich zukommt.«

Erfreut wickelte sie ihren Imbiss aus. »Du bist wirklich Klasse, Duncan. Ich dachte immer, harte Rocker sind eher machomäßig drauf.«

»Falsch gedacht, Lady.« Er schluckte einen Bissen seines Brotes, trank einen großen Schluck aus seiner Flasche und drehte diese dann nachdenklich in den Händen. »John hat Tendenzen in diese Richtung, aber wir anderen nicht.«

»Ich habe noch deine Hilfsaktion im Park vor Augen. Du hast einen ziemlich harten Schlag.«

Seine Brauen zuckten nur kurz nach oben. »Das ist etwas Anderes. Wenn jemand sich benimmt wie ein Arschloch, dann wird er von mir auch so behandelt. Ehrlich gesagt, sehe ich dann einfach nur noch rot. In so einem Augenblick möchte ich mir selbst auch nicht begegnen. Aber ich hätte gerne, dass du mich ein bisschen besser kennenlernst, das heißt, wenn du das überhaupt möchtest.«

Da sie gerade von ihrem Sandwich abgebissen hatte, war ihre Ausdrucksweise eingeschränkt. »Schicher willisch das.« Sie zuckte entschuldigend mit den Achseln.

»Sag das noch mal, das klang sehr süß.«

»Kannscht du vageschn.«

Laut lachend wuselte er ihr durch die langen Locken. »Danke, das ist bezaubernd. Schottisch vom Feinsten.«

»Hmpf.« Sie musterte ihn mit hochgezogener Augenbraue.

»Okay, ich bin wieder nett. Also, ich komme ab und an ein wenig seltsam rüber, doch dafür gibt es Gründe. Dass ich die nicht jedem auf die Nase binde, wirst du verstehen, wenn ich es dir nun erzähle. Ich vertraue dir jetzt einfach einmal.« Duncan beugte sich nach vorne und zog eine Packung mit Zigaretten aus dem Rucksack. Auf ihren verwunderten Blick hin kam postwendend seine Antwort. »Ich rauche nur in besonderen Situationen. Du wirst gleich verstehen, warum das hier eine ist.« Er zündete sich eine Zigarette an, sog den Rauch in seine Lunge, pustete ihn in mehreren kleinen Wölkchen wieder in die Luft und atmete dann tief ein. »Also, Tatsache ist, dass hinter den Ravens of Avalon noch mehr steckt, als nur eine erfolgreiche Rockband. Wir vier kennen uns schon sehr lange, sind zusammen aufgewachsen und haben in den gleichen Vierteln gewohnt. Das war immer wie bei den Musketieren: Einer für alle, alle für einen, und so. Mein Vater ist gestorben, als ich fünf war, und für ihn hat mein Großvater die Ärmel hochgekrempelt und sich um mich gekümmert. Der alte Herr ist verdammt gut drauf, und in seiner Tierarztpraxis habe ich schon mitgeholfen, als ich noch nicht einmal zehn Jahre alt war. Nigel und John haben in den Ferien auch mitgearbeitet, was bei uns allen zu einem besonderen Verhältnis zu Tieren geführt hat. Wenn du in so einer Praxis arbeitest, bekommst du ganz andere Einblicke als sonst irgendwo. Später haben wir, auch über den Doc, Kontakt zu PETA bekommen. Über die mag man geteilter Meinung sein und vielen sind sie zu radikal, aber wenn du Bilder gesehen hast, wie wir sie gesehen haben, bringst du mehr Verständnis für die Leute auf. Ja, und eines Tages, vor etwa drei Jahren, haben wir uns ihnen angeschlossen. Wir sind quasi eine freifliegende Eingreiftruppe. Wenn sie Wind von irgendeiner Sauerei bekommen, geben sie uns Bescheid, und wenn wir es einrichten können, helfen wir ihnen. Wir haben schon Hunde, Katzen, Affen, Kaninchen, und Meerschweinchen befreit und sie den PETA-Leuten übergeben. Auch Pferde und andere größere Tiere, die von ihren Besitzern gequält oder vernachlässigt wurden, konnten wir aus dem Elend rausholen.« Duncan stockte und zündete sich eine neue Zigarette an. Er schien nach den richtigen Worten zu suchen, und erst nach einer kleinen Weile fuhr er mit leiser Stimme fort. »Bei einem der Einsätze habe ich Theresa kennengelernt. Wir haben uns öfter getroffen. Irgendwann waren wir hoffnungslos ineinander verliebt. Theresa gehörte nicht zu PETA, sie hat lediglich, so wie wir, ab und an bei Aktionen mitgemacht. Vor etwa einem Jahr kam uns zu Ohren, dass auf einem halb verfallenen Hof in der Nähe von Glasgow Kälber sich selbst überlassen würden und halb verhungert seien. Die Polizei konnte angeblich nichts unternehmen, da es Privatgrund war und kein ausreichendes Verdachtsmoment, wie das so schön heißt, gegeben war. Also wurden wir gebeten, dort nach dem Rechten zu sehen. Mitten in der Nacht schlichen wir uns auf das Gelände. Nigel meinte noch, dass Theresa lieber nicht dabei sein sollte, denn bei Eingriffen in die Privatsphäre oder überhaupt bei Privatpersonen war es schon zu unschönen Szenen gekommen. Aber Theresa wollte unbedingt mit und ich habe zugestimmt. Wir kamen gut auf das Gelände und auch in die Ställe, die tatsächlich, wie auch die Tiere, in einem miserablen Zustand waren. Ich schoss Beweisbilder für die PETA-Leute und war unachtsam. Man musste wirklich aufpassen, wohin man trat. Ich habe nicht mehr darauf geachtet, ob irgendjemand kam. Nigel und Seamus waren im anderen Stall und Theresa, statt die Augen offen zu halten, vollauf damit beschäftigt, die Tiere zu bemitleiden. Als drei Kerle um die Ecke kamen, waren wir komplett überrumpelt. Ich zog Theresa einfach mit mir, damit sie uns nicht erwischten. Draußen kam ich auf die glorreiche Idee, dass sie mit dem schnelleren Auto, das war damals ein verdammt flotter Mini Cooper, auf dem schnellsten Weg nach Hause fahren sollte, damit sie nicht erwischt werden würde. Alleine in dem Auto würde sie nicht auffallen, falls die Besitzer die Polizei gerufen haben sollten und man nach uns fahndete, dachte ich. Es wunderte mich zwar, dass Theresa kaum etwas sagte, aber ich habe es auf die Aufregung geschoben. Im Nachhinein war ich einfach nur dumm und offenbar auch noch blind. Sie flitzte mit dem Mini los und wir mit einem alten Jeep, der Nigels Vater gehörte, in die andere Richtung. Nigel fuhr wie ein Irrer und die Kerle verfolgten tatsächlich uns … dachten wir. Dass sie wohl mit zwei Autos losgefahren waren und einer davon hinter Theresa her war, das haben wir erst später erfahren. Nigel schaffte es, unseren Verfolger abzuhängen, und wir kamen ziemlich fertig bei Seamus zu Hause an, parkten den Jeep in einem Schuppen und verschwanden ein jeder in eine andere Richtung und mit einem anderen Auto. Ich schwang mich auf mein Motorrad und fuhr unauffällig nach Hause. Als meine Freundin auch nach über einer Stunde noch nicht kam, und außerdem nicht an ihr Handy ging, wurde mir ziemlich mulmig. Ich wollte mich gerade wieder anziehen und sie suchen, als es bei mir läutete. Der Mini lief auf meinen Namen. Deshalb stand die Polizei bei mir auf der Matte.« Duncan stockte. Es fiel ihm sichtlich schwer weiterzusprechen. »Sie hatten Theresa in einem Straßengraben gefunden. Das Auto war nur noch ein Wrack. Laut dem Polizisten war sie bei deutlich überhöhter Geschwindigkeit von der Straße abgekommen. Sie nahmen an, dass sie abgedrängt worden war. Was das Ganze noch schlimmer machte, war der Umstand, dass die Beamten Unmengen Blut im Auto fanden. Sie konnten sich nicht erklären, woher die Verletzung an ihrem Oberschenkel kam, bei der eine Arterie durchtrennt worden war. Ich wusste im Nachhinein nur zu gut, woher die Verletzung stammte. Auf unserer Flucht musste sie sich verletzt haben. Hätte ich sie nicht so gehetzt, wäre mir die Wunde aufgefallen. Ich verstehe nicht, warum sie nichts gesagt hat, aber wahrscheinlich dachte sie, es würde schon gut gehen. Dass diese Idioten sie verfolgt haben, war nicht abzusehen gewesen. Eigentlich war sie eine gute Fahrerin, aber mit der Verletzung, dem hohen Blutverlust, bestand die Möglichkeit, dass sie das Bewusstsein verloren hatte.« Wieder hielt Duncan inne und als er weitersprach, konnte sie sich nur zu gut vorstellen, warum. »Wir werden es nie erfahren. Ich konnte sie nicht mehr fragen. Theresa ist im Krankenwagen gestorben. Zweimal haben sie sie reanimiert, aber letztendlich hat ihr Körper aufgegeben. Sie musste sterben, weil ich ein Idiot war, weil ich nicht nachgedacht habe. Ihre Eltern haben eine Obduktion abgelehnt. Daher wurde der Leichnam schnell freigegeben. Ich saß stundenlang neben ihr, habe ihre Hand gehalten und versucht, zu begreifen. Am Ende hatte ich keine Tränen mehr. Ich weiß nicht, wie ich nach Hause gekommen bin, oder wie ich die nächsten Stunden verbracht habe. Der Doc fand mich volltrunken in meiner Wohnung und hat mich ziemlich rigoros zurück ins Leben geholt. Seither bin ich sehr vorsichtig geworden, ich habe keine Frau mehr an mich herangelassen. Es ist etwas besser geworden. Und auch meine Alpträume haben nachgelassen. Aber ich glaube, ich werde es nie vergessen. Ich will es auch nicht vergessen, denn so etwas darf nie wieder geschehen. Nie wieder.«

Anabel wandte sich ihm zu und legte ihre Hand auf seinen Arm. »Das ist schrecklich, es tut mir sehr leid, dass du das durchmachen musstest. Aber ihr habt euch alle in Gefahr begeben und ihr wart euch dessen auch bewusst. Ich denke, dass auch Theresa die Entscheidung wohlüberlegt getroffen hat. Das ändert zwar nicht, was geschehen ist, aber es ist zumindest ein Versuch, dir zu erklären, dass du nicht die alleinige Schuld daran trägst.«

»Das mag sein, aber ich hätte es verhindern können.«

»Möglich, aber es ist geschehen. Du kannst die Vergangenheit nicht ändern, das klappt nur mit der Gegenwart und der Zukunft.« Sie hätte ihn jetzt gerne umarmt. Er sah unendlich traurig aus. Der große, sonst so stark wirkende Mann war ein kleines Häufchen Elend. Anabel entschloss sich daher, spontan das zu tun, was ihr Gefühl ihr sagte. Sie rutschte etwas näher und legte ihren rechten Arm um Duncans breite Schultern. Sie spürte, wie er kurz zusammenzuckte, doch dann entspannte er sich und legte seinen Kopf auf ihre Schulter.

»Siehst du, bei mir hast du es andersherum gemacht. Mir hast du gleich bei unserem ersten Treffen wahrscheinlich das Leben gerettet. Wenn du nicht gewesen wärst, dann möchte ich nicht wissen, was passiert wäre.« Sie streichelte ihm vorsichtig über die schwarze Haarpracht. Seine Haare fühlten sich herrlich weich an und sie hätte gerne ihre Finger in der dichten Mähne vergraben, doch das wagte sie nicht.

»Danke. Es ist lieb, dass du das sagst. Aber ein Idiot war ich trotzdem. Vielleicht verstehst du jetzt, dass ich ein wenig, ähm, zurückhaltend bin.« Seine Hand tastete sich langsam zu ihrer Linken, die leicht auf seinem Oberschenkel lag, und umfasste sie. »Allerdings muss ich eingestehen, dass mir das bei dir zunehmend schwerfällt.«

»Hm, das freut mich.«

Er hob den Kopf und sah sie herausfordernd an. »Ach, meine mangelnde Selbstbeherrschung freut dich also?«

Sie nickte und konnte nicht verhindern, dass ein Lächeln ihre Lippen kräuselte. »Ja, schon.«

»Gibt's dafür einen triftigen Grund?« Der Druck seiner Hand wurde etwas fester.

»Den gibt es. Ich finde, dass du ein sehr interessanter, talentierter, kreativer und ausgesprochen, öhm, nett anzusehender Mann bist.«

»Nett anzusehen! Du machst mich fertig, ehrlich, Lass. Aber danke für die Blumen.«

»Immer wieder gerne.« Sie schenkte ihm ein aufmunterndes Lächeln. »Was hältst du von dem Satz: Ergreife jede Chance, es könnte sein, dass sie niemals wiederkommt?«

»Ein guter Satz. Von deiner bunten Tante?«

Anabel nickte. »Genau von der. Gesa hat da ganz eigene Ansichten.«

»Ich sagte doch, ich mag sie.«

Anabel krauste nachdenklich ihre Nase. »Echt? Du meinst, das sollte man tun?«

»Ganz sicher sogar. Das Leben ist zu kurz, um Entscheidungen vor sich herzuschieben.« Er verschränkte seine Finger mit den ihren.

»Gut.« Anabel holte tief Luft. »Dann sieh mich doch bitte mal kurz an.«

Duncan wandte ihr sein Gesicht zu und Anabel lächelte ihn an. Dann beugte sie sich vor und küsste ihn sehr sachte und sehr behutsam auf den Mund. Falls sie erwartet hatte, er würde zurückschrecken oder ablehnend reagieren, sah sie sich sehr positiv überrascht. Er löste seine Hand von der ihren, legte beide Hände an ihre Wangen und zog sie zu sich heran. Sein Kuss war liebevoll, zärtlich und doch gleichzeitig fragend, so, als sei er unsicher, ob er das Richtige tat. Anabel schlang beide Arme um seinen Hals und erwiderte seinen Kuss. Oh verflixt noch eins, ihr ganzer Körper kribbelte, und das waren sicher nicht nur ein paar Schmetterlinge, die da in ihrem Bauch erwachten. Duncans Lippen zu spüren, seine Hände an ihrem Gesicht, seinen Atem auf ihrer Haut, löste ein unbeschreibliches Glücksgefühl in ihr aus. Er schlang seine Arme um sie, hielt sie fest, und als er seine Lippen von den ihren löste, hörte sie ihn leise lachen.

»Den Satz mit der Chance muss ich mir merken. Wenn das immer so funktioniert, ist das absolut perfekt.« Duncan legte seine Stirn an die ihre. »Anabel, ich bin ein emotionaler Krüppel. Glaubst du wirklich, wir bekommen das hin?«

»Zu spät, mich das jetzt zu fragen. Ich weiß nicht mehr, wann ich das letzte Mal so geküsst worden bin. Du glaubst doch nicht im Ernst, dass ich mit dem einen Kuss zufrieden zu stellen bin? Schon mal was von anspruchsvollen Frauen gehört?« Sie hätte in diesem Augenblick nicht erklären können, woher sie den Mut nahm, ihre Gefühle so offen auszusprechen. Duncans Kuss hatte wohl etwas in ihr erweckt, das entweder zuvor nicht da gewesen war, oder das sehr tief unter kaputten, drögen Emotionen verschüttet gewesen war.

»Wenn das so ist.« Duncan hob seinen Blick und fixierte den ihren.

»Deine Augen konnte ich schon nach der Nacht im Holyrood Park einfach nicht mehr vergessen. Und ich hab's versucht, ich hab's wirklich versucht.« Sie sah in diese faszinierenden, hellen Augen, die heute so überhaupt nicht kalt wirkten.

»Da bin ich aber froh, dass es wenigstens meine Augen geschafft haben, dir in Erinnerung zu bleiben.«

Anabel lächelte. »Na, der Rest schon auch. Dabei habe ich immer gedacht, du seist nicht mein Fall. Ich war andauernd so auf den Typ bodenständiger Karrieremann fixiert.« Sie schlang beide Arme um seinen Hals. »Ich mag mir gar nicht vorstellen, was mir so alles entgangen sein könnte.«

»Hm, das hier zum Beispiel.«

Während Duncan sie erneut küsste, musste Anabel feststellen, dass es sich sogar noch besser anfühlte als vorhin. Zum ersten Mal hatte sie in den Armen eines Mannes das Gefühl, sich vollkommen fallen lassen zu können. Loslassen, ohne die Angst, etwas falsch zu machen, ohne das Gefühl, eventuell zu weit zu gehen, ohne das Bedürfnis, die Kontrolle behalten zu müssen.

Es war ein herrliches, ein befreiendes Gefühl.

Nach einer Weile zog Duncan sie auf seinen Schoß und hielt sie fest umschlungen, während sie beide schweigend auf das Meer hinausblickten. Die Sonne war gewandert und tauchte die dunklen Umrisse von Dunnottar Castle in goldenes Licht.

»Sieht das schön aus. Eigentlich müsste man es malen.« Verträumt betrachtete Anabel den Blick, der sich ihr bot.

»Ich sag doch, Schottland ist pure Magie. Hör einfach auf mich. Was ist, möchtest du noch ins Schloss? Später würde ich gerne mit dir nach Stonehaven fahren. Zu einem romantischen Dinner der anderen Art.« Duncan streckte sich ein wenig.

»Werde ich dir zu schwer?« Anabel warf ihm einen dezent spöttischen Blick zu.

»Träum du ruhig weiter, Federgewicht. Aber ernsthaft, willst du ins Schloss?«

Anabel wollte. Die wuchtigen Mauern zogen sie fast schon magisch an. Wenn sie schon einmal hier war, musste sie auch das Innere sehen.

»Na, nun tu doch einmal deinen Eindruck kund. Wie fandst du es, also die ganze Anlage und das Schloss selbst?« Duncan war eindeutig dazu in der Lage, mehrere Dinge gleichzeitig zu tun. Jetzt gerade lenkte er den schweren Rover vom Parkplatz und gleichzeitig stellte er neugierige Fragen.

»Es war beeindruckend und ein wenig furchterregend. Du erinnerst dich, als wir in den ehemaligen Küchenräumen waren und ich sagte, es sei so beklemmend und ich hätte das Gefühl, dass mich jemand beobachten würde? Ehrlich gesagt habe ich dann schon eine Gänsehaut bekommen, als ich nachträglich auf dem Schild gelesen habe, dass dort diese verzweifelte Küchenmagd spuken soll, der man ihr Baby weggenommen hat. Überhaupt hat der Laird von Dunnottar nicht gerade mit überdurchschnittlicher Güte geglänzt. Halt mich bitte nicht für verrückt, aber ich habe das Gefühl, als würde über dem ganzen Schloss, so schön und eindrucksvoll es sein mag, ein dunkler Schatten liegen.«

»Verdammt gut beobachtet, Lass. Du bist nicht die Erste, die das sagt. Der Doc hat mich schon als kleinen Jungen hierher mitgenommen und mir erging es nicht anders, als dir heute. Im Nachhinein hat der Doc mir dann erzählt, dass auch er diese Dunkelheit fühlen kann.« Duncan blickte stur auf die Straße, die in leichtem Bogen zurück auf die Hauptstraße und von dort aus nach Stonehaven führte. »Als ich … als ich mit Theresa hier war, weigerte sie sich, einige Räume zu betreten. Das waren dann genau die, in denen der Laird Menschen hat foltern lassen oder in denen Gefangene elendig verendet waren.«

Anabel legte ihm tröstend die Hand auf den Arm. »Das zeigt, dass sie ein feinfühliger Mensch war.«

»Mhm. Sorry, dass ich schon wieder damit anfange, aber ich kann's eben nicht einfach beiseiteschieben.«

»Das sollst du auch nicht, denn sonst wärst du nicht der Mann, der du eben bist.«

Der Blick, den Duncan ihr daraufhin zuwarf, war sichtlich erleichtert. »Danke, Anabel.«

»Dafür musst du mir ganz sicher nicht danken.«

Stonehaven begrüßte sie mit quirligem Samstagabendverkehr, den letzten Überbleibseln eines Wochenmarktes auf dem kleinen Marktplatz und einem bezaubernden Straßenbild, geprägt von der faszinierenden Mischung aus Alt und Neu. Begeistert betrachtete Anabel die vielen, herrlich antik anmutenden Läden, deren Auslagen Dinge präsentierten, die jedem Tante-Emma-Laden zur Ehre gereicht hätten. Von handgeschöpften Seifen und Kuchenformen, über Kilts und Blumenkübel bis hin zu Süßwarenläden, die Anabel nur noch aus Erzählungen ihrer Tante und ihrer leider schon verstorbenen Großeltern kannte – Duncan hatte sie in eine verzauberte Welt entführt.

»Unglaublich. Ein Spagat zwischen Vergangenheit und Neuzeit, und dann auch noch dermaßen gelungen.«

Duncan nickte. »Ja, hier ist es gelungen, und sie arbeiten auch hart daran. Stonehaven ist ein herrliches Beispiel dafür, dass man aus Alt sehr vorsichtig Neu machen kann. Und zwar ohne die dumme Holzhammer-Methode, bei der alles abgerissen wird.« Er setzte seine Sonnenbrille wieder auf. »Los, raus mit dir, Mylady. Wir gehen runter ans Meer.«

»Wirklich? Hey, das ist ja der reinste Meeresoverkill. Ich liebe das Meer. Habe ich das mal erwähnt?« Sie dachte angestrengt nach, konnte sich aber beim besten Willen nicht erinnern.

»Mir hat es gereicht, deinen Blick zu sehen, als ich dich in Edinburgh nach dem Konzert kurz runter an die Hafenanlage gefahren habe.«

Anabel seufzte. »Hat man das so deutlich gesehen?«

»Hat man, und nun komm.« Duncan reichte ihr lächelnd seine Hand. »Wir haben noch einen kleinen Fußmarsch vor uns.«

Hand in Hand liefen sie durch eine schmale Gasse hinunter zum Ufer. Sie waren beileibe nicht alleine. Viele Spaziergänger flanierten über die schön angelegte Uferpromenade aus Holzbohlen und Steinplatten, die sich den kompletten langen Sandstrand entlang zog. Nur Fußgänger und Radfahrer waren hier erlaubt, viele genossen den Anblick der tief stehenden Sonne. Kinder tollten über den Strand, Hunde balgten sich um Bälle und Stöckchen. Es herrschte Ebbe, das Meer hatte sich weit zurückgezogen und auf dem nassen, harten Sand liefen Jogger, während über Ihnen laut kreischende Möwen ihre Kreise zogen.

»Ich mag Stonehaven.« Anabel sog die warme, würzige Luft tief in ihre Lungen und schloss genussvoll die Augen. »Echt schön hier.«

»Freut mich, dass es dir gefällt. Aber das ist ja nicht alles. Los, komm, mein Magen knurrt schon wieder.« Duncan legte seinen Arm um ihre Schultern. Eng aneinandergeschmiegt liefen sie die Uferpromenade entlang.

»Was mich fasziniert, sind die freundlichen Gesichter der Menschen hier. Fast jeder lächelt, wenn er vorbeigeht. Der Mann im Anzug, der gerade eben seinen Hund ausgeführt hat, hat sogar gegrüßt. Geh mal durch München, da siehst du so was selten.«

»Anabel, es ist kein Wunder, dass die Menschen dich anstrahlen. So, wie man sich gibt, so, wie man anderen gegenübertritt, so kommt es auch zu dir selbst zurück. Du strahlst wie die Morgensonne. Zeig mir einen, der beim Anblick einer so hübschen, fröhlich lächelnden Frau mies gelaunt sein kann.« Duncan drückte sie leicht an sich. »Und überhaupt sind wir Schotten ein höchst aufgeschlossenes Volk.«

Sie erreichten eine kleine Brücke, die sie über einen Fluss, der hier ins Meer mündete, brachte, und von dort aus ging es zu einer langgezogenen Uferstraße. Auf der linken Seite entdeckte Anabel diverse Läden, Cafés und Bistros, auf der anderen Seite trennte nur eine niedrige, weiße Mauer die Straße vom Strand. Weiße, gemauerte Bänke säumten diese schmale Promenade und fast eine jede war besetzt. Alle, die darauf saßen, balancierten Styroporkartons auf ihren Knien und genossen eindeutig Fish and Chips.

Duncan folgte ihrem Blick. »Ah, du hast es schon gesehen?«

»Was?«

»Na unser heutiges Dinner.« Grinsend zog er sie zu einem unscheinbaren, relativ kleinen Laden, bei dem die Warteschlange bis auf den Gehweg reichte.

»Was immer sie verkaufen, es scheint gut zu sein.« Anabel betrachtete sich die lange Schlange und die geduldig wartenden Menschen neugierig.

»Darauf kannst du wetten. Sie gewinnen jedes Jahr den Preis für die besten Fish and Chips in Schottland. Wir brauchen nur ein wenig Geduld.«

Sie strahlte ihn entwaffnend an. »Habe ich, solange du mich entsprechend entertainst.«

Die Schlange bewegte sich nur langsam vorwärts und so blieb ihr viel Zeit, um Duncan diverse Löcher in den Bauch zu fragen. Allerdings wurde sie dabei mehrmals unterbrochen. Es war nicht ausgeblieben, dass Duncan Aufmerksamkeit erregte und nach einer Weile wagten es die ersten Mädchen, ihn anzusprechen. Bis sie endlich am Tresen angekommen waren, hatte Duncan für grob geschätzt zwanzig Fotos posiert und seinen Namen auf etwa fünfzig Zettel, Tagebücher, Unterarme, Jeans sowie auf zwei Brüste geschrieben. Die Blicke, welche die meist jungen Mädchen dabei Anabel zuwarfen, waren nicht immer freundlich.

»Wenn Blicke töten könnten, hätte ich jetzt eventuell ein kleines Problem«, raunte sie ihm in einer einigermaßen ruhigen Minute verstohlen zu.

Duncan zuckte nur die Schultern. »Lass, daran musst du dich gewöhnen. Das ist noch gar nichts, die Mädels hier sind vergleichsweise zurückhaltend. Das sieht in Aberdeen, Glasgow oder ab und an auch in Edinburgh ganz anders aus.«

Ah ja. Das konnte ja noch heiter werden. Anabel war erleichtert, als sie an der Reihe waren und Duncan zwei unterschiedliche Portionen orderte. Einmal Lachs, einmal Kabeljau. Die Damen hinter dem Tresen waren ganz offensichtlich ebenfalls Fans der Ravens of Avalon, ließen das Ganze aber mit Humor angehen. Duncan signierte grinsend den Brustteil einer Schürze, die umgehend an der Rückwand aufgehängt wurde.

»Sei froh, dass wir nicht dich als Trophäe aufhängen, mein Junge«, war der trockene Kommentar der rundlichen, sehr freundlichen Bedienung, die ihnen ihr Essen über den Counter reichte.

Das Gute am Star-Sein war, dass man so manch nette Überraschung erlebte. Ihre Portionen hätten gut und gerne für vier Personen gereicht. Sie suchten sich eine Bank etwas abseits vom allgemeinen Trubel und genossen ihr Essen.

»Unglaublich. Das schmeckt wirklich traumhaft. Und dann noch der wunderschöne Ausblick von hier.« Anabel ließ den Blick über die langgezogene Bucht und den Strand schweifen.

»Du bereust es also nicht, nach Schottland gekommen zu sein?«

Sie verschluckte sich beinahe an ihrem Lachs. »Spinnst du? Natürlich nicht. Das war bisher die beste Entscheidung meines Lebens.«

Duncan antwortete nicht, doch sein Lächeln genügte ihr als Erwiderung vollauf.

Er dämmerte bereits, als sie wieder zurück in Edinburgh waren. Ein langer, traumhaft schöner und vor allem ereignisreicher Tag neigte sich seinem Ende zu. Duncan brachte den Rover vor ihrem Haus in der Claremont Park Road zum Stehen.

»Lass, die Woche wird wieder verdammt eng, aber am Mittwochabend feiern wir ein wenig im Proberaum. Die neue CD ist fertig, die Termine für die Tour stehen, die Bühnenshow sieht endlich so aus, wie wir sie uns vorgestellt haben. Es kommen nur Familie und allerengste Freunde. Ich möchte dich und die anderen aus der WG gerne einladen. Hast du Lust?«

Und ob sie Lust hatte. »Sehr gerne, aber nur, wenn wir nicht stören.«

»Stören? Ab und an bist du ein wenig komisch drauf, oder? Ist es okay, wenn ich dich um acht Uhr abhole?« Er musterte sie kopfschüttelnd.

»Ist es. Ich freu mich darauf.« Warum brachte sie es immer wieder fertig, so seltsame Dinge von sich zu geben? Stören! Und das, nachdem er sie explizit eingeladen hatte. Sie musste dringend an ihrem Ego arbeiten.

»Anabel?«

»Ja?«

»Hier wird nicht gegrübelt, du küsst mich jetzt und zwar zügig.«

Ehe sie es sich versah, lag sie in seinen Armen und schon war alles wieder da: Das Kribbeln, die Schmetterlinge und dieses nie gekannte Glücksgefühl.

Als er sie losließ, rang sie ein wenig nach Atem. »Macho.«

Er nickte grimmig. »Manchmal muss ein Mann so sein, sonst geht hier nichts vorwärts.«

Anabel war nur kurzfristig verblüfft, dann sah sie das spöttische Funkeln in seinen Augen. »Und die Frau tut nun auch, was sie tun muss: steigt aus und gibt dem Mann Zeit, um sich gebührend auf Mittwoch zu freuen.« Nach einem letzten, hoheitsvollen Winken kletterte sie eilig aus dem Wagen und warf ihm eine Kusshand zu.

Duncan startete lachend den Rover, zwinkerte ihr noch einmal belustigt zu und fuhr davon.

Sie musste geschwebt sein, denn als Anabel den Schlüssel ins Schloss der Haustüre steckte, wurde ihr bewusst, dass sie sich nicht erinnern konnte, wie sie die Stufen hinauf gekommen war. Sie legte die Stirn an das kühle Türblatt und versuchte der Emotionen Herr zu werden, die unvermittelt über sie hereinbrachen. Zum ersten Mal seit – ja, seit wann denn eigentlich? – fühlte sie sich rundum glücklich. So glücklich, wie man sich in ihrem Alter einfach fühlen sollte, wenn man bis über beide Ohren verliebt war. Selbst wenn sie es nun lange vor sich hergeschoben hatte, schnell, noch heute, würde sie für klare Verhältnisse sorgen. Sie musste es tun, solange dieses unglaubliche Glücksgefühl sie unbesiegbar machte. Na gut, zumindest solange sie glaubte, unbesiegbar zu sein.

Anabel war nicht böse darüber, das Haus leer vorzufinden. Sie holte sich eine Flasche Mineralwasser aus der Küche und sprintete hoch in ihr Zimmer. Während sie ihr Handy ans Ladekabel stöpselte, versuchte sie, sich die richtigen Worte zurecht zu legen. Gar nicht so leicht, wenn im Kopf die Gedanken wild durcheinanderpurzelten. Zu allem Überfluss war das Gedanken- und Gefühlschaos auch noch von den rockigen Klängen aus »Radar Love« begleitet, quasi als Hinterkopf-Soundtrack. Super! Sie setzte die Wasserflasche an und trank ein paar Schlucke. Ihr Mund fühlte sich plötzlich staubtrocken an. Sie atmete mehrmals tief durch. Zuletzt verbannte sie den Song aus ihrem Kopf und griff nach ihrem Telefon. Niemand würde ihr diesen Anruf abnehmen, das musste sie schon selbst zuwege bringen.

Maximilian schien auf seinem Telefon zu sitzen, denn sie hörte kein Klingeln.

»Bell, na, alles wieder in Ordnung?«

Oh weh. »Hallo Maxi. Wenn du mich hättest ausreden lassen, dann wären wir jetzt vielleicht ein Stück weiter. Aber ich hoffe, dass du mir heute die Chance gibst, dir endlich einiges zu erklären.«

»Ich wüsste nicht, was es zu erklären gäbe, mein Schatz. Das Einzige, das ich gerne erklärt hätte, ist, was an diesem Schottland gar so faszinierend ist, dass du nicht sechs Monate, sondern ein ganzes Jahr dort leben willst. Wann wolltest du mir das denn sagen? Offenbar bin ich der Letzte, der es erfährt, denn deine Eltern wussten es sehr wohl.«

Shit! War ja klar, dass das noch dazu kommen musste. Allerdings war das nun auch schon egal.

Sie nahm all ihren Mut zusammen und legte los. »Ich sag doch gerade, ich hätte gerne ausgesprochen. Also, ja, das war ein dummes Missverständnis mit dem halben Jahr. Ich hab's nicht übers Herz gebracht, es dir am Flughafen zu sagen.«

»Und wann bitte hättest du es übers Herz gebracht?«

»Maximilian! Es tut mir leid, es tut mir sogar sehr leid. Ich kann mich nur dafür entschuldigen. Aber ich habe dich aus einem anderen Grund angerufen. Es fällt mir nicht leicht, das jetzt zu sagen, sagen muss ich es aber, und je schneller, desto besser. Hier in Edinburgh habe ich zum ersten Mal seit Jahren meinen Kopf frei bekommen, ich konnte zum ersten Mal wieder klar denken. Ich habe wirklich immer wieder in mich hineingehorcht, habe nach Anzeichen dafür gesucht, dass mein altes Leben mir fehlen würde. Aber, Maxi, da war nichts. Kein Mucks, nur Leere. Aber mit jedem Tag, den ich hier war, habe ich mehr gelebt. Ich habe endlich gesehen, dass es da ein anderes Leben gibt, eins, bei dem ich selbst bestimmen kann, wie meine Zukunft aussieht. Die Leute hier nehmen mich ernst, sie hören mir zu, sie respektieren meine Meinung und meine Wünsche. Mein Dozent ist von meinem Können begeistert. Und ob du es glaubst oder nicht, ich stelle immer erst einmal in Frage, ob sie es alle auch wirklich ernst meinen, so sehr quälen mich meine Selbstzweifel. Aber das wird zunehmend besser, und ich muss immer mehr eingestehen, dass ich endlich angefangen habe, wirklich zu leben.«

»Ach, du lebst erst jetzt wirklich? Was bitteschön hast du dann hier getan? Vor dich hinvegetiert, oder wie?« Maximilians Stimme klang eisig.

»Nein, aber ich habe ein fremdbestimmtes Leben gelebt. Ich sage doch nicht, dass es mir nicht gut ging. Nur kommt jetzt der Spruch, der mir selbst letztendlich zum Verhängnis wurde: Ihr wolltet alle nur mein Bestes. Leider habt ihr mich aber nie gefragt, was ich will.«

»Weil du immer behütet und geliebt aufgewachsen bist. Wir wollten nur nicht, dass du enttäuscht wirst, dass du ausgenutzt wirst, oder dass dir jemand Unsinn in den Kopf setzt. Dein Vater wollte doch mit seiner Strenge nur verhindern, dass du auf die schiefe Bahn gerätst.«

Anabel sog zischend die Luft ein. »Schiefe Bahn? Weil ich studieren wollte und weil ich nach dem Studium gerne mit dem, was ich gelernt habe, eine Karriere starten wollte? Ihr habt ja nicht einmal verstanden, warum mir daran so viel lag. Ich hatte zuletzt nur noch das Gefühl, dass mir mein eigenes Leben entgleitet, dass es mir wie Wasser zwischen den Fingern zerrinnt, dass ich mich selbst verliere und wie eine Marionette an Schnüren ein von anderen für mich geplantes Dasein absolviere. Ja, du hast richtig gehört, absolviere, denn als Leben kann man das wohl kaum bezeichnen. Nein, Maxi, ich bin hier glücklich. Ach Blödsinn, ich könnte die ganze Welt umarmen. Weißt du überhaupt, was das für ein Gefühl ist?«

Die Stimme ihres Exfreundes war sehr leise und klang fremd in ihren Ohren. »Ich dachte, ich wüsste es. Aber du machst gerade alles kaputt, wofür ich gelebt habe. Glaubst du im Ernst, ich setze mich brav hin und warte darauf, dass das Fräulein nach einem Jahr reumütig zurückkommt?«

Jetzt oder nie.

»Maximilian, du musst nicht warten, du musst mir auch keine weiteren Vorhaltungen machen. Du bist frei zu tun, was immer du möchtest. Ich habe es mir nicht leichtgemacht, bitte glaub mir das, aber ich kann nicht anders. Ich liebe dich nicht mehr. Das, was wir zuletzt gelebt haben, war bestenfalls noch Freundschaft, die auf langjähriger Gewohnheit aufgebaut war. Es war doch alles nur noch ein Plankonstrukt, um das Leben so hinzubiegen, wie es in den Augen unserer Familien sein sollte. Nein, Max, das hat mit Liebe nichts mehr zu tun.«

»Du machst Schluss? Du glaubst, mich einfach abservieren zu können? Mich in die Ecke zu stellen wie einen alten Besen, den man nicht mehr braucht, weil die gnädige Frau jetzt im fernen Schottland ihr Glück gefunden zu haben glaubt? Tut mir echt leid, Anabel, aber du machst es dir zu einfach. Wir haben uns ein Versprechen gegeben, daraufhin wurde ein Haus gekauft, das unsere Eltern gerade für viel Geld für uns einrichten. So geht das nicht.« Da war er wieder, der bestimmende Ton, den Maximilians Vater stets an den Tag legte, wenn er keine andere Meinung gelten lassen wollte.

»Oh doch, Maximilian, das geht sehr wohl. Versteh es endlich, es ist mein Leben und nur ich bestimme wie es weitergehen wird. Ich sagte doch schon, dass es mir leidtut, aber ich werde diesen Weg alleine gehen.«

»Was haben sie dort mit dir gemacht, Anabel? Kein Mensch kann sich innerhalb von wenigen Wochen dermaßen negativ verändern. Dein Vater war von Anfang an der Meinung, dass du es nicht verkraften würdest, alleine zu sein.«

Langsam wurde sie wütend. Natürlich, sofort waren wieder fremde, negative Einflüsse für das verantwortlich, was sie tat. Sie selbst war ja nicht in der Lage, eigene Entscheidungen zu treffen. »Max, noch einmal, so dass du es endlich verstehst: Unsere Beziehung gibt es nicht mehr; das Haus, von dem du die ganze Zeit redest, wollte ich von Anfang an nicht. Und nur für den Fall, dass du dich nicht erinnerst: Ja, du warst bei meinen Eltern und hast um meine Hand angehalten; und sie haben ja gesagt, ich hingegen kann mich nicht erinnern, etwas Derartiges gesagt zu haben. Mal ganz davon angesehen, ich sehe keinen Verlobungsring an meinem Finger. Meine Entscheidung ist endgültig, ich trenne mich von dir. Du hast so viele Verehrerinnen, dass du ganz gewiss nicht lange alleine bleiben musst.«

Sie hatte nicht gewusst, dass er so brüllen konnte. »Du bist das Allerletzte! Du herzloses, verlogenes Biest. Aber da steckt etwas Anderes hinter. So kommst du Miststück mir nicht davon. Ich lass mich doch nicht von dir verarschen.«

Weg war er. Die plötzliche Stille war angenehm, und Anabel legte vorsichtig das Telefon beiseite. Sie hatte es getan, sie hatte es tatsächlich endlich geschafft, für klare Verhältnisse zu sorgen. Konnte es sein, dass sie, Anabel Taschner, wirklich langsam erwachsen wurde?

»Ich werde dich aus meinem Testament streichen. Ich habe ab heute keine Tochter mehr. Eine letzte Chance gebe ich dir noch, du undankbares Wesen. Wenn du noch einen letzten Rest Vernunft im Leibe hast, dann packst du jetzt sofort deine Sachen zusammen und kommst dahin, wo du hingehörst. Nämlich nach Hause zu deiner Familie und zu deinem Verlobten. Hast du eine Ahnung, wie wir jetzt dastehen? Machst du dir eine Vorstellung davon, wie sich die Leute hier und in der Umgebung das Maul zerreißen werden? Habt ihr schon gehört, die kleine Taschner ist komplett durchgedreht, löst ihre Verlobung, um im Ausland ein Aussteigerleben zu führen. Denkst du, ich lasse mir das bieten?«

Die ganze Zeit über, während ihr Vater in das Telefon brüllte, befürchtete Anabel, dass irgendwann die Spucke aus dem Hörer tropfen könnte, so unkontrolliert schrie er. Und sie ließ ihn toben. Seltsam, sie hatte erwartet, dass sie doch einknicken könnte, dass alleine die Stimme ihres Vaters, wieder die alte Anabel zum Vorschein bringen würde. Das war aber nicht der Fall. Nein, mit jedem Wort, das ihr Erzeuger ihr um die Ohren schleuderte, mit jeder Beleidigung wuchs in ihr die Sicherheit, endlich einmal das Richtige zu tun.

»Bist du fertig, Papa?«

»Ich bin noch lange nicht mit dir fertig, mein Fräulein. Ich lasse mich doch nicht von dir zum Gespött der Leute machen.«

»Aha, es geht hier – wieder einmal – nicht um mich, sondern um dich. Du hast Angst, dein Gesicht zu verlieren. Ich bin dir vollkommen egal. Das ist aber auch dumm, da funktioniert doch tatsächlich das Töchterlein einmal nicht mehr auf Knopfdruck. Der Patriarch hat ein Problem. Tja, Papa, nun siehst du einmal, wie man sich fühlt, wenn man denkt, dass einem alles entgleitet. So ging es mir unter eurer Fuchtel andauernd.« Anabel lauschte angespannt auf die Antwort.

»Mir entgleitet hier rein gar nichts. Aber du wirst, wenn du nicht sofort Vernunft annimmst, vor dem Nichts stehen. Sofort, hörst du, sofort kommst du nach Hause.«

»Nein! Ich komme nicht. Ich bleibe hier und baue mir mein Leben auf. Ich werde mein Studium bestmöglich nutzen und wenn es sein muss nebenbei arbeiten. Weißt du was? Gib doch dein Geld Maximilian. Er war doch immer schon dein Wunschsohn. Im Ernst, wenn ich mir euch beide, also Mama und dich, so ansehe, dann weiß ich eines mit Sicherheit: Geld macht nicht glücklich.«

»Das wird dir leidtun, Anabel. Du ahnst ja nicht, wie leid dir das tun wird. Da steckt doch irgend so ein Kerl dahinter, von dem du dich aushalten lässt, denn alleine würdest du niemals auf solche Gedanken kommen …«

»Papa, es reicht. Ich lasse mich von dir nicht mehr beleidigen, hörst du? Nie wieder. Ich beende jetzt das Gespräch. Denkt in einer ruhigen Minute einfach darüber nach, was ihr in den letzten Jahren so getan habt. Ciao.« Mit viel Bedacht drückte Anabel den kleinen Knopf und beendete das Gespräch mit ihrem Vater. So stark sie auch geklungen haben mochte, ihr zitterten die Knie und sie spürte, wie ihr die Tränen in die Augen stiegen. War denn da wirklich nur Besitzdenken? War da nirgends echte, bedingungslose Liebe zum eigenen Kind? Es tat weh, ja, es tat sogar verdammt weh. Sie konnte es nicht verhindern, dass die Tränen sich ihren Weg bahnten und über ihre Wangen kullerten.

So fand Mika sie etwa eine Stunde später vor, als sie neugierig anklopfte und ihren Kopf durch die Tür streckte. »Anabel, was …! Oje, was ist passiert? Hat es nicht geklappt? Habt ihr euch nicht vertragen?«

Mika setzte sich neben Anabel auf die Bettkante und legte tröstend den Arm um die Schultern der Freundin.

Sie riss sich zusammen, so gut sie konnte und doch dauerte es eine Weile, ehe sie sich verständlich artikulieren konnte.

»Doch, alles hat geklappt. Es war ein herrlicher Tag und Duncan ist ein wahrer Traummann. Nur durfte ich dann gleich wieder feststellen, dass ich daheim eine Alptraumfamilie habe.«

Mikas Umarmung wurde noch fester. »Oh, du hast klar Schiff gemacht? Sie wissen Bescheid? Dein Maximilian hoffentlich auch? Das wäre ja mal echt an der Zeit gewesen.«

Sie nickte schniefend. »Klar, den habe ich als Ersten angerufen. Aber die beiden, also er und mein Vater, nehmen sich nicht viel. Sie erklären mich für dumm, lebensunfähig und beeinflussbar. Sie unterstellen mir, dass ihr oder wer auch immer mich negativ beeinflusst. Ey, das muss ich mir sagen lassen, nachdem ich endlich angefangen habe, wirklich zu denken.«

»Ja eben darum. Das sind die nicht gewohnt. Du hast ja immer brav getan, was sie von dir erwartet haben, nicht wahr?«

»Das stimmt leider. Damit ist es jetzt endgültig vorbei.« Entschlossen schnaubte sie in ihr Taschentuch.

»Du machst Dumbo, dem Elefantenbaby, alle Ehre, Lady.« Mika warf ihr einen sichtlich aufmunternden Blick zu. »Und wenn du dich dann wieder gefangen hast und aufhörst, dich wegen deiner ziemlich schrägen Familie zu ärgern, erzählst du mir bitte, wie der Tag sonst so war. Ist ja jetzt nicht so, dass ich neugierig wäre oder so was.«

Wieder hatte Mika es mit ihrer trockenen Art geschafft, dass Anabels Tränen versiegten und das Lachen wieder die Oberhand gewann.

Mit wachsender Begeisterung schilderte sie Mika ihren Tag und endete atemlos bei ihrem abendlichen Abschied und Duncans Einladung für den Mittwochabend.

»Stopp! Auszeit! Habe ich das gerade richtig verstanden? Wir sind in den Proberaum der Ravens of Avalon eingeladen? Ist das dein Ernst?«

Anabel musste wohl oder übel grinsen. Der Gesichtsausdruck ihrer Freundin war herrlich. »Also mein Ernst ist es. Ob es seiner war, weiß ich nicht. Und klapp jetzt bitte deinen Unterkiefer wieder nach oben, es könnte sein, dass der sonst nie wieder richtig funktioniert.«

»Sehr witzig, junge Frau! Oh mein Gott, ich werde bis Mittwoch kein Auge zu tun. Geht es dir wieder einigermaßen gut? Kann ich was für dich tun? Ähm, merkt man mir an, dass ich aufgeregt bin?«

Anabel schüttelte mit stoischer Miene den Kopf. »Kein Bisschen. Du wirkst wie die personifizierte Ruhe.«
Lachen ließ sich Mika auf Anabels Bett plumpsen. »Na, dann ist ja alles gut.«

16

Starnberg, Bayern

»Ich werde mir sofort ein Ticket besorgen. Egal, was sie vorhat, ich werde es zu verhindern wissen. Ich lass mich doch von einer Frau nicht dermaßen verarschen.« In einem Zug trank Maximilian seinen Cocktail aus. Längst war es dunkel und im Undoza, dem berühmten Café direkt am Starnberger See, traf sich, was Rang und Namen hatte.

Alexander zog eine bedauernde Grimasse. »Wenn ich mir das so anhöre, dann hat sie dich schon kräftig verarscht, mein Lieber. Da würde ich mal ganz flott Nägel mit Köpfen machen. Hol die Dame wieder auf den Boden der Tatsachen. Im Ernst, Alter, wenn das die Runde macht, dann bist du das Gespött der ganzen Umgebung.«

»Denkst du, ich weiß das nicht? Die schöne Anabel gibt ihrem Verlobten den Laufpass. Super, und das, wo ich gerade anfange, mir was aufzubauen.« Ärgerlich winkte Maximilian den Ober herbei und orderte einen weiteren Long Island Iced Tea.

»Wenn du dich jetzt zuschüttest, hilft dir das aber auch nicht weiter. Du brauchst einen klaren Kopf, um dem Biest einen Strich durch die Rechnung zu machen. Du fliegst da hin, zeigst ihr, wo's lang geht, und bringst sie sofort wieder mit heim. Damit sie gleich weiß, wo sie hingehört.« Alexander trommelte ärgerlich mit den Fingern der rechten Hand auf die Tischplatte.

Maximilian war sehr wohl noch nüchtern genug, um mitzubekommen, dass er dringend handeln musste, wollte er zukünftig nicht als Volltrottel vor seinen Freunden dastehen. Sein Blick huschte über die Menge und er entdeckte ein hübsches, rothaariges Mädel in einem sehr aufreizenden grünen Minikleid. »Keine Angst, Jungs. Ich weiß schon, was ich tun muss, aber zuerst sorge ich dafür, dass der Abend nicht ganz trostlos wird.«

Bravo, einer von den vier Cocktails oder eines der fünf Weißbiere musste wohl schlecht gewesen sein. In Maximilians Mund machte sich ein sehr schaler Geschmack breit und dass neben ihm eine fremde, rothaarige Frau im Bett lag, machte es auch nicht besser. Verdammt, er konnte sich vage erinnern, dass er sie, während er mit ihr geschlafen hatte, mehrmals Anabel genannt hatte. Zum Glück war sie genauso betrunken gewesen wie er und schien es nicht mitzubekommen. Jetzt aber sollte er sie schleunigst wieder loswerden. Vorerst schlief sie jedoch tief und fest. Maximilian stand leise auf und zog sich seine Jeans über, die verdreht neben dem Bett lag. Das Zimmer schwankte noch immer, obwohl es schon Nachmittag war. Erst nachdem er sich im Bad eiskaltes Wasser ins Gesicht geschaufelt hatte, gelang es ihm einigermaßen, klar zu denken. Alexander lag schon richtig, wenn er sagte, dass sich zuzuschütten rein gar nichts brachte. Allerdings war es schon ein Gefühl der Genugtuung gewesen, die fremde Frau zu vögeln. Sollten die anderen doch sehen, dass er nicht auf Anabel angewiesen war. Was allerdings nichts daran änderte, dass er genau die zurückhaben wollte. Sie konnte doch nicht einfach nach so vielen Jahren all seine Pläne über den Haufen werfen. Da legte er ihr die halbe Welt zu Füßen, und was machte sie? Sie trampelte rücksichtslos darauf herum. Ärgerlich kämmte er sich mit allen zehn Fingern durch den dunklen Haarschopf. Nein, so einfach würde er es ihr nicht machen, ganz sicher nicht. Maximilian setzte sich, nach einem prüfenden Seitenblick auf die noch immer schlafende Frau, an seinen Laptop und klappte ihn auf. Die Lufthansa-Seite brauchte wieder einmal ewig, ehe sie geladen war, aber dann konnte er endlich nach einem Flug suchen. Leider ging aus beruflichen Gründen vor nächstem Montag rein gar nichts, aber dann konnte er für ein paar Tage weg. Das sollte reichen, um seine übergeschnappte Freundin wieder einzufangen. Mit grimmiger Miene buchte er einen Flug für den nächsten Montag.

Edinburgh, Schottland

»Wann wollte Duncan dich abholen?«

»Um acht Uhr, Mika.«

»Anabel, was soll ich anziehen?«

»Etwas, in dem du dich wohl fühlst.« Anabel musterte Mika mit nachsichtigem Blick. »Beruhige dich, wir gehen nicht auf die Oscar-Verleihung, sondern in den Proberaum der Ravens.«

»Wer will denn auf die blöde Oscar-Verleihung? Wo steckt überhaupt Hanson? Der muss doch Duncan hinterherfahren, oder?«

»Wenn wir alle mitwollen, dann macht das Sinn und um deine Frage zu beantworten, er hat vorhin gerade noch geduscht, weil er heute arbeiten war.« Anabel schlüpfte in ihre neue dunkelgraue Tunika, die über dem weißen, engen T-Shirt richtig gut aussah. Dazu enge, schwarze Jeans und ihre schwarzen Chucks, silberne Creolen und die schwarze Samtjacke, die ein wenig wie eine Uniformjacke aussah – fertig. Anabel war sehr zufrieden mit ihrem Spiegelbild.

Mika erhob sich seufzend von Anabels Sofa. »Ich geh dann mal.«

Sie warf ihr einen verwunderten Blick zu. »Wohin denn?«

»Ich gehe leise sterben, aber vorher pfeif ich mir fünfzig Baldriantropfen rein.« Schmunzeln suchte Mika das Weite.

Anabel warf einen allerletzten Blick in den Spiegel, nahm ihr Handy vom Ladekabel, verstaute es in ihrer großen, grauen

Umhängetasche und knipste das Licht aus. Auf dem Weg nach unten dachte sie darüber nach, dass sie weder von Maximilian, noch von ihren Eltern etwas gehört hatte. Seltsam. Eigentlich hätte sie erwartet, zumindest eine anklagende E-Mail oder ein paar passende Beschimpfungen via WhatsApp zu bekommen. Dieses totale Schweigen war beinahe schon unheimlich. Aber darüber wollte sie sich heute Abend keine Gedanken machen. Dafür freute sie sich viel zu sehr, Duncan wieder zu sehen. Außerdem hatte ihr Dozent ihr am Vormittag, mit einem sehr zufriedenen Grinsen im Gesicht, mitgeteilt, dass er ihr Bild bei einem Wettbewerb von Visit Scotland eingereicht hatte und er ihr gute Chancen ausrechnete, zu gewinnen. Anabel wagte es kaum, sich richtig zu freuen. Alles lief dermaßen perfekt, dass es ihr unheimlich war.

Im Flur hüpfte ihr Sally entgegen, die offenbar geistig noch immer beim Folk Festival feststeckte. Zumindest sang sie seit ihrer Rückkehr am Sonntagabend fröhlich vor sich hin.

»Sally, sehe ich das richtig, du singst dich schon mal ein, für den Backgroundchor der Ravens?«

»Liebste Anabel, glaub mir, ich würde töten, um in deren Chor zu singen.« Wer Sally jetzt in die Augen sah, glaubte ihr jedes Wort.

»Bitte lass mich leben, wo selbiges doch gerade anfängt, mir Freude zu machen.« Anabel blickte die kleine, quirlige Frau mit großen Augen an. »Außerdem kommt ihr ohne mich nicht rein. So!«

Sally stellte sich lachend auf die Zehenspitzen und drückte Anabel einen feuchten Kuss auf die Backe. »Lass, du weißt doch: Wen ich einmal in mein kompliziertes Herz geschlossen habe, der ist sicher für den Rest seiner Tage.«

»Das beruhigt mich dann doch sehr und es freut mich so ganz nebenbei auch noch.« Anabel sah sich suchend um, doch just in diesem Augenblick kamen Sean und Hanson bereits die Treppe heruntergelaufen.

»Also wir wären ja dann mal fertig.« Hanson sah verflixt gut aus in dem schwarzen Hemd und der schwarzen, engen Lederhose.

»Der King lebt! Ich find's immer wieder faszinierend.«

»Tja, Anabel, dann bitte ich hiermit um die entsprechenden Huldigungen.« Hanson streichelte ihr freundschaftlich den Rücken. »Oder du nimmst uns einfach öfter auf solche Events mit. Leute, ich will ja nicht nörgeln, aber es ist kurz vor acht Uhr, und wo bitte steckt Mika?«

»Die ist schon hier. Sorry, ich habe erst mal einen Whisky gebraucht, um funktionstüchtig zu sein.« Mika klang deutlich entspannter als noch vor einer Viertelstunde.

Anabel kam nicht mehr dazu zu antworten, denn schon klingelte es.

Sally ließ ihr mit gönnerhafter Miene den Vortritt und so konnte Anabel mit einem Lächeln auf dem Gesicht die Tür öffnen. Duncan, heute wieder ganz in Schwarz, sah umwerfend aus. Der schwarze Rollkragenpulli, die schwarze Jeans und die Bikerboots sahen an ihm verboten gut aus.

»Hi, Lass, na, bin ich pünktlich? Nachdem ich mir habe sagen lassen, die Deutschen seien für ihre Pünktlichkeit berühmt, wollte ich hier in nichts nachstehen.«

Ganz toll. Ein Lächeln von ihm und schon fing dieses Kribbeln wieder an. »Du bekommst die volle Punktzahl. Möchtest du noch reinkommen oder wollen wir gleich los?«

Duncan sah an ihr vorbei und sein Lächeln verstärkte sich. »Ich habe das unbestimmte Gefühl, dass hier ein paar Leute gerne gleich losfahren würden.«

Anabel wandte sich mit fragendem Blick um und hätte um ein Haar losgeprustet. Ihre vier Mitbewohner standen mit erwartungsvollem Blick in Reih und Glied direkt hinter ihr. Der Anblick war ziemlich belustigend. »Okay, ich hab's auch verstanden, fahren wir los. Ist es in Ordnung wenn Hanson und Sean uns hinterher fahren?«

Duncans Miene wurde ernst, beinahe feindselig. »Nein, das geht auf keinen Fall. Ich muss euch jetzt leider die Augen verbinden, denn der Proberaum ist ein heiliges Geheimnis. Nur wir wissen, wie man dorthin kommt.«

Anabel fiel kurzfristig die Kinnlade herunter, und sie sah ihn erschrocken an. »Oh, echt jetzt? Das wusste ich nicht.«

Duncan seufzte kopfschüttelnd. »Leute, das war ein Scherz. Hanson, fahr mir einfach nach, ja?«

»Sehr witzig.« Anabel rückte den Schulterriemen ihrer Tasche zurecht.

»Ja, finde ich auch.« Duncan legte seinen Arm um sie, zog sie an sich und küsste sie vor allen auf den Mund. »Ich liebe diesen Gesichtsausdruck bei dir.«

»Das bekommst du dermaßen was von zurück!«

»Ich erbebe schon jetzt vor lauter Angst.« Sie spürte einen Kuss auf ihren Haaren und dann schob Duncan sie sanft in Richtung Auto. »Und jetzt rein mit dir. Die anderen sind alle schon da. Ich musste vorab noch kurz beim Doc vorbeischauen.«

»Schon wieder eine Kriegsverletzung?« Ihre Stimme mochte gerade einen dezent ironischen Unterton aufweisen.

Er verneinte. »Heute wurden lediglich die alten Fäden gezogen.«

»Ja dann.« Sie kletterte flink in den Rover, während Mika und Sally fast schon andächtig auf der Rückbank Platz nahmen.

Für den Fall, dass sie sich einen Proberaum sehr martialisch vorgestellt haben sollte, also mit Eierschachteln zur Dämmung an den Wänden und alten Teppichen auf dem Boden, sah sie sich gewaltig im Irrtum. Staunend stand Anabel in der Tür zum Refugium der Ravens of Avalon. Er befand sich in der Nähe des Hafens in einer ehemaligen Lagerhalle, der Konzerthalle nicht unähnlich. Zwar war dieser hier um einiges kleiner, was daran liegen mochte, dass das Innere der Halle in Trockenbauweise in diverse Räume unterteilt worden war. Da gab es einen recht luxuriösen Aufenthaltsraum, ein Badezimmer, eine Gästetoilette, eine geräumige, voll ausgestattete Küche und dann das Allerheiligste: einen großen, viereckigen Raum, mit Glasscheiben vom Aufenthaltsraum abgetrennt, in dem die Instrumente und persönlichen Dinge der Musiker standen. Anabel war tief beeindruckt und damit war sie nicht alleine.

»Wow, ihr habt es echt geschafft, oder? Wenn ich an das Katzenklo denke, das wir mit unserer Folkband als Proberaum bezeichnen, dann erblasse ich hier vor Neid.« Sallys Blick wanderte voller Anerkennung über den Aufenthaltsraum, in dem drei große, rote Ledersofas, vier dazu passende Sessel, zwei langgezogene, flache Tische und diverse Sitzkissen für eine gemütliche Atmosphäre sorgten.

»Glaub mir, das war nicht immer so. Zu Anfang waren wir im Schuppen meines Großvaters. Dort war es nicht ganz so komfortabel.« Duncan schob Sally vorsichtig weiter, um auch in den Raum zu kommen.

»Da seid ihr ja, wir warten schon. Und sieh einer an, Miss Sally gibt uns auch die Ehre.« In Nigel hatte Sally offensichtlich einen Freund gewonnen. Er kam mit großen Schritten auf sie zu, umarmte zuerst Sally und dann Anabel. »Siehst du, ich wusste es, wir sehen uns wieder.«

John und Seamus folgten ihm auf dem Fuße, ebenso wie Johns Schwester Laura und Seamus Freundin Caroline. Endlich lernte Anabel auch Angus kennen, von dem Duncan ihr auf dem Heimweg von Stonehaven schon viel erzählt hatte. Nachdem sie alle begrüßt und ein wenig Small Talk gehalten hatten, fiel Anabel auf, dass am anderen Ende des Raumes drei Gäste verweilten, die sichtlich unsicher wirkten.

Schließlich stand der Mann, ein großer, kräftiger Kerl mit kurzgeschnittenen, blonden Haaren auf und kam auf sie alle zu. »Hey, Leute, ist es denn okay, dass wir hier sind? Ich meine, wir könnten, was wir zu besprechen haben, auch an einem anderen Tag besprechen, wenn es nicht passt.«

Duncan wiegelte sofort ab. »Nein, Peter, alles in Ordnung. Außerdem sagtest du doch, es würde langsam kritisch, oder?«

»Ja schon, aber ich möchte nicht, dass Fremde mit hineingezogen werden.« Er warf Anabel und den anderen einen durchaus freundlichen, aber doch fragenden Blick zu.

»Jetzt verstehe ich, keine Sorge, Peter. Anabel und ihre Freunde sind cool. Ich denke, wir können ihnen in unserer Sache vertrauen.« Duncan legte Peter beruhigend seine Hand auf den Arm.

»Das macht mich jetzt aber doch neugierig.« Mika musterte Peter und die beiden Frauen, die sich bisher noch nicht bewegt hatten, mit sichtlichem Interesse.

»Jetzt gibt es erst mal was zu trinken und dann hören wir in die neue CD rein. Ich bin schließlich gespannt, was ihr davon haltet. Es war eine Heidenarbeit, also darf ich um Aufmerksamkeit bitten, ja?« Angus sprach ein Machtwort. Aus dem Nebenraum kamen noch vier weitere Gäste hinzu, die sich als Freunde von John entpuppten. Und schließlich öffnete sich die Türe erneut, und ein älterer Herr steckte seinen Kopf herein. »Bin ich zu spät, oder ist es noch genehm?«

»Doc! Es freut mich, dass du es noch geschafft hast.« Duncan lief auf den Neuankömmling zu und umarmte ihn herzlich. Das taten dann auch, nicht weniger erfreut, Nigel, Seamus und John. Auch Peter begrüßte den alten Herrn mit offensichtlicher Freude.

Duncan drehte ihn schließlich in ihre Richtung. »Doc, darf ich dir Anabel vorstellen? Die junge Dame aus dem Holyrood Park, du erinnerst dich?«

Ein strahlendes Lächeln erschien auf dem Gesicht des sympathischen Mannes, und er reichte Anabel die Hand. »Aber natürlich erinnere ich mich, die Jungfrau in Nöten.«

»Äh, wie bitte?« Anabel verstand gerade gar nichts.

»In der Nacht, als ich dir im Park begegnet bin, ist meine Wunde am Bein doch wieder aufgerissen. Ich bin anschließend sofort zu Doc, also meinem Grandpa, gefahren und musste natürlich, wenn ich nicht übers Knie gelegt werden wollte, Farbe bekennen. Also habe ich ihm erzählt, ich hätte einer Jungfrau in Nöten beigestanden. Du weißt schon, so dass er es in seinem Alter auch noch versteht.«

»Du frecher Rotzlöffel, komm du mir das nächste Mal an. Aber ich muss zugeben, da hätte ich auch gerne geholfen, also, als ich noch jünger war.« Strahlend schüttelte der Doc Anabels Hand.

Anabel mochte Duncans Großvater vom ersten Augenblick an.

»Herrschaften! Zweiter Aufruf. Wenn wir uns jetzt nicht sofort die CD anhören, bin ich ernsthaft verschnupft. Das nur mal so als Anmerkung.«

Nun folgten tatsächlich alle Angus Aufforderung und verteilten sich auf den Sofas, und anderen Sitzmöglichkeiten. Duncan drückte Anabel eine Flasche MacRabbies Ginger Beer in die Hand, setzte sich in einen der Sessel und zog Anabel kurzerhand auf seinen Schoß. John musste Mika nicht wirklich dazu nötigen, sich neben ihn zu setzen und Nigel und Sally waren bereits in eine angeregte Diskussion vertieft.

Die neuen Songs waren der absolute Hammer, melodiös, rockig, mitreißend oder wahlweise verträumt. Sobald der letzte Ton von Angus Auswahl verklungen war, brach begeisterter Jubel aus. »Wow, phantastisch! Leute, das wird der Knaller.« Peter war sichtlich begeistert.

»Ja, das sollten die nächsten Hits werden.« Angus sah nun viel entspannter aus und genehmigte sich ein großes Glas Guinness.

»Sorry, Leute, ich will nicht drängeln, aber wenn wir tatsächlich noch wegen dem Wochenende reden wollen, dann wäre es super, wenn wir es jetzt tun. Ich muss um sechs Uhr zur Schicht antreten«, meldete sich schließlich Peter zu Wort.

»Oh, okay, das wussten wir nicht. Lass mich unseren Neuzugängen bitte nur rasch erklären, worum es hier geht und warum es geheim bleiben muss, ja?« Ohne Peters Antwort abzuwarten, wandte sich Duncan an die anwesenden Gäste.

»Ja, ich versuche mich kurz zu fassen. Ihr alle wisst ja, worum es hier geht, alle bis auf Mika, Sally, Hanson und Sean. Anabel habe ich am Samstag schon in groben Zügen erzählt, was wir so tun. Also, Doc hier ist Tierarzt, und wir alle sind mit viel Liebe zu Tieren groß geworden. Daher können wir es gar nicht haben, wenn Tiere gequält oder für Forschungszwecke missbraucht werden. Peter, Lynn und Margot, die heute hier sind, gehören zu PETA. Wir, also die Ravens, helfen ihnen, wenn sie mehrere Hände brauchen oder wenn jemand Schmiere stehen muss. Wir befreien Tiere, die ansonsten wohl jämmerlich krepieren würden, das allerdings, zugegeben, nicht immer mit, sagen wir mal, politisch korrekten Mitteln. Da müssen schon mal Zäune eingerissen oder Stacheldrähte durchtrennt werden, da werden Käfige aufgebrochen oder es geht mal eine Fensterscheibe kaputt. Was wir nie in Kauf genommen haben war, dass Menschen zu Schaden kommen. Leider sieht die andere Seite das langsam wohl etwas anders. Wir richten offenbar viel Schaden an und erregen zu viel Aufmerksamkeit. Auf jeden Fall bin ich vor ein paar Wochen das erste Mal angeschossen worden. Das Gelände, auf dem das passiert ist, gehört der gleichen Firma, um die es auch heute gehen wird. So, nun kennt ihr die dunkle Seite der Band und ich hoffe, dass unser Vertrauen gerechtfertigt war.« Duncan warf einen fragenden Blick in die Runde.

Mika antwortete so schnell, dass die anderen erst gar nicht zu Wort kamen. »Von uns erfährt keiner was! Darauf könnt ihr euch verlassen. Im Gegenteil, wenn ihr noch zusätzliche Hände braucht, also meine biete ich gerne an.«

»Fein!« Peter klang sehr erleichtert. »Das freut uns, denn es ist tatsächlich so, dass derzeit eine Riesenschweinerei im Gange ist. Ihr kennt vielleicht »Herbs 'n Spices«, die derzeit größte und einflussreichste Firma auf dem Kosmetik- und Nahrungsmittelergänzungssektor? Sie gehören, wie wir alle wissen, zu »Santé«, einem der absoluten Megakonzerne. Da man dort in letzter Zeit viel an Glaubwürdigkeit eingebüßt hat und sich das wohl auf die Taschen der Aktionäre auszuwirken begann, ist hinlänglich bekannt. Die Werbekampagne für Herbs ’n Spices ist in vollem Gange und sogar Ökomagazine loben sie derzeit über den grünen Klee. Rein natürlich, keine Zusatzstoffe und vor allem für uns wichtig: Keine Tierversuche! Darauf legen sie besonders viel Wert. Vor zwei Wochen war sogar eine Gruppe von sehr kritischen Journalisten eingeladen, um sich die Produktionsstätten anzusehen. Sie durften alles durchleuchten, durften überall hinein. Das Ergebnis war überwältigend. Die Berichterstattung am folgenden Wochenende hat sich mit Lob überschlagen, die Aktie ist in den Himmel geklettert. Alles ist eitel Sonnenschein. Dumm nur, dass man ihnen nur einen Teil der tatsächlichen Produktionsstätten gezeigt hat. Fakt ist, dass in zwei riesigen Hallen nahe der Grenze nicht nur wild geforscht und experimentiert wird, und das durchaus nicht nur mit »natürlichen Produkten«, sondern mit chemischen Zusatzstoffen vom anderen Stern, nein, sie testen den Mist an Tieren. Hunde, Katzen, Kaninchen. Vor allem junge Tiere mit möglichst empfindlichen Augen und möglichst empfindlicher Haut. Es ist eine Riesensauerei, doch wir kommen nicht an sie ran. Sie haben wohl Wind bekommen. Als wir vor ein paar Wochen dort Hunde rausgeholt haben, wurde Duncan angeschossen. Das ist ein neuer Höhepunkt. Klar, jetzt haben sie richtig viel zu verlieren. Sie haben Millionen in die ›natürliche‹ Werbekampagne gesteckt und es auch tatsächlich geschafft, die Menschen zu überzeugen. Wenn jetzt publik wird, was sie da tatsächlich zusammenbrauen und unter welchen Bedingungen, ganz zu schweigen von den Bildern der blinden Welpen, denen der Dreck die Netzhaut weggeätzt hat, fliegt ihnen alles um die Ohren. Wir haben vom letzten Einsatz bereits den kleinen Retriever. Wenn wir es am Samstag um Mitternacht, wenn wirklich alles ruhig ist, noch schaffen, in die zweite Fabrikation rein zu kommen und Katzen und Kaninchen rauszuholen, könnte es endlich gelingen. Dort ist es groß und weitläufig, und es ist gut bewacht. Je mehr wir sind, desto mehr können wir mitnehmen, während andere die Augen offenhalten. Lynn und ich sind auf jeden Fall dabei, Margot fährt den zweiten Wagen, einen alten, ausgedienten Army-Transporter, bei dem das Nummernschild eh schon auf Halbmast ist. Wer hätte denn von euch Zeit?«

Duncan blickte sich mit ernster Miene um. »Also ich würde die Drecksäcke gerne bluten sehen, wer ist noch dabei?«

Zufrieden registrierte er, dass Nigel und John sofort nickten und zustimmten. Seamus schüttelte bedauernd den Kopf.

»Tut mir echt leid, ich muss dieses Mal passen. Meine Schwester feiert Geburtstag und ich habe versprochen, da zu sein. Das ist bei Inverness, das schaffe ich nie und nimmer.«

»Aber wir schaffen es. Wir wären, glaube ich, gerne dabei.«

Duncan wurde, als er die entschlossene Stimme hörte, verflucht kalt. Sein Magen zog sich schmerzhaft zusammen.

»Vergiss es, Anabel. Ich denke nicht daran, dich in Gefahr zu bringen.«

»Ich kann gut auf mich selbst achten und Hanson und Mika sind mit von der Partie. Peter sagte ganz klar, je mehr, desto besser.«

Er hätte sie nicht herbringen sollen. Er hätte ahnen müssen, dass so etwas passieren würde. Warum wurde er nicht endlich klüger? »Anabel, nein. Du weißt, dass ich meine Gründe habe.«

Sie legte ihre Hand an seine Wange und zwang ihn, ihr in die Augen zu sehen. »Duncan, du musst die Vergangenheit loslassen. Ich verspreche dir, dass ich mich nicht in Gefahr bringe. Bitte, lass uns dabei sein.«

Er wusste, dass er nicht auf immer und ewig die Ereignisse jener schrecklichen Nacht vor Augen haben durfte. Wenn er aber Anabel so ansah, die strahlenden Augen, dieses Engelsgesicht, Himmel noch mal, wenn ihr etwas zustoßen würde, wie sollte er damit fertig werden?

Die Entscheidung wurde ihm, obwohl er das überhaupt nicht wollte, abgenommen.

»Das freut mich, Anabel, und auch bei euch beiden.« Peter musterte Mika und Hanson mit sichtlicher Freude. »Wir sind tatsächlich darauf angewiesen, dass wir möglichst viele sind. Nur dann können wir die Aktion gut planen und die Aufgaben sinnvoll verteilen.«

»Mhm, könnten wir Anabel bitte dazu einteilen, bei mir zu Hause zu warten und die Daumen zu drücken?« Was blieb ihm schon noch übrig als ein wenig Sarkasmus?

Es war Lynn, die letztendlich aufstand und sich vor ihm aufbaute. Die kleine, quirlige Frau mit ihren inzwischen fast sechzig Jahren war so leicht durch nichts zu erschüttern, doch die Nacht, in der Theresa gestorben war, hatte auch sie tief getroffen. Heute aber legte sie ihm liebevoll ihre Hände auf die Arme. »Duncan, hör zu: Wir alle werden sicher nie vergessen, was damals passiert ist. Aber du weißt doch auch, dass das Leben weitergeht. Anabel hier ist eine erwachsene Frau, und wir werden alle ein Auge auf sie haben. Dort, wohin wir müssen, sind die Laborräume und die Lagerräume mit den Käfigen nahe an den Zäunen. Okay das Gebiet ist groß, aber wir haben einen guten Plan. Anabel und Mika werden mit dir und Nigel gehen, so kann ein jeder von euch ein Auge auf die Mädchen haben. Hanson mit Peter und John. Ich warte mit dem Handy zwischen den Hallen, während Margot und Peter die Wagen allzeit startbereit haben, so dass wir sofort verschwinden können. Wir haben eine Viertelstunde, höchstens eine halbe Stunde eingeplant, das muss genügen. Dieser Sicherheitsdienst ist bekannt dafür, dass er richtig hart rangeht. Das wollen wir verhindern! Diese Söldner bekommen keinen von uns in die Finger. Wir brauchen Beweise und wir brauchen, wenn's irgendwie geht, Fotos, sofern wir belastendes Material in den Laboren finden. In der linken Halle ist das Labor leider ganz hinten. Das bedeutet, dass man durch die Räume mit den Käfigen muss. Durchs Fenster geht nicht, das haben wir schon gecheckt, die sind vergittert. Das bedeutet, dass wir darauf achten müssen, dass die Tiere, vor allem die Hunde, nicht erschrecken und anfangen, zu bellen oder sonst irgendwie Aufmerksamkeit zu erregen. Gut, bei den Kaninchen ist das eher unwahrscheinlich, aber die Hunde – ich erinnere hier an den Retrieverwelpen und den schwarzen Helden vom letzten Mal. Und du wirst sehen, Duncan, es wird alles gut gehen.«

»Ich leg dann schon mal Verbandszeug, Spritzen und Sägen bereit, falls Amputationen nötig werden.«

Duncan musterte seinen Großvater mit einem vielsagenden Blick. »Danke, Doc, das hilft mir jetzt so richtig weiter und beruhigt mich maßlos.«

Allerdings schien er der Einzige zu sein, dem bei der Sache mulmig, war, denn alle anderen brachen in erleichtertes Gelächter aus. Lynn schenkte ihm ein aufmunterndes Lächeln und zog sich den noch fast schwarzen Haarknoten auf ihrem Kopf zurecht. »Ruhig bleiben, Duncan. Alles wird gut.«

Wenn er sich doch nur auch so sicher gewesen wäre.

17

»Denkst du, dass das hier so in Ordnung ist?« Anabel betrachtete ihr Spiegelbild mit zweifelndem Blick. Sie fühlte sich ein klein wenig wie ein Agent vor dem Einsatz. Sie trug einen schwarzen Rollkragenpullover, eine schwarze Jeans und ihre schwarzen Chucks. Die blonden Locken waren zu einem Pferdeschwanz gebändigt und steckten unter einer Kappe mit dem Emblem der »Calgary Flames«, einer kanadischen Eishockey Mannschaft, einer Leihgabe von Sean.

»Das ist perfekt! Nun mach dir nicht ins Hemd, wir passen auf dich auf.« Mika, in einem dunkelgrauen Arbeiter-Overall, mit ebenso grauen Turnschuhen ausgerüstet, klopfte ihr beruhigend auf den Rücken. »Wir schaukeln das Kind schon. Wenn mir jemand vor einem Monat erzählt hätte, dass ich Seite an Seite mit Duncan Wolfe eine Straftat begehe, ich hätte ihn wahrscheinlich einliefern lassen.«

»Au, ja, fein! Danke! Mach mir doch noch mehr Mut. Straftat! Wenn man mich hopps nimmt, kann ich mein Studium vergessen. Andererseits, das, was die Firma da abzieht ist kriminell. So ein verlogenes Mistpack. Unfassbar. Ganz zu schweigen von den armen Tieren, die sich nicht zur Wehr setzen können.«

Mika wurde von einer Sekunde zur anderen ernst. »Siehst du, eben darum tun wir das. Hier geht es nicht um die Ravens oder um uns. Hier geht es darum, dass die Menschen von einem Unternehmen, das es sich leisten kann, alles und jeden zu kaufen, verarscht wird auf Teufel komm raus. Darum tun wir es: um diesen arroganten Lügenbaronen eine Lektion zu erteilen. Ich hoffe von ganzem Herzen, dass wir das hinbekommen.«

»Dann sind wir schon zu zweit. Gut, dann hole ich jetzt ein paarmal tief Luft, beruhige mich und sehe zu, dass meine Knie aufhören zu zittern.« Anabel rückte seufzend die Kappe in die richtige Position.

»Das ist ein Anfang.« Mika warf einen letzten Blick in den Spiegel, dann nahm sie Anabel an der Hand und zog sie hinter sich her aus dem Zimmer.

Hanson musste sich nicht anders anziehen als er es ohnehin tat – dunkel. Allerdings brach er heute mit allen Gewohnheiten und trug eine schwarze Jogginghose. »Ich will keine dummen Kommentare hören, verstanden? Mit meinen engen Jeans komm ich über keinen hohen Zaun und kann mich nie so schnell bewegen wie mit diesem Ding hier.«

Mika musterte die Hose mit großen Augen. »Ich wusste gar nicht, dass du so etwas besitzt.«

»Du wirst es nach dieser Aktion auch sofort wieder vergessen, verstanden?« Hanson krempelte die Ärmel seines dunkelgrauen Sweatshirts hoch und sah Mika eindringlich an. »Verstanden?«

»Du hast eine Jogginghose? Echt? Hab's jetzt schon vergessen.«

»Braves Mädchen. So, wir müssen los. Ich habe von Duncan eine SMS mit dem Treffpunkt bekommen. Auf geht's, es wird ernst.« Hanson ergriff ihre Hand und lächelte beruhigend. »Wir sind alle aufgeregt, aber hier heiligt der Zweck die Mittel.«

Tutzing, Bayern

»Maximilian, du ahnst ja nicht, wie unangenehm mir das Verhalten meiner Tochter ist.« Friedrich Taschner saß mit verkniffener Miene in einem der Sessel in seinem Wohnzimmer und fühlte sich sichtlich unwohl.

Ein Umstand, der Maximilian nicht weiter verwunderte. Nachdem sein Vater heute einmal Kassensturz gemacht und dabei die beachtliche Summe von 68 300 Euro zu Papier gebracht hatte, die – zwar von beiden Familien, aber immerhin – inzwischen in das gekaufte Haus gesteckt worden waren, bekam Anabels einsame Entscheidung, sich aus den Plänen zurückzuziehen, noch einmal eine ganz andere Dimension. Die Renovierungskosten für das Haus fielen deutlich höher aus, als veranschlagt.

»Doch, ich glaube es dir aufs Wort, vertrau mir. Wenn jemand das nachvollziehen kann, dann ich.« Äußerlich einigermaßen gefasst, nippte er an dem vollmundigen Bardolino, den sein Schwiegervater ihm anbot. Wie es in ihm aussah, das behielt er lieber für sich. Immer, wenn er Zeit fand, um nachzudenken, wurde er nur noch wütender. Seit sie sich mit fünfzehn kennengelernt hatten, war für ihn klargewesen, dass Anabel seine Traumfrau war. Für ihn war immer alles geplant gewesen. Guter Schulabschluss, Karriere im Beruf, eine tolle Frau und eine sichere Stellung in der Gesellschaft. Daneben sein Leben mit den langjährigen Freunden, mit denen er sich solche Auszeiten nahm, wie Segeltörns in der Türkei und Surfwochenenden am Gardasee. Alles war perfekt. Bis jetzt, bis Anabel all das zu zerstören drohte.

»Wann wirst du denn fliegen?«

Er stellte sein Glas mit leichtem Klirren zurück auf den Tisch. »Am Montag. Mein Flug geht am Mittag, mit Zwischenlandung in London. Ich werde am frühen Abend in Edinburgh sein. Ich habe mir ein Hotelzimmer in der City genommen. Wohlgemerkt, ein Doppelzimmer, denn ich gedenke, Anabel schnellstmöglich aus dieser Wohngemeinschaft herauszuholen. Ich kann mir gut vorstellen, dass man sie dort auf diese absurden Ideen bringt und sie naiv genug ist, auf den Unsinn hereinzufallen.«

Friedrich nickte zustimmend. »Am liebsten würde ich mitkommen und meinem Fräulein Tochter ordentlich den Kopf zurechtrücken.«

»Lieber nicht«, wehrte Maximilian ab, »damit riskieren wir

nur, dass sie auf stur schaltet und aus reinem Trotz alles, was vernünftig erscheint, verweigert.«

»Da hast du allerdings auch wieder recht. Also, sieh zu, dass du sie zur Vernunft bringst. Und sieh vor allem zu, dass sie sofort wieder hierher kommt. Schließlich hat sie hier ein Leben, das sie nicht so einfach wegwerfen kann. Ich glaube, dass sie sich über die Konsequenzen in keiner Weise klar ist.«

Grinsend griff er wieder nach seinem Glas und prostete Friedrich zu. »Mach dir keine Gedanken. Ich bekomme unsere Bella schon wieder auf die richtige Spur.«

»Das will ich hoffen.« Sein Schwiegervater klang nicht ganz so überzeugt, wie Maximilian es sich gewünscht hätte.

Edinburgh, Schottland

»Seht ihr, dort vorne an der Gabelung, die Baumgruppe, da ist es. Hier sollen wir warten, bis Margot und Peter mit den Autos kommen.« Hanson lenkte seinen Camry vorsichtig von der Straße aufs Bankett.

»Warum können wir denn nicht mit deinem Wagen da hinfahren? Ginge das nicht schneller?«

Er konnte Mikas Gesicht auf dem Rücksitz kaum ausmachen. »Nein, das wäre Unsinn. Da hat Duncan schon recht. Die beiden Fahrzeuge der PETA-Leute werden, sobald sie die Straße verlassen, wie von Geisterhand keine Nummernschilder mehr haben, weißt du?«

»Ah, okay, verstehe, das macht Sinn. Das heißt, wir fahren von hier aus mit den beiden Offroadern?«

»Siehst du, Mika, nun hast du es kapiert.« Hanson warf ein gönnerhaftes Grinsen in die Richtung, aus der die Stimme gekommen war.

»Sie sind schon da!« Anabels Stimme hatte einen deutlich nervösen Unterton.

»Wo? Ich kann sie nicht sehen.« Er ließ seinen Blick suchend über das doch recht dunkle Gelände schweifen. Es war eine bewölkte Nacht und so war Mond- oder Sternenlicht Mangelware. Dann aber sah auch er sie. Die beiden riesigen Geländewagen standen direkt vor ihnen, doch in vollkommener Dunkelheit und ohne Licht konnte man nur ihre Umrisse ausmachen. »Die sind ja riesig, ey. Der Rover ist aber dermaßen was von umgebaut. Cool, ich muss schon sagen. So viel Ladefläche hat das Teil sonst nicht.« Beeindruckt betrachtete er sich die beiden Transportfahrzeuge. Bei dem Rover Pick-up war die ehemalige Ladefläche kräftig ausgebaut worden und bot nun viel Stauraum. Das sah verdammt gut aus. In dem Rover leuchtete ein Licht auf und Hanson wusste, dass er sein Auto nun möglichst gut versteckt abstellen musste.

Eilig parkte er den Camry hinter den Bäumen. Hier würde er so gut wie unsichtbar sein. Mika und Anabel liefen bereits auf die Autos zu und er sah, wie Peter ihnen am Steuer des Rover Zeichen gab, zu dem alten, ehemaligen Militärtransporter zu gehen. Dort öffnete sich in diesem Augenblick die Plane über der Ladefläche, und er erkannte Nigels blonde Haare. Vier Arme streckten sich ihnen entgegen und halfen dabei, einzusteigen. Es war stockfinster. Er konnte nur schemenhaft Umrisse erkennen.

»Hey, Leute. Ihr seid pünktlich wie die Uhr. Und sind euch noch keine Zweifel an der Aktion gekommen?« Hanson konnte in Duncans Stimme den Hoffnungsschimmer erahnen, den dieser wohl noch immer hegte.

»Ich glaube, wir sind uns verdammt sicher, dass wir das durchziehen wollen.« Anabels Stimme klang ausgesprochen fest und sicher.

»Deutscher Sturschädel!«

Hanson konnte erkennen, wie sich eine Hand um Anabels Arm schloss und Duncan sie zu sich auf den Boden des Laderaums zog. Schmunzelnd half er Mika dabei, sich zu setzen und ließ sich dann neben sie plumpsen.

»Also wir sind den Plan mehrmals durchgegangen und wissen, was wir zu tun haben. Handys sind geladen und Mika hat ihre kleine Digicam dabei, wir sind so weit gut gerüstet.« Er versuchte das Dunkel, aus dem nach wie vor nur Nigels Haarflut herausstach, zu durchdringen.

»Gut, wir auch. Wenn wir ankommen, wird zuerst der Zaun in Angriff genommen. Peter hat schon herausgefunden, dass sie wieder ein wenig nachlässiger geworden sind. Wir haben ja jetzt auch eine ganze Weile die Füße still gehalten. Es gibt da hinten nur eine einzige Kamera und – jetzt kommt das Schöne – die ist hinüber. Laut Peter laufen sie alle Stunde einmal übers Gelände, das war es. Sie fühlen sich anscheinend nach der ganzen positiven Berichterstattung relativ sicher. Vollidioten.« Nigel klang sauer.

»Gut, wir halten uns einfach hinter euch. Mika geht mit ins Labor und nimmt auf. Wir sehen zu, dass wir Tiere rausbekommen, oder?«

»Ja, Anabel, sehr gut. Ich gehe mit Mika zum Labor, du und Duncan kümmert euch um die Tiere in der Halle. Hanson, du stößt zu John und Peter bitte.« Nigel hatte das Potential zum Einsatzleiter.

Er nickte, was wahrscheinlich keiner sah und konzentrierte sich auf das, was da kommen würde. Keine zwei Minuten später wurde das Fahrzeug langsamer. Ein kleiner Vorhang zur Fahrerkabine wurde zurückgezogen, was einen leichten Lichtschein ins Innere fallen ließ. »Leute, wir sind da, ab sofort wird's ernst. Die dürften mit ihrer Runde gerade fertig sein, wenn Peters Zeitplan stimmt.« Margots Stimme klang ruhig und gelassen wie immer, und er war ihr dafür gerade sehr dankbar.

»Gut, dann verschwinde ich zu John und Peter, oder?« Hanson zog sich die Ärmel des Sweatshirts über die blassen Arme.

»Exakt, ab sofort läuft alles nach Plan.« Ah, auch Duncan war also noch da. Kein Wunder, dass man ihn weder sah noch hörte, der Kerl war wie immer ganz in schwarz und trug auch noch eine schwarze Bandana um die langen Haare.

Amüsiert registrierte Hanson, dass Duncan noch immer Anabels Hand hielt. Er schien sich wirklich um sie zu sorgen, ein Umstand, der ihn verwunderte. Duncan wirkte eher so, wie einer von der ganz harten Sorte. Aber wie so oft war es auch hier wohl so: Beurteile niemanden nach seinem Äußeren.

»Ich bin dann mal weg.« Er entdeckte Peter und John in etwa zehn Metern Entfernung, wo Peter gerade den Stacheldraht durchtrennte und es ihnen so möglich machte, über die nicht besonders hohe Mauer zu klettern.

»Vorsicht, Mika, noch nicht. Lass mich den Draht wegziehen, das könnte sonst verflixt weh tun.« Nigel streifte sich dicke Arbeitshandschuhe über und griff beherzt in den stacheligen Drahtverhau.

Mika trat einen Schritt zurück und warf ihr einen aufmunternden Blick zu. »Und, was ist? Nervös?«

Sie zog eine unsichere Grimasse. »Geht eigentlich. Ich weiß nur eben nicht, was mich da drin erwartet.«

Vor ihr lagen zwei flache, langgezogene, rechteckige Gebäude, die in einen schön angelegten Park eingebettet waren. Links und rechts säumten Blumenbeete die Wege und überall waren Bäume gepflanzt. Anabel wusste, dass am anderen Ende die große Zufahrt war und dass dort noch einmal ein großes Gebäude lag, in dem die hauptsächliche Produktion untergebracht war. Das alles hier wirkte so hübsch und friedlich, dass man kaum glauben mochte, was hier in den beiden kleineren Hallen ablaufen sollte.

Ein leises Zischen von Lynn riss sie aus ihren Überlegungen. Duncan ergriff ihre Hand und half ihr über die Mauer, was sie schnell bewerkstelligte. Geduckt liefen sie, mehrere Ginsterbüsche als Deckung nutzend, zum rückwärtigen Eingang ihrer Halle. Dort sah sie, wie Duncan eine Zange aus der Jacke zog und routiniert eine riesige Kette durchtrennte. Dann öffnete er mit einem Dietrich die schwere Eisentür. Der Mann hatte eindeutig Einbrecherqualitäten.

Als ob er ihre Gedanken erahnen könnte, warf er ihr einen ernsten Blick zu. »Jeder hat so seine dunklen Seiten, oder?«

»Zu spät, um mich abzuschrecken. Und jetzt mach schnell, wir haben nicht ewig Zeit.«

Anabel hörte Nigel leise lachen. Duncan drückte seufzend die Tür weiter auf, was ihnen ermöglichte, ins Innere zu huschen. Zuerst erkannte sie einen langen Gang, von dem aus diverse Türen abgingen. An der Decke leuchteten gedimmte Röhrenlampen, und an den weißen Wänden waren überall große Bilder von wunderschönen, sichtlich glücklichen Menschen aufgehängt, die Produkte der Firma in den Händen hielten. Anabel wusste mittlerweile, dass es sich dabei um Poster der aktuellen Werbekampagne handelte. Das Ganze vermittelte den Eindruck einer heilen, unbeschwerten Welt. Dass dem nicht so war, sollte sie schnell erfahren. Duncan öffnete sehr leise und vorsichtig die Tür zu einem der Räume an der linken Seite. »Produktlager 4« stand in großen Lettern auf dem Schild neben dem Türrahmen. Nun ja, so konnte man es natürlich auch nennen. In dem etwa dreißig Quadratmeter großen Raum waren entlang der Wände Stahlkäfige aufgestellt, in denen Anabel kleine Kaninchen erspähte. Als sie nähertrat, erschrak sie. Bei zweien der Tiere waren die Augen kaum mehr zu erkennen, blutige Schlieren zogen sich über die runden Backen der Kaninchen.

»Was ist das?« Sie schaffte es kaum, die Worte herauszupressen.

»Das, meine Liebe, sind Tiere, an denen Produkte getestet werden, die ihr dann als Entferner für Augenmake-up nutzt. Was glaubst du, wie lange man herumexperimentieren muss, ehe man die richtige Mischung hat, die euch nicht die Netzhaut verätzt? Du weißt schon, von wegen sanft und natürlich.«

»Oh Gott, das ist ja schrecklich.« Ihr wurde übel. Das konnte ja heiter werden. »Nehmen wir die hier gleich mit?«

Duncan nickte mit grimmiger Miene. »Ja, auch wenn wir ihnen wahrscheinlich nicht mehr helfen können. Aber die noch Gesunden kommen bitte auch mit. Schnell.«

Anabel hatte überhaupt nicht mitbekommen, dass Nigel und Mika schon weg waren. Offenbar waren die schon unterwegs in das sogenannte Labor. Was mochte sie dort erwarten, wenn das hier schon so schlimm aussah?

Duncan öffnete den ersten Käfig und danach die anderen. So schnell sie konnten packten sie möglichst viele Tiere in einen Käfig. Duncan lief damit los, um ihn über die Mauer zu bringen. Binnen weniger Augenblicke war er zurück. Schnell war »Lagerraum 4« leer geräumt, und sie widmeten sich »Lagerraum 3« eine Tür weiter. Hier fanden sie nur einen Käfig mit weißen Ratten, den Duncan ebenfalls in aller Eile in Sicherheit brachte.

»Lagerraum 2« glich einem Kabinett des Schreckens. Katzen, denen das Fell ausgefallen war oder die es sich, zumindest sah es so aus, selbst weggekratzt hatten. In jedem Käfig waren zwei Tiere und sie waren so verängstigt und hatten gewiss so starke Schmerzen, dass sie schrien. Noch nie zuvor hatte Anabel eine Katze vor Schmerzen schreien gehört. Es ließ ihr einen eisigen Schauder über den Körper laufen und Tränen traten in ihre Augen.

»Anabel, zieh die Handschuhe an. Sie werden beißen und kratzen. Aber ich muss sie in zwei Käfige bringen, sonst schaffen wir es nicht. Schnell!« Duncans Stimme klang ein wenig gepresst. Sie ahnte, warum. Die Zeit verging schnell. Wenn sie nicht entdeckt werden wollten, mussten sie zügig arbeiten. Sie konnte sich ihre Gefühlsduseleien im Moment nicht leisten.

Tatsächlich leisteten die Katzen regelrecht erbitterten Widerstand, doch endlich hatten sie die acht Tiere in zwei Käfigen untergebracht. Anabel hatte einige Kratzer am Arm davongetragen, und Duncan schnaufte gewaltig, als er eine ziemlich große, hellbraun getigerte Katze gerade in den Käfig stecken wollte und diese mit erstaunlicher Schnelligkeit nach ihm schlug. In letzter Sekunde brachte er sein Gesicht in Sicherheit.

»Damn it! Das war knapp. Aber was soll's, Narben machen männlich.« Er schloss die Käfigtür. »Ich bring sie raus. Es wird knapp. Die Hunde müssen hier auch noch irgendwo sein. Hier wird eindeutig das ganze Augenzeug getestet. Bin gespannt, was die Anderen drüben haben. Ich bin gleich zurück.« Er lud sich den Käfig auf die Arme und verschwand lautlos.

Sie wunderte sich immer wieder, wie der riesige Mann sich so geräuschlos bewegen konnte. Während Duncan draußen war, suchte sie neugierig die Schränke und Tische ab. Sie wurde fündig. Offenbar testeten sie sogar bereits auf dem Markt befindliche Produkte, denn das Augengel, angeblich Aloe pur, das hier angebrochen im Schrank neben den Katzen stand, das kannte sie zur Genüge. Die Werbung war allgegenwärtig. Anabel überlegte nicht lange. Sie nahm den kleinen Tiegel und stellte ihn auf den verbliebenen Käfig. Rasch zückte sie ihr Handy und beglückwünschte sich zur Qualität der Bilder ihres Telefons. Man konnte sowohl den Tiegelaufdruck wie auch die entzündeten, zugeschwollenen Augen der Tiere gut erkennen. Doch schon kam Duncan zurück, um den Käfig ins Freie zu tragen.

»Geh doch bitte schon in den nächsten Raum, aber sei leise und vorsichtig. Ich schätze, dass darin Hunde sind.«

Sie nickte und lief direkt hinter ihm her aus dem Raum und in den nächsten. Was sie dort erwartete war so erschreckend, dass sie die Tränen nicht zurückhalten konnte. Es waren tatsächlich Hundewelpen, klein und hilflos, und sogar sie, als Nicht-Hundeprofi, erkannte, dass sie noch nicht von ihren Müttern hätten getrennt werden dürfen. Da waren Labradorwelpen ebenso wie kleine Beaglebabys. Wie, zum Henker, konnte jemand so etwas tun? Drei der Beaglewelpen war fast das gesamte Fell ausgefallen, was mochte man an den armen Winzlingen testen? Sie fand den Ursprung des Leids der Hunde schnell. Eine duftende Lotion für Gesicht und Hals, ebenso wie die dazugehörige Maske zur »Hautentspannung«. Die bemitleidenswerten Kreaturen rochen sogar nach dem angeblich »pflanzlichen« Mist. Zornig wischte sie mit ihrem Ärmel die Tränen aus den Augen und zückte erneut ihr Handy. Schade, dass es kein »Geruchsbild« gab. Das wäre der ultimative Beweis gewesen.

»Siehst du nun, was die Gier nach Geld und Erfolg aus Menschen macht? Verstehst du, warum ich so nachdenklich geworden bin?« Duncan klang sehr traurig, als seine Stimme hinter ihr erklang.

»Du würdest so etwas niemals tun. Das weiß ich mit Sicherheit.«

Er seufzte nur. »Das hier sicher nicht, aber wer weiß, was sonst?«

Sie ließ sich von ihm nicht aus dem Konzept bringen, verstaute ihr Handy wieder in der Hosentasche und gemeinsam verfrachteten sie die leidenden Tiere in zwei Käfige. Es war leicht, da die geschundenen Kreaturen sich nicht wehrten. Als Duncan den ersten Käfig schloss, hörte Anabel das Summen seines Handys.

»Scheiße! Sie fangen ihre Tour wieder an. Wir müssen verdammt schnell sein.« Duncan packte sich den Käfig auf die Arme und raunte ihr schon im Gehen zu: »Bitte steck die restlichen Winzlinge in den letzten Käfig, dann sollten wir es schaffen.«

Eilig öffnete sie die letzten beiden Gefängnisse der Kleinen und holte sie vorsichtig der Reihe nach heraus. Das Behältnis, in dem die Beagles untergebracht waren, hatte eindeutig schon einige Jahre auf dem Buckel. Um ein Haar hätte sie es nicht aufbekommen, die dumme Tür war verzogen und an den Scharnieren rostete sie. Als Anabel die Hand zum zweiten Mal hinein streckte, stürzte Duncan in den Raum.

»Schnell, wir müssen raus. Irgendwas stimmt hier nicht. Laut Lynn kommen sie zielstrebig auf uns zu, und sie sind zu viert. Lass mich den Rest machen, schnell!«

Erschrocken zog sie ihre Hand zurück und wollte ihm aus dem Weg gehen. Dabei trat sie in eine kleine Senke im gefliesten Boden, in der wahrscheinlich Flüssigkeiten abfließen sollten. Anabel mochte sich gar nicht erst vorstellen, was das alles sein könnte. Sie strauchelte nach hinten und ein heftiger, stechender Schmerz zuckte durch ihre rechte Hüfte. Es kostete sie all ihre

Überwindung, nicht zu schreien, und doch war sie stolz auf sich, dass nicht einmal ein Schmerzenslaut über ihre Lippen kam. Weh tat es auf jeden Fall, verdammt weh. Dennoch biss sie die Zähne zusammen so fest sie konnte, klaubte den letzten Hund aus dem Käfig vor sich und wandte sich zum Gehen. Nun sah sie auch, was sie da eben regelrecht aufgespießt hatte. Diese vermaledeite verrostete Gittertür hing schräg in den Angeln. Sie war haargenau in die gute vier Zentimeter herausstehenden Drähte gelaufen. Und die waren verflucht dick, wobei ihr der Rost die größte Sorge bereitete. Aber nun mussten sie erst einmal raus hier. Sie hastete hinter Duncan her, der schon auf halbem Wege zum Ausgang war.

»Lass, komm, beeil dich.«

»Bin ja schon da.« Sie konnte es nicht verhindern, dass ihre Stimme etwas gepresst klang. Der Schmerz war doch beachtlich.

Schon an der Tür angekommen, fiel ihr Blick auf einen blinkenden, hellroten Punkt an der Decke. Dort hatte es, als sie vorhin hineingegangen waren, definitiv nicht geblinkt. Eilig drückte sie sich hinter Duncan ins Freie. Ihn jetzt abzulenken brachte sicher nichts. Doch wenn das keine Kamera oder zumindest ein Bewegungsmelder war, würde sie einen Besen verspeisen. An der Mauer reckte Margot ihnen schon die Hände entgegen.

»Den Käfig, schnell, die anderen sind bis auf Peter schon alle hier.« Sie hatte noch nicht einmal Luft geholt, als Peter herbei spurtete.

»Leute, weg hier, sofort. Diese Mistkäfer haben Kameras, die an Bewegungsmelder gekoppelt sind. Lauft, schnell.« Peter reichte Margot einen beachtlich großen, apathischen Hund über die Mauer und sprang hinterher.

»Komm, gib mir den Hund und dann deine Hand. Ich helfe dir.« Auffordernd streckte Duncan ihr die Hand entgegen. Kaum landete sie mit einem leisen Stöhnen auf der anderen Seite, bemerkte sie Duncans entsetzte Miene. »Anabel, wo hast du dir weh getan?«

»Wie kommst du darauf?« Sie war selbst verwundert, wie ruhig ihre Stimme klang.

»Weil du Blutspuren auf der Mauer hinterlassen hast.« Duncan nahm sie kurzerhand auf die Arme und rannte mit ihr zum Transporter. Er hob sie auf die Ladefläche, die nun beinahe komplett mit Gitterkäfigen zugestellt war und sprang hinterher.

Dass sie keine Sekunde zu früh aus der Anlage abgehauen waren, konnte man an den lauten, wütenden Rufen, die von dort erklangen, deutlich hören.

Duncan klappte die Plane herunter und genau in dem Augenblick, als er sich mit ihr auf den Boden fallen ließ, gab Margot auch schon Gas.

»Na los, wo hast du dich verletzt? Ist es schlimm? Du blutest ziemlich heftig.«

»An der Hüfte. Ich habe mich an dem blöden, alten Käfig aufgespießt. An den Drähten, die neben dem Rahmen der Tür rausgeschaut haben.«

Sie hörte Duncan stöhnen. »Ach du Scheiße. An dem rostigen Mist? Nur so ein Gedanke, aber wann bist du das letzte Mal gegen Tetanus geimpft worden?«

»Keine Ahnung. Dürfte schon eine Weile her sein.«

»Ich hätte nicht zulassen dürfen, dass du mitkommst.« Sie fühlte Duncans Arme um ihren Körper.

»Das hättest du wohl kaum verhindern können.« Der Wagen fuhr wohl gerade über eine Wurzel oder in ein Schlagloch, auf jeden Fall tat das Rumpeln der Wunde nicht gut. Sie sog heftig die Luft ein. »Aua.«

»Siehst du. das haben wir nun davon. Oh Mann, wenn es schlimm ist, dann ohrfeige ich mich im Nachhinein. Wie konnte ich nur?«

Sie zog es vor, ihm nicht zu antworten. Vor allem, da sie spürte, dass ihre Jeans ihr feucht am Körper klebte. Das war besorgniserregend.

Schnell erreichten sie die Stelle, an der das Auto geparkt war, und die Ravens ebenso wie Mika, Anabel und Hanson verließen die Geländewagen.

»Eine Taschenlampe, zackig!«

Nigel zauberte eine Taschenlampe aus einem Rucksack, den er über der Schulter trug. »Hauptsächlich sollten wir aber jetzt erst einmal das Weite suchen. Wenn sie uns nachfahren, sind wir ziemlich aufgeschmissen.«

»Falsch! *Hauptsächlich* sehe *ich* mir erst einmal Anabels Wunde an.« Duncan klang sehr überzeugend.

»Oh, was ist passiert? Ich habe nichts mitbekommen. Margot hat mich und Mika sofort ins Führerhaus verfrachtet.« Nigel kam besorgt näher.

Sie winkte ab. »Ist sicher nicht schlimm, nur ein paar Kratzer.«

»Hose runter! Ich muss mir das ansehen.« Duncan wedelte mit der Lampe vor ihrer Nase herum.

»Geht's noch? Ich kann doch hier nicht meine Hose ausziehen.« Erschrocken starrte Anabel ihn an.

»Keinen Striptease, nur runterziehen. Ich kann so nichts erkennen. Bitte, Süße, wir haben sonst echt ein Problem.«

Das leuchtete ihr ein. Vorsichtig zog sie die Jeans bis zu den Oberschenkeln hinunter.

»Wo genau?« Duncan zückte die Taschenlampe.

»Hier.« Sie deutete zögerlich auf ihre Hüfte.

»Mädel, das sieht aus, als ob du mit Wolverine gekämpft hättest. Das muss doch enorm weh tun.«

»Nein, Duncan, es geht schon. Komm, lass uns verschwinden.«

»Vergiss es, Anabel. Das sind regelrechte Risse, mindestens einen Zentimeter tief oder so. Erstens brauchst du eine Tetanusspritze und zweitens muss das versorgt werden. Ich wohne nur ein paar Minuten von hier. Ich rufe sofort den Doc an, er soll zu mir kommen.« Suchend sah Duncan sich um. »Mika, Hanson, ich bring sie euch dann nach Hause oder rufe an und berichte, was los ist, okay?«

Mika legte den Arm um Anabels Schulter. »Hör auf ihn. Es macht wirklich keinen Sinn, eine Blutvergiftung zu riskieren. Abgesehen davon sollten wir, denke ich, jetzt alle verschwinden. Es ist doch eigentlich ganz gut gegangen, oder?«

Nigel schulterte seinen Rucksack und nickte. »Wenn wir die Tatsache außer Acht lassen, dass Anabel aussieht, als sei sie in den Reißwolf gefallen – ja, lief echt gut. Sie haben uns, denke ich, nicht mal gesehen.«

»Da wäre ich mir nicht so sicher. Das, was Peter vorhin noch gerufen hat, dürfte richtig sein.« Anabel wünschte sich, dass ihre Stimme ein wenig entspannter klingen würde. »Als wir ankamen, habe ich mich gut umgesehen. Ist so eine Angewohnheit von mir – Umgebung scannen, keine Ahnung, warum. Als wir abgehauen sind hat links neben dem Ausgang an der Decke ein rotes Lämpchen geblinkt. Ich würde ja gerne etwas Beruhigendes sagen, aber es könnte tatsächlich sein, dass das ein Bewegungsmelder mit Kamera war.«

Duncan sah ihr sichtlich angespannt dabei zu, wie sie ihre Hose wieder hochzog. »Wie kommst du darauf?«

»Weil ich das System aus der Uni in München kenne. Dort ist direkt neben dem Eingang zur Fakultät ein Bewegungsmelder. Wenn du hineingehst, geht automatisch das Licht an und eine Kamera filmt dich. Das muss so sein, weil bei uns Kunstwerke und so ausgestellt sind.«

»So ein verdammter Mist. Das könnte bedeuten, sie haben jetzt exzellentes Bildmaterial von uns. Das hätte Peter aber wissen müssen. Er hat doch die Vorarbeit geleistet.« Nigel war eindeutig not amused.

»Ist jetzt alles zweitranging. Ich nehme Anabel und haue mit ihr ab. Leute, wir telefonieren. Uns läuft die Zeit davon.« Duncan schien nicht mehr diskutieren zu wollen.

Wenn Anabel ehrlich war, kam ihr seine Entscheidung sehr entgegen. Inzwischen brannten die Schnitte wie die Hölle. Es waren eindeutig mehr als Kratzer.

Der Abschied war kurz. Schon ein paar Sekunden später saß sie auf dem Rücksitz der Harley. Duncan beherrschte das Kunststück, die riesige Maschine einhändig zu fahren. Er telefonierte mit seinem Großvater.

Als sie kurze Zeit später vor einem hübschen Haus anhielten, pochte zwar ihre Hüfte wie verrückt, aber sie war auch ziemlich nervös. Immerhin hatte Duncan sie zu sich nach Hause gebracht.

18

»Na, hat's weh getan?« Der Doc musterte Anabel besorgt. »Du hast richtig Glück gehabt, Mädel. Das hätte anders ausgehen können. Deine Hose hat echt gute Qualität. Die hat wohl dafür gesorgt, dass die Risse weniger tief sind als befürchtet.« Er tupfte vorsichtig über die vier heftigen Schrammen. Das Mädchen war wirklich geduldig. Das Wundspray brannte teuflisch, das wusste er sehr wohl. Er wusste aber auch, dass Anabel so tapfer war, weil Duncan sie misstrauisch beäugte. Er war sich sicher, dass sein Enkel sich gerade innerlich zerfleischte. Nur gut, dass die Verletzung, die Anabel sich zugezogen hatte, nicht mit der tiefen Stichwunde Theresas zu vergleichen war.

»Überhaupt nicht, ist absolut erträglich.« Anabel klang regelrecht überzeugend.

Er hätte sie am liebsten geknuddelt. Die hübsche Blondine hatte nicht nur Köpfchen, sie war auch noch verdammt tapfer. Hoffentlich klappte diese Beziehung endlich. Seit Theresas Tod hatte er Duncan nicht mehr so erlebt. Anabel schien ihm gehörig den Kopf verdreht zu haben. Die ganze, aufgesetzte Coolness, die leicht herablassende Art, das angehende Stargehabe, das alles war weg, wenn die junge Frau in seiner Nähe war. Sie tat ihm gut. Anabel holte ihn aus diesem dunklen Loch heraus, in das er sich vor etwas über einem Jahr verkrochen hatte. Schon im Proberaum war ihm aufgefallen, wie entspannt und natürlich Duncan endlich war. Das war wieder der zwar etwas ernste, aber doch freundliche und aufgeschlossene Kerl, der sein

Enkel nun einmal war. Wenn er an die zahllosen Frauen dachte, die ihm nachstellten, die nachts vor seinem Haus auftauchten oder die sich ihm nach Konzerten oder bei Partys an den Hals warfen, dann hoffte er inständig, dass er bei Anabel wieder so etwas wie Beständigkeit finden würde. Was nach dem Jahr, das sie hier zu verbringen gedachte, geschehen würde, blieb abzuwarten. Grinsend klebte er das große, viereckige Pflaster über die gereinigten und mit Salbe behandelten Risse an Anabels Hüfte. Schottland hatte schon so manchen überzeugt. Warum nicht auch sie?

»So, du kannst dich wieder anziehen.« Er warf einen bedauernden Blick auf die Jeans. »Wobei die wohl eine Wäsche braucht. Aber dann sieht sie erst recht hypermodern aus. Ihr steht doch auf das zerrissene Zeug.«

Anabel schenkte ihm ein bezauberndes Lächeln. »Stimmt, andere zahlen viel Geld für so etwas.« Sie sah an sich hinunter und zog eine schmerzliche Grimasse.

»Was ist? Tut's doch noch weh?« Er legte ihr beruhigend eine Hand auf die Schulter.

Aber Anabel schüttelte nur lachend den Kopf. »Nö, ich habe nur gerade mal wieder festgestellt, dass ich ein bisschen abnehmen könnte.«

Stirnrunzelnd packte er seine Utensilien wieder ein. »Da bin ich ganz sicher der falsche Ansprechpartner, Lass. Mein Schönheitsideal ist keine andere als die göttliche Marilyn Monroe. Eine Frau muss eine Frau sein, kein Kleiderständer.«

»Da stimmen der Doc und ich, wie so oft, vollkommen überein. Du hast eine absolute Traumfigur. Da ist alles genau da, wo es hingehört«, schaltete sich Duncan in das Gespräch ein.

»Bleib genauso wie du bist, Kind.« Er griff nach seinem Arztkoffer. »So, ich habe getan, was ich tun konnte. Ich denke, die Tetanusspritze war dringend notwendig. Anabel, du hältst dich bitte ein paar Stunden ruhig, damit die Wunde heilen kann und du, Duncan, verwöhnst Anabel bitte nach Strich und Faden.«

Seinem Enkel gelang zumindest schon wieder ein Lächeln. »Worauf du dich verlassen kannst.«

Sehr zufrieden verließ er Duncans Zuhause. Na, das sah doch alles richtig positiv aus.

»Warte, du bekommst eine Sporthose von mir. Dann werfe ich deine Jeans in die Waschmaschine und nachher gleich in den Trockner. Die ist dann wieder wie neu.« Ohne ihre Antwort abzuwarten, sprintete er nach oben und holte seine graue Sweathose, die er zum Joggen und im Fitnessstudio trug.

Sie sah bezaubernd aus, wie sie dastand und sich die viel zu große Hose irgendwie zurecht krempelte. Er war allen verfügbaren Göttern dankbar, dass es so glimpflich abgelaufen war.

»Soll ich uns einen Tee machen? Oder hättest du gerne etwas Härteres? Whisky, Wodka, Spiritus?«

Für dieses strahlende Lächeln hätte er noch ganz andere Dinge aufgefahren, doch Anabel entschied sich für Tee.

»Setz dich bitte hin und halt dich still, du hast gehört, was der Doc gesagt hat. Soll ich ein Feuer anmachen? Ist gemütlicher, oder?«

»Wenn du es schon erwähnst. Mit zwei Dingen kannst du mich immer begeistern: Das Meer und offenes Feuer.« Anabel setzte sich sehr langsam auf sein Sofa.

Rasch und routiniert entzündete er ein Feuer im offenen Kamin, das schnell fröhlich vor sich hin knisterte und bald angenehme Wärme verbreitete.

»Ist Apfel-Zimt-Tee in Ordnung? Passt zum Feuer, finde ich.«

»Sehr gerne. Ich bin da sowieso flexibel. Ich liebe Tee.«

»Bin sofort wieder zurück.« In der Küche verfluchte er den Wasserkocher dafür, dass er langsamer war, als es ihm gerade lieb war. Er verfügte über zwei riesige Teetassen, die er bei dem letzten Kunstfestival in Edinburgh erstanden hatte. Heute passte das perfekt. Vorsichtig trug er die beiden dampfenden Tassen ins Wohnzimmer. »Ich habe Honig reingemacht. Ich hoffe, das geht in Ordnung?«

»Du kannst meine Gedanken lesen. Langsam wirst du mir schon wieder unheimlich.« Lächelnd nahm sie ihm die Tasse aus der Hand.

»Ach nein. Das ist ein dummer Zeitpunkt, um dir unheimlich zu sein. Das passt mir so gar nicht in den Kram.«

»Und warum, wenn ich fragen darf?«

Grinsend setzte er sein Getränk auf dem Tisch ab und wandte sich ihr zu. »Weil ich mich jetzt neben dich setze, dich in den Arm nehme und eine ganze Weile nicht mehr loslasse, du kleiner, bezaubernder Dickschädel.«

»Klein?«

»Okay, klein ist hier relativ zu sehen. Nimm mich als Vergleich.« Vorsichtig setzte er sich, legte seinen Arm um Anabel und zog sie sanft an sich. »Geht das so? Tut etwas weh?«

Statt einer Antwort kuschelte sie sich enger an ihn.

Ob sie auch nur annähernd ahnte, wie schön es war, sie festzuhalten? Ganz sachte schloss er seine Arme noch enger um sie.

Anabel hatte lange Unsicherheit darüber empfunden, ob das, was sie tat, gesellschaftsfähig war, ob es ihrer Familie in irgendeiner Form schaden könnte, ob irgendjemand Anstoß daran nehmen könnte. Anabel war sich nicht ganz darüber im Klaren, wann in ihrem Kopf dieser geniale Wechsel stattgefunden hatte. Es war ihr einfach nur egal, was andere dachten, was geschehen könnte oder was – wer auch immer – zu dem, was sie tat, sagen könnte. All das bewirkten ihr neues, selbstbestimmtes Leben in Schottland und die beiden starken Arme, die sie umfingen und ihr eine Kraft gaben, die ihr neu war. Duncan war für sie wie ein Fels in der Brandung, ihr Fels. Ein Gefühl, das ihr noch nie vermittelt worden war. Sich an ihn zu schmiegen, seine Wärme zu fühlen und seine ruhige Stimme, die seine Selbstsicherheit unterstrich und damit auch sie erdete. Duncan musste keine coolen Sprüche klopfen oder Machoparolen zum Besten geben, das hatte er schlicht nicht nötig. Wenn er sie jetzt leise ausschimpfte, weil sie sich in Gefahr gebracht hatte, dann war das so liebevoll, dass sie sich nicht schuldig fühlte, sondern geliebt.

Seine linke Hand kraulte ihr zärtlich den Haaransatz, während sein anderer Arm sie fest umfing. Im Kamin knisterten die langsam verbrennenden Holzscheite und ihr Tee schmeckte ein klein wenig nach Märchen. Zimt verband sie automatisch mit Märchen, eine kindische aber lieb gewonnene Marotte, seit ihr Großvater ihr als Kind Märchen erzählt und sie dabei Zimtsterne verputzt hatten. Allerdings erlebte sie hier wohl gerade so etwas wie das erste Märchen, geschrieben von ihrem eigenen Leben. Duncans Hand streichelte inzwischen ihren Hals und glitt sehr langsam tiefer in ihren Ausschnitt. Sie spürte, dass er ab und an ein wenig zögerte und musste unwillkürlich lächeln. Der selbstsichere Star am schottischen Rockhimmel hatte ganz offensichtlich Angst davor, zu weit zu gehen. Es war eindeutig an der Zeit, mit derartigen Zweifeln aufzuräumen. Vorsichtig hob Anabel den Kopf und wandte Duncan, an dessen Brust sie sich schmiegte, ihr Gesicht zu.

»Duncan, darf ich dich um einen Gefallen bitten?«

»Was immer du möchtest, Süße. Es sei denn, es ist etwas, bei dem du dich in irgendeiner Form aufspießen könntest. Das kannst du getrost vergessen.«

Schmunzelnd schüttelte sie den Kopf. »Ich denke, es ist für mich ungefährlich. Allerdings könnte es süchtig machen.«

»Nun rück schon raus mit deinem Wunsch. Du machst mich neugierig.«

»Könntest du mich bitte küssen?«

»Äh, warum glaubst du, mich darum bitten zu müssen?«

»Na ja, könnte ja sein, dass diese vielbegehrten Lippen nicht so leicht zu haben sind.«

»Du hast einen ganz schönen Knall, oder?« Duncans Miene zeigte einen Hauch von Unsicherheit.

»Das habe ich ja nie bestritten. Nachdem nun so langsam mein wahres Ego zutage tritt, könnten da noch ein paar Überraschungen dabei sein. Ich habe keine Ahnung.« Anabel legte ihre Linke an Duncans Wange. »Was ist nun, muss ich ein Formular mit Durchschlag ausfüllen? Oder geht es unbürokratisch?«

Sein Lachen war warm und weckte prompt wieder die Schmetterlinge in ihrem Bauch. Als sie Duncans Lippen dann endlich auf den ihren spürte, war da eine Vertrautheit, die sie noch nie gespürt hatte. Seine Hand grub sich in ihre offenen Haare, seine Lippen waren zärtlich und fordernd zugleich. Er schob seinen Arm unter ihre Beine und setzte sie sich mit leichtem Schwung auf seinen Schoß.

Anabel legte beide Arme um Duncans Hals und erwiderte seinen liebevollen Kuss. Seine Zunge zu spüren schreckte sie nicht ab, wie es zuletzt bei Maximilian der Fall gewesen war. Ganz im Gegenteil. Seine Art, ihren Mund zu erforschen, schickte ein Prickeln durch ihren ganzen Körper, gefolgt von Wärme, die sie in sanften Wellen durchströmte. Sie entschloss sich, das dumpfe Pochen an ihrer Hüfte zu ignorieren. Sie fuhr mit der Hand unter seinen Pullover.

»Frierst du leicht?«

Duncan löste sich ein wenig von ihr und musterte sie überrascht. »Nein, warum? Hey, Lass, ich bin Schotte. Schotten frieren nie.«

»Na, dann könntest du doch eigentlich den Pulli ausziehen? Ich möchte gerne ein wenig mehr von dir sehen.«

Das Strahlen auf seinen Zügen war deutlich. »Meine leichteste Übung.« Geschickt streifte er sich das Kleidungsstück über den Kopf.

»Respekt. Ich meine, ich kannte es ja von eurem Auftritt, aber so direkt aus der Nähe siehst du doch ziemlich beeindruckend aus.«

»Ach, ziemlich? Na warte! Gleiches Recht für alle.«

Sie kam nicht mehr dazu zu fragen, worauf er anspielte, denn seine Hände glitten unter ihr Shirt und ehe sie es sich versah, lag es neben dem Sofa.«

»Was ist? Frierst *du* etwa leicht?« Der süffisante Unterton wurde von seinem Lächeln entschärft.

»Ich? Frieren? Das fragst du eine echte Bajuwarentochter? Vergiss es, Laddie!«

»Oh, Anabel, du bist unglaublich.« Vorsichtig und offensichtlich auf ihre Verletzung achtend, drehte er sich um und legte sie neben sich auf das Sofa. Mit besorgter Miene schob er ihr zwei Kissen unter den Kopf. »Mag sein, dass das jetzt seltsam klingt, aber dich hier bei mir zu haben, fühlt sich so unglaublich richtig an. Als ob du seit ewigen Zeiten ein Teil meines Lebens wärst. Verstehst du annähernd, wovon ich rede? Ich meine, irgendwie kapiere ich das, was ich hier sage ja selbst nicht einmal.«

»Doch, Duncan, ich verstehe es wahrscheinlich besser als du denkst. Mir geht es nicht anders. Auch wenn's kitschig klingt, aber die Vertrautheit, die ich dir gegenüber empfinde, ist für mich etwas ganz Neues. Ein Gefühl, das ich noch nie so erlebt habe«

»Cool.«

Das nun wieder kannte sie. Wenn Männer gerührt waren, wurden sie ab und an einsilbig.

Er ließ ihr nicht lange Zeit darauf zu reagieren. Eng an sie geschmiegt küsste er sie erneut, während seine Linke liebkosend über ihren Oberkörper strich. Anabel schlang ihre Arme um ihn und genoss die Wärme dieses großen muskulösen Körpers. Seine Haut war weich, doch wo auch immer sie ihn streichelte, erfühlte sie darunter nur harte Muskeln. Sein Oberschenkel hatte eindeutig nicht zu viel versprochen. Wie auch immer er trainierte, es zahlte sich aus. Duncan löste seine Lippen von den ihren und hob den Kopf. Sein Blick huschte über ihr Gesicht.

»Verdammt, Mädel, hast du eine Ahnung, wie schön du bist? Wie sexy? So ganz langsam wird's echt eng.«

Ein dezent hinterhältiges Lächeln kräuselte ihre Lippen. »Echt? Soll ich ein wenig rücken?«

»Dummes Huhn, du weißt ganz genau, was ich meine.«

»Deine Kosenamen in solchen Situationen lassen ein wenig zu wünschen übrig, aber daran können wir noch arbeiten.«

Duncan brach lachend über ihr zusammen. Ein Umstand, der es ihr ermöglichte, ihre Hände endlich in diese herrliche schwarze Mähne zu graben. Widerstandslos ließ er zu, dass sie seinen Kopf zu sich zog und ihn küsste. Mit weit offenen Augen achtete sie auf seine Reaktion.

Er löste seine Lippen gerade so weit, dass sie seinen heißen Atem, der ein wenig nach Zimt roch, spüren konnte. »Du bist die erste Frau, die beim Küssen nicht die Augen schließt.«

Anabel schüttelte leicht den Kopf und lächelte ihn an. »Nein, ich will dich sehen. Ich möchte dich nicht nur spüren. Ich muss wissen, dass das alles real ist, dass ich nicht träume, dass wirklich du es bist, der mich im Arm hält. Das Gefühl ist mir noch nicht wirklich vertraut, aber ich schätze, so fühlt es sich an, wenn man sich gerade rettungslos verliebt.«

Sie konnte sehen, dass Duncan antworten wollte, dass er nach Worten suchte, doch das, was sie am meisten erstaunte, abgesehen von seinem Versuch zu sprechen, war, dass sie tatsächlich Tränen in seinen Augen zu sehen glaubte.

»Anabel, das ist das Schönste, das eine Frau jemals zu mir gesagt hat. Ich bin ja sonst nicht auf den Mund gefallen, aber du machst mich sprachlos.«

Sie ließ die langen, dichten Strähnen seiner Haare durch ihre Finger gleiten. »Dann sprich eben nicht.«

Und das tat er dann auch nicht mehr. Duncans Hand strich langsam und zärtlich von ihrem Kinn, über ihren Hals zu ihren Brüsten. Behutsam schob er seine Finger unter die Ränder ihres BHs, hob den dünnen Baumwollstoff etwas an und küsste die sichtbar werdenden Ansätze ihrer Brüste. Während seine Lippen ihren Weg zurück zu ihrem Mund fanden, glitten seine Finger über ihre Rippen, umrundeten sehr langsam ihren Nabel und tasteten sich über den losen Bund der Sporthose zu ihrem Slip.

Anabel verschwendete nur einen sehr winzigen Gedanken daran, dass sie einen ziemlich uncoolen Sportslip trug. Duncans Art zu küssen, ihren Körper auf magische Art in Flammen zu setzen, beanspruchte ihre volle Aufmerksamkeit.

Neckend spielten seine langen, schlanken Finger mit dem dehnbaren Spitzenrand ihres Höschens, fuhren aufreizend langsam diesen Rand nach, malten winzige Kreise auf ihren Bauch und es war, als würden seine Hände in einem geheimnisvollen, magischen Ritual die Hitze, die er in ihrem Körper entfacht hatte, ganz langsam und mit Bedacht zu ihrem Bauch ziehen. Er unterbrach seinen Kuss, legte seine Nasenspitze an die ihre, und sie konnte in seine wundervollen hellblauen Augen sehen. Wie hatte sie jemals glauben können, dass diese Augen kalt waren, dass der Blick aus diesen schimmernden Gletscherseen bedrohlich war? In diesem Moment strahlten sie, blickten direkt in ihr Herz und knipsten darin etwas an, von dem sie nicht gewusst hatte, dass es überhaupt existierte. Sein Blick hielt den ihren fest, während seine Hand sich langsam weiter vorantastete, seine Finger sachte zwischen ihre Beine glitten und sein Daumen mit leichtem Druck über das kleine, lockige Dreieck dort strich. Anabel schaffte es gerade noch, ihre Hände aus seinen langen Haaren zu lösen und ihre Finger stattdessen in seine breiten, harten Schultern zu graben. Hier konnte sie deutlich weniger Schaden anrichten. Noch nie in ihrem Leben war sie von einem Mann so zärtlich, so liebevoll und einfühlsam behandelt worden. Während er sie streichelte, wandte er seinen Blick nicht von ihr ab. Sie registrierte nur noch am Rand, wie er ihr eine Träne aus dem Augenwinkel küsste. Sie hatte keine Ahnung, wie Lava sich anfühlte, doch das, was da durch ihren Körper rollte, musste einfach Lava sein. Heiß, mächtig und unerbittlich.

Anabels Atem ging schnell und ungleichmäßig. Sie versuchte krampfhaft, sich wieder unter Kontrolle zu bekommen, doch mit Duncans Hand, die noch immer, nun ruhig und fast wie schützend, auf ihrem Unterkörper ruhte, war das nicht einfach.

»Duncan, möchtest du … Ich meine, willst du …? Ach verdammt.«

Sein leises Lachen klang wunderschön. »Ich möchte nur zu gerne und natürlich will ich, und das *verdammt* kann ich gut nachempfinden. Aber ich werde nichts tun, was deine Wunde verschlimmern könnte und mein zarter Körper auf dir könnte da ziemlich kontraproduktiv sein. Aber glaub mir, dass Doc weiß, was er tut. Und sobald du wieder in einem Stück bist, weiß ich genau, wo ich weitermachen werde.«

Ein weiterer Blick in seine leuchtenden Augen ließ sie keine Sekunde daran zweifeln.

Sie blinzelte, als sie erwachte. Fest an Duncan geschmiegt, lag sie noch immer neben ihm auf dem Sofa. Das Feuer im Kamin war erloschen, doch Duncan hatte eine warme Decke über sie beide gebreitet. Als sie sich ein wenig bewegte, war er sofort hellwach.

»Lass, hast du Schmerzen? Brauchst du etwas?«

Seine Sorge war schlicht rührend. »Alles ist gut, mir war nur der Arm eingeschlafen. Wie spät ist es denn?«

»Gerade einmal halb sechs, du brauchst Ruhe, damit das heilt. Schlaf noch ein wenig, ja? Oder ist dir kalt?«

Anabel schnaubte leise. »Nein, wie sollte mir mit dir kalt sein? Ich habe es wunderbar warm.«

»Das ist schön.« Er zog die Decke noch ein wenig höher und schloss sie noch fester in die Arme.

Anabel legte ihren Kopf auf seine harte Brust und lauschte fasziniert seinem gleichmäßigen Herzschlag, der sie langsam wieder in die Welt der Träume entführte.

Als sie erneut erwachte, war sie bis zur Nasenspitze in die Decke gewickelt und hatte es immer noch kuschelig warm, war jedoch alleine. Die Vorhänge waren ein Stück zurückgezogen und ein aschfahler Lichtschein stahl sich durch den etwa dreißig Zentimeter breiten Spalt. Sie hörte Geräusche aus einem angrenzenden Zimmer. Der Art der Geräusche nach zu urteilen kamen sie aus der Küche. Als sie den Kopf zur Seite drehte, erblickte sie eine überdimensionale, weiße Sweatjacke und weiße Sportsocken. Seufzend wand sie sich aus der warmen Decke und streckte sich erst einmal kräftig. Blöde Idee. Eilig verfasste sie ein geistiges Memo an sich selbst: Unkontrolliertes Strecken ist bis zum Abschluss des Heilungsprozesses zu unterlassen.

Autsch, das ziepte gehörig. Bei vernünftiger Bewegung allerdings war nichts zu spüren, also entschied sie sich, Vorsicht walten zu lassen. Sehr behutsam schlüpfte sie in die weiche Jacke, zog den Reißverschluss zu und krempelte die Ärmel großzügig um. Duncans Arme waren ein ganzes Stück länger als ihre. Sie trug noch immer seine graue Flanellsporthose. Sie zog sich die Socken über die Füße und tapste hinaus auf den Flur. Inzwischen war es leicht, sich zu orientieren. Es duftete verlockend nach Speck, Eiern und Kaffee. Der Flur war mit hellbraun marmorierten Fliesen ausgelegt, auf denen ihre Schritte nicht zu hören waren. Aber wahrscheinlich hätte Duncan sie auch so nicht gehört. In der ziemlich edel eingerichteten Küche lief eine moderne Kaffeemaschine mit Mahlwerk – sehr gut, keine Kapseln – und in zwei Pfannen brutzelte es lautstark vor sich hin. Auf dem dunkelbraunen, antik anmutenden Küchentisch erspähte sie ein großes Tablett, auf dem bereits zwei Gläser mit Saft, ein Teller mit Käse und aufgeschnittenen Tomaten, ebenso wie eine Schale mit Erdbeeren, Himbeeren und Blaubeeren standen. Sie lehnte sich an den Türrahmen und betrachtete Duncans ausgesprochen hübsche Rückansicht. Er trug enge, ausgewaschene, hellblaue Jeans und ein graues T-Shirt. Früher hatten sie und Maria sich per WhatsApp immer Bilder von irgendwelchen männlichen Models zugemailt und sich dann köstlich über Sprüche wie: »Männer an die Macht! Macht Frühstück, macht den Hausputz!« amüsiert. Tja! Nun stand da ein unverfroren gutaussehender Kerl und machte ihr Frühstück. Von wegen unerfüllbare Träume. Sie musste Maria bei Gelegenheit ein Bild von Duncan schicken, damit die Freundin sah, dass es durchaus ansehnliches Leben jenseits des Horizontes gab.

In diesem Moment drehte Duncan sich zu ihr um.

»Hey, mein Engel, du bist ja wach. Ich hoffe, ich war nicht zu laut. Eigentlich wollte ich dich mit Frühstück im Bett oder wohl eher auf dem Sofa überraschen.«

Sie schenkte ihm ein breites Lächeln. »Guten Morgen. Dafür dürfte es nicht so unverschämt gut duften. Ich habe eine feine Nase, weißt du?«

Täuschte sie sich, oder wurde sein Grinsen anzüglich? »Falls du dich vor dem Frühstück etwas frisch machen möchtest – Ich habe dir im Bad alles hingelegt.«

Anabel runzelte die Stirn. »Ach, willst du andeuten, dass ich transpiriere oder wie?«

Duncan stieß sich vom Herd ab und kam, den Kochlöffel drohend erhoben, auf sie zu. »Du Pappnase! Keinesfalls, aber ich kenne euch Frauen doch. Der Satz ›kann ich mich kurz frisch machen‹ wurde sicher nicht von einem Mann erfunden.« Er legte den Stilansatz des Löffels unter ihr Kinn und hob so ihr Gesicht an. »Nur, um das mal klarzustellen, ja?«

Ihr gelang ein wahrlich erbärmliches Seufzen. »Na gut, ich lasse das jetzt mal gelten. Aber es stimmt tatsächlich, denn duschen darf ich wohl nicht, was?«

Duncan schüttelte bedauernd den Kopf. »Keine Chance, ich habe da so meine Erfahrungswerte. Achtundvierzig Stunden kein Wasser an der Wunde. Heute am späten Nachmittag kommt der Doc noch mal vorbei und wechselt den Verband. Danach bringe ich dich zurück in die WG. Morgen, wenn du mit der Uni fertig bist, hole ich dich ab und bringe dich noch mal zu ihm. Dann bekommst du wasserdichte Pflaster mit, die du nach dem Duschen einfach gegen ein normales wechselst. Aber heute ist leider Katzenwäsche angesagt. Das weiße Handtuch und der hellblaue Waschlappen am Wannenrand sind für dich, das war das Mädchenhafteste, das ich finden konnte.«

Spontan schlang sie ihre Arme um seinen Hals. »Duncan, habe ich schon erwähnt, dass du absolut großartig bist?«

»Du hast so was angedeutet, aber ich freue mich immer wieder, es zu hören.« Er küsste sie spielerisch auf die Nasenspitze. »Und nun beeil dich, sonst gibt's kaltes Rührei.«

Anabel beeilte sich tatsächlich, auch wenn sie dieses schicke, moderne Bad gerne länger genossen hätte. Mit bedauerndem Blick auf die runde Whirlpool-Wanne verließ sie den Raum und lief in deutlich gemäßigtem Tempo die Holztreppe mit den bunten Mosaikeinlagen ins Erdgeschoss hinunter. Verflixt, der Mann hatte eindeutig einen ausgesprochen guten Geschmack. Bewundernd strichen ihre Finger über die beige-goldenen Mosaiksteinchen.

»Gefällt es dir? Das habe ich in Italien in einem alten Hotel in Rom gesehen. Ich musste es einfach haben.«

Duncan lehnte in der Küchentür und blickte ihr nachdenklich entgegen. »Ich bin bei Einrichtungsdingen immer etwas unsicher.«

»Unsinn! Du hast einen richtig guten Geschmack. Wirklich, dein Haus ist sehr schön. Abgesehen vom Wohnzimmer. Kann es sein, dass da ein paar Möbel fehlen?«

Er bugsierte sie grinsend in die Küche und zeigte auf den reich gedeckten Tisch. »Da bin ich für Ratschläge dankbar. Den ersten Stock, das Bad und die Küche habe ich. Und für das Wohnzimmer habe ich ab heute kompetente Unterstützung.«

Anabel musterte ihn unsicher. »Echt? Du willst wirklich meinen Rat?«

Er schaufelte Rührei auf ihren Teller und krönte das Ganze mit einigen Scheiben knusprig gebratenem Bacon. »Ja, sicher. Natürlich möchte ich das. Du hast ein sehr gutes Auge für die schönen Dinge im Leben.«

Sein Lob streichelte ihre Seele und das wahrscheinlich weit mehr, als er sich das vorstellen konnte. Vor zwei Jahren war sie mit Maximilian extra nach München in ein großes Einrichtungshaus gefahren, um sich ein neues Bett zu kaufen. Anabel konnte sich bestens daran erinnern, wie er ihr die Vorzüge der unterschiedlichen Materialien aufgezählt und ihr dann zu dem ziemlich schmucklosen Naturholzbett geraten hatte. Sie war dumm genug gewesen, es zu kaufen, mit dem Fazit, dass sie das Bett schon ein paar Monate später nicht mehr sehen konnte. Sie hatte es schließlich abgeschmirgelt und es mit blauer Antikfarbe in ein kleines Kunstwerk verwandelt. Als Maximilian es das erste Mal sah, war seine Aussage dann ein sehr ermunterndes: »Ach, Bell, musstest du es denn so verschandeln? Das schöne neue Bett. Da hättest du dir ja gleich eins vom Flohmarkt holen können.« Er konnte mit einem Satz unglaublich viel zunichtemachen. Umso mehr freute sie sich über Duncans Einschätzung ihrer Fähigkeiten.

Er stellte ein großes Glas mit Latte Macchiato vor ihr ab. »Ich hoffe, du magst das?«

Sie nickte mit vollem Mund. Wie er das nun wieder wissen konnte hinterfragte sie erst gar nicht mehr.

Eine knappe Stunde später saß sie glücklich und pappsatt am Tisch. »Respekt! Das war tierisch lecker. Vielen Dank für das tolle Frühstück. Woher hast du denn das am Sonntag hergezaubert?«

»Hey, internationales Schottland. Nur weil ihr verschlafenen Studenten am Sonntag nicht aus den Federn kommt, bleibt für uns Normalbürger das Leben nicht stehen. Die Supermärkte und ein paar kleine Läden haben am Sonntag auf.«

»Stimmt, ich vergaß.« Sie zog eine schuldbewusste Grimasse.

Duncan warf einen fragenden Blick aus dem Fenster. »Noch ist es nicht ganz so prickelnd, aber das Wetter soll besser werden. Wenn du magst, fahren wir, ehe ich dich nach Hause bringe, zu einem sehr schönen Straßenmarkt, der ab Mittag stattfindet.«

Natürlich wollte sie. Was für eine Frage.

Drei Stunden und diverse Ravens-of-Avalon-Videos später, lockerten sich tatsächlich die Wolken auf und die Sonne kam zum Vorschein. Duncan holte ihre Jeans aus dem Trockner, rief kurz bei seinem Großvater an, dass sie bei ihm vorbeikommen würden, und als sie Arm in Arm das Haus verließen, spiegelte sich bereits die Sonne in den wenigen, verblieben Regenpfützen. Duncan bestand darauf, heute mit dem Rover zu fahren und parkte ihn in kürzester Entfernung der Royal Mile, wo der Markt aufgebaut war.

»Du weißt aber schon, dass ich mich prima bewegen kann?«

»Nichts da.« Er legte den Arm um sie und zog sie an sich. »Der Doc sagte schonen, also wird sich geschont.«

Sie gab auf. Gegen seine Beschützerinstinkte war wohl kein Kraut gewachsen. Außerdem fühlte es sich ausgesprochen gut an, so verwöhnt zu werden. Sie bummelten über den sehr schönen, bunten und fröhlichen Markt, wobei sie sich langsam daran gewöhnte, dass Duncan andauernd erkannt und um Autogramme und Fotos gebeten wurde. Aber einmal abgesehen von einigen sehr beharrlichen Teenagern, hielt sich die Hysterie in Grenzen und sie hatten genug Muße, den Markt zu genießen. An fast jeder Ecke der Straße standen entweder einzelne Musiker oder die allgegenwärtigen Dudelsackspieler, was zu einer sehr relaxten und schönen Atmosphäre beitrug. Auch einige Gruppen waren dabei, von denen besonders zwei ausgesprochen gut waren. Als der Sänger eines Trios Duncan erkannte, ließ der sich erweichen, einen Song mit ihnen gemeinsam zu spielen. Danach war er auf grob geschätzt zweihundert Handys verewigt und musste diverse Bilder mit den stolzen Bandmitgliedern schießen. Anabel war sich durchaus bewusst, dass viele der bewundernden und auch neidvollen Blicke ihr galten. Sie wurde das Gefühl nicht los, über dem Boden zu schweben. Kaum begannen sie richtig an den Ständen zu stöbern, fand Anabel prompt zwei sehr schöne Bilder – modern, farblich zu Duncans Wohnzimmer passend und richtig stimmungsvoll. In warmen Farben gemalte Landschaftsbilder, mystisch und mit einem Hauch Magie auf der Leinwand eingefangen. Dazu noch ein kleiner, runder Tisch, der, so wie seine Treppe, eine kleine Mosaikeinlage in den Farben Gold und Terrakotta aufwies.

Nachdem Duncan und sie schließlich noch köstliche, herrlich fettige Vanilledonuts verputzten, wähnte sie sich verdammt nah am Paradies.

Es war bereits späterer Nachmittag, als sie ihre Schätze zurück zum Auto brachten und zu Duncans Großvater aufbrachen. Anabel stellte angesichts des bezaubernden, alten Hauses mit den Blumenampeln über dem Eingang und den giftgrün gestrichenen Fensterrahmen fest, dass der Architekt wohl irgendwie mit Gesa verwandt gewesen sein musste.

Der Doc begrüßte sie mit schwarzem Tee, sahniger Milch und braunem Kandiszucker. »Kein Tag ohne Fünfuhrtee.«

Duncan klopfte seinem Großvater liebevoll auf den Rücken. »Doc, es ist aber schon sechs.«

Der Doc schob lediglich seine Brille bis zur Nasenspitze und musterte seinen Enkel leicht gelangweilt über deren Ränder hinweg. »Willst du jetzt etwa irgendwie spitzfindig werden?«

Er wechselte routiniert Anabels Verband, verarztete sie und fragte sie nebenbei über Deutschland aus.

Sie war verunsichert, da sie wusste, dass Briten den Deutschen nicht immer offen gegenüberstanden. Noch dazu die Generation, die die letzten Kriegsjahre miterlebt hatte.

»Mädel, ich bin Schotte. Das ist was Anderes.«

»Doc, du bist aber auch Brite. Ist nun mal so.« Duncan musterte seinen Großvater mit einem sehr liebevollen Blick.

»Schotte!! Ich bin vor allem Schotte. Nur, um das einmal klar gestellt zu haben. Und wir sind da sehr eigen.« Anabels Blick flog zwischen Großvater und Enkel hin und her. »Das mag jetzt seltsam klingen, aber vor allem sind wir Menschen. Auch wenn ich zugeben muss, dass ihr Schotten ganz besonders liebenswerte Menschen seid.«

»Hach, Duncan, ich liebe diese Frau. Ich warne dich: Lass mir die Kleine ja nicht wieder los.«

»Den hast du nachhaltig verzaubert.« Duncan lenkte den Rover vorsichtig aus der Einfahrt und bog in Richtung Leith ab. »Und das ist nicht leicht. Er kann recht eigen sein.«

»Freut mich, dass er mich mag. Ich mochte ihn auch sofort. Er sieht aus, wie ein Großvater aussehen soll. Weiße Haare, ein bisschen Bart, eine Brille und lächelnde Augen, in denen man erkennt, dass sie schon sehr viel gesehen haben.«

Duncan legte seine Hand auf ihren Schenkel. »Das hast du schön gesagt, Lass. Ja, so ist er, und so ganz nebenbei ist er auch noch meine ganze Familie. Meine Mom war leider nie so die Familienglucke, aber das muss man akzeptieren.« Er warf ihr einen neugierigen Blick zu. »Wie lange bist du morgen in der Uni? Damit ich weiß, wann ich dich abholen kann.«

»Willst du denn direkt zur Kunstakademie kommen, am Nachmittag, mitten in der Stadt?«

Duncan nickte lachend. »Hey, das hier ist nicht Tokyo. Das ist Edinburgh. Ich bekomme das geregelt. Also, wann?«

»Um halb fünf ist mein Seminar zu Ende. Schaffst du das?«

»Zur Not.«

»Wenn es ein Problem ist, fahr ich mit dem Bus und …«

»Anabel! Auszeit!! Das war ein Scherz. Ich bin pünktlich an der Uni. Lass, da liegt noch ein hartes Stück Arbeit vor uns.«

Vor ihrem Haus angekommen, umarmte und küsste er sie so liebevoll, dass es ihr schwer fiel auszusteigen. Als die Tür des Rover ins Schloss fiel, hatte sie das Gefühl, als würde die Welt ein klein wenig kälter werden. Anabel warf Duncan eine letzte Kusshand zu und stieg dann die Stufen zum Eingang hoch. Es war beruhigend, kaum dass sie aufgeschlossen hatte, die Stimmen ihrer Freunde zu vernehmen. Es war schön, nicht alleine zu sein.

19

Da war jemand furchtbar hartnäckig. Eigentlich hatte er keine Lust zu telefonieren, doch der Anrufer gab nicht auf. Seufzend drückte Duncan auf die Freisprechanlage.

»Was ist? Wer stört?«

»Bin nur ich, aber mit nicht gerade guten Nachrichten, Alter.« Nigels Stimme klang besorgt.

»Warum? Was ist passiert? Ist die Tour abgesagt?«

»Mann, mach keine blöden Witze. Wenn wir Pech haben, könnte es sein, dass bald einiges abgesagt ist.«

»Könntest du dich etwas weniger kryptisch ausdrücken, bitte? Ich kapiere gerade gar nichts.« Duncan konnte es einfach nicht ab, wenn jemand um den heißen Brei redete.

»Hast du heute schon Nachrichten geschaut?«

»Nein, ich hatte Besseres zu tun. Ich habe gerade erst Anabel nach Hause gefahren. Nun erzähl schon. Was ist denn los?«

Er konnte hören, wie Nigel Luft holte. »Diese Idioten von Herbs & Spices machen gerade ein Riesenfass auf. Die konstruieren da ein richtig fieses Ding. Da ist die Rede von Vandalismus und vorgetäuschten Tatsachen. Davon, dass ihnen gekaufte Randalierer um jeden Preis eine Straftat unterjubeln wollen und jemand es sich anscheinend etwas kosten lasse, für einen Skandal zu sorgen. Sie behaupten, dass in der Nacht zum Sonntag in die Fertigung eingebrochen wurde und wahllos Lagerhallen verwüstet wurden.«

»Geht's noch? Spinnen diese Drecksäcke jetzt komplett?«, grollte er wütend in Richtung Handy.

»Wenn das alles wäre. Sie behaupten, dieses Mal habe man aussagekräftiges Bildmaterial, das soeben erkennungsdienstlich ausgewertet würde. Ich befürchte, Peter und Anabel hatten mit ihrer Vermutung recht. Wir sind in eine böse Kamerafalle gelaufen.« Langsam klang Nigel panisch.

»Jetzt mal ganz piano, Junge. Es war duster in dem Gang und wir waren alle auch noch dunkel angezogen. Das Einzige, das mir Sorge macht, ist Anabel. Denn die hat ja wohl direkt hoch in die Kamera geschaut, als wir raus sind.«

»Ich glaub nicht, dass man das Mädel richtig erkennen kann. Sie hatte eine Cap mit Schirm auf. Darunter ein Gesicht hundertprozentig zu identifizieren ist verdammt schwer.« Nigel stockte kurz. »Ich mach mir mehr Sorgen wegen mir. Meine Haare sind ein solches Markenzeichen und extrem auffällig. Und ich habe mir nur einen Pferdeschwanz gemacht, damit mir nichts ins Gesicht hängt. Fuck! Das ist so, als würdest du versuchen, Galadriel vor den Orks zu verstecken.«

Nun musste er doch lachen. »Jetzt schieb mal keine Panik, meine bezaubernde Elfenprinzessin. Noch ist nicht gesagt, dass sie nicht nur bluffen.«

»Du hast leicht reden, ist ja nicht dein Schädel, der da aus der Menge leuchtet.« Immerhin hörte er Nigel zumindest kichern. »Und ich gebe dir gleich Elfenprinzessin, du Idiot.«

»Jetzt entspann dich. Sobald ich zu Hause bin, rufe ich bei Peter an. Der wird Rat wissen. Ich melde mich, okay?«

Schade, er wäre gern ein wenig ruhiger gewesen. Denn auch wenn er es als wichtig empfand, Nigel auf den Boden zurück zu holen, so war er doch bei weitem nicht so entspannt wie er zu sein vorgab. Wenn diese Dreckskamera wirklich funktionierte und man sie erkennen konnte, dann gute Nacht. Es war ja nicht nur Samstagnacht. Es hatte in der Vergangenheit einige solcher Nächte gegeben. Wenn man bei der Polizei eins und eins zusammenzählte, würde man sie schnell am Wickel haben. Ganz zu schweigen davon, dass, für den Fall, dass man Anabel erkennen konnte, ihre Zeit in Schottland wohl abgelaufen wäre. Und das ging nicht. Ärgerlich gab er Gas.

»Peter, hör zu, was können wir tun? Das sieht echt beschissen für uns aus, oder?«

Er hatte das Handy auf Lautsprecher gestellt und schaltete sich durch die lokalen Nachrichten.

»Ich sehe schon, du schaust gerade fern, oder? Bleib ruhig, Duncan. Wenn sie Bilder hätten, die so aussagekräftig sind wie sie behaupten, dann wären wir längst auf allen Kanälen. Die Tatsache, dass sie nur reden und drohen, zeigt mir, dass, für den Fall, dass man etwas erkennen kann, der Inhalt für sie selbst viel zu kompromittierend ist. Vergiss nicht, dass wir Dutzende von Käfigen rausgeschleppt haben. Die müssen ja auf den Bildern sein. Selbst Anabel, die laut Nigel in die Kamera gesehen hat, hatte zu dem Zeitpunkt einen Hund auf dem Arm. Duncan, glaub mir, wenn wir die Füße still halten, keine Panik bekommen und gut geplant vorgehen, können wir genau das erreichen, was wir wollten. Derzeit müssen wir vorsichtig sein, wegen der ›Vandalismus-Story‹. Wir müssen aufpassen, dass das von uns gesammelte Material nicht wertlos wird, weil sie uns irgendeine fingierte Unverschämtheit unterstellen. Das ist es, was ich befürchte: Dass alles umsonst war, weil sie mit einer verdrehten Darstellung der Tatsachen eine falsche Realität schaffen. Das wäre nicht das erste Mal.«

Duncan ließ sich auf das Sofa fallen und fuhr sich nervös durch die Haare. »Du meinst also ruhig bleiben und weiter im Programm.«

»Exakt, du sagst es. Wenn wir nicht irgendeine Dummheit machen, wird alles noch gut gehen, da bin ich mir sicher. Die fahren jetzt alle Geschütze auf und wollen abschrecken. Sie glauben wahrscheinlich uns damit einschüchtern zu können, so dass wir das Material nicht mehr verwenden und sie wieder zur Tagesordnung übergehen können.«

»Drecksäcke.«

»Du sprichst ein wahres Wort gelassen aus.« Peter hustete am anderen Ende der Leitung. »Und wer fängt jetzt Nigel ein?«

Duncan konnte das Kichern nicht unterdrücken. »Übernimm du doch Galadriel.«

»Äh, wie bitte?«

»Na unser Legolas hat sich vorhin in seiner Nervosität unvorsichtigerweise mit der schönen Elfenprinzessin aus ›Herr der Ringe‹ verglichen.«

»Nicht wirklich, oder? Oh Mann, diese Steilvorlage wird er noch bitter bereuen.« Er konnte regelrecht hören, wie es hinter Peters Stirn arbeitete. »Lass mich ihn anrufen, bitte.«

»Tu, was du nicht lassen kannst, und grüß die Prinzessin noch mal von mir.«

»Duncan, er wird dich hassen.«

»Das hält er nicht lange durch. Also, Peter, ich warte auf Nachricht von dir.«

»Alles klar. Und du beruhigst bitte Anabel, falls sie in Panik geraten sollte, ja?«

Das musste er tatsächlich tun und am besten schnell, ehe sie es aus den Nachrichten erfuhr und Angst bekam.

Eine Stunde und ein ruhiges, erklärendes Telefonat später war er aufs Neue begeistert von Anabels Verstand und ihrer Coolness. Ja, sie war besorgt, aber schloss sich in ihrer Meinung Peter an.

Auch sie war der Auffassung: Wenn die etwas Vorzeigbares hätten, wäre es bereits auf allen Kanälen.

Wesentlich ruhiger als zuvor hängte er rasch noch die Bilder auf und stellte den Tisch neben das Sofa. Anabel lag richtig. Es passte perfekt in sein Zimmer und machte es gleich einen Hauch wohnlicher. Duncan schlurfte in die Küche und holte sich ein kühles Bier.

Er legte eine ruhige CD ein, setzte sich so, dass er die Bilder bewundern konnte und entspannte sich. Die allgemeine Entwicklung der Dinge gefiel ihm sehr.

»Guten Tag, Ihren Pass bitte. Was ist der Grund für Ihren Besuch in Schottland?«

Maximilian musste sich gehörig zusammennehmen, um nicht beleidigend zu werden. Als ob es diesen gelangweilten Beamten etwas anginge, warum er hier war. Um keinen Ärger zu riskieren antwortete er dann doch noch, dass er ein paar Tage Urlaub machen wollte. Genervt nahm er seinen Reisepass und den Flugschein wieder an sich und eilte zur Gepäckausgabe. Schon alleine der Flughafen von Edinburgh gefiel ihm nicht. Allerdings war das kaum tragisch, da er nicht gedachte wieder hierher zurück zu kommen. Lediglich der Rückflug stand noch an.

In diesem Land war die Busflotte eindeutig leichter zu finden als vernünftige Taxis. Schnaufend wuchtete er seine große Reisetasche in den Kofferraum. Offenbar verstanden schottische Taxifahrer wenig Spaß. Dabei hatte er doch nur seine Meinung über veraltete Anlagen kundgetan. Und derer hatte dieser Flughafen ja wohl einige zu bieten.

»Ins ›The George‹, bitte, wenn es nicht zu viel Mühe macht.«

Leicht verschnupft lehnte er sich in den Sitz zurück und musterte die Gegend, die sie durchfuhren. Er konnte bis auf ein paar wirklich schöne, alte Häuser nichts entdecken, das ihn auch nur annähernd begeistert hätte. Nein, wenn er Edinburgh so betrachtete, konnte er den Schottland-Hype nicht verstehen.

»Wie lange dauert das denn, bitte?« Angeblich war es doch gar nicht so weit vom Flughafen in die City.

»Sir, zu meinem großen Bedauern verfüge ich nur über ein einfaches Auto, ein flugunfähiges Gerät. Ansonsten würde ich den Stau gerne umfliegen«, kam es ein wenig spitz vom Fahrersitz zurück.

Maximilian biss sich auf die Lippen und hielt den Mund. Es machte wenig Sinn, sich mit einem unfähigen Dienstleister anzulegen.

Als der Fahrer ihn fast zwanzig Minuten später am Hotel absetzte, argwöhnte er zwar, dass sie diverse Einbahnstraßen nicht hätten fahren müssen, doch auch jetzt hielt er lieber den Mund. Derartige Unverschämtheiten waren es nicht wert, sich Ärger einzuhandeln.

»Mr Ziegler, wir freuen uns sehr, Sie in unserem Haus begrüßen zu dürfen. Wir hoffen, Sie hatten eine schöne Anreise?« Na, das war doch endlich einmal die Höflichkeit, die er gegenüber Besuchern erwartete.

»Danke, es ging. Ich befürchte, Schottland ist mir nicht allzu wohlgesonnen.«

»Wir werden alles in unserer Macht Stehende tun, um Ihnen Ihren weiteren Aufenthalt so angenehm wie möglich zu gestalten. Eine Frage: Sie haben ein Doppelzimmer gebucht. Wird Ihre Begleitung später anreisen?«

Maximilian schüttelte lächelnd den Kopf. »Sie ist bereits in Schottland. Ich werde sie heute, spätestens morgen früh abholen.«

»Dann wissen wir Bescheid, vielen Dank. Dürfen wir Ihnen heute Abend einen Tisch in unserem Restaurant reservieren?«

Das schien ihm eine gute Idee. Das Ambiente war sehr edel, das Restaurant hatte einen guten Ruf und an der Öffentlichkeit würde Anabel sich sicherlich zusammenreißen. Und seine Möglichkeit, sie zu überzeugen, war bei weitem größer als auf ihrem neuen Terrain. Gut, dass Friedrich ihm ihre Anschrift gegeben hatte. Erst in letzter Minute war ihm aufgefallen, dass er keine blasse Ahnung gehabt hätte, wo er sie hätte suchen sollen. Hin musste er wohl oder übel, aber dann wollte er sofort wieder weg.

Großmütig lehnte er das Angebot des Boy ab, ihn zu begleiten, und trug seine Tasche selbst in das ausgesprochen, schöne und modern gestaltete Zimmer. Von seinem Vater wusste er, dass das George früher zwar nobel, jedoch verstaubt und antiquiert gewesen war. Die Renovierung hatte dem Hotel sichtlich gutgetan. Er warf die Tasche auf das King Size Doppelbett, angelte seine Duschutensilien heraus und entschloss sich, erst einmal ausgiebig zu duschen, bevor er Anabel abholte.

»Anabel, kommst du mit in den Black Bull? Wir haben Lust auf Räucherfisch und Bratkartoffeln.« Kirsten musterte sie mit fragendem Blick.

Zwar lief ihr das Wasser im Mund zusammen, doch da Duncan sie abholte, würde das wohl kaum klappen. »Es tut mir echt leid, ausgerechnet heute kann ich leider nicht. Ich werde abgeholt.«

Kirsten zog eine enttäuschte Schnute. »Jemand aus der WG? Nimm ihn doch einfach mit.«

»Öhm, nein, niemand aus der WG. Ein Freund nimmt mich heute mit.« Verflixt, musste das denn sein? Schon spürte Anabel, dass sie wieder errötete.

Prompt bemerkte die aufmerksame Freundin das wohl nicht gerade dezente Farbenspiel in ihrem Gesicht. »Ach nein. Ein Freund? Wer mag das denn sein? Hast du jemanden kennengelernt am Wochenende?«

Anabel seufzte leise. »Ja, so kann man es nennen. Er ist ziemlich cool.«

»Super. Jetzt bin ich neugierig. Los, mach hin. Den Wunderknaben will ich sehen.« Eilig stopfte Kirsten ihre Bücher in den Rucksack. »Sophia, Christy, beeilt euch. Ich will Anabels neuen Freund sehen.«

Das konnte ja heiter werden. Am liebsten wäre sie in einem Mauseloch verschwunden, nur war gerade keines für ihre Maße verfügbar. Also zog sie es vor, vielsagend zu lächeln, packte ihrerseits alles ein und schulterte ihren Rucksack. »Na dann mach mal hin, ich möchte ihn ungern warten lassen.«

»Na, nun mal langsam mit den jungen Pferden. Mister Universum wird wohl kaum warten, oder?«

Anabel schwieg erneut, allerdings mit einem breiten Grinsen auf dem Gesicht. Am Vormittag hatte es zu regnen begonnen und erst vor etwa einer Stunde wieder aufgehört. Nun aber schien die Sonne strahlend von einem herrlich blauen Himmel, und wie sie Duncan kannte, würde er mit dem Motorrad aufkreuzen.

Lachend und fröhlich plaudernd traten sie aus dem etwas dunklen Hauptgebäude der Uni hinaus in den Sonnenschein.

»Och, Mädels, ist das nicht herrlich?« Kirsten streckte ihre Stupsnase der Sonne entgegen. »Na, ist dein Verehrer schon da?«

Milde lächelnd deutete Anabel zu dem großen Torbogen, der das Gelände von der Straße trennte. »Ja, da ist er.«

Drei Köpfe wandten sich gleichzeitig in die angezeigte Richtung. Aus Christys Mund kam ein nicht ganz leicht zu deutender Laut, ehe sie sich räusperte und es ihr gelang, sich etwas deutlicher zu artikulieren. »Das glaube ich nicht. Das gibt's nicht.«

Dort, direkt am Torbogen, halb auf seiner Harley in der Sonne sitzend, die Sonnenbrille locker in seine Haare gesteckt, wartete Duncan. Das kurzärmlige, schwarze Shirt betonte seine muskulösen Arme, und seine Beine steckten wie so oft in einer schwarzen Lederhose.

»Anabel, das ist doch … oder nicht? Doch, das muss er sein.« Die Holländerin war durcheinander.

Anabel legte ihr tröstend die Hand auf die Schulter. »Keine Bange, es ist alles in Ordnung. Du leidest nicht unter Wahnvorstellungen. Das dort ist wirklich Duncan Wolfe.«

»Oh, oh … Mann.« Auch Kirstens Sprachschatz schien im Augenblick etwas eingeschränkt zu sein.

»Kommt mit, er beißt nicht.« Lächelnd stiefelte sie auf Duncan zu, auf dessen Gesicht ein erfreutes Lächeln erschien.

»Du bist ja super pünktlich.« Anabel beugte sich nach vorne und küsste ihn auf die Wange.

»Was denkst du denn? Ich bin ein Muster an Zuverlässigkeit.« Schmunzelnd betrachtete Duncan ihre drei Begleiterinnen. »Wir haben es zwar eilig, aber deine Freundinnen würde ich doch gerne kennenlernen.«

Anabel stellte ihm die Mädels vor und Duncan sprach mit jeder von ihnen ein paar Worte. Der Kerl wusste einfach, wie man

Frauen glücklich machte. Als sie nach ein paar Minuten winkend davonbrausten, standen drei glücklich strahlende Mädchen auf der Straße.

»Super, dass es so gut verheilt. Der Doc ist zufrieden mit dir.« Er half ihr vom Motorrad und reichte ihr den Rucksack, den er sicherheitshalber in den Satteltaschen der Harley verstaut hatte.

»Ich war auch sehr brav. Aber ganz ehrlich, ich freue mich, morgen wieder duschen zu dürfen.«

Er nickte verständnisvoll. »Kann ich mir vorstellen. Das letzte Mal, also bei meinem Bein, durfte über eine Woche lang kein Wasser an die Wunde. Das war echt ätzend.«

Anabel ergriff den Rucksack und warf einen Blick auf das Haus. »Möchtest du noch mit hineinkommen? Heute kocht Sean. Der kann das ziemlich gut, wenn er will. Ich glaube, dass der Begriff Lasagne gefallen ist.«

Er schüttelte lachend den Kopf. »Ich würde so gerne, mein Engel, aber wir haben heute ein Radiointerview in einer Show. Die Show dauert zwei Stunden lang. Ich muss Nigel noch abholen. Morgen haben wir einen Fototermin für die Tour-Plakate. Ich kenne den Fotografen. Das dauert eine Ewigkeit. Wenn es nicht zu spät wird, ruf ich dich an, ansonsten melde ich mich sofort am Mittwoch, versprochen.«

Ihr enttäuschtes Gesicht war etwas, mit dem er gar nicht gut umgehen konnte. »Anabel, nicht traurig sein. Glaub mir bitte, dass ich lieber bei dir sein würde, ja?«

Er streckte die Arme aus und zog sie sanft an sich. »Ehrlich!«

»Das weiß ich doch. Ich weiß auch, dass das dein Job ist. Ich verstehe es vollkommen. Es ist nur so, dass ich dich im Augenblick am liebsten gar nicht mehr loslassen würde.«

Duncan vergrub seine Nase in ihren weichen Locken. »Geht mir ganz genauso.«

»Gut, dann haben wir das geklärt. Und jetzt ab mir dir. Nicht, dass du Ausbund an Pünktlichkeit zu spät kommst.«

Seufzend löste er sich von ihr. »Ich sehe schon, bei dir muss man richtig aufpassen, was man sagt.«

»Davon darfst du ausgehen. Ich höre ja zu, wenn du mit mir redest.«

Lachend küsste er sie zuerst auf die Nase und dann auf diese herrlichen Lippen. »Gut zu wissen, Lass. Pass auf dich auf.«

Sie hatte keine Ahnung davon, wie schwer es ihm fiel, sie loszulassen und auf die Maschine zu steigen. Doch das Wissen, dass er sie bald wiedersehen würde, half. Ob sie wusste, wie viel sie ihm bedeutete?

20

Er hatte es gewusst.

Von alleine kam seine Anabel nicht auf solch abwegige Ideen. Wenn ihr natürlich ein langhaariger Rocker den Kopf verdrehte und sie wahrscheinlich in irgendwelche unmöglichen Kreise brachte, dann war das alles kein Wunder. Maximilians Hände krampften sich um das Lenkrad seines Leihwagens, der pünktlich ins Hotel gebracht worden war. Alles in ihm schrie zwar danach, auszusteigen und diesem Kerl die Meinung zu geigen, aber das würde Anabel wohl noch mehr in ihrem kindischen Trotz bestärken. Nein, das musste er schon diplomatischer angehen, auch wenn es ihn schier verrückt machte, mit anzusehen, wie der Langhaarige sein Mädel küsste. Also wartete er geduldig, wartete auch noch, nachdem der Fremde davongefahren und Anabel längst im Haus verschwunden war. Er beugte sich nach vorne und spähte neugierig durch die Frontscheibe des Wagens. Es war ihm ein Rätsel, wie in einem solch schmalen, kleinen Häuschen so viele Menschen leben sollten. Gut, es verfügte über zwei Stockwerke, aber es erinnerte ihn an ein Puppenhaus, bedachte man einfach einmal die reine Größe. Lächerlich! Hier fühlte sie sich angeblich wohl, das geräumige Reihenhaus in Starnberg aber, das wollte sie nicht? Ein weiteres Zeichen für Maximilian, dass Anabel derzeit einfach nicht beurteilen konnte, was wirklich gut für sie war. Er lehnte sich wieder zurück und versuchte, sich zu entspannen. Ganz egal, was auch geschehen mochte, wenn er dort läutete, er musste sehr ruhig und souverän bleiben. Nur wenn sie spürte, dass er sich seiner Sache ganz sicher war, konnte er sie wieder zur Vernunft bringen. Und dass das dringend nötig war, dessen war er sich sicherer als jemals zuvor. Er wartete eine gute halbe Stunde, ehe er aus dem Wagen stieg und auf das Haus zuging. Der Tisch im Hotel war mit Bedacht für acht Uhr reserviert. Nun musste wirklich alles klappen. Maximilian hatte nicht vor, länger als zwei oder drei Tage dafür aufzuwenden, Anabel wieder auf die richtige Spur zu bringen.

Die Türklingel erschallte genau in dem Augenblick, als Anabel sich gerade mit einer Flasche Ginger Beer ins Esszimmer aufmachte. »Bleibt sitzen, ich sehe nach, wer es ist.« Sie stellte die Flasche auf dem kleinen Tisch im Flur ab und eilte zur Eingangstür. Wer mochte das um diese Zeit noch sein? Vielleicht hatte Duncan etwas vergessen? Schwungvoll öffnete sie die Tür und prallte erschrocken zurück.

»Maximilian?«

Das Lächeln auf seinen Zügen erstarb umgehend. »Deine Freude darüber, mich zu sehen, scheint sich in Grenzen zu halten.«

Sie fasste sich rascher, als sie es erwartet hatte. »Wundert dich das? Habe ich mich letzte Woche denn so undeutlich ausgedrückt?«

»Anabel, du wirst entschuldigen, dass ich nach all den Jahren nicht gewillt bin, so schnell aufzugeben. Zumindest eine vernünftige Erklärung in einem ruhigen Gespräch habe ich doch verdient, nicht wahr? Ich bin extra hierher geflogen, um in Ruhe mit dir reden zu können. Entschuldige bitte, aber das kannst du mir nicht verwehren.«

Anabel musterte ihn kopfschüttelnd. »Du bist recht beharrlich, das muss man dir lassen. Aber das warst du ja schon immer, wenn es um das ging, was du wolltest.«

Maximilian hob beschwörend die Hände. »Nun komm, Bell, lass uns bitte nicht streiten. Dazu bin ich nicht hergekommen. Ich wohne in der Innenstadt im George Hotel und habe uns dort für heute Abend einen Tisch reserviert. Es sollte eine Überraschung sein. Bitte, eingedenk der schönen Zeit, die wir hatten, schlag mir das jetzt nicht ab. Ich bringe dich, wenn du unbedingt möchtest, auch danach wieder hierher.«

»Ich weiß zwar wirklich nicht, was du dir davon versprichst, aber komm doch bitte rein. Ich muss den anderen Bescheid geben und mich rasch umziehen.« Verärgert gab sie ihm den Weg frei und ging voraus ins Esszimmer, in dem die anderen bereits der gelungenen Lasagne frönten.

»Leute, ich habe sehr überraschenden Besuch bekommen.« Sie trat beiseite und gab ihnen den Blick auf Maximilian frei. »Darf ich vorstellen: Das sind Sally, Mika, Hanson und Sean. Und das ist Maximilian.«

Die sehr zurückhaltenden, überraschten Reaktionen ihrer Freunde wunderten sie nicht. Sie fügten sich hervorragend in ihr eigenes Stimmungsbild.

»Es tut mir leid, aber ich werde leider auf das leckere Abendessen verzichten müssen. Ich begleite Maximilian in die Stadt, er hat mich zum Essen eingeladen. Ich gehe schnell auf mein Zimmer und ziehe mich um. Ihr könnt ihm ja zwischenzeitlich ein wenig erzählen, wenn ihr mögt. Maxi, bitte setz dich doch solange auf meinen Platz hier.«

Mit einem entschuldigenden Blick in die Runde machte sie auf dem Absatz kehrt und lief nach oben in ihr Zimmer.

Es wunderte sie nicht wirklich, dass es kurz darauf an ihrer Zimmertür klopfte. Mikas Gesicht glich einem wandelnden Fragezeichen.

»Was soll das denn jetzt?«

Anabel zuckte ratlos die Schultern. »Ich weiß es nicht. Keine Ahnung was er bezweckt. Wobei, eigentlich schon. Er wird, auch im Auftrag meines Erzeugers, alles daransetzen, mich aus dieser Lasterhöhle rauszuholen, mich zur Vernunft zu bringen und mich wieder nach Deutschland zu verfrachten.«

»Aber sonst geht es ihm gut, oder?«

»Auch das kann ich dir nicht beantworten.« Genervt schlüpfte sie in eine schwarze Jeans und zog sich eine weiße Bluse über. »Aber keine Angst, ich lass mich nicht umkrempeln.«

»Er denkt wohl eher, dass wir das mit dir gemacht haben. Seine Blicke sind jedenfalls alles andere als freundlich.«

Anabel griff nach ihrer schwarzen Wildlederjacke. »Willkommen in meiner alten Welt.«

Was fand Anabel nur an diesem Chaotenhaufen? Die kleine Rothaarige sah aus, als habe man sie frisch von einem Bauernhof geholt, und die mit den schwarzen Wuschelhaaren hätte auf jeder Demonstration der Linken eine gute Figur gemacht. Die beiden Kerle konnte er nicht richtig einordnen. Der Elvis-Verschnitt kam ja ganz ordentlich rüber. Der Blonde mit den langen, sandfarbenen Locken aber war wohl eher der Typ Beach-Boy und Nichtstuer. Und in so einem Umfeld sollte sein naives, kleines Mädel nicht durchdrehen? Ihn wunderte nichts mehr. Vor allem der Blonde musterte ihn regelrecht feindselig. Kurzfristig schoss ihm durch den Kopf, dass Anabel schließlich mit denen unter einem Dach lebte. Vielleicht lag Friedrich ja gar nicht so falsch, dass in solchen WGs regelrechte Orgien an der Tagesordnung waren? Gut, das glaubte er selbst zwar nun nicht – da steckte Friedrich eindeutig in einem vergangenen Jahrhundert fest – aber diesem Sunny-Boy traute er zu, dass er die Frauen reihenweise flachlegte. Was, wenn er das auch mit Anabel getan hatte? In seinem Mund machte sich ein bitterer Geschmack breit. Sein Mädel musste hier raus. Ein rascher Blick zeigte ihm, dass es zwar ganz sauber aussah, doch alles wirkte klein und beengt. Wie konnte man so leben? Enge Flure, schmale Treppen, enge Türrahmen, dünne Wände – Himmel, das war doch kein Umfeld für Anabel.

»Hast du beruflich hier zu tun?«

Zumindest gab sich dieser Hanson Mühe, ein wenig höflich zu sein.

»Nein, ich wollte wirklich nur Anabel besuchen. Ihre Eltern haben mich gebeten, nach dem Rechten zu sehen, da sie sich kaum meldet und sie sich Sorgen machen.«

»Dazu besteht kein Anlass. Anabel ist viel mit der Uni beschäftigt, und sie hat hier Freunde gefunden, sie sich um sie kümmern.«

»Ja, das sehe ich. Ich will trotzdem mit ihr reden.« Maximilian warf Sean, von dem die letzte Bemerkung gekommen war, einen feindseligen Blick zu. Er hätte diesem Typen gerne eine passende Antwort gegeben, doch das war es nicht wert. Als ob Anabel früher keine Freunde gehabt hätte. Was bildete sich der Kerl eigentlich ein? Er war froh darüber, dass Anabel nun in Begleitung dieser seltsamen Punktussi zurückkam. Die Atmosphäre war eindeutig etwas angespannt. Er war froh, hier rauszukommen. Mit ein wenig Glück verbrachte Anabel die Nacht bei ihm. Damit wären die Fronten wohl ein für alle Mal geklärt.

»Leute, wir sehen uns eventuell nachher noch?«

Anabel klang regelrecht flehend. Was hatten diese Typen mit ihr gemacht. Das war ja unerträglich.

»Dann gehen wir wohl besser, sonst wird es so spät. War nett, euch kennenzulernen.« Er hörte selbst, dass es unaufrichtig klang, doch das war ihm nicht wichtig. Eilig, und noch vor Anabel, lief er durch diesen schmalen Flur, öffnete die Haustür und trat aufatmend ins Freie. Mit etwas Hilfe von Fortuna würde er diese Ansammlung seltsamer Menschen nicht mehr sehen müssen.

Sie war nicht verwundert, dass Maxilimian in die Tiefgarage eines der teuersten Hotels von Edinburgh fuhr. Natürlich wohnte Maximilian Ziegler nicht im Ibis Hotel. Ganz Gentleman hielt er ihr die Tür des Wagens auf und half ihr beim Aussteigen.

»Dass du dich immer wieder für diese platten Flundern begeistern kannst … Wie wäre es denn mal mit einem Auto, aus dem man sich nicht herausschrauben muss?« Missmutig streckte sie sich.

»Ach geh, Bellchen, so ein Audi steht dir ausgesprochen gut zu Gesicht.« Lächelnd reichte er ihr seinen Arm, und sie hakte sich notgedrungen unter.

»Seit wann kannst du überhaupt in Schottland Auto fahren? Ich denke, du verabscheust Linksverkehr?«

Maximilian warf ihr einen tadelnden Blick zu. Na prima, ging das schon wieder los. »Bell, du erinnerst dich an den Urlaub von Alexander und mir in Devonshire? Da musste ich zwangsweise links fahren. Aber ich mag es wirklich nicht. Können tue ich es allerdings.«

Sie folgte ihm durch die offenbar erst vor kurzem renovierte Halle.

»Na, ist das nicht schön hier? So weitläufig und großzügig.«

Anabel ignorierte diese Bemerkung tunlichst, denn ihr war durchaus bewusst, dass er auf das Haus der WG anspielte. Er würde nie kapieren, dass das, was er als eng bezeichnete, für sie total gemütlich, urig und knuffig war. Das hier war zwar modern, aber kühl und des alten Charmes beraubt, der hier einmal vorhanden gewesen sein mochte. Das Restaurant war ebenfalls edel, mit viel Holz und Glas, aber genauso kühl wie der Rest, den sie gesehen hatte. Doch all das war ihr eigentlich egal. Sie wollte es hinter sich bringen und zu ihren Freunden zurückkehren. Es wunderte sie selbst, dass Maximilians Anblick nichts zum Klingen brachte. Eigentlich sah er gut aus wie immer und bemühte sich – zumindest im Augenblick – ausgesprochen charmant um sie. Der Kellner führte sie zu einem Zweiertisch am Fenster und reichte ihnen die Speisekarten. Er empfahl einen Aperitif, den sie ablehnte. Sie bat um Wasser. Maximilian entschied sich für einen Hugo mit frischer Minze, wartete, bis sie gewählt hatte (ihre Bestellung fiel wegen ihres plötzlich nicht mehr vorhandenen Appetits recht spartanisch aus), stützte dann die Ellbogen auf dem Tisch ab und legte sein Kinn in die verschränkten Hände. Beide schwiegen eine Weile, ehe er zu sprechen begann.

»Also, Anabel, nun erzähl doch einmal, was dir auf dem Herzen liegt.«

Sie verschluckte sich um ein Haar an ihrem Mineralwasser. »Wie kommst du auf die Idee, dass mir etwas auf dem Herzen liegt? Mir geht es so gut wie schon lange nicht mehr.«

Sichtlich verärgert runzelte er die Stirn, hatte sich aber schnell wieder im Griff. »Anabel, erzähl mir doch nichts. Niemand wirft von heute auf morgen sein komplettes Leben über den Haufen ohne, dass er mit irgendetwas hadert.«

Erstaunt zog sie die Brauen hoch. »Hadern? Das ist charmant ausgedrückt. Ich sage es dir gerne noch mal. Maxi, ihr habt mich in ein Korsett gezwängt, habt über mich bestimmt und mir mein zukünftiges Leben vorgegeben. Ich durfte keine einzige Entscheidung treffen.«

»Aber, Bell, zum hundertsten Mal, das war doch nicht böse gemeint. Sowohl deine Eltern wie auch ich wollten doch nur, dass du ein behütetes Leben hast.«

Da just in diesem Augenblick ihre Vorspeisen aufgetragen wurden, schwieg sie lieber und widmete sich mit stoischer Ruhe ihrem Lachscarpaccio. Maximilian indessen fuhr zwischen den einzelnen Bissen unbeirrt damit fort, ihr die Vorzüge der gewohnten, liebevollen Umgebung anzupreisen.

»Dort wirst du geliebt, Anabel. Alles, was wir wollen, ist, dass es dir gut geht.«

Sie kaute schweigend weiter, spülte den letzten Bissen Lachs und knuspriges Weißbrot mit einem großen Schluck Wasser hinunter und wandte sich ihrem Exfreund zu.

»Und wenn ich das gar nicht wollte? Das mit dem Behütet-Sein und Von-allem-Übel-ferngehalten-werden? Wenn ich gerne einfach gelebt hätte?«

Der Kellner räumte die leeren Teller ab und goss ihr Wasser aus der eleganten, blauen Flasche nach. Sie bedankte sich und funkelte dann Maximilian ärgerlich an. »Ich wollte einfach nur leben.«

Sie konnte sehen, wie es hinter seiner Fassade aus Freundlichkeit zu brodeln begann. Schließlich kannte sie ihn lange genug, um zu wissen, wie seine Mimik sich veränderte, wenn er wütend wurde. Irgendetwas verheimlichte er ihr, aber es lag ihm wohl schon ziemlich quer im Magen.

»Und das vor allem ohne mich, nicht wahr?«

»Das kann und will ich nicht leugnen, weil du ein maßgeblicher Teil der von euch konstruierten Umstände warst. Ich habe es dir doch schon am Telefon gesagt. Unsere Beziehung war zuletzt wirklich nur noch Freundschaft. Sei doch ehrlich.«

Maximilian wurde, als er antworten wollte, von zwei Kellnern unterbrochen, die ihre Hauptgerichte brachten. Allerdings musterte Anabel ihre Ravioli mit Steinpilz eher skeptisch. Ihr verging der Appetit immer mehr. Lustlos pickte sie eine der kleinen Teigtaschen auf ihre Gabel. Erst als sie Maximilian wieder ansah, bemerkte sie die Veränderung in seinem Ausdruck. Als er begann zu sprechen, wurde ihr schnell klar, warum.

»Ach, Freundschaft, ja? Du hast mir ja auch sehr viele Möglichkeiten gegeben, an mir zu arbeiten …«

Wütend fiel sie ihm ins Wort. »Dutzende, nur hast du sie weder verstanden noch etwas geändert.«

»Lass mich aussprechen. Du wolltest doch gar nicht an unserer Beziehung arbeiten. Weggeworfen hast du sie, wie lästigen Ballast und dich, kaum dass du hier warst, diesem langhaarigen Nichtsnutz an den Hals geworfen. Und streit es jetzt bitte nicht ab. Ich gesehen, wie er dich abgeknutscht hat.«

Sie blieb vollkommen ruhig, was sie selbst wahrscheinlich am meisten überraschte. »Ich will ja gar nichts abstreiten.«

»Wie bitte? Du gibst also zu, dass du einen anderen hast und mit dem hier herum hurst, während wir versuchen, dir zu vermitteln, dass du dein Leben wegwirfst?«

Sie blickte ihm fest in die Augen. »Maxi, ich werfe gar nichts weg. Unsere Beziehung ist vorüber und ja, ich habe mich in Duncan verliebt. Daran ist nichts, was darauf hindeuten würde, dass ich mein Leben wegwerfe.«

»Ja, was denn sonst? Denkst du, dass dir dieser Rocker das bieten kann, was ich dir bieten kann? Diese Typen haben doch nichts und schon gar keine Zukunft. Sie stellen sich abseits der Gesellschaft und liegen dieser dann später auf der Tasche. Das willst du? Dafür trennst du dich von mir?«

Anabel schob energisch ihren Teller zurück. Wenn er sie angriff, damit kam sie klar, doch Duncan hier in den Dreck zu ziehen, ohne auch nur annähernd etwas über ihn zu wissen, das ging gar nicht. Wie schon früher war Maximilian ein einziges, wandelndes Vorurteil. Lange Haare und Leder war für ihn gleichbedeutend mit arbeitslos und Hartz-IV-Empfänger. So ja nun nicht.

»Jetzt hör mir mal gut zu. Duncan ist alles andere als ein arbeitsloser Freak. Er ist der Sänger der ›Ravens of Avalon‹, der bekanntesten und beliebtesten Band in ganz Großbritannien, und er ist ein wunderbarer, einfühlsamer Mensch, der auch noch Tiere liebt und sich für sie einsetzt.«

Mit bösem Lächeln lehnte Maximilian sich zurück. »Musiker, na wunderbar. Das heißt mit dreißig fängt er an zu saufen, weil der Erfolg vorüber ist. Und dann auch noch Tierschützer, super. Rennt er an den Wochenenden mit Protestschildern gegen Käfighaltung vor Supermärkten herum, oder was? Bravo Anabel, da hast du dir ja was Feines ausgesucht.«

Sie sah mit einem Mal nur noch rot. Die Worte purzelten aus ihrem Mund, ohne dass sie etwas dagegen unternehmen konnte.

»Der Einzige, der hier das Allerletzte ist, das bist du. Duncan ist ein exzellenter Musiker, die Ravens of Avalon sind nicht umsonst in den Charts und das auch noch sehr weit oben. Außerdem hat ein jeder der Musiker einen Beruf erlernt. Sie sind kreativ, aufgeschlossen und humorvoll. Etwas, das du irgendwann in den letzten Jahren abgelegt hast. Deiner Karriere zuliebe, wenn ich mich nicht täusche. Duncan und seine Freunde unterstützen seit Jahren PETA, um Tieren zu helfen. Dabei riskieren sie sogar ihr Leben, weil die Wachmannschaften der Labore, aus denen sie Versuchstiere befreien, sich nicht mehr scheuen, auf sie zu schießen.«

»Ja, und mit Recht. Wer in das Eigentum anderer eindringt, wer Hausfriedensbruch begeht, der muss damit rechnen. Und mit so etwas hast du dich eingelassen? Bist du denn vollkommen verrückt geworden?« Maximilian wirkte schlicht fassungslos.

»Das ist so typisch. Dich kümmert nicht das Leid der Tiere, sondern die aktuelle Rechtslage. Nein, ich bin nicht verrückt geworden. Ich bin vielmehr endlich aufgewacht. Endlich tue ich etwas, auf das ich stolz sein kann.«

»Augenblick, du willst mir doch nicht erzählen, dass du bei solchen illegalen Aktionen mitmachst?« Maximilian musterte sie sehr aufmerksam.

»Letzten Samstag war ich sehr wohl dabei und es war ein gutes Gefühl. Wenn eine der größten Kosmetikfirmen mit dem gigantischen Schutzmantel eines Megakonzerns ihre Kunden schlicht verarscht, dabei lügt wie gedruckt und auch noch hilflose Lebewesen regelrecht zu Tode quält, bin ich gerne eine von denen, die sich dagegen wehren.« Wütend lehnte sie sich zurück und versuchte, sich zu beruhigen.

»Anabel, was du tust ist kriminell. Noch kannst du aussteigen, noch kannst du das alles schnell hinter dir lassen. Du weißt, was dir blüht, wenn sie dich dabei erwischen? Ganz zu schweigen davon, was passieren würde, wenn du dich ernsthaft verletzt.«

Sie zog eine boshafte Grimasse. »Zu spät, Herr Anwalt. Ich habe mich bei der Aktion am Samstag an einem dieser rostigen Dreckskäfigen verletzt und es tut mir kein bisschen leid, dass ich es getan habe. Denn die, die dafür verantwortlich sind, sollen auch dafür zahlen. Wir haben genug Material gesammelt, um ihnen die Hölle heiß zu machen.« Anabel bemerkte in letzter Sekunde den lauernden Ausdruck in Maximilians Augen. »Ich warne dich. Ein Wort zu irgendjemandem und wir sind nicht nur getrennt, sondern du hast auch noch eine Feindin.«

»Glaubst du ernsthaft, du könntest mir Angst machen?« Maximilian lachte böse auf. »Anabel, ich kenne die Gesetze. Du hast dich nach allen Regeln der Kunst strafbar gemacht und kannst von Glück reden, wenn du da mit heiler Haut herauskommst. Und dein Rocker und seine dubiosen Freunde werden über kurz oder lang genau dort landen, wohin solche Subjekte gehören: Nämlich hinter Schloss und Riegel.«

Sein Blick wurde gnädiger, als er sich über den Tisch lehnte und nach ihrer Hand griff. »Nimm endlich Vernunft an. Lass uns von hier verschwinden, pack deine Koffer und steig mit mir in das nächste Flugzeug nach Hause. Lass diesen Alptraum hinter dir, Anabel. Noch sind dir die Türen für deine Rückkehr nicht verschlossen. Eine einzige Entschuldigung bei deinem Vater und alles kann wieder werden wie früher.«

Sie entzog ihm ihre Hand in einer so heftigen Bewegung, dass die Gläser auf dem Tisch klirrten. »Ich glaub es einfach nicht. Maxi, du hast nichts verstanden. Du kapierst es nicht, oder? Ich komme nicht mehr zurück. Ich übernehme auch gerne die Verantwortung für das, was ich hier mache. Ich liebe einen anderen und zwar so sehr, dass es weh tut. Ich will mein altes Leben nie wieder zurück. War das jetzt endlich einmal auch für dich verständlich?«

Er nickte mit verbissener Miene. »Klar und deutlich, Anabel. Ich verstehe, dass du dein Leben wegwirfst, alle vor den Kopf stößt und alle maßlos enttäuscht, die dich lieben. Ich verstehe auch, dass du das für einen Kerl tust, der auf einer Bühne herumhopst, der eindeutig kriminell ist und der dich unweigerlich mit in den Abgrund ziehen wird. Und du erwartest, dass ich dabei tatenlos zusehe?«

Anabel kroch ein seltsames Frösteln den Rücken hoch. »Ja, das erwarte ich. Ich möchte endgültig keinen Kontakt mehr zu dir. Wenn meine Familie mich nicht so akzeptieren kann, wie ich bin, dann tut es mir sehr leid. Doch da ich nie viel Liebe erfahren habe – und mit Liebe meine ich kein Geld, keine materiellen Dinge – wird es zwar schmerzlich sein, aber durchaus erträglich. Mir bleibt noch immer Gesa.«

Ungehalten schob Maximilian seinen Stuhl zurück. »Das war ja klar. Es würde mich nicht wundern, wenn deine verrückte Tante von alldem wüsste. Aber das ist egal. Ich weiß nun, was ich zu tun habe. Am besten, ich fahre dich zurück in dein neues komfortables Zuhause.«

Anabel griff nach ihrer Handtasche, die neben ihr auf dem Boden stand und erhob sich. »Bemüh dich nicht. Ich fahre mit dem Bus, ich möchte keine Aufmerksamkeiten von jemandem, der mich als mehr oder weniger verrückt hinstellt.«

Maximilian zuckte nachlässig mit den Schultern. »Das Urteil hast du dir schon selbst zuzuschreiben und wenn du meinst, dann bitte, fahr mit dem Bus. Gewöhn dich ruhig schon einmal an ein Leben ohne Luxus.«

Ohne sie weiter zu beachten, drehte er sich um, winkte dem Kellner, unterzeichnete die Rechnung und warf ihr dann doch noch einen letzten, herablassenden Blick zu. »Du wirst dich noch wundern.«

Was er damit meinte, erklärte er nicht mehr. Mit hoch erhobenem Kopf lief er aus dem Restaurant und ließ Anabel sprachlos zurück. Sie bemerkte erst jetzt die fragenden, abschätzigen Blicke der anderen Gäste und beeilte sich, das Hotel auf dem schnellsten Wege zu verlassen. Hoffentlich hatte sie gerade eben – aufgebracht wie sie war – nicht den größten Fehler ihres Lebens begangen. In Gedanken versunken bog sie um die Ecke, entdeckte den 38er und lief so rasch sie konnte zur Haltestelle.

»Hör mir doch erst einmal zu, Vater, das ist kein kleiner Fisch, wie du behauptest. Das ist etwas richtig Großes.« Maximilian hatte das Handy auf Lautsprecher gestellt, angelte ein Fläschchen mit Gin aus der Minibar, goss es in ein Glas und füllte mit Tonic auf. Während er nachdenklich die leicht bläulich schimmernde Flüssigkeit im Schein der Schreibtischlampe betrachtete, wurde er langsam ruhiger. »Nachdem Anabel mir unvorsichtigerweise alles gebeichtet hat, musste ich natürlich sofort recherchieren.

Sie hat wirklich keinen Unsinn erzählt.« Er trank einen großen Schluck, zog das vor sich liegende Telefon näher zu sich und fuhr dann, so als fürchte er, jemand könne mithören, mit gedämpfter Stimme fort. »Diese Band ist allen Ernstes derzeit das Angesagteste, das es in Großbritannien auf dem Musikmarkt gibt. Sie sind so richtig auf dem Weg an die Spitze. Vor allem ganz Schottland, Irland und England liegen ihnen regelrecht zu Füßen, warum auch immer. Auch der Rest entsprach den Tatsachen. In der Nacht von Samstag auf Sonntag wurde bei ›Herbs 'n Spices‹ in der Produktion eingebrochen.«

»Stopp!« Die Stimme seines Vaters klang nun schon anders als noch vor wenigen Augenblicken. »Du behauptest, dass das tatsächlich diese Typen von der Band und Anabel waren?«

Klirrend stellte er sein Glas auf dem edlen, glänzenden Sekretär ab. »Das sage ich doch die ganze Zeit.«

»Max, Himmel, das war sogar hier in allen Gazetten. Wenn es tatsächlich der Wahrheit entspricht, dass die Firma Dreck am Stecken hat, hast du annähernd eine Vorstellung davon, wie viel sie es sich kosten lassen würden, hier mit heiler Haut herauszukommen?« Dass die Stimme seines sehr kühlen, berechnenden Vaters sich vor Begeisterung beinahe überschlug, geschah nicht alle Tage.

»Wovon denkst du, dass ich hier spreche? Wir müssen uns beeilen, vor allem aber du. Denn ich als kleiner Student und Teilzeitanwalt kann hier wohl kaum auf der Matte stehen. Euer Repräsentant in England, wie heißt der gleich noch einmal?« Maximilian spürte, dass seine Kehle vor Aufregung trocken wurde und leerte sein Glas in einem Zug. »Den brauchen wir jetzt. Und du und Berthold, ihr müsst sofort kommen.«

»Langsam, immer der Reihe nach. Lass uns nun keinen Fehler machen. Du sprichst von Marcus, unserem Mann in London, nicht wahr?« Nun war Richard Ziegler wieder ganz der kühle Stratege.

»Exakt. Warte, ich erkläre dir haargenau, was ich geplant

habe. Bitte glaube mir: Wenn wir damit durch sind, hast du nicht nur einen Fuß in der Tür von Santé. Anabel ahnt ja gar nicht, was sie uns hier für ein Gottesgeschenk macht. Aber du musst noch heute Nacht handeln. Das Mädel und ihre feinen neuen Freunde dürfen keine Chance haben, ihr Material auszuwerten und entsprechend einzusetzen. Es heißt gegenzusteuern, ehe sie dazu kommen, darüber nachzudenken. Sie werden nicht wissen, wie ihnen geschieht.«

»Sehr gut. Dann rufe ich nun sofort Marcus an und beantrage im Hotel eine Konferenzschaltung. So sparen wir kostbare Zeit und du erklärst uns beiden, was du vorhast. Die Kanzlei soll mir einen frühen Flug buchen.« Maximilian hörte, wie sein Vater mit lautem Scharren den Riesensessel an seinem Schreibtisch zurückschob. Dann vernahm er dessen Stimme noch einmal. »Etwas würde mich aber nun doch noch interessieren. Was gedenkst du, mit Anabel zu tun? Du willst sie und ihr Geständnis doch benutzen, habe ich recht?«

Maximilian lachte, doch er hörte selbst, dass es ein trockenes, zorniges Lachen war. »Allerdings. Vertraue mir, Vater. Wenn wir damit durch sind, kommt das Fräulein auf allen vieren zu mir zurückgekrochen.«

»Willst du denn diese Beziehung noch?«

»Darauf kommt es nicht an. Ich bin es nicht gewöhnt, zu verlieren. Und du kannst mir glauben, dass ich mich nicht von einem unbedarften Weib verarschen lasse, das denkt, mir auf der Nase herumtanzen zu können.«

21

»Anabel, schnell, steh auf. Das musst du dir ansehen.« Mika war verflixt beharrlich und schüttelte sie nun sogar an den Schultern. »Los, raus mit dir.«

Schlaftrunken rieb sich Anabel die Augen. »Was ist denn passiert? Habe ich verschlafen? Heute ist doch erst um halb elf Seminar, Grundlagen um neun Uhr entfällt. Wie spät ist es denn?«

Mika richtete sich auf und strich sich eine der Strähnen ihres zerzausten Haares zurück. »Es ist sieben Uhr und du kommst jetzt sofort mit.«

Sie verstand, alleine schon beim Blick in das sehr ernste Gesicht der Freundin, dass etwas geschehen sein musste, etwas Schlimmes. Eilig sprang sie aus dem Bett, was ihrem Kreislauf nicht gut bekam, tapste jedoch, das Schwindelgefühl tapfer ignorierend, barfuß und im Schlafanzug hinter Mika her ins Wohnzimmer, von wo aus man in bemerkenswerter Lautstärke den Fernseher vernahm. Zu ihrer Überraschung waren dort auch Hanson und Sean, die entsetzt auf den Bildschirm blickten.

Sean wandte sich mit starrer Miene zu ihr um. »Anabel, das musst du dir ansehen.«

Sie begriff nicht, wovon er sprach, bis sie endlich erkannte, was dort über den Äther flimmerte. Duncan und Nigel in Handschellen, überall Polizei und Journalisten, die ihnen offenbar wie wild Fragen stellten und ihnen Mikrophone unter die Nasen hielten.

»Seamus und John haben sie auch schon verhaftet.« Hansons

Stimme klang hohl. »Das waren die Ersten, die haben sie noch im Morgengrauen aus den Betten geholt. Das hier«, sein Zeigefinger deutete auf den Bildschirm, »das war vor etwa einer halben Stunde. Der Bericht selbst ist ein Livebericht. Mach dich auf etwas gefasst, Anabel.«

Sie erschrak, als sie hörte, wie ernst und bedrohlich Hansons sonst stets gelassene Stimme an diesem Morgen klang.

»Leute, ich verstehe überhaupt nichts mehr. Was ist denn nur los? Warum, in aller Welt, wird die Band festgenommen?« Anabel fröstelte, obwohl es warm im Raum war.

»Denk doch bitte einmal scharf nach, Anabel.« Selbst Sean war sichtlich angespannt.

Noch immer starrte sie, ohne zu begreifen, auf den Fernseher. Sie sah, wie Duncan, dessen Augen bei einer Nahaufnahme so wütend funkelten, dass sie spontan noch mehr fror, durch die Menge geschoben und in ein bereitstehendes Polizeifahrzeug verfrachtet wurde. Als die Türen zugeworfen wurden, meldete sich der Moderator und gab ab ins Studio und somit zur heutigen Sondersendung. Das, was sie hier zu sehen bekam, war so fürchterlich, dass es ihr die Luft abschnürte. Im Studio saßen niemand anderes als Richard und Maximilian Ziegler, gemeinsam mit vier weiteren Männern in edlem Zwirn, die sie noch nie gesehen hatte. Anabels Verstand weigerte sich, zu verstehen, auch wenn ihr schon jetzt dämmerte, worum es gehen musste. Das durfte, nein das konnte nicht wahr sein.

Ihre Stimme hörte sich so an, wie sie sich fühlte: leer und zittrig. »Was habe ich verpasst? Und wer sind diese Leute?«

»Du hast die Ansprache deines Verlobten und seines Vaters verpasst, die dein überraschendes Geständnis verkündet haben. Wusstest du, dass du ungeheure Gewissensbisse hattest, dass du keine Nacht mehr schlafen konntest, seit du dich hast überreden lassen, in die Fertigung einzubrechen, um der Firma Herbs 'n Spices mit einer gezielten, subversiven Aktion nachhaltigen Schaden zuzufügen? Wusstest du, dass du dich entschlossen hast, als Kronzeugin gegen die Ravens und PETA auszusagen, um dieser Scharade ein Ende zu bereiten und dein Gewissen reinzuwaschen? Das waren grob zusammengefasst die Inhalte der Rede deines zukünftigen Schwiegervaters.« Hanson fuhr sich über das mit schwarzen Bartstoppeln übersäte Kinn. »Die Leute dort sind zwei der Vorstände von Santé und zwei von deren Staranwälten, die – ich darf zitieren – ›sehr glücklich darüber‹ sind, dass ›dieser unglückselige Spuk ein Ende hat und man die Verantwortlichen nun zur Rechenschaft ziehen kann.‹ Als verantwortlich gelten Duncan, Nigel, John, Seamus, Peter und Lynn. Anabel, was ist gestern zwischen dir und Maximilian geschehen?«

Mit letzter Kraft gelang es ihr, die Hand nach dem Sofa auszustrecken und sich darauf fallen zu lassen, ehe ihre Beine nachgaben. »Ich bin schuld. Ich naives, dummes Wesen und meine Zunge, die so oft schneller ist, als mein Verstand. Was habe ich nur getan? Oh mein Gott, wie konnte ich nur?«

Sean musterte sie, ohne sie wie sonst in den Arm zu nehmen. »Anabel, hast du dich von deinem Maximilian rumkriegen lassen? Hat er dich unter Druck gesetzt? Oder wie kommt er dazu, zu behaupten, du würdest als Kronzeugin gegen Duncan aussagen? Mensch, Anabel, ich dachte du liebst Duncan?«

Fassungslos starrte sie ihre Freunde der Reihe nach an und erschrak beim Anblick der feindseligen Mienen. »Das kann nicht euer Ernst sein. So etwas traut ihr mir wirklich zu?«

Sean zuckte die Schulter. »Wenn man Angst um die eigene Haut hat, ist man wohl zu einigem fähig.«

Die Tränen begannen zu rinnen, ohne, dass sie etwas dagegen hätte tun können. Was hatte sie nur angerichtet? »Nein, nein und nochmals nein! Das ist alles ganz anders, bitte hört mir doch zu.« Verzweifelt versuchte Anabel, die Tränen wegzublinzeln. »Ich wollte gestern nicht mir ihm essen, aber ich dachte, nach all den Jahren wäre ich ihm das schuldig. Es hätte mir klar sein müssen, dass er nicht so schnell aufgibt, dass er mich genau da erwischt, wo ich verwundbar bin. Er hat exakt dort angesetzt – bei meinem neuen Leben und bei den Menschen, die mir etwas bedeuten.« So gut sie konnte, erzählte sie vom vergangenen Abend, von den hitzigen Debatten mit ihrem ehemaligen Freund, von seinen haltlosen Anschuldigungen und wie sie, ohne nachzudenken, sofort in Verteidigungsposition gegangen war. Schniefend und immer wieder nach Atem ringend berichtete sie von seinen Behauptungen und davon, dass er nach wie vor nicht akzeptierte, dass sie ihn verlassen hatte. »Er hat mich genau dort erwischt, wo ich am leichtesten angreifbar bin. In meiner Spontaneität und meinem Sinn für Gerechtigkeit, etwas, bei dem ich dann einfach lossprudle und nicht mehr vernünftig denke, da ich nur noch verteidige. Was für ein furchtbares Chaos.« Schluchzend schlug sie die Hände vor ihr Gesicht.

»Anabel, beruhige dich doch. Ja, es war dumm, es war sogar richtig dumm, aber nun fass dich erst einmal wieder. Sie sagten in der Sendung, dass die Band in Untersuchungshaft kommt, um zu vermeiden, dass belastendes Material verschwindet. Es ist sonnenklar, dass sie denken, die Jungs hätten irgendwo die Videos und Bilder auf ihren Computern gespeichert. Vorhin, bei den Bildern der Verhaftungen, konnte man schon erkennen, dass die Polizei kistenweise Zeug aus den Wohnungen und Häusern geschleppt hat. Was mich wundert, ist, dass sie hier noch nicht auf der Matte stehen.«

Anabel zog lautstark die Nase hoch. »Weil ich euch nicht erwähnt habe. Wenn, dann kommen sie wegen mir. Ich habe die Bilder auf einem USB-Stick gespeichert. Was soll ich denn jetzt tun?«

Es fühlte sich gut an, Seans warme Hand wieder beruhigend auf ihrem Rücken zu spüren. »Hol ihn und gib ihn mir, bring mir alles, womit wir eventuell etwas anfangen könnten. Wenn ich das richtig sehe, wollen die Anwälte alles in die Finger bekommen, was in irgendeiner Form gegen sie verwendet werden könnte.«

»Da könnten sie Probleme bekommen.« Mikas Stimme hatte

ihre alte Festigkeit zurück. »Die Videos vom letzten Samstag habe nämlich noch immer ich.«

Hansons Augen leuchteten erfreut auf. »Sehr gut. Versteck sie erst einmal. Der alte Speiseaufzug hinter dem großen Spiegel im ersten Stock. Falls sie doch kommen sollten, sucht dort kein Mensch, hoffe ich zumindest. Aber macht schnell, es würde mich nicht wundern, wenn sie demnächst hier auf der Matte stehen. Ach ja, Anabel, was du nicht mitbekommen hast: Man wirft den Jungs vor, hilflose Tiere für ihre Zwecke benutzt zu haben. Angeblich, also laut deines Ex-Verlobten, haben sie die Tiere gequält, um sie als Beweise gegen die Firma einzusetzen.«

Mika flitzte sofort los, während Anabel versuchte, zu begreifen.

Sie starrte Hanson nur mit weit aufgerissenen Augen an. »Das darf doch nicht wahr sein, oder?«

Der aber nickte mit grimmigem Blick. »Ich sage es doch, leider schon. Dein Maximilian und sein Herr Vater sind mit allen Wassern gewaschen. Sie haben die dreckigen Tricks der Gilde der Unantastbaren bestens drauf.«

Anabel versuchte, zu atmen, ohne sofort wieder Schluckauf zu bekommen. »Wen meinst du damit?«

»Mit den Unantastbaren? Das sind diejenigen, die sich jeden Drecksanwalt leisten können und die mit jeder Lüge und einem seriösen Erscheinungsbild blenden und bestens durchkommen.«

»Und ich Vollidiot liefere mit meiner Naivität auch noch die Munition.« Anabel erhob sich schwankend vom Sofa. »Duncan und die anderen werden mich abgrundtief hassen.«

Sean zog eine bedauernde Grimasse. »Ich würde dich ja gerne beruhigen, aber nach dem, was da heute ablief, und nach den Statements deines Verflossenen und seines Vaters, könntest du da verdammt recht haben.«

Mika bog heftig atmend um die Ecke, in den Händen ein in eine Stofftasche eingeschlagenes Bündel. »Das sind die drei Videos, die ich mit Nigel gedreht habe. Da sind Dinge drauf, da kotzt du im Quadrat.«

»Mahlzeit.« Mit hochgezogenen Brauen griff Sean nach dem Paket. »Und jetzt noch den Stick. Mach hin, Anabel, wir dürfen nicht noch einen Fehler machen.«

»Wir ist gut. Ich bin die Einzige, die hier so richtig Scheiße baut.«

»Ich würde dir gerne widersprechen, aber wo du recht hast …« Sean hielt ihr grinsend die Hand hin und sie beeilte sich, in ihr Zimmer zu hasten und den Stick zu holen.

Sean verschwand, um kurz darauf mit unschuldiger Miene zurückzukehren. »So, die sind vorerst in Sicherheit. Und jetzt tun wir bitte so, als sei alles in Ordnung und wir wüssten von nichts. Wenn Anabel uns nicht erwähnt hat, denken sie wahrscheinlich wirklich, dass wir mit der Sache nichts zu tun hatten.«

Mika verzog spöttisch die Lippen. »Ach komm, die sind doch nicht total bescheuert. Wenn es da drin Kameras gab, wovon wir ja nun mal ausgehen müssen, dann sind wir auf den Bändern drauf.«

Sean nickte. »Ja, aber mit Bandanas, Baseball-Caps, hochgeschlagenen Kragen und dunklen Klamotten. Wie gesagt, ich bin mir relativ sicher, wenn sie aussagekräftiges Bildmaterial gehabt hätten, würden wir längst neben den Ravens sitzen. Sie hatten nichts, was sie verwenden konnten, ohne sich selbst in die Pfanne zu hauen.« Sein Blick wanderte fast schon mitleidig zu Anabel, die noch immer schwer atmend im Raum stand. »Na ja, ich muss mich berichtigen. Bis gestern hatten sie nichts.«

Hanson stellte die schwere, dampfende Teekanne auf dem Frühstückstisch ab. »Fehlt noch was?«

Sean schüttelte den Kopf. »Nein, um den Rest kümmert sich jeder selbst.«

Er setzte sich und goss sich eine große Tasse von dem starken, schwarzen Tee ein, kippte Zucker dazu und kalte Milch. »Was für ein Schlamassel. Hoffentlich steht Anabel das durch, wenn sie tatsächlich kommen, um sie in die Mangel zu nehmen.«

Sean drehte das Glas mit dem Orangensaft in den Händen. »Du glaubst, sie knickt ein?«

Hanson nickte beunruhigt. »Allerdings. Sie ist einfach grundehrlich. Ich glaube ihr, dass sie sofort in Verteidigungsposition geht, wenn man jemanden angreift, der ihr etwas bedeutet. Wir müssen ihr da ein wenig unter die Arme greifen.«

»Wem müsst ihr wohin greifen?« Anabel tauchte blass und sichtlich verzweifelt neben ihm auf.

Er schlang seinen Arm um ihre Taille. »Dir, Lass, dir müssen wir unter diese traurig hängenden Arme greifen.« Hanson tätschelte ihr freundschaftlich den Rücken. »Setz dich, trink deinen Tee und hör mir zu.« Er wartete ab, bis sie saß und die Hände um die heiße Tasse legte. »Also, da du jemand bist, der sein Herz auf der Zunge trägt, musst du dafür Sorge tragen, dass es nicht zu einem erneuten Waterloo für dich, Duncan und die anderen kommt. Wenn sie dich befragen, verweigerst du die Aussage, basta.«

Anabel schien nicht überzeugt. »Aber macht mich das in deren Augen nicht erst recht verdächtig? Ich habe ja auch keinen Anwalt.«

»Da könntest du falsch liegen.« Mika stapfte mit einem Rucksack über der Schulter und einer Flasche Wasser in der Hand in den Raum. »Ich muss jetzt leider los, aber ich stimme Hanson uneingeschränkt zu. Du verweigerst jede Aussage. Lass mich nachdenken. Unter Druck klappt das nicht so gut, aber wenn ich erst im Bus und in der Vorlesung sitze, wird das schon. Heute Abend habe ich einen Plan, der muss gut durchdacht sein. Ich werde nicht zulassen, dass diese Kriminellen, die andauernd als die Saubermänner dastehen, schon wieder ohne einen Schatten auf ihrer ach so weißen Weste davonkommen. Bis später.« Weg war sie.

Hanson wandte sich lächelnd an Anabel. »Siehst du? Wir bekommen das irgendwie hin. Sei stark. Egal, was sie dir vorwerfen, egal, mit was sie dir drohen – schweig!«

Wenige Augenblicke später läutete es, und Anabel konnte nicht verhindern, heftig zusammenzuzucken. »Sie sind da, nicht wahr?«

Sean, bereits fertig angezogen für seinen heutigen Praktikumstag, nickte. »Sieht so aus. Versuch, ruhig zu bleiben. Ich lasse sie rein und hau dann gleich ab. Dann könnt ihr mit Fug und Recht behaupten, dass es in diesem Haus kein belastendes Material gibt.«

Ehe Anabel den Mund aufbekam, um zu fragen, was er damit meinte, war Sean bereits verschwunden. Sie hörte, wie er die Haustür aufmachte, und vernahm mit wild klopfendem Herz die fremden Stimmen.

»Wohnt hier eine Miss Anabel Taschner?«

»Ja, bitte gehen Sie doch den Flur nach hinten durch, dort finden Sie Ms Taschner. Ich muss mich leider verabschieden, die Pflicht ruft.«

Offenbar war Sean überzeugend und sah vertrauenswürdig genug aus, denn sie schienen ihn nicht aufzuhalten. Als die Beamten im Türrahmen erschienen, hätte Anabel um ein Haar gelacht. Zwei Männer und zwei Frauen standen dort und musterten sie mit ausdrucksloser Miene. Kein Wunder, dass Sean verschwinden konnte. Sie vermochte sich lebhaft vorzustellen, wie er die beiden Beamtinnen angelächelt hatte. Jetzt lächelten sie zumindest nicht.

»Miss, sind Sie Anabel Taschner? Sie kommen eigentlich aus einem Ort namens«, die Frau blinzelte verunsichert auf ein Blatt Papier in ihrer Hand, »Tutzing, in Deutschland?«

Anabel nickte mit staubtrockenem Mund. »Ja, das bin ich. Was kann ich für Sie tun?«

»Sie könnten sich anziehen und uns ins Präsidium begleiten. Wir müssen Sie leider mitnehmen. Bitte halten Sie Ihre Papiere bereit.«

Anabel holte tief Luft. Verflixt, das musste sie doch besser können. »Ich begleite Sie selbstverständlich, auch wenn es sich nur um einen Irrtum handeln kann. Darf ich fragen, worum es geht?«

»Sagt Ihnen der Name Maximilian Ziegler etwas oder der Name Herbs 'n Spices?«

Nun war Vorsicht geboten. »Maximilian Ziegler ist mein ehemaliger Verlobter, der andere Name sagt mir leider gar nichts.«

Der Beamte hob nur die rechte Augenbraue. »Das sehen wir etwas anders, Miss. Bitte kommen Sie nun mit uns. Möchten Sie sich noch etwas überziehen?«

Anabel schnappte sich im Flur ihre Jeansjacke vom Haken und griff nach ihrem Handy. »Ich bin bereit, von mir aus können wir gehen.«

Sie sah noch, wie der andere Polizist auf ihr Handy deutete und hörte, wie er seinem Kollegen zuraunte: »Wir sollten das sichern.«

Ein Schwall der Erleichterung durchströmte sie. Auf dem Telefon würde man nichts mehr finden. Zum Glück hatte sie daran gedacht. Achselzuckend reichte sie den Beamten das Telefon. »Ich weiß zwar nicht, warum, aber Sie können es sich gerne ansehen.«

Sie sah noch einmal zurück und erhaschte einen Blick in Hansons Augen. Wer ihn nicht kannte, der hätte denken können, er sei vollkommen cool und unbeteiligt, doch Anabel kannte ihn inzwischen besser. Seine Augen funkelten unternehmungslustig. Da schien doch tatsächlich der Rebell in ihm erwacht zu sein.

»Ms Taschner, Sie tun weder sich noch den Menschen, die Sie hierzu angestiftet haben, einen Gefallen, wenn Sie jetzt nichts sagen.« Der Beamte in seinem schwarzen Anzug musterte sie mit einem Blick, den sie nicht deuten konnte. Von Ärger, Enttäuschung und Zorn bis hin zu Mitleid war wohl alles denkbar. Besser deuten konnte sie den Blick von Richard Ziegler, der, in seinem Stuhl entspannt zurückgelehnt, mit diesem väterlichen Schmunzeln im Gesicht, das sie sowieso so hasste, die Szene beobachtete. Er beugte sich nach vorne und legte seine Hand sachte auf die des Mannes, der sie ausfragte oder wohl eher auszufragen versuchte, denn Anabel hatte sich die Ratschläge ihrer Mitbewohner zu Herzen genommen und keinen Ton verlauten lassen. Das Einzige, das sie immer wieder ruhig und geduldig erklärte, war: »Ich wurde falsch zitiert. Ich werde keine Aussage machen.«

»Anabel.« Die sonore Stimme von Maximilians Vater ließ ihr die Hitze ins Gesicht schießen. Jedoch nicht aus Furcht, sondern aus purem Zorn. Diese Bazille! »Kind, so hör mir doch zu. Du zerstörst dir gerade dein Leben. Willst du denn wirklich die Zukunft, die sich alle für dich wünschen, auf diese Art mit Füßen treten? Anabel, du bist doch eine kluge junge Frau. Ich bitte dich, nimm Vernunft an.«

Mit eisiger Miene wandte sie sich ihm zu. »Das habe ich getan und darum werde ich nichts sagen.«

»Mein Gott, Mädchen, denkst du denn, dass diese verlotterten Musiker dir diese kindische Treue danken werden? Denkst du wirklich, dass diese Kriminellen dir dafür Anerkennung zollen werden?«

Der Anwalt des Konzerns beugte sich zu Richard und flüsterte ihm etwas ins Ohr, woraufhin dieser nickte und sich wieder Anabel zuwandte.

»Mädchen, hör zu. Wenn ich mich nicht irre, scheinst du weiterhin hier in Schottland bleiben zu wollen. Zumindest, um dieses Auslandssemester abzuschließen, nicht wahr? Du bist dir bewusst, dass man dich für Landfriedensbruch und Einbruch ohne weitere Angabe von Gründen umgehend ausweisen lassen kann? Das war es dann mit deinem Traum von Schottland.«

Anabel musste sich in die Wange beißen, um ihm nicht sofort eine gepfefferte Antwort zu geben. So war sie stolz auf diese sehr ruhige und gemessene Antwort: »Wenn du mir drohen willst, fruchtet das nicht. Ich habe keine Angst vor dir und deinen Andeutungen. Viel weiß ich über rechtliche Dinge nicht, aber ich weiß, dass man mich nicht ohne Weiteres anklagen kann. Ich habe das Recht auf einen Anwalt.«

Da Anabel die ganze Zeit ordnungsgemäß Englisch gesprochen hatte, waren auch die anderen Anwesenden im Raum in der Lage, der Unterhaltung zu folgen. Der Beamte der örtlichen Polizeivertretung schien plötzlich verwirrt.

»Ms Taschner, Sie scheinen nicht zu verstehen. Ihr zukünftiger Schwiegervater hat sich bereit erklärt, Ihre Verteidigung zu übernehmen. Sie haben hier sehr wohl jemanden, der Ihre Rechte vertritt.«

Anabels Blick huschte zuerst verwirrt und dann verblüfft von einem zum anderen. »Da muss ich Sie leider korrigieren. Mr Ziegler ist ganz sicher nicht der Anwalt *meines* Vertrauens.« Sie betonte das »meines« so deutlich, dass Richard Ziegler zusammenzuckte. Die Santé-Anwälte wandten sich mit fragenden Mienen zu ihm um.

»Anabel, du scheinst die Tragweite deiner Entscheidung nicht zu begreifen. Ich kann dich hier herausholen, ohne Anklage. Das haben wir mit den Herren vereinbart. Wenn du nun damit anfängst, aus Gründen, die mir nicht einleuchten, das trotzige Kind zu spielen, wirst du richtigen Ärger bekommen.«

Anabel biss sich gerade noch rechtzeitig auf die Lippen. Wenn sie jetzt nicht vorsichtig war, könnte eventuell alles nach hinten losgehen. Wenn sich die Anwälte in Sicherheit wiegten, würde das ihr und den anderen Zeit verschaffen. Sie wandte sich ausdrücklich nicht an Richard, sondern an den Polizeibeamten.

»Ich muss über alles nachdenken. Dazu brauche ich aber Ruhe. Bin ich denn festgenommen?«

Der schüttelte nur den Kopf. »Die Bandmitglieder sind festgenommen. Sie, Ms Taschner, befinden sich derzeit noch auf freiem Fuß, da die Anwälte Sie als Zeugin gegen die Musiker genannt haben.«

Sie hakte noch einmal explizit nach. »Das heißt, wenn ich heute nichts weiter dazu sagen möchte, kann ich gehen?«

Er wirkte nicht besonders glücklich, doch die Antwort lautete genau so, wie sie es sich erhofft hatte. »Ja, Sie dürfen gehen. Ich finde es bedauerlich, dass Sie sich nicht äußern, doch ich kann Sie nicht zwingen. Ich kann Ihnen nur raten, auf Ihre Anwälte zu hören.«

Anabel war versucht, seine letzte Bemerkung richtig zu stellen, unterließ es jedoch vernünftigerweise. »Ich verspreche, dass ich darüber nachdenken werde. Muss ich auf etwas achten?«

Der Polizist seufzte leise. »Ja, bevor Sie die Stadt verlassen, geben Sie bitte Bescheid. Auch, wenn Sie nur im Land herumfahren möchten. Und noch einmal mein Rat: Seien Sie vernünftig. Für Sie steht viel auf dem Spiel, Ms Taschner.«

»Ja, das ist mir durchaus bewusst. Vielen Dank.« Er hatte ja keine Ahnung, wie viel für sie auf dem Spiel stand. »Darf ich mein Handy bitte wiederhaben?«

»Sekunde bitte.« Er griff zum Telefon und fragte, ob das Mobiltelefon der Zeugin wieder freigegeben sei. Die Tür ging auf und ein junger, uniformierter Polizist reichte ihm ihr Handy. »Nichts darauf, was wir verwerten könnten, außer ein paar schönen Bildern von Dunnottar.«

Erleichtert nahm sie das Schmunzeln des Officers wahr und nahm ihr Handy entgegen.

»Wie gesagt, bitte stehen Sie zu unserer Verfügung und rufen Sie an, sollten Sie Edinburgh verlassen.«

»Das mache ich selbstverständlich.« Eilig verstaute sie das Telefon in ihrer Jackentasche und wollte soeben nach der Klinke greifen, als sie Richards eisige Stimme hörte.

»Ich kann nur hoffen, dass du die richtige Entscheidung triffst. Sonst könnte es finster für dich aussehen.«

Es irritierte sie, dass er die letzten Worte auf Deutsch geknurrt hatte, doch dann begriff sie. Er wollte in den Konzern, er wollte bei Santé den Fuß in die Tür bekommen. Wenn er sie dafür opfern musste, würde er das mit einem Lächeln tun. Es war ihm egal, ob sie mitspielte oder nicht. So oder so würde er sie an die Wölfe verfüttern, ohne mit der Wimper zu zucken. Ohne einen Blick zurückzuwerfen verließ sie gemessenen Schrittes den Raum. Erst draußen auf dem langen Flur wagte sie, wieder durchzuatmen. Dass das befreiende Gefühl nicht von langer Dauer sein würde, begriff sie, als sie die Reporter sah, die vor einer der Türen warteten. Jetzt nur nicht auffallen. Was taten diese Geier eigentlich innerhalb des Gebäudes? Um ein Haar wäre es ihr gelungen, mehr oder weniger unbeachtet an ihnen vorbei zu huschen, auch wenn man ihr fragende Blicke angedeihen ließ. Dann jedoch öffnete sich die besagte Tür und ein Blitzlichtgewitter brach los. Als sie die helle Haarflut Nigels erkannte und direkt dahinter Duncans hohe Gestalt erschien, hätte sie sich gerne in Luft aufgelöst, doch dazu war es schon zu spät. Obwohl Duncan sich sichtlich Mühe gab, sich zusammenzunehmen, sprühten doch seine Augen regelrecht Funken. Es war nichts Freundliches in seinem Blick. Sie stand wie angewurzelt, unfähig, sich zu bewegen. Kurz sah es so aus, als wolle Duncan einfach nur an ihr vorbei, aber dann brach es doch aus ihm heraus.

»Danke für diesen Verrat. Das hätte ich dir nie zugetraut. Wie sehr man sich doch täuschen kann.«

Er hätte wohl weitergesprochen, doch Angus ergriff ihn bei der Schulter und schob ihn voran. »Du sollst doch mit niemandem sprechen und mit ihr schon gar nicht. Haben sie und ihr Verlobter denn nicht schon genug Schaden angerichtet?«

Duncan wandte sich noch einmal zu ihr um. »Keine Angst, das war das letzte Mal, dass ich mit ihr gesprochen habe.«

Er betrachtete sie mit so viel Abscheu und Verachtung, dass es ihr kalt über den Rücken lief. Anabel wusste, dass sie diesen Blick, der sich wie ein Eiszapfen in ihr Herz bohrte, ihr ganzes Leben nicht mehr vergessen würde.

»Duncan …« Ihre Stimme versagte, Tränen schossen ihr in die Augen und trübten ihre Sicht. Sie hatte ihn verloren. Nicht nur das. Er glaubte, sie hätte ihn belogen und betrogen und ihn dann auch noch verraten, um sich selbst und ihren Ruf zu retten.

»Sie sind Anabel Taschner, die Frau, die als Zeugin gegen die Band aussagen wird? Geben Sie uns ein Statement für unsere Leser …« Von allen Seiten reckte man ihr Mikrophone unter die Nase.

Anabel rang nach Luft. Sie legte die Hände an die Ohren, um nichts mehr hören zu müssen, kämpfte sich, ohne darauf zu achten, wen sie beiseite stieß, durch die Menschenmasse und stürzte blind vor Tränen ins Freie.

»Anabel, Anabel, hör mir doch zu. Beruhige dich bitte.« Nur langsam drang Seans beruhigende Stimme an ihr Ohr. Der Highlander, der vor dem Eingang auf sie gewartet hatte, schlang seine Arme um sie und drückte sie an sich. In ihren Ohren summte und brauste es und ihr Atem ging stoßweise und oberflächlich. Mit dem letzten Rest an Geistesgegenwart begriff Anabel, dass sie kurz davor war, das Bewusstsein zu verlieren, doch so weit ließ Sean es gar nicht erst kommen. Wie aus weiter Ferne vernahm sie seine feste Stimme, als er sich an die Reporter wandte, die ihr gefolgt waren.

»Bitte, lassen Sie Anabel in Frieden. Sehen Sie denn nicht, dass sie am Ende ihrer Kräfte ist? Bitte respektieren Sie ihren Wunsch. Sie werden heute keine Antworten bekommen.«

Schluchzend spähte sie aus seinen Armen heraus und sah gerade noch, wie die Ravens, nun alle vier, aus dem Präsidium traten und sofort von einer riesigen Meute an Fotografen und Reportern belagert wurden. Auch einige Passanten wurden auf sie aufmerksam, und prompt wurden Rufe laut wie »Tierquäler«, »Vandalen« oder »Betrüger«. So rasch wurde man vom Idol zum Gejagten. Sie erkannte noch, wie Angus sehr ruhig in die ihm hingehaltenen Mikrophone sprach, konnte jedoch nicht verstehen, was er sagte.

Seans Umarmung wurde noch fester, während er sie behutsam wegführte. »Er muss die Wahrheit erfahren, so schnell wie möglich. Ich weiß nur im Moment nicht, wie.«

Zwischen zwei Schluchzern gelang es ihr gerade noch so eben, einen Satz hervor zu würgen. »Können wir denn nicht zu Angus ins Studio fahren und zumindest ihm alles erklären?«

Traurig schüttelte Sean den Kopf. »Leider nicht. Angus hat ein sofortiges Kontaktverbot für dich erwirkt. Das kam vorhin sogar im Radio. Du darfst dich der Band nicht mehr nähern. Es tut mir so leid.«

Eine gerichtliche Verfügung! Sie war traurig und verstört, doch je länger sie nachdachte, desto logischer war dieser Schritt aus der Sicht der Band. Die Ravens und die PETA-Leute mussten sie für das Allerletzte halten. Nachdem Sean ihre Tränen mit grob geschätzt drei Packungen Taschentüchern endlich getrocknet hatte, stolperte sie todunglücklich neben ihm her in Richtung Bushaltestelle der Princess Street.

»Anabel, geht es einigermaßen? Sollen wir uns ein Taxi nehmen? Unter diesen Umständen wäre das doch sicher das Beste?«

Anabel jedoch wehrte müde ab. »Nein, wer weiß, wofür ich mein Geld demnächst brauche.«

»Na, hör mal, das Taxi geht auf mich.« Sean runzelte die Stirn und bekam einen ziemlich besorgten Blick hin. »Du hast nämlich schon mal besser ausgesehen.«

Seufzend blieb sie stehen. »Danke, so viel Zuspruch in Sachen meines Äußeren macht alles doch gleich viel besser.« Nachdenklich bohrte sie mit der Spitze ihrer Stiefeletten im Straßenstaub herum. »Sean, würdest du mir einen Gefallen tun? Also, mal abgesehen davon, dass du dein Praktikum geschwänzt hast, wahrscheinlich über zwei Stunden vor dem Präsidium gewartet und mich dann noch davor bewahrt hast, umzukippen? Und mich gegen die Reportermeute verteidigt hast?« Endlich gelang ihr wieder ein schiefes Lächeln.

»Unsinn, das ist selbstverständlich. Das, was dein Ex hier abzieht, ist einfach eine bodenlose Frechheit. Frei nach dem Motto ›Wer zuerst lügt, hat recht‹, aber wir werden einen Weg finden, versprochen.«

Sie knabberte nervös auf ihrer Lippe herum, ehe sie ihre Bitte äußerte. Vielleicht dachte Sean, sie hätte komplett den Verstand verloren. »Sean, hör zu, ich möchte ins George Hotel zu Maximilian. Ich muss versuchen, mit ihm zu reden. Wir waren so lange zusammen, vor allem die ersten Jahre hatten wir eine schöne Beziehung, glaube ich wenigstens. Das kann doch nicht alles, nur weil ich endlich ehrlich bin und vernünftige Schlüsse ziehe, vergessen sein. Ich hoffe, ehrlich gesagt, dass ich ihn doch überreden kann und er diese Scharade abbläst.«

Ein Blick in Seans Gesicht zeigte ihr, was er von der Idee hielt, nämlich gar nichts. »Anabel, träum weiter. Er ist ein selbstsicherer Kerl, der – aus seiner Sicht – aus heiterem Himmel abserviert wurde. Vertrau mir, der schlägt derzeit nur noch um sich. Sein Ego ist angekratzt und, man möge mir diesen leicht blasphemischen Ausrutscher verzeihen, sein Wille ist ausnahmsweise einmal nicht geschehen. Daher hadert der Herr mit der ganzen Welt und du bist schuld.«

»In der Richtung glaube ich einfach an das Gute im Menschen, das irgendwo doch auch in ihm steckt.«

Sean wuselte ihr kopfschüttelnd durch die sowieso schon zerzausten Locken. »Deinen Optimismus hätte ich auch gerne, ehrlich.«

»Was ist, kommst du mit, bitte?« Sie konnte nur hoffen, dass der Augenaufschlag selbst bei vom Weinen verquollenen Lidern wirkte.

Immerhin grinste Sean sie breit an. »Netter Versuch, aber unnötig. Denkst du, ich lasse dich alleine in die Höhle des Löwen?«

22

Keine fünf Minuten später standen Anabel und Sean vor dem Eingang des George. Der Portier am Eingang musterte sie abschätzig. Anabel hasste solche Blicke. Menschen, die sich anmaßten, sich ein Urteil über andere bilden zu dürfen, ohne auch nur den Funken einer Ahnung zu haben. Immerhin ließ er sich dazu herab, ihnen die Eingangstür aufzuhalten und sie mit einem »Good afternoon« zu begrüßen.

Anabel atmete tief ein und straffte ihre Schultern. Sie trat an die Rezeption und fragte nach Maximilians Zimmernummer. Diese gab man ihr allerdings erst, nachdem sie mit kühler Miene erklärte, seine Verlobte zu sein.

»Ach, sehr schön, wir hatten Sie schon gestern erwartet. Sie haben Zimmer dreiundzwanzig in der zweiten Etage. Soll ein Boy Sie begleiten? Haben Sie Ihr Gepäck noch im Wagen?«

Anabel lächelte pflichtschuldig. »Nein, mein Gepäck ist noch in meiner Wohnung. Ich wollte Maximilian, also Herrn Ziegler, nur kurz Bescheid geben.«

»Selbstverständlich, er ist auf dem Zimmer. Sollen wir ihn verständigen?«

Das Lächeln gefror ihr langsam auf den Lippen. »Vielen Dank, ich werde ihn überraschen.«

Ein kurzer Seitenblick zeigte ihr, dass Sean es sich im Foyer gemütlich gemacht hatte und gerade mit einer der Angestellten plauderte. Da diese ihn anstrahlte wie die helle Morgensonne, schien zumindest Sean für die nächste Zeit schon einmal keine

Probleme zu haben. Prompt fiel ihr das Lächeln wieder leicht. Dass der hübsche, begehrte Highlander sich so um sie sorgte, tat unendlich gut, vor allem im Augenblick. In der zweiten Etage angekommen, lief sie zielstrebig in die richtige Richtung. Der dicke, rote Teppich im Flur schluckte jedes Geräusch und so gelangte sie lautlos zu Maximilians Zimmer. Ihr war flau im Magen. Anabel atmete einmal tief durch, klopfte und lauschte. Keine zehn Sekunden später hörte sie Schritte und die Tür öffnete sich. In Maximilians Gesicht spiegelte sich eine breite Gefühlspalette. Überrascht, erstaunt, nachdenklich, verärgert, zornig bis hin zu einem spöttischen Lächeln. Das war kein guter Anfang.

»Sieh einer an, hat da jemand Vernunft angenommen?« Er musterte sie ungefähr so abschätzig wie kurz zuvor der Portier. »Glaubst du wirklich, es ist damit getan, dass du hier mit traurigem Blick aufkreuzt? Nein, meine Liebe, du hast mich tief enttäuscht.«

Sie glaubte, nicht richtig zu hören. Er lieferte sie ans Messer und tönte nun etwas von »enttäuscht«?

»Maximilian, ich bin hier, um dich zu bitten, noch einmal in Ruhe und vernünftig mit mir über alles zu sprechen.«

Sein Gesicht zeigte keinerlei Regung, doch immerhin trat er beiseite und ließ sie eintreten. »Es müssen ja nicht alle mitbekommen, was hier für ein Saustall vorherrscht.«

Aha, dahin ging es also. Sie trat gerade einmal so weit ein, dass er die Tür wieder schließen konnte. »Was genau meinst du, wenn du das Wort ›Saustall‹ in den Mund nimmst?«

»Was wohl? Das ganze Chaos, in das du dich hineinmanövriert hast. Deine kriminellen Fähigkeiten haben sich ja wohl erst hier gezeigt. Oder ich war jahrelang blind.«

»Das warst du vielleicht, aber ich auch.« Sie flüsterte diese Worte so leise, dass er sie nicht verstehen konnte. Lauter hingegen fuhr sie fort: »Ich würde nicht im Chaos stecken, wenn du mich nicht dorthin gebracht hättest. Wie konntest du mein

Vertrauen dermaßen missbrauchen? Warum hast du das getan? Nur aus gekränktem Stolz?«

Ah ja, das schien ihm schon einmal gar nicht zu gefallen.

»Wie kommst du denn darauf? Anabel, das habe ich nicht nötig, glaub mir. Aber ich bin nun einmal Anwalt, ich kann doch nicht die Augen verschließen, wenn mir ein Verbrechen gestanden wird. Denkst du, ich könnte vor Gericht lügen?«

Irgendwie musste sie in einem falschen Film gelandet sein. »Maximilian, sag einmal spinnst du? Hast du mir zugehört? Die Firma, das sind die Verbrecher. Santé mit seinen Milliarden, mit denen sie jederzeit über Leichen gehen würden, das sind die Kriminellen, aber doch nicht diejenigen, die endlich einmal diese Machenschaften aufdecken wollen.«

»Anabel, es gibt keine kriminellen Machenschaften, so versteh das doch. Ein Konzern wie Santé kann es sich so was doch nicht leisten. Du bist einfach einer Hetzkampagne erlegen, hast dich da mit hineinziehen lassen und steckst nun bis zum Hals in richtigen Problemen. Wenn ich das korrekt mitbekommen habe, dann gesellen sich zu Haus- und Landfriedensbruch auch noch Tierquälerei. Soweit ich die Anwälte von Santé richtig verstanden habe, haben du und deine feinen Freunde hilflose Tiere so zugerichtet, dass man bei Inaugenscheinnahme hätte glauben können, dass sie zu Versuchszwecken genutzt worden waren. Was sagst du nun?«

Sie starrte ihn nur mit weit offenen Augen an, eine kleine Weile so perplex, dass ihr einfach die Worte fehlten. Endlich fand sie ihre Sprache wieder.

»Das glaubst du doch selber nicht. Ihr macht euch zum Handlanger dieser Betrüger und liefert dafür diejenigen ans Messer, die das unterbinden möchten? Maximilian, habe ich mich wirklich so in dir getäuscht? Ich wusste immer, dass du karriereorientiert bist, aber dass du dich für so etwas hergibst, nur um mich zu bestrafen, das hätte ich nie erwartet.« Anabel war schlicht fassungslos.

»Denkst du, ich bin darauf angewiesen, deine Lügen zu decken, nur weil uns einmal etwas verbunden hat? Denkst du, ich sehe zu, wie eine der größten Gelegenheiten, meiner Karriere einen Schubs in eine richtig gute Richtung zu verpassen, an mir vorbeizieht, nur weil du deine Punkerfreunde decken willst? Vergiss es!«

Die letzten Worte spie er ihr regelrecht entgegen, und ein einziger Blick in seine Augen genügte Anabel. Hier kam sie mit dem Versuch, die Situation freundlich und ruhig zu klären, keinen Schritt weiter. Maximilian hasste sie. Er wollte überhaupt nicht verstehen und er weigerte sich, an die Vergangenheit zu denken, an die Zeit in der sie sich gegenseitig verbunden gefühlt hatten.

Sie holte tief Luft. »Dann war es das wohl. Du bist es, der mich enttäuscht. Wäre es denn so schlimm, als Freunde auseinanderzugehen? Schade, Maximilian. Ich habe dich anders eingeschätzt.«

»Als was denn? Als einen Waschlappen, den du wegwerfen kannst, wenn du ihn lange genug benutzt hast?« Seine Augen waren zu kleinen Schlitzen zusammengekniffen, aus denen er sie sichtlich zornig musterte. »Und was hast du jetzt vor? Willst du deiner Familie noch mehr Schande bereiten? Willst du zurück zu deinen Hippiefreunden? Anabel, das kann ich nicht zulassen. Ich habe deinem Vater versprochen, dass ich dich zurückbringe, und das werde ich tun. Wie, ist mir ehrlich gesagt egal. Du könntest es auf die freundliche Tour haben, wenn du gegen diese Versager aussagst und somit das Angebot meines Vaters annimmst. Und glaub mir, es ist ein verdammt großzügiges Angebot. Es ermöglicht dir einen einigermaßen würdevollen Abgang.«

Sie schüttelte fassungslos den Kopf. »Würdevoller Abgang? Als billige Verräterin, als feige Handlangerin dieser Verbrecher? Niemals. Aber dafür kenne ich dich jetzt endlich richtig, Maximilian. Du wirst mich nicht kleinbekommen, du Riesenarschloch.« Die Beleidigung war ihr ohne nachzudenken entschlüpft. Immerhin war es ihre ehrliche, aufrichtige Meinung.

Auf Maximilians Wangen erschienen hektische, rote Flecken. »Wie nennst du mich, du billiges Musikergroupie? Was bildest du dir eigentlich ein?«

»Ich bilde mir ein, endlich verstanden zu haben, was du für eine Sorte Mensch bist. Auf Nimmerwiedersehen, Maximilian.« Entschlossen griff sie nach der Klinke und drückte sie nach unten und zog an der Tür.

War ihr Exfreund noch vor Sekundenbruchteilen reglos neben ihr gestanden, so kam nun Leben in ihn. »Du gehst nirgendwo hin. Du bleibst hier, bis ich mit deinem und meinem Vater telefoniert habe und wir besprochen haben, was wir mit dir machen.« Er packte sie so fest am Arm, dass sie aufschrie.

»Lass mich sofort los. Du tust mir weh.«

»Was ich tue bestimme noch immer ich …« Weiter kam Maximilian nicht.

»Sie sagte, du sollst sie loslassen.« Seans Stimme war sehr ruhig.

»Halt du dich da raus. Was ich mit meiner Verlobten mache, geht dich gar nichts an.«

»Bestenfalls mit deiner Ex-Verlobten. Da ich ein Freund von Anabel bin, geht es mich sehr wohl etwas an.« Noch immer sprach Sean in bewundernswert gelassenem Ton.

Maximilian lachte böse auf. »Ach, Anabel, du scheinst dich in den paar Wochen durch halb Schottland gevögelt zu haben. Glückwunsch, du Flittchen.«

Es knirschte verdächtig laut, als Seans Faust an Maximilians Unterkiefer krachte. Anabel hatte nicht erwartet, dass der sanfte Highlander dermaßen zuschlagen konnte, doch neben ihr sank Maximilian, nicht eben elegant, zu Boden.

»Oops.« Mit großen Augen blickte Anabel auf den bewusstlosen Maximilian hinab. »Du hast aber eine ziemlich harte Rechte.«

Auf Seans bisher ausdruckslosem Gesicht erschien ein kleines Lächeln. »Niemand darf eine Freundin von mir als Hure bezeichnen, so viel Deutsch verstehe ich dann doch noch. Der Kerl hat sie doch nicht mehr alle. Den packen wir jetzt gemütlich zurück in sein Luxuszimmer und verschwinden von hier, und zwar zügig.«

Es gelang ihnen unbehelligt, bis nach Hause zu kommen, wo sie bereits von einer aufgeregten Mika erwartet wurden.

»Anabel, ich habe die ganzen Reporter abgewimmelt, aber sie sind die reinste Landplage. Dein Dozent hat auch schon angerufen, um mitzuteilen, dass sie sogar bei ihm auf der Matte standen.«

»Ich bin geliefert. Ich kann einpacken. David wird keinen Finger mehr für mich rühren, wenn er das glaubt.« Anabel ließ sich in einen der Sessel im Wohnzimmer plumpsen und schlug die Hände vors Gesicht. »Was soll ich denn nur tun?«

»Erst einmal Ruhe bewahren.« Mika sah das ganz pragmatisch.

»Ja, wie denn? Ich stehe da wie ein Monster. Ich bin schuld, dass die beste und bekannteste Band des Landes vor dem Abgrund steht und … ich habe den Mann verloren, den ich so sehr liebe, wie noch nie zuvor irgendjemanden auf dieser verkorksten Welt.« Die letzten Worte Anabels waren schwer zu verstehen, da sie in heftigem Schluchzen untergingen.

Wieder waren es Seans Arme, die sich beruhigend um ihre Schultern legten. »Anabel, davon, dass du hier sitzt und dir die Augen ausweinst, wird sich nichts ändern. Na los, komm, Lass, du musst kämpfen. Willst du zulassen, dass dieser Loser und die anderen linken Kerle gewinnen?«

Er hatte recht. Sie musste sich zusammenreißen und das schnell. »Wenn ich nur endlich wieder klar denken könnte. In meinem Kopf geht es zu wie in einem Taubenschlag.«

Mika tätschelte ihr tröstend den Arm. »Oh Mann, das ist doch verständlich. Bei der Show, die diese Drecksäcke hier abziehen, bei dem Theaterstück, das sie aufführen, kann man ja nur noch an allem zweifeln. Aber wir müssen der Reihe nach vorgehen, einen Schritt nach dem anderen. Wofür studiere ich denn unter anderem Kommunikation, hm?«

Anabel griff nach dem Taschentuch, das Sean ihr einladend entgegenstreckte. Lautstark schnäuzte sie sich und wischte sich die letzten Tränen aus den Augen. »Sorry, ich stehe immer noch neben der Spur. Mit welchem Schritt soll ich denn anfangen?«

»Schon besser.« Mika musterte sie schmunzelnd. »Jetzt hör mir mal gut zu. Also, dein Dozent hat keine Sekunde geglaubt, dass du zu alledem fähig wärst. Dieser David scheint ziemlich viel Menschenkenntnis zu haben. Er bietet an, dass er sich am Abend mit uns in der Uni trifft und dann überlegen wir, was wir tun können. Na, wie klingt das?«

Hoffnungsfroh hob Anabel den Kopf. »Das klingt verdammt gut. Mir fällt ein Stein vom Herzen. Ehrlich gesagt, bin ich überrascht, dass er nicht etwas mehr Zweifel an mir hat. Er kennt mich doch erst seit Kurzem.«

Sean, der soeben mit einer Dose Irn Bru aus der Küche zurückkam, trank zuerst selbst in tiefen, durstigen Zügen, besann sich aber dann und hielt die noch halbvolle Dose Anabel hin. »Zum einen, trink einen Schluck, bitte. Und zum anderen bist du jemand, den man schnell durchschaut. Anabel, zu bist wie ein offenes Buch. Deine Gedanken und Gefühle spiegeln sich eins zu eins auf deinem Gesicht wider. Niemand, der dich auch nur ein bisschen kennt, würde dir das zutrauen. Und bei Duncan ist es einfach gekränkter, männlicher Stolz.«

Dankbar griff sie nach der süßen Limonade und leerte die Dose in wenigen Zügen. »Danke, das tat gut.« Lächelnd sah sie zu Sean auf. »Und das andere tat auch gut, danke.«

»Ja, ja, genug herumgesülzt. Jetzt machen wir mal Nägel mit Köpfen. Hier ist Davids Mobilnummer. Ruf ihn an und sag, dass wir sein Angebot dankend annehmen. Wenn wir bei ihm sind, sehen wir weiter.« Auffordernd reichte Mika ihr den Zettel mit der Telefonnummer ihres Dozenten.

David zog eine mitleidige Grimasse. »Respekt, Anabel, das ist eine geschickt aufgezogene Lügenkampagne, in die Sie da geraten sind. Dass diese Konzernbosse nun natürlich alles daransetzen, um mit heiler Haut aus der Sache heraus zu kommen, ist nur zu verständlich. Die haben angesichts der Tatsachen, die sie verschleiern, viel zu verlieren.«

»Das ist mir durchaus bewusst. Darum bin ich ja so ratlos. Ich habe Angst, dass ich denen mit jedem Schritt, den ich tue, noch mehr in die Arme spiele.« Anabel biss sich vor lauter Nervosität die Unterlippe blutig.

»Nein, Sekunde, ich habe da eine Idee. Mika, sagten Sie nicht vorhin am Telefon, dass es sehr wohl belastendes Material gebe, das man bei Santé noch nicht in die Finger bekommen hat?«

Mika nickte eifrig. »Und ob! Nigel und ich haben gefilmt. Wir haben das alles auf einen USB-Stick geladen, zusammen mit den Bildern von Anabel. Möchten Sie es mal sehen? Ist aber nichts für schwache Nerven.«

David stand von seinem Drehstuhl, mit dem er schon die ganze Zeit hektisch herumrollte, auf. »Glaubt mir, ich habe schon Dinge gesehen, die euch wahrscheinlich das Vortagesfrühstück wiederbeleben.«

»Burks, danke, nicht nötig«, sich schüttelnd reichte Mika ihm den USB-Stick, den er in seinen Laptop steckte, um das Programm aufzurufen. »Nun, dann wollen wir uns das doch einmal ansehen.«

Anabel, Mika und Sean rutschten mit ihren Stühlen näher heran, um auch einen Blick auf den Monitor zu erhaschen. Bis auf Mika und Nigel, die das Video gemacht hatten, kannte noch niemand den Inhalt.

Anabel musste mehrmals heftig schlucken, während der Film ablief. Auf Seziertische geschnallte Katzen, Kaninchen, neben denen die Flasche mit dem Augenmake-up-Entferner stand, und die mit beinahe schon zersetzen Augen hilflos ins Nirgendwo starrten; junge Hunde, an denen offenbar »Natural Body Spray«

getestet wurde und denen großflächig das Fell ausfiel, während sich auf der freigelegten, bloßen Haut schuppige, rote Ödeme zeigten. Als ein winziger Welpe ins Bild kam, dessen entzündete, eitrige Augen kaum mehr zu erkennen waren und der doch das Pfötchen hob und nach der Kamera tastete, konnte Anabel die Tränen nicht mehr zurückhalten.

»Diese Dreckschweine! Und nun versuchen sie, alles Duncan und den anderen in die Schuhe zu schieben, um selbst mit heiler Haut heraus zu kommen. Das ist einfach unfassbar.« Sean war so wütend, dass er gegen den neben ihm stehenden Tisch trat, der bedenklich ächzte.

»Lieber Sean, damit, dass wir das Mobiliar zerlegen, ist keinem geholfen, auch wenn ich es wirklich verstehen kann.« David nahm seine runde Brille ab und putzte sie umständlich. »Das, was wir hier zu sehen bekommen haben, ist starker Tobak. Es darf auf gar keinen Fall passieren, dass es diese Rechtsverdreher in die Finger bekommen und zu ihren Gunsten ausnutzen.« Er klappte den Laptop zu und trommelte angespannt mit den Fingern darauf herum. »Ha, ich habe eine Idee. Aber dazu brauche ich erst einmal etwas zwischen die Zähne. Wie ist es mit euch? Hunger?«

Anabel nickte zögerlich. »Eigentlich schon, aber ich habe Angst rauszugehen. Möglicherweise war ich vorhin landesweit auf den Bildschirmen, als ich heulend aus dem Gerichtsgebäude gerannt kam und Sean mich aufgefangen hat.«

Sean klopfte ihr lächelnd auf den Rücken. »Immer mit der Ruhe, wir waren sehr fotogen.«

Verdutzt musterte sie den blonden Schotten. »Woher weißt du das denn?«

»Freunde haben mir den Link zur Sendung geschickt, willst du es sehen?«

Anabel lehnte dankend ab. »Muss jetzt ehrlich gesagt nicht unbedingt sein.«

David schlüpfte in sein Ledersakko. »Alles gut, ich gehe rüber in den Pub und bring etwas für uns alle mit. Fish and Chips?«

Während David telefonierend verschwand, warf Anabel einen zögerlichen Blick auf ihr stumm geschaltetes Handy. Fünfzehn Nachrichten von ihrem Vater, eine von Maximilian und eine von »Unbekannt«. Wer das war, wollte sie derzeit gar nicht wissen. Die Nummer und der Name, den sie sich so sehr ersehnte, waren nicht unter den eingegangenen Nachrichten. Von Duncan würde sie wohl nie wieder etwas hören und wenn, dann wütende Anschuldigungen. Seufzend ließ sie das Telefon zurück in ihre Jackentasche gleiten.

Nachdem ihr Dozent mit sehr leckerem Abendessen zurückkam, futterte sie ihre Portion erst einmal mit überraschendem Appetit. »Vielen Dank, David, mir war bei all dem Durcheinander total entgangen, dass ich noch nichts gegessen habe.«

»So etwas dachte ich mir schon. Sie waren verflixt blass um die Nase, liebe Anabel.« David warf seine leere Papp-Box in hohem Bogen in den Mülleimer. »So, in den nächsten Minuten werden hier zwei Reporter auftauchen, die Ihnen ausnahmsweise nicht Böses wollen. Mein Freund Charles ist zwar für die Kulturkolumne zuständig, doch er hat, nach meinem Anruf, umgehend einen Kollegen kontaktiert. Es handelt sich um einen Wirtschaftsjournalisten, dem er vollkommen vertraut. Ich habe klargemacht, dass wir, wenn wir jetzt keine Fehler machen, die absolute Sensationsnachricht für ihn haben.«

»Und Sie glauben, man kann dem Reporter vertrauen? Was, wenn er doch sein Fähnlein auch in Richtung Santé hängt?« Seans Vertrauen in die Welt der Journaille schien nicht besonders groß zu sein.

Doch David wehrte sofort ab. »Wenn Charles ihm vertraut, ist er in Ordnung. Dazu kenne ich meinen Freund schon zu lange.«

Tatsächlich klopfte es nach einer weiteren halben Stunde, und zwei Männer traten mit neugierigen Blicken in den Raum. David stellte den drei Freunden seinen Studienkollegen und langjährigen Freund Charles vor, einen sehr freundlichen, ruhigen Mann mit wirren, schwarzen Haaren, die ihm wie Igelstacheln vom Kopf abstanden und der sie alle drei sehr genau durch seine rot umrandete Hornbrille musterte. Charles folgte auf dem Fuße ein kleiner, sehr schlanker Mann, der jederzeit als versprengter Elf hätte durchgehen können. Kurze rote Haare, grüne Augen, ein schmales Gesicht, grüne Jacke über einem dunkelbraunen Pulli und dazu Jeans und knallgelbe Turnschuhe.

Anabel konnte sich ein Schmunzeln nicht verkneifen. Einen erfolgreichen Wirtschaftsjournalisten hatte sie sich immer ganz anders vorgestellt.

»Andrew Carnes«, stellte sich der ausgesprochen sympathische Mann vor. Lächelnd stellte er seinen riesigen Rucksack auf Davids Pult ab. »Ich sehe schon, ihr habt mit etwas Anderem gerechnet. Seriöser und so.«

David fasste sich als Erster. »Um ehrlich zu sein, ja. Darf ich so frei sein und behaupten, dass Sie ein klein wenig an einen Greenpeace-Aktivisten erinnern?«

»Wenn Sie es nicht weitersagen, gebe ich gerne zu, dass das stimmt. Wissen Sie, mir ist es wichtig, dass auch Tatsachen Gehör in der Öffentlichkeit finden und nicht nur frisierte Pressemeldungen. Das ist für mich kein Journalismus. Aber ich weiß leider auch, dass das nicht so gerne gesehen ist bei einigen unserer Freunde aus Politik und Wirtschaft.«

»Na, glaubt ihr mir, dass Andrew vertrauenswürdig ist?« Charles warf einen Blick in die Runde. »Ich denke, wir sollten keine Zeit verlieren. Wenn dem tatsächlich so ist, wie David mir vorhin am Telefon berichtet hat, müssen wir schnell und vor allem derzeit sehr, sehr vorsichtig sein. Santé hat seine Ohren und Augen leider überall. Folglich würde ich darum bitten, dass …«, er stockte kurz und sah sich fragend um, »… wer ist denn bitte Anabel?«

Anabel zuckte sofort erschrocken zusammen, obwohl sie sich sicher war, dass ihr von den beiden keine Gefahr drohte. Allerdings waren ihre Nerven heute nicht mehr im allerbesten Zustand. »Das bin ich.« Musste ihre Stimme denn klingen wie die eines Raben auf Brautschau? Bei dem Gedanken hätte sie um ein Haar gelacht. Diese Verbindung war dann doch lustig.

Charles schien ihre Stimme denkbar egal zu sein. Er wandte sich zu ihr um und nickte ihr auffordernd zu. »Sehr schön, Anabel, dann erzählen Sie doch bitte einfach einmal in Ruhe und alles schön der Reihe nach. Lassen Sie bitte nichts aus, selbst wenn Sie glauben, es hätte keine Relevanz, in Ordnung?«

»Ja, bitte wirklich alles erzählen, es könnte sein, dass uns selbst ein winziges Detail weiterhilft«, meldete sich auch Andrew noch zu Wort.

Anabel warf einen hilfesuchenden Blick zu David, doch der nickte ihr nur aufmunternd zu. »Los geht's, Anabel, Sie schaffen das.«

Und sie schaffte es tatsächlich. Sie erzählte von ihrem ersten Treffen mit den PETA-Leuten im Proberaum, von den Vorbereitungen, den Planungen, den Berichten der Ravens über vorangegangene Aktionen und schließlich minutiös vom Verlauf der letzten Aktion, auch, wie sie in letzter Sekunde in die Kamera geblickt hatte.«

Nicht nur, dass Andrew ihr sehr aufmerksam zuhörte, er machte sich seitenweise Notizen in einem altmodischen DIN-A4-Block. Als Anabel atemlos ihre Erzählung beendete, nickte er schweigend, schrieb noch eine Weile weiter und blickte sie dann nachdenklich an. »Anabel, Sie wissen, dass Sie in großer Gefahr waren? Wenn Sie mir erzählen, dass bereits einmal auf Duncan Wolfe geschossen worden ist, dann haben PETA, die Band, Sie und Ihre Freunde verdammt nah an der Wahrheit herumgekratzt.« Er zog eine Wasserflasche aus seinem Rucksack und trank ein paar Schlucke, ehe er sie verschraubte und mit abwesender Miene wieder verstaute. »Um ehrlich zu sein, überrascht mich das alles nicht. In der Branche munkelt man hinter vorgehaltener Hand seit langem, dass es bei Herbs 'n Spices nicht ganz so biologisch einwandfrei zugehen kann, wie die behaupten. Dazu sind die neuen Produkte einfach immer noch zu günstig. Wenn man sich diverse Konzerne anschaut, die vergleichbare Produkte auf dem Markt haben, kosten die gut und gerne das Doppelte. Denen glaube ich dann aber auch, dass sie biologisch einwandfreie, teure Naturprodukte verwenden. Denn Qualität hat einfach einen hohen Preis.« Er wandte sich Charles zu, der schweigend auf Davids Pult saß. »Sagtest du nicht auch noch etwas von einem Video und von Bildern?«

Mika kam Charles mit ihrer Antwort zuvor. »Allerdings! Und was für ein Video. Nur stellen es die Säcke von Santé oder vielmehr deren Anwälte jetzt so hin, als hätten wir die Tiere so zugerichtet, um der Firma Schaden zuzufügen.«

»Nein, nein, keine Angst. Das ist allenfalls ein netter Versuch, der natürlich bei der normalen Bevölkerung, die, von Medien nicht gerade verwöhnt in Punkto Hinterfragen, vieles für bare Münze nimmt, im ersten Augenblick für Furore sorgt. Gehe ich recht in der Annahme, dass die Anwälte Ihr Material noch nicht sichten konnten?«

»Eher verspeise ich den USB-Stick zum Abendessen.« Mika klang sehr überzeugend.

Andrew klopfte ihr grinsend auf die Schulter. »Gute Einstellung! So lob ich mir das, voller Einsatz für eine Sache. Dann möchte ich mir die Aufzeichnungen gerne in Ruhe ansehen, ebenso die Bilder, sofern es welche gibt.«

»Die gibt es. Ich habe sie mit meinem Handy gemacht. Sie sind auch auf dem USB-Stick. Sean war der Meinung, dass sie schleunigst von meinem Handy gelöscht und an einem sicheren Ort gespeichert werden sollten.«

Andrew sah sehr zufrieden aus. »Was bin ich froh, dass die Jugend mich doch immer wieder positiv überrascht, nun ja, sagen wir einmal Teile der Jugend. So, und nun darf ich bitten …«

Mika ließ Andrew keine Sekunde aus den Augen. Ihr Vater war jemand, der für Natur und Umwelt auf die Barrikaden ging, und daher war sie von Kindesbeinen an misstrauisch gegenüber der schreibenden Zunft und gegenüber Anwälten. Doch der hier schien tatsächlich eine Ausnahme zu sein. Das Entsetzen über die Dinge, die er auf dem Video und auf Anabels Fotos zu sehen bekam, stand ihm ins Gesicht geschrieben. Als David schließlich den Laptop erneut ausschaltete, holte Andrew tief Luft. »Es stimmt also tatsächlich. Diese Dreckschweine! Ich habe geahnt, dass etwas hinter den Gerüchten steckt. So etwas hält sich ansonsten nicht so hartnäckig.« Er erhob sich und begann unruhig, im Raum auf und ab zu laufen.

»Nun müssen wir rasch und gezielt vorgehen. Ich kenne zwar einige Anwälte hier in Edinburgh, doch bei einem Namen wie Santé bin ich mir selbst bei meinen Kontakten nicht hundert Prozent sicher. Kennt zufällig einer von Ihnen jemanden, der todsicher vertrauenswürdig ist?«

Sie meldete sich, ehe David und Charles auch nur den Mund aufmachen konnten. »Ja, allerdings. Mein Vater hat ein Ausflugsboot am Loch Linnhe und bietet Touren zum Ben Nevis an. Da er die Natur über alles liebt, setzt er sich seit vielen Jahren schon für bedrohte Tierarten und für einen sanften, der Natur zuträglichen Tourismus ein. Der kann inzwischen von Intrigen und fiesen Machenschaften auch so manches Lied singen. Dafür hat er seit ein paar Jahren einen genialen Anwalt. Der ist absolut vertrauenswürdig und so ganz nebenbei auch bei Greenpeace.« Mika hibbelte aufgeregt auf ihrem Stuhl herum.

Andrew unterbrach seine Wanderung und sah sie neugierig an. »Darf ich den Namen erfahren, also den des Anwalts?«

Mika nickte eifrig. »Ian MacGregor«.

»Heilige Scheiße«, entfuhr es Andrew, »etwa der Ian, der letztes Jahr erreicht hat, dass die Touristenfähren nicht mehr an die Seehundbänke ranfahren dürfen? Der, der die Regularien für die Lachsfarmen neu gefasst hat?«

Sie nickte erneut. »Genau der.«

Andrew wirkte plötzlich wie ein Kind am Weihnachtsabend. »Wenn Ian sich dazu durchringen kann, an unserer Seite zu stehen, haben wir verdammt gute Chancen, endlich einmal die Richtigen über die Klinge springen zu lassen.« Aufgeregt fuhr Andrew sich durch die dichten, roten Locken. »Sie sagen Loch Linnhe? Wie ist das, David, können Sie für zwei Tage auf Ihre Studentin verzichten? Und könnten Sie alle mit mir dorthin fahren?«

David stimmte sofort zu. »Aber natürlich, hier geht es um Anabels Zukunft in Schottland, und ich habe keine Lust, eine so talentierte Studentin gleich wieder zu verlieren.«

»Sehr schön. Wir müssen vorsichtig sein. Ich könnte mir vorstellen, dass Anabel überwacht wird. Wenn es nicht von der Polizei ausgeht, dann von den Santé Leuten. Es geht einfach inzwischen um viel zu viel Geld. Also ist mit denen nicht zu spaßen. Sekunde, lasst mich nachdenken.«

Andrew trat ans Fenster und klopfte nervös mit dem Mittelfinger an den Fensterrahmen.

»Ich hab's. David, haben Sie hier eine Tiefgarage oder einen unauffälligen Hinterausgang?«

Ein sehr zufriedenes Lächeln erschien auf Davids Gesicht. »Leute, das hier sind uralte Gemäuer, natürlich gibt's Hinterausgänge. Was haben Sie vor, Andrew?«

»Anabel geht morgen ganz normal zur Uni, ich warte mit meinem Auto, einem schwarzen Toyota Landcruiser, an dem Hintereingang, den Sie mir bitte noch zeigen und zu dem Sie, Anabel, dann bitte morgen sofort kommen. Mika, Sie und Sean, haben Sie ein Auto?«

Sie schüttelte bedauernd den Kopf. »Bei uns hat nur Hanson ein eigenes Auto und der braucht das. Wir könnten uns eines leihen?«

Andrew wehrte sofort ab. »Nein, zu auffällig. Wenn Anabel um neun Uhr hier ist, können Sie beide um halb zehn Uhr an der Haltestelle vom 42ger an der Princess Street sein? Dort wimmelt es von Leuten, da fallen wir kaum auf. Ich würde Sie dort einsammeln, und dann nichts wie weg.«

Sie nickte aufgeregt. »Das bekommen wir hin. Sean, wie ist das bei dir? Kannst du zwei Tage weg?«

Sean zog eine zweifelnde Grimasse. »Ich würde echt gerne, aber wenn ich noch mal zwei Tage mein Praktikum sausen lasse, dann habe ich verloren.«

»Kein Problem«, warf Andrew beruhigend ein, »wichtig sind Sie, denn Sie haben das Video gemacht und können Fragen dazu beantworten. Und Sie, Anabel, denn auf Sie bauen wohl die Anwälte unter der Leitung Ihres Beinahe-Schwiegervaters.«

Mika zog sofort ihr Handy aus der Tasche. »Dann rufe ich meinen Vater an und warne ihn vor. Wann kommen wir denn ungefähr in Fort William an?«

Die Heimfahrt nach der Besprechung gestaltete sich abenteuerlich. Von Andrew und Charles und deren fundierter Erfahrungen in Sachen Anwaltskniffe sensibilisiert, waren die drei sehr vorsichtig geworden. David erklärte sich bereit, Mika und Anabel nach Hause zu fahren, Sean sollte noch eine Weile in der Uni warten und dann mit dem Bus fahren. Sie kam sich ein wenig wie in einem James Bond Film vor, wie sie da so auf der Rückbank von Davids altem BMW lag.

»Schon lustig, dass Sie ausgerechnet einen BMW fahren. Passt irgendwie alles zusammen«, raunte sie leise.

»Anabel, Sie können sicherlich in normaler Lautstärke sprechen, ich glaube nicht, dass jemand meine alte Karre verwanzt hat.« Davids Stimme klang ziemlich amüsiert.

»Nichts da, ich vertraue niemandem mehr. Immerhin liege ich auf der Rückbank Ihres Autos und versuche, nicht gesehen zu werden.«

»Gutes Argument. Aber im Ernst, wenn morgen alles klappt, und Andrew scheint guter Dinge zu sein, dann besteht durchaus eine faire Chance, dass ausnahmsweise das Gute siegt.«

»Wäre doch mal eine erstrebenswerte Option, oder?« Mika traf den Nagel auf den Kopf.

Hanson raufte sich fassungslos die Haare. »Leute, da hat man einmal einen Auswärtstermin und dann kommt man zurück und steckt mitten in einem Thriller. Ich glaube es nicht.«

Sean trank in aller Seelenruhe sein Bier aus, warf einen Blick zur Uhr, die bereits nach Mitternacht zeigte und stand gähnend auf. »Glaub es lieber. Und falls irgendein Schmierfink von der Sensationspresse anrufen sollte: Wir haben Sprechverbot von unserem Anwalt. Ist ein Rat von Andrew und Charles. Die dürften als Journalisten wissen, wovon sie reden.«

»Gut, dann verschwinde ich zeitig von hier und komme so spät wie möglich zurück. Weiß Sally schon Bescheid?«

Sean nickte. »Die wurde gleich eingenordet, als Anabel und Mika hier aufgeschlagen sind. Aus der bekommt niemand ein Wort heraus.«

Nachdenklich zupfte Hanson an dem neben ihm liegenden Sofakissen. »Wie geht es denn Anabel mit dem Ganzen?«

Sean runzelte die Stirn. »Wie soll es ihr schon gehen? Beschissen. Da denkt sie, dass sie ihrem Freund, mit dem sie so viele Jahre zusammen war, vertrauen kann. Und was tut er? Lässt sie ins offene Messer laufen, zerstört mit lächelndem Gesicht ihre neue Beziehung und macht sie vor allen unmöglich. Anabel ist verflixt tapfer. Aber wie sie heute aus dem Gericht gerannt kam, sprach schon für sich. Sie war kreidebleich und hat am ganzen Körper gezittert.«

Er versetzte dem unschuldigen Kissen einen heftigen Schlag. »Das arme Mädel. Ausgerechnet jetzt, wo sie endlich angefangen hat, aus sich heraus zu gehen. Die Beziehung zu Duncan hat ihr so gutgetan, das konnte man sehen, obwohl es nur wenige Tage waren.« Ärgerlich auf sich selbst stand er vom Sofa auf. »Verdammt, Sean, vielleicht hätten wir es ihr doch ausreden sollen. Also die Sache Samstagnacht.«

Sean ergriff die leere Bierflasche und machte sich auf den Weg in die Küche. »Und du glaubst, sie hätte sich das ausreden lassen?«

Hanson seufzte laut auf. »Japp, da hast du wohl recht. Also sehen wir einfach zu, dass jetzt zumindest alles reibungslos abläuft. Soll ich dich morgen gleich mitnehmen? Ich werfe dich bei deinem Praktikumsplatz raus, dann sind wir beide aus dem Schussfeld?«

Seans Stimme erklang aus dem Flur. »Guter Plan, lass uns um sieben Uhr abhauen. Wir lassen den Mädels einen Zettel da.«

»Sie sind schon weg. Das ist gar nicht doof. Dann können sie nichts falsch machen.« Mika hielt ihr einen in Hansons Handschrift geschriebenen Zettel unter die Nase.

»Na, hör mal, die Beiden sind so lieb. Ich bin dermaßen froh, dass ich euch habe. Nun lass uns bitte rekapitulieren, damit nichts schiefgeht: Ich fahre zur Uni, wo David mich zum Hinterausgang bringt und ich in Andrews Wagen steige. Danach sammeln wir dich in der Princess Street auf und fahren auf direktem Weg in die Highlands zu deinem Vater?«

»Du hast es kapiert.« Mika trank einen Schluck ihres Tees und biss genussvoll in ihr Sandwich.

»Wie kannst du nur so ruhig bleiben? Mir zittern jetzt schon die Hände.« Anabel warf einen zweifelnden Blick auf ihr Frühstück, das aus einem Toast mit Himbeermarmelade und einer Tasse Milchkaffee bestand.

»Also, erstens werden die uns nicht auflauern, aus den Autos zerren und zum Verhör bringen und zweitens, warte ab, bis du Ian siehst, dann weißt du, dass du keine Angst mehr haben musst.«

»Das sagst du so leicht. Ich komme mir vor wie in einem Agentenfilm.« Nervös nagte sie an ihrem Toast.

»Unsinn. Dass du Edinburgh nicht verlassen darfst ist das einzig Relevante. Also ist es wirklich wichtig, dass du fröhlich und entspannt in Richtung Uni trabst. Für den Fall, dass die Santé-Anwälte dich im Auge haben, werden sie verhindern wollen, dass du etwas unternehmen kannst. Also werden sie dir, sobald sie auch nur im Entferntesten denken, du könntest ausbüxen, sofort die Polizei auf den Hals schicken. Und wenn du in U-Haft sitzt, habe ich ein Problem, da ich leider nur die Hälfte von allem glaubwürdig erzählen kann.«

Sie fröstelte trotz grob achtzehn Grad Celsius, plus, wohlgemerkt. »Super, jetzt bin ich noch nervöser.«

Mika stapelte in aller Ruhe ihr Geschirr und schickte sich an, es in die Küche zu tragen. »Unsinn. Du wirst das prima hinbekommen. Denk an Duncan! Schließlich tust du das auch für ihn, oder?«

Das war ein gutes Argument, ein sehr gutes.

Tatsächlich schaffte sie den Weg zur Uni relativ ruhig und entspannt, ohne sich andauernd umzusehen oder sonst wie auch immer gearteten Blödsinn zu machen. David erwartete sie im Gebäude. Sie warfen aufmerksame, vorsichtige Blicke um sich, während sie zu besagtem, rückwärtigen Ausgang eilten, der unauffällig und gut verborgen neben einer langen, efeubewachsenen Wand lag. Sie schlüpfte in Andrews Wagen und David verschwand sofort wieder hinter der kleinen Pforte.

»Guten Morgen, Lass. Na, dann wollen wir doch mal. Zeitlich liegen wir prima. Mir ist niemand gefolgt und es sind keine Staus gemeldet.«

Siedend heiß fiel ihr etwas ein. »Wir haben den USB-Stick vergessen!«

Lächelnd verneinte Andrew. »Der ist schon seit gestern Abend sicher verstaut in meiner Tasche.«

Anabel prustete erleichtert. »Gott sei Dank! Das hätte jetzt noch gefehlt.« Sie rutschte tiefer in ihren Sitz. »Hoffentlich erkennt mich niemand.«

»Keine Bange, dieser Wagen hat getönte Scheiben. Außerdem würde ich Sie bitten, das hier aufzusetzen. Ist frisch gewaschen, keine Bange.« Lächelnd reichte er ihr eine ausgesprochen interessante Mütze. Ein Beanie in Gelb und Grün, unter das ihre kompletten Haare problemlos passten.

»Äh, hübsch.«

Andrew warf ihr einen vielsagenden Blick zu. »Es ist abgrundtief hässlich, sagen Sie ruhig die Wahrheit. Zumindest sieht es an Ihnen nett aus. Aber Hauptsache ist, es erfüllt seinen Zweck. Ihre blonden Engelslocken sind nun mal ziemlich auffällig.«

Sie bogen in die Princess Street ab, fuhren zügig an der Schlange der an- und abfahrenden Busse entlang, und Anabel erspähte an der Haltestelle des 42er Mikas dunklen Schopf. »Da ist sie.«

»Schon gesehen. Dann wollen wir mal.« Andrew bremste scharf ab, Mika öffnete die Wagentür, sprang auf die Rückbank, und schon ging es weiter. »Guten Morgen, Mika. Neuigkeiten von Ihrem Vater?«

»Kann man so sagen. Er ist Feuer und Flamme. Santé hat er seit langem auf dem Kieker. Ian weiß Bescheid und wird gegen drei Uhr auf das Boot kommen. Dad nimmt das Ganze sehr ernst. Er hat die Nachmittagsfahrten alle abgesagt, damit wir auf dem See sein können.«

Andrew warf einen sehr freundlichen Blick in den Rückspiegel. »Ich glaube, ich mag Ihren Vater schon jetzt.«

23

Maximilian spießte das letzte Stück Bacon auf die Gabel, steckte es sich in den Mund und kaute genussvoll. Alles lief genau so, wie er es sich vorgestellt hatte. Gut, wohl eher Plan B, denn Plan A war eindeutig gewesen, Anabel zur Vernunft zu bringen und mit ihr nach Deutschland zurückzukehren. Mit dem langhaarigen Rocker und ihren Hippiefreunden hätte er nicht rechnen können. Er tupfte sich den Mund mit einer Serviette ab, trank ein paar Schlucke des für Schottland ganz passabel schmeckenden Kaffees und schob dann das Tablett zurück. Wenn schon sein ursprünglicher Plan gescheitert war, würde er zumindest das, was ihm geblieben war, zum Erfolg führen. Sein Vater hatte angeregt, Anabel überwachen zu lassen, eine sehr gute Idee, denn für den Fall, dass sie nun etwas Dummes tat, war es das mit ihrem großen Abenteuer Schottland. Sie saß in der Klemme. Mit hervorragenden, versierten Anwälten wie denen des Konzerns konnte niemand Schindluder treiben. Wie es aussah war Anabel zahm geworden, denn sie war pünktlich zur Uni gegangen, und mochte auch dieser Musiker auf Kaution wieder aus der Haft entlassen worden sein, letztendlich würde es in einem richtig großen Knall enden, das Netzwerk von Santé war einfach zu gut. Er hatte nicht übel Lust, die Überwachung seiner Ex-Freundin selbst zu übernehmen. Doch sofern die Polizei und die Anwälte richtig informiert waren, war Anabel erst einmal bis zum späten Nachmittag mit Kursen und Vorlesungen beschäftigt. Derzeit hatte Santé die beiden Security-Leute, die sich um Anabel kümmerten, abgezogen, um das Haus der WG zu beobachten. So rasch konnte das Blatt sich wenden. Gut für ihn, verdammt übel für sie. Lächelnd zog er sich seinen Mantel über. Ein wenig Shopping konnte nie schaden. Gut gelaunt und durchaus optimistisch in die Zukunft blickend verließ Maximilian das Hotel.

Anabel tippte abwesend auf ihrem Handy herum.

»Was machst du da?« Mika lugte neugierig über ihre Schulter.

»Ich lösche die ganzen Nachrichten meines Herrn Vaters.«

»Oh weh, was hat er denn so alles von sich gegeben?«

Sie zuckte unschlüssig die Schultern. »Keine Ahnung.«

»Wie jetzt?«

»Nun, ich habe weder seine Nachrichten gelesen, noch seine Sprachnachrichten angehört. Ich will überhaupt nicht wissen, was er mir zu sagen hat.« Ärgerlich löschte sie die letzte der vielen Nachrichten.

Mika lehnte sich noch etwas weiter nach vorne. »Und was ist das hier, das ›Unbekannt‹?«

»Weiß ich auch nicht, soll ich mal anrufen?«

»Auf keinen Fall«, fuhr Andrew dazwischen, »Stellen Sie sich vor, einer der Journalisten hat Ihre Handynummer herausgefunden.«

Sie schüttelte den Kopf. »Glaube ich nicht. Die haben hier nur die WG und Duncan.«

»Und was ist mit Ihrem Ex-Verlobten?«

»Shit!!«

»Sehen Sie!«

»Trotzdem, Maximilian habe ich eingespeichert.« Anabel beäugte das Handy, als könne es jederzeit explodieren.

Andrew sah in den Rückspiegel und setzte zum Überholen des vor ihm fahrenden Lasters an. »Also ich würde nicht anrufen. Zu riskant.«

Zögernd stecke Anabel ihr Telefon wieder ein. Sie warf einen Blick aus dem Wagenfenster und war wieder einmal von der Schönheit Schottlands fasziniert. Auch wenn Andrew die schnellste Route mit Autobahnen und meist großen Straßen gewählt hatte, so waren doch auch Abschnitte dabei, die durch fast unbewohnte, traumhaft schöne Landschaft führten. Verflixt, es war so schade, dass sie in einem Höllentempo hier durchfahren mussten. Sie hätte so gerne mehr davon gesehen. Hoffentlich hatte sie noch die Chance das nachzuholen. Falls man sie des Landes verwies, konnte sie sich das getrost auf unbestimmte Zeit von ihrer To-Do-Liste streichen. Sie biss sich gerade so fest auf die Lippe, dass der Schmerz sie ablenkte. Gelang ganz passabel, bis auf einen Punkt: Duncan.

Immer wieder erschien sein zorniges Gesicht vor ihrem inneren Auge. Dieses Gesicht, das so schön war, dass sie es bereits gemalt hatte, ehe sich etwas zwischen ihnen angebahnt hatte. Er hatte alles Recht der Welt, wütend auf sie zu sein. Das, was er und die anderen ihretwegen erdulden mussten, war absolut unentschuldbar. Und Schuld hatte nur sie, weil sie dumm und naiv, wie sie noch immer war, Maximilian vertraut hatte. Wie dämlich war sie eigentlich? Es tat so unbeschreiblich weh, an ihn zu denken. Die Ahnung, dass sie ihn für immer verloren hatte, war grauenvoll.

Nach einem kurzen Zwischenstopp an einer kleinen Tankstelle, bei der sie sich mit Getränken und ein paar Sandwiches und Keksen eindeckten, ging es zügig weiter in die Highlands. In geradezu halsbrecherischem Tempo raste Andrew über die A84 durch die Trossachs, über Strathyre, Lochearnhead, Auchessan, Tyndrum bis zum Tal von Glencoe. Hier drosselte er die Geschwindigkeit, so dass sie zumindest ein paar Blicke auf das sagenhafte ›Tal der Tränen‹ erhaschen konnte. Doch schon bei Ballachulish drückte er wieder aufs Gas und so landeten sie nach unglaublichen drei Stunden und zwanzig Minuten an der Ortseinfahrt von Fort William.

Mika rief bei ihrem Vater an und erklärte, dass sie früher als erwartet ankommen würden. Sie lotste Andrew dann geschickt zum Hafen und dort zur Anlegestelle. Andrew parkte den Wagen, und schon wenige Minuten nachdem sie zur Pier gelaufen waren, winkte Mika begeistert in Richtung Straße.

»Hey, Dad, hier sind wir.«

Anabel beneidete Mika von der allerersten Sekunde an um ihren Vater. Kurt Bauer war ein großer, kräftiger Mann mit dem wettergegerbten Gesicht, das Anabel schon von Gesas Bildschirm kannte. Sein freundliches Lächeln entblößte eine Reihe gleichmäßiger, weißer Zähne und sein grauer Dreitagebart passte perfekt zu den langen, grauen Haaren, die er im Nacken zu einem dicken Pferdeschwanz gebunden trug. Der dunkelgraue Rollkragenpullover fiel über eine ausgeleierte und etwas ausgewaschene Jeans und seine Füße steckten in braunen Stiefeln. Die hochgekrempelten Ärmel gaben den Blick auf ausgesprochen kunstvoll gearbeitete Tattoos frei, die eindeutig keltische Muster darstellten. Damit kannte Anabel sich aus.

Kurt kam mit ausgestreckten Armen auf sie zu und drückte erst einmal seine Tochter so fest an sich, dass die leise quietschte. »Mann, Dad, ich möchte den Tag schon gerne überleben.«

Der aber lachte nur. »Das hältst du schon aus. Und wen haben wir hier alles?« Sein Blick fiel auf Anabel. »Na, da ist ja die Lieblingsnichte. Herzlich willkommen in den Highlands, Lass.« Unvermittelt fand sich Anabel in einer herzlichen Umarmung wieder. Um ein Haar hätte sie schon wieder losgeheult. Konnte ihr Vater denn nicht wenigstens so ein kleines bisschen wie Kurt sein?

»Freue mich auch, Sie kennenzulernen.« Sie verfiel automatisch in Deutsch, auch wenn Kurt sie auf Englisch angesprochen hatte.

Der tätschelte ihr erst einmal väterlich die Wange. »Lass das ›Sie‹ weg, Anabel, aber flott. Da fühlt man sich ja wie hundert. Und jetzt reden wir wieder so, dass alle uns verstehen.« Er wandte sich an Andrew. »Dann sind Sie der angekündigte Reporter, und wenn ich meiner Tochter Glauben schenken darf, einer der

Guten? Freut mich. Kurt Bauer.« Er streckte Andrew seine kräftige Hand entgegen.

»Ich hoffe doch sehr, einer der Guten zu sein. Ich heiße Andrew Carnes, aber belassen wir es doch bitte bei Andrew. Es stimmt also, Sie arbeiten mit Ian MacGregor?«

Kurt, der sie bereits behutsam in Richtung eines großen Schiffes, das an der Pier vertäut lag, dirigierte, nickte zustimmend. »Ja, der alte Haudegen ist noch immer brandgefährlich.«

Andrew zog die Augenbrauen hoch. »Genau das brauchen wir.«

Just in dem Augenblick, als sie an Bord gehen wollten, läutete Anabels Telefon. Aufgeregt wie sie nun einmal war, nahm sie ohne auf die warnenden Rufe Mikas und Andrews zu achten, an.

»Hallo, Anabel, bist du das? Die Verbindung ist leider sehr schlecht. Kannst du mich hören?«

Anabel überlegte fieberhaft, woher sie die Stimme kannte. Sie wusste, dass sie sie erst vor kurzem gehört hatte, und die damit verbundene Erinnerung war durchaus angenehm.

»Doc? Sind Sie es wirklich? Ja, hier ist Anabel.«

Das Aufatmen von Duncans Großvater war so laut und erleichtert, dass sie es bestens hören konnte.

»Lass, dem Himmel sei Dank, dass ich dich erwische. Ich habe gestern schon versucht dich zu erreichen. Wo steckst du denn?«

Anabel warf ihren drei Begleitern, die sie schweigend und mit großen Augen musterten, einen möglichst beruhigenden Blick zu. »Es ist der Doc, Duncans Großvater.«

»Kind, mit wem bist du denn da? Wer ist bei dir?«

Sie vertraute dem alten Mann, sie musste ihm einfach vertrauen. Er war ihre letzte Verbindung zu Duncan. Also berichtete sie ihm in wenigen Worten, wo sie war und mit wem. Den zweifelnden Blick von Andrew ignorierte sie lieber geflissentlich.

»Das klingt gut, Lass. Komm, schalt mich auf Lautsprecher, schnell, wir haben nicht viel Zeit!«

Das klang schon wieder gefährlich. Mit fliegenden Fingern

drückte sie die Lautsprechertaste. »Doc, Sie sind auf Lautsprecher. Jetzt können alle Sie hören.«

Die warme, tiefe Stimme des Arztes schallte aus dem Handy. »Bravo, gut gemacht, Anabel. Herrschaften, ich mache es kurz. Ich habe nie geglaubt, dass Anabel dieses Theater verursacht hat, und ich habe auch zu keinem Zeitpunkt geglaubt, dass Anabel meinen Enkel, Duncan, ans Messer geliefert hat. Aber dazu später. Wie Sie alle wissen, sind Peter, Lynn und die anderen von PETA zusammen mit meinem Enkel und seinen Freunden schon lange hinter Santé her. Ist ja nicht das erste Mal, dass man dort die Verbraucher auf den Arm nimmt. Fakt ist, dass ich einen sehr guten Freund im Präsidium hier in Edinburgh habe. Daher weiß ich zufällig, dass man Anabel überwacht. Die Polizei hat das abgelehnt, daher hat man bei Santé die eigenen Leute aufgefahren. Es geht natürlich darum, zu verhindern, dass die jungen Leute irgendwas unternehmen. Anabel darf ja eigentlich die Stadt nicht ohne Vorankündigung verlassen. Ich habe schon geahnt, dass ihr aus der Stadt verschwindet, um etwas zu tun. Was auch immer, das will ich gerade gar nicht wissen. Aber wenn sie dich überwachen, Lass, dann heißt das, dass sie denken, du bist in der Uni und ab Ende deiner Vorlesung stehen sie wieder am Eingang. Nur, wie willst du rauskommen?«

Eine Weile herrschte nach dieser Aussage ratloses Schweigen. Dann meldete sich Kurt zu Wort.

»Doc, hier ist Kurt, der Vater von Mika. Also nur mal so eine Idee. Kennen Sie denn nicht ein blondes Mädchen, das Anabel ähnlich sieht?«

»Daran habe ich schon gedacht. Und es gibt tatsächlich jemanden. Die Tochter meiner Nachbarin, sie würde mitspielen. Anabel, was hast du denn an?«

Rasch beschrieb Anabel ihm ihre Kleidung.

»Sehr gut, damit kann ich doch etwas anfangen. Also ich sehe zu, dass ich ähnliche Kleidung auftreibe, nehme Hattie dann mit, bringe sie zum Hintereingang … oh … kann jemand von euch bei diesem David anrufen? Dessen Mobilnummer habe ich leider nicht. Und er sollte eingeweiht werden, denn einer muss Hattie in den Hintereingang lassen.«

Anabel war schlicht fassungslos. Ausgerechnet Duncans Großvater hielt zu ihr. Gab es einen Hoffnungsschimmer? »Ich rufe David sofort an und sage Sean, dass er mich, also Hattie, abholen soll. Mein letzter Kurs heute hört um halb sechs auf.«

»Das schaffen wir. Kopf hoch, Lass, und nun seht zu, dass ihr diesen geldgierigen Schmierenkomödianten das Handwerk legt.«

»Doc?«

»Ja, Anabel?«

»Vielen Dank. Vor allem dafür, dass Sie mich nicht verurteilen.«

»Dazu kenne ich mich zu gut mit Menschen aus, Anabel. Du bist zu einer solchen Gemeinheit einfach nicht fähig. Und jetzt muss ich los, wenn ich dein Double beizeiten in die Uni schaffen soll. Ich wünsche euch Glück, und wenn etwas ist, ich helfe gerne.«

Anabel schaltete ihr Handy mit ungläubigem Blick auf das Display aus. »Also, wenn das kein gutes Zeichen ist …«

Kurt legte seinen Arm um ihre Schultern. »Da hat jemand eine gehörige Portion Menschenkenntnis. Jetzt melde dich bei deinem Dozenten und diesem Sean und dann warten wir nur noch auf Ian.«

Ian MacGregor war eine Naturgewalt. Ein Meter neunzig groß, dichter, grauer Bart, die Statur eines Grizzlys, eines nicht eben kleinen Grizzlys wohlgemerkt. Seine blauen Augen funkelten unternehmungslustig und sein tiefer Bass dröhnte ihnen schon von weitem entgegen, als er in eine braune Lederjacke und eine graue Hose bekleidet auf sie zumarschierte. Anabel versuchte, das Alter des Anwalts abzuschätzen, scheiterte aber kläglich. Er konnte alles zwischen fünfundvierzig und sechzig sein. Sein Elan reichte locker für sie alle.

»Schön, dass ihr schon hier seid. Ich war auch eher fertig. Das passt doch hervorragend. Also ab an Bord mit uns, dort kann uns niemand belauschen.«

Kurt legte mit Mikas professioneller Hilfe ab, und sie fuhren hinaus auf den in der Sonne glitzernden Loch Linnhe, vorbei an Lachsfarmen und in respektvoller Entfernung zum sogenannten Seehundfelsen. Nach etwa einer halben Stunde hielt Kurt auf eine weitläufige Bucht zu, in der er den Anker setzte. Er sorgte für Getränke und ein Verlängerungskabel für Andrews Laptop, erst dann setzten sich alle an eine langgezogene, windgeschützte Bank im hinteren Bereich des liebevoll renovierten, alten Schiffes.

Ian stützte die Ellbogen auf die Tischplatte vor sich und musterte Mika und sie prüfend. »Na dann, meine Damen, nun erzählt mir bitte die ganze Geschichte. Und zwar wirklich alles.«

Und so gaben Anabel und Mika zum wiederholten Male die Ereignisse der Nacht von Samstag auf Sonntag wieder. Sie schilderten alles, ließen nicht das winzigste Detail aus. Als sie fertig waren und Anabel durstig eine ganze Tasse Kräutertee mit Honig leerte, lehnte sich Ian mit ernster Miene zurück.

»So weit, so gut. Oder wohl eher nicht gut. Nun müsste ich bitte das angekündigte Video sehen und die Bilder ebenso.« Sein Blick fiel auf Andrew, der sichtlich konzentriert seine Aufzeichnungen vom Vortag durchlas.

»Andrew, was ist los, stimmt etwas nicht?« Ian entging so schnell wohl nichts.

Der Reporter aber schüttelte nur hefig den Kopf. »Ganz im Gegenteil. Die Ladies haben die Geschichte haargenau so erzählt wie gestern. Und zwar wirklich in allen Punkten. Das ist genial. Das bedeutet für uns schon mal, dass ihre Geschichte von vorn bis hinten stimmt, denn so was kann man sich nicht ausdenken und es dann dermaßen präzise wiedergeben.« Mit sehr zufriedenem Gesichtsausdruck klappte Andrew seinen Block zu.

Anabel war verblüfft. »Darum haben Sie gestern alles so genau mitgeschrieben?«

»Ja, das mache ich in solchen Situationen immer. Sie dürfen mir das nicht übelnehmen, es ist zu Ihrem eigenen Schutz. Wenn Sie heute von ihrer gestrigen Aussage abgewichen wären, hätten wir jetzt ein Problem.«

Ian klopfte mit Nachdruck auf den Tisch. »Das ist doch schon einmal die halbe Miete. Und jetzt bitte endlich das Video.«

Während ihm Andrew das Video vorspielte, verdüsterte sich Ian MacGregors Miene zusehends. Nachdem er dann noch die Bilder sehr genau betrachtet hatte, einige sogar mit einer riesigen Lupe, schien er so richtig wütend zu sein. »Diese verdammten Lügner. Es ist einfach nicht zu fassen, mit was sie glauben davon zu kommen, aber dieses Mal wird das nichts«, schnaubte er wutentbrannt.

Kurt beäugte Ian mit sichtlicher Neugier. »Glaubst du, dass du daraus etwas machen kannst?«

»Nicht nur das. Damit haben wir ein Medium in den Fingern, das ihnen das Genick brechen kann. Wir müssen nur schnell und zielorientiert vorgehen, ehe sie sich irgendwelche Tricks einfallen lassen oder falsche Zeugen auffahren. Wir müssen ihnen zuvorkommen.«

Noch war Kurt wohl nicht gänzlich überzeugt. »Was macht dich so sicher? Schließlich haben die Santé Anwälte bei der Pressekonferenz frech behauptet, dass die Kids die gequälten Kreaturen selbst hineingeschmuggelt hätten.«

»Und genau da kriegen wir sie. Sie haben sich schon mehrmals auf ihr eigenes Filmmaterial berufen, gesehen haben wir davon noch nichts, kein Fitzelchen. Anabel, Mika, Sie können mir versichern, dass ihr Material nicht bearbeitet wurde?«

Sie und Mika nickten synchron. »Es ist absolut jungfräulich, warum?«

Ian nickte mit grimmiger Miene. »Sehr gut. Warum? Weil ich den USB-Stick mitnehme und sofort damit zu einem vereidigten Sachverständigen gehe und mir die Echtheit des Materials gutachterlich bestätigen lasse. Ich habe ihn schon vorgewarnt, er erwartet mich. Gleichzeitig setze ich meine Kontakte bei der Staatsanwaltschaft in Gang. Ich will eine Anhörung mit den Santé-Vertretern, der Staatsanwaltschaft und dem zuständigen Richter. Andrew, können Sie mit dem, was Sie bis jetzt wissen, einen richtig guten, sachlichen und fundierten Artikel schreiben?«

Andrew zuckte nur die Achseln. »Das ist eine meiner leichtesten Übungen. Ich habe selten so viele Fakten gehabt, mit denen ich arbeiten kann. Bis wann brauchen Sie ihn?«

»Ich rufe Sie an. Und ich möchte, dass Anabel und Mika über Nacht hierbleiben. Ich könnte schwören, dass die in Edinburgh kalte Füße bekommen, da von unserer Seite nichts verlautet. Ich verspreche euch, dass die erwartet haben, dass Anabel von der Presse zerfetzt wird und sich irgendwann um Kopf und Kragen redet, ein Umstand, bei dem sie sofort hätten einhaken können. Und sie erwarten sicherlich genauso, dass Anabel sich einen eigenen Anwalt nimmt. Zumindest Friedrich Ziegler dürfte sich dessen sicher sein, während sein Sohn wahrscheinlich noch immer einen schmerzenden Kiefer hat. Lieber riskieren wir kurzfristig, dass Anabels Abwesenheit auffliegt. Lassen Sie uns den Schein solange aufrechterhalten wie möglich. Bis dahin sollte ich genug in der Hand haben. Ab mit uns ans Ufer!«

Sie, Mika und Kurt saßen im Schein der untergehenden Sonne auf der kleinen Terrasse von Kurts schönem Haus. Mit Blick auf den Ben Nevis auf der einen Seite und auf den See auf der anderen lag es ganz am Rand von Fort William. Fünf Zimmer, Küche, Bad und im Garten der »Männerspielplatz«, ein großer Holzschuppen mit Bergen an Werkzeug und einem kleinen Boot, das Kurt reparieren wollte.

»Das nenne ich dann ›Gesa‹, erklärte er schmunzelnd. »Wenn die Gnädige mich endlich mal besuchen kommt, hat sie ihr eigenes Schiff.«

Mika warf einen zweifelnden Blick auf das Boot. »Schiff ist ein wenig hoch gegriffen für den Kahn, oder?«

»Ich gebe dir gleich Kahn, du freche Rübe. Hol doch lieber den Auflauf aus dem Ofen, ich mach den Lachs fertig.«

Kurt machte sich grummelnd davon, um aus seinem eigenen, kleinen Räucherofen frisch geräucherten Lachs zu holen.

Mika stupste sie sanft an. »Hey, aufhören zu träumen, Essen ist fertig. Lecker Kartoffelauflauf mit Sahnesoße und dem frischen Lachs von meinem Dad. Keine Bange, er kocht verdammt gut.«

Anabel erhob sich sofort und folgte Mika in die Küche. »Das habe ich keine Sekunde angezweifelt. Dein Dad ist eine Wucht. Ich mag ihn sehr.«

Mika zog sich die dicken Ofenhandschuhe über und fischte geschickt die große Auflaufform aus dem Backofen. »Wenn jetzt noch alles gut wird und deine Tante sich endlich aufrafft ihn zu besuchen, ist sein Kosmos wieder im Lot.«

»Ähm, Sekunde, versteh ich das richtig? Gesa und dein Dad?«

Mika nickte eifrig. »Ja, klar, er steht seit der Schulzeit auf sie. Aber dann hat er sich hier in meine Mutter verguckt, dann kam ich und die Jahre gingen ins Land. Als meine Mam gestorben ist, war er zuerst untröstlich, aber ich und meine dezente Art haben ihm da keine allzu großen Möglichkeiten gelassen. Mam würde wollen, dass er glücklich ist und ich denke, deine Tante ist eine verdammt coole Frau.«

»Davon darfst du ausgehen. Gesa ist mir immer mehr Mutter gewesen, als meine es jemals war.« Anabel konnte es kaum fassen. Wenn Gesa nach Schottland käme, wäre ihr Glück perfekt. Nun ja, perfekt, für den Fall, dass Ian in den nächsten Tagen das erhoffte Wunder bewirken konnte.

Kurts fröhliches Pfeifen holte sie rasch aus ihren Grübeleien in die Gegenwart zurück.

»Meine Damen, schottischer, frisch geräucherter Bio-Lachs, dazu Kartoffelauflauf mit echtem schottischem Cheddar überbacken, in einer sehr kalorienarmen Sahnesauce. Darf ich bitten?«

Lachend setzte sie sich an den schön gedeckten Tisch. »Wer könnte da widerstehen?«

Während Kurt und Mika ihr den Teller füllten, wanderte ihr Blick hinaus auf den See, dessen Oberfläche in der tiefstehenden Sonne in allen Kupfertönen erstrahlte und glitzerte. Möwen zogen über dem Loch kreischend ihre Bahnen, die letzten Boote strebten dem sicheren Hafen zu und ein leichter Wind ließ die Tannen neben Kurts Grundstück leise rauschen. Der Gedanke, dieses Land, diese herrlichen Landschaften, die wunderbaren Menschen wieder verlassen zu müssen, versetzte ihr einen schmerzhaften Stich. Nein, das durfte einfach nicht passieren.

24

Schmunzelnd hielt Sean das fremde Mädchen im Arm, dem das offenbar kein bisschen unangenehm war, denn sie schmiegte sich eng an ihn und lächelte zufrieden zu ihm auf.

»Find ich prima, dass du bei dem Täuschungsmanöver mitspielst, das würde nicht jede machen.«

Er hörte Hattie leise kichern. »Also, mal so ganz nebenbei, es gibt wirklich Schlimmeres, als von Duncan Wolfes Großvater durch die Gegend kutschiert zu werden und dann mit einem nett aussehenden Kerl nach Hause zu fahren. Nee, im Ernst, ich unterstütze den alten Mister Wolfe schon lange, wenn er in Sachen Tierschutz unterwegs ist. Er hat mir ja alles erklärt. Also passt das schon. Hoffentlich nutzt es etwas.«

Die junge Frau war tatsächlich schwer in Ordnung. »Gute Einstellung. Wie lange hast du denn Zeit? Wäre ja doof, wenn du ins Haus gehst und ein paar Minuten später verduftest.«

»Solange ich morgen früh um neun Uhr bei der Arbeit erscheine, ist alles prima.« Hattie, die Anabel tatsächlich verblüffend ähnelte, hakte ihren Daumen vertrauensvoll an seinem Gürtel ein.

»Prima, dann darf ich dich hiermit einladen, mit uns zu Abend zu essen. Heute kocht Sally, was heißt, dass mit Sicherheit genug davon da ist.

Sie wurden bereits erwartet, als sie in der WG eintrafen.

Hanson begrüßte Hattie und zeigte dann aus dem Fenster. »Geduld haben sie, das muss man ihnen lassen. Die beiden Kerle sitzen laut unserer Nachbarn bereits den ganzen Tag in dem Auto da draußen.«

Er nickte etwas angespannt. »Ja, uns sind sie auch von der Uni aus gefolgt. Siehst du, das Auto da hinten. Also echt, ich komme mir vor, als hätte ich die Kronjuwelen der Königin gestohlen. Irgendwie erscheint mir das langsam aus dem Ruder zu geraten.«

»Wundert euch das?« Hattie zog ihre Jacke aus, blickte sich suchend um und hängte sie schließlich an einen der Garderobenhaken. »Ich habe mit dem Doc darüber gesprochen und Tatsache ist, dass es für die Firma inzwischen um einen gut zweistelligen Millionenbetrag geht. Doc schätzt es auf mindestens zwölf bis fünfzehn Millionen, zumindest haben das die PETA-Leute unter der Hand erfahren. Daher dürfte es in der Realität sogar noch mehr sein. Dafür gehen die Herrschaften auch über ein paar Leichen.«

»Herzlichen Dank, so genau wollte ich das eigentlich gar nicht wissen.« Sean runzelte besorgt die Stirn. »Hoffentlich ist bei Anabel und Mika alles in Ordnung und sie haben Erfolg.«

»Na, alle satt geworden?« Kurt warf einen fragenden Blick in die kleine Runde.

Anabel prustete leise. »In mich geht nichts mehr rein, ich bin pappsatt. Es war ein vollendetes Gourmetmenü. Vielen Dank, Herr Bauer.«

»Kurt.«

»Verzeihung?«

»Nein, Kurt, nichts von wegen Verzeihung.« Mikas Vater warf ihr einen spitzbübischen Blick zu. »Man ist so alt wie man sich fühlt. Also bin ich um die dreißig.«

»Ah, ja klar.« Anabel grinste erfreut zurück. Sie wurde allerdings rasch wieder ernst. »Ich überleg die ganze Zeit schon, was wir noch tun könnten, um unserer Sache etwas mehr Gewicht zu verleihen.«

Kurt, der gerade die Teller in die Küche gebracht hatte und

nun mit einer Teekanne, drei Tassen und schottischem Gingerbread zurückkam, stimmte zu. »Es könnte sicher nicht schaden. Ich habe vorhin schon an die Leitung von Greenpeace hier in Fort William gemailt. Sie hat versprochen, sich sofort an die zuständigen Leute in Edinburgh zu wenden. Sobald Andrew seinen Artikel fertig hat, sollten wir dafür sorgen, dass die ihn in die Hände bekommen – sogar noch ehe er veröffentlicht ist, damit sie entsprechend schnell reagieren können. Es muss schnell gehen, Verzögerungen können wir uns nicht leisten.«

Anabel zermarterte sich den Kopf. Irgendetwas war da, waberte irgendwo in ihrer Erinnerung herum, doch sie konnte sich einfach nicht erinnern.

»So meine Damen, ich habe heute Abend zur Feier des Tages ayurvedischen Frauentee gekocht. Ich hoffe, das Zeug schmeckt zu Keksen.« Vorsichtig stellte Kurt das Tablett vor Anabel und Mika ab.

»Frauen! Menschenskinder, na klar, das war es. Gesa ist doch Mitglied in diesem weltweiten Frauennetzwerk. Da kann man Reisepartner suchen, aber sich auch an Projekten für Frauen beteiligen. Die sind ziemlich einflussreich. Ich muss Gesa anrufen, sofort, es wäre doch gelacht, wenn die nicht auch hier ihre Leute hätten. Und da es um Kosmetik für Frauen geht, haben die sicher ein weit offenes Ohr. Zumindest hoffe ich, dass sie das haben.«

Mika klatschte vor Begeisterung in die Hände. »Das ist eine fabelhafte Idee. PETA, Greenpeace und das Frauen-Netzwerk! Genial, Anabel. Los, ruf schon an.«

Das war eine der herausragenden Eigenschaften von Gesa: Sie fragte nicht viel, hörte zu und kombinierte mit unglaublicher Präzision. »Hui, Anabel, das klingt zwar nach Schlamassel, aber vor allem für die anderen. Sofern ihr keinen Fehler macht und euer Anwalt gut ist, sollte es sich für euch zum Positiven wenden. Habt ihr die Nummer von dem Anwalt? Meine Freundin Pat in London und Emmy in Glasgow haben ganz sicher ein offenes

Ohr für diesen Skandal. Aber um reagieren zu können, müssen sie auf dem Laufenden gehalten werden. Hast du Internet, da, wo du bist?«

»Ja, Kurt hat so ziemlich alles hier.« Anabel schenkte Kurt ein herzliches Lächeln. »Der ist übrigens echt toll.«

»Ach was? Erzähl mir doch was Neues.«

Sie konnte fast schon hören, wie Gesa grinste.

»Und Anabel, ich brauche wirklich dringend die Nummer von dem Anwalt.«

»Ich gebe dich mal an Kurt weiter, der kennt sie sicher auswendig.« Mit sehr unschuldigem Lächeln auf den Lippen reichte sie Mikas Vater das Telefon. »Gesa.«

Während Kurt und Gesa rasch die notwendigen Informationen austauschten, grübelten Mika und Anabel schon wieder, was man noch tun könnte.

Es war Hattie sichtlich unangenehm, dass mitten unter dem Abendessen ihr Telefon anfing zu bimmeln. Mit zerknirschter Miene angelte sie es aus der Umhängetasche, die sie neben ihrem Stuhl stehen hatte.

»Oh, da sollte ich drangehen, das ist der Doc.«

Mit angestrengter Miene lauschte Hattie dem, was der Doc ihr erzählte. Es war alles andere als beruhigend.

»Okay, Mr Wolfe, vielen Dank für die Warnung. Wir sehen, was wir tun können.« Sie beendete das Gespräch, atmete einmal tief durch und wandte sich an die anderen, die sie mit angespannten Mienen musterten

»Schlechte Nachrichten?« Sean brachte es auf den Punkt.

Sie nickte. »Ja, ziemlich. Ihr wisst, dass der Doc einen Kontakt im Präsidium hat? Auf jeden Fall hat der ihn gerade angerufen. Wir könnten gleich in ziemliche Erklärungsnot geraten. Santé oder vielmehr deren Vorstand und Anwälte haben eine Hausdurchsuchung beantragt. Angeblich hätten ihre IT-Leute, die das Band der Sicherheitskamera ausgewertet haben, erkannt, dass Anabel etwas aus dem Labor in der Hand gehabt hatte. Nun wurde ihnen tatsächlich erlaubt, Anabels Zimmer zu durchsuchen und sie erneut zu befragen. Wir können weder die Durchsuchung verweigern noch Anabels Befragung. Sobald sie hier sind, fliegt sowieso auf, dass sie nicht da ist. Immerhin haben wir mit unserem Spielchen Zeit gewonnen. Was erzählen wir jetzt?«

Hanson lehnte sich mit sorgenvoll gerunzelter Stirn in seinem Stuhl zurück. »Wir lügen weiter, so einfach ist das. Anabel und Mika sind in der City unterwegs, sie wollten sich irgendwas ansehen, wir haben – natürlich – keine blasse Ahnung, was das sein könnte.«

»Vor allem ist die Behauptung, sie hätten jetzt etwas entdeckt, das Anabel angeblich aus dem Labor entwendet hat, der totale Schwachsinn. Sie können das Band nicht verwenden, weil sie sich selbst damit schaden würden. Ich denke, so weit sind wir uns einig. Diese plötzliche Erkenntnis dient doch nur dazu, um eventuell an das Material zu kommen, das Anabel und die Ravens haben könnten. Diese Mistkröten wollen die Beweise manipulieren, das liegt doch auf der Hand. Und sie hoffen, dass Anabel inzwischen mürbe geworden ist und sich vielleicht verplappert oder, dank der nicht wirklich verhüllten Drohungen, einknickt und gegen die Band aussagt, um eventuell in Schottland bleiben zu dürfen.« Sean verfügte definitiv über eine analytische Ader.

Sally fasste zusammen. »Also, wir wissen nicht, wo die Mädels sind und ansonsten haben wir eigentlich auch von nichts eine Ahnung. Das ist das Beste, denn dann können wir keinen Mist erzählen. Und wenn sie uns schräg kommen, wenn sie merken, dass Hattie nicht Anabel ist, dann erzählen wir, du bist Seans Neue.«

»Kein Problem, mit der Variante kann ich leben«, erwiderte sie schmunzelnd. Aus dem Augenwinkel musterte sie Sean erneut. Der Kerl war dermaßen hübsch, dass er durchaus eine kleine Sünde wert war. Aber nun musste erst einmal dafür gesorgt werden, dass Duncan, die Band und auch Anabel wieder entlastet wurden und ruhig schlafen konnten.

Es dauerte keine halbe Stunde, bis lautstark an die Haustür geklopft wurde. Sean verdrehte nur die Augen, erhob sich und lief los, um zu öffnen. Vor ihm standen vier uniformierte Polizisten und, zu seiner großen Überraschung, die Anwälte der Firma, gemeinsam mit einem wichtig dreinblickenden Richard Ziegler und Anabels reizendem Ex-Verlobten.

»Guten Abend, was kann ich für Sie tun?«

Ehe der Polizist, der bereits den Mund geöffnet hatte, etwas sagen konnte, antwortete Richard Ziegler. »Dies ist kein Höflichkeitsbesuch, junger Mann, wir haben einen Durchsuchungsbeschluss für das Zimmer von Anabel Taschner. Es ist nicht ratsam, sich dagegen zu wehren. Ferner möchte ich die Dame bitten, sich uns für eine Befragung zur Verfügung zu halten.«

Sean zuckte nachlässig die Achseln. »Warum sollten wir uns gegen eine Durchsuchung wehren? Das wäre dämlich, *wir* haben ja nichts zu verbergen, im Gegensatz zu anderen.« Den kleinen Seitenhieb in Richtung Santé konnte er sich leider beim besten Willen nicht verkneifen.

»Wir sind nicht der Meinung, dass Sie in der Lage sind, sich derartige Bemerkungen zu erlauben.« Der aalglatte Firmenanwalt war sich seiner Sache wohl ziemlich sicher.

Er ging beiseite und machte eine einladende Handbewegung. »Bitte, treten Sie doch ein, Anabels Zimmer ist in der zweiten Etage, wenn Sie die Treppe hochgehen, links.

Die Uniformierten betraten das Haus und gingen sofort die Treppe nach oben.

»Wir begleiten Sie.« Während Richard und Maximilian im Flur stehen blieben, schickten sich die beiden anderen Anwälte an, den Polizisten zu folgen.

»Das können Sie gerne tun, doch wir müssen Sie auffordern, nichts zu berühren. Dies ist Polizeisache. Sie werden auch nichts aus dem Raum an sich nehmen, ohne uns darüber in Kenntnis zu setzen.«

Sean bemerkte, wie sich die Mienen der Anwälte sichtlich verhärteten. »Schon gut. Dennoch werden Sie verstehen, dass wir dabei sein wollen.«

Der Officer drehte sich wortlos um und stapfte weiter die Treppen hoch.

Da schienen die Santé-Abgesandten sich wohl keine Freunde gemacht zu haben. Lächelnd wandte sich Sean den beiden Deutschen zu. »Und was genau kann ich für Sie tun?«

Richard Ziegler schnaubte deutlich verärgert auf. »Zuerst könnten Sie versuchen, sich bei meinem Sohn zu entschuldigen und so eine Anklage wegen Körperverletzung zu verhindern.

Sean zog eine bedauernde Grimasse. »Da sehe ich keine Chancen, denn nachdem Ihr Sohn Anabel bedrängte und beleidigte, ließ er mir leider keine andere Wahl.«

»Diese Anschuldigung soll Anabel mir doch bitte bestätigen. Wo ist sie überhaupt? Schickt sie jetzt nur noch ihre diversen Liebhaber vor, um für sie zu sprechen?« Maximilians Stimme klang gepresst. Ob vor Wut oder Schmerz, das konnte Sean gerade nicht genau sagen.

Mit einem mitleidigen Seufzen wandte er sich an Maximilians Vater. »Sehen Sie, das meinte ich damit. Ihr Sohn hat sich leider verbal schlecht unter Kontrolle.«

»Unterlassen Sie diese Unverschämtheiten und holen Sie Anabel. Wir haben einige Fragen an sie. Und ehe Sie auf dumme Gedanken kommen, junger Mann – die Befragung ist durch einen Gerichtsbeschluss genehmigt.«

»Na dann, nur dumm, dass Anabel und Mika irgendwo in der Stadt unterwegs sind.« Sean konnte nur hoffen, dass er einigermaßen glaubwürdig wirkte. Tatsache war, dass er den beiden selbstherrlichen Kerlen gerne ins Gesicht gesprungen wäre.

»Soso, unterwegs. Nun, das werden wir ja sehen.« Richard Ziegler griff nach seinem Handy und begann lange zu telefonieren. Wie es schien sprach er mit irgendjemandem von Herbs 'n Spices. Allerdings sah es aus, als würde man ihn von dort eher einbremsen. »Wenn Sie meinen. Ich werde sehen, was ich erreichen kann.«

Hinter ihm polterte es laut, als die Polizisten in Begleitung der Anzugträger zurückkamen.

»Nichts gefunden. Den Laptop scheint die junge Dame bei sich zu haben. Nicht weiter verwunderlich, wenn sie in ihren Kursen war.«

Täuschte Sean sich oder klang der Polizist tatsächlich zufrieden?

Offensichtlich sehr unzufrieden war hingegen Richard Ziegler. »Nun, dann müssen wir das wohl so hinnehmen. Haben Sie auch ordentlich gesucht?«

Sein Anwaltskollege war schneller als der sichtlich verärgerte Beamte. »Ja, es ist ein kleines Zimmer und recht ordentlich. Wir haben weder ein Handy noch eine Kamera gefunden, auch keine Speicherkarte. Schon als Ms Taschner auf dem Präsidium verhört wurde, war auf ihrer Speicherkarte und auf dem Handy nichts Verdächtiges. Doch ich würde der Frau trotzdem gerne ein paar weitere Fragen stellen.«

»Das gestaltet sich insofern schwer, da Anabel nicht im Haus ist.«

Der Santé-Anwalt schien verwirrt zu sein. »Das ist nicht möglich. Wir wurden benachrichtigt, dass Ms Taschner die Universität verlassen hat und gemeinsam mit ihrem Freund hierhergefahren ist.«

Auf Richards Gesicht erschien ein siegessicheres Lächeln. »Lässt Anabel sich jetzt etwa schon verleugnen? Das würde ja zu ihrem Verhalten der letzten Zeit sehr gut passen.«

Sean hob entnervt die Arme, was in dem engen Flur, in dem sie immer noch eng gedrängt standen, mittlerweile ziemlich schwer war. »Bitte, sehen Sie doch selbst nach. Einfach nach hinten, wir sind alle im Esszimmer.«

Dort angekommen, fanden sie eine ganz entspannte Runde, die den Neuankömmlingen freundlich entgegenblickte.

»Und wer ist das?« Der Polizist kannte Anabel wohl nur von einem flüchtigen Blick im Präsidium.

»Das ist meine Freundin Hattie, die beiden anderen sind Sally und Hanson. Wie gesagt, Mika ist mit Anabel unterwegs. Sie sind direkt nach der Uni losgezogen.« Sean legte Hattie demonstrativ seine Rechte auf die Schulter.

»Ihnen, oder vielmehr Ms Anabel, ist aber schon bekannt, dass sie Edinburgh nicht ohne vorherige Mitteilung verlassen darf?« Die Anwälte waren sichtlich verärgert. Die Sicherheitsleute, die ganz offenbar vermeldet hatten, dass Anabel im Haus sei, dürften wohl ein wenig Ärger bekommen.

»Das weiß Anabel. Wie gesagt, sie wollten sich irgendwas ansehen. Wir wissen nicht, wo die beiden Mädels stecken«, schaltete sich nun auch Hanson mit ruhiger Stimme ein. »Sollen wir ihr etwas ausrichten, falls sie sich zwischendurch meldet, oder wollen Sie warten?«

Richard Ziegler warf dem Officer, der neben ihm stand, einen deutlich wütenden Blick zu. »Ich würde eigentlich gerne warten. Ich werde den Eindruck nicht los, dass hier etwas faul ist.«

Der Beamte zuckte nur die Schultern. »Das können wir gerne tun, doch Ihnen ist bekannt, dass Santé für die Kosten dieses Einsatzes aufkommen muss?«

Ehe Richard antworten konnte, fiel ihm sein Kollege ins Wort. »Wir warten nicht. Doch da wir die Zusage für die Befragung haben, möchten wir, dass sich Ms Taschner morgen um zehn Uhr im Präsidium einfindet. Sollte sie dort nicht pünktlich erscheinen, ist unsere Geduld endgültig am Ende. Wenn die junge Dame denkt, uns auf der Nase herumtanzen zu können, muss ich sie enttäuschen. Wir können noch ganz anders. Ich werde, unabhängig von dem morgigen Termin, die entsprechenden Behörden informieren und sie bitten, sich eingehend mit Ms Taschner und ihrer Aufenthaltserlaubnis zu beschäftigen.« Mit diesen fast schon gefauchten Worten drehte er sich grußlos auf dem Absatz um und rauschte aus dem Raum, gefolgt von seinem Kollegen und Richard Ziegler.

Maximilian drehte sich mit einem geradezu unverschämt zynischen Lächeln zu Sean um. »Ich schätze, das war es mit der großen neuen Liebe und dem neuen Leben von Anabel. Da scheint sie sich wohl überschätzt zu haben.«

Sean musste sich enorm zusammenreißen, um ihm nicht gebührend zu antworten, doch damit hätte er Anabel nur noch mehr geschadet. Dieser Lackaffe würde schon noch beizeiten auf die Nase fallen.

Auch die Polizisten verließen einer nach dem anderen das Zimmer. Lediglich der junge Beamte, der zuvor schon etwas ungehalten auf die Überheblichkeit der Anwälte reagiert hatte, blieb zurück. Gerade als Sean anfing, sich zu wundern, warf der Polizist einen kurzen Blick in den Flur hinaus und wandte sich dann ihnen zu. »Leute, ich will gar nicht wissen, wo das Mädel ist. Aber sorgt dafür, dass sie morgen in der Stadt ist, egal, wie ihr das anstellt. Wenn sie nicht zum angeordneten Termin erscheint, droht ein Haftbefehl und das wäre mit ziemlicher Sicherheit ihr Ende hier in Schottland. Informiert sofort den Doc. Er wird wissen, was zu tun ist.«

Und weg war er. Sean starrte noch immer mit großen Augen zur Tür. »Ist das gerade wirklich passiert, oder leide ich an Wahnvorstellungen?«

Hanson rutschte prustend vor Erleichterung etwas tiefer in seinen Stuhl. »Das dürfte dann der Kontakt von Duncans Großvater im Präsidium sein. Leute, wir stecken in der Klemme. Die sind nicht so dumm, uns zu glauben, dass Anabel noch hier ist. Dazu war das mit dir und Hattie zu eindeutig ein Ablenkungsmanöver. Andererseits wollen sie wohl so wenig wie möglich Aufmerksamkeit erregen. Egal wie, Anabel muss morgen um zehn hier in Edinburgh sein. Wie spät ist es überhaupt?«

25

Ihre Hände zitterten so sehr, dass sie es kaum schaffte, das Gespräch zu beenden. Zwar war der Doc sehr ruhig gewesen und hatte versucht, ihr alles zu erklären und auch das vorangegangene Telefonat mit Sean sollte wohl beruhigend sein, doch das Gegenteil war der Fall. Anabel war verzweifelt.

»Ihr habt mitgehört? Haftbefehl, Aufenthaltserlaubnis, Vorladung – mein Gott, so sehr ich versuche, anders zu denken, so ist doch meine Quintessenz aus dem Ganzen, dass ich geliefert zu sein scheine. Oder wie sollen wir es schaffen, dass ich morgen um zehn Uhr bei Gericht in Edinburgh bin?« Anabels Blick wanderte zu der großen Uhr über der Küchentür, deren Zeiger vermeldeten, dass es bereits kurz nach Mitternacht war.

»Nun beruhige dich, ich verspreche dir, Dad und Ian schaffen das irgendwie.« Mika dachte offenbar noch immer positiv.

Tatsächlich hatte Kurt, noch während sie ihr Gespräch mit Duncans Großvater geführt hatte, zum Telefon gegriffen und sprach nun ruhig und sichtlich konzentriert mit Ian. Ob der Anwalt etwas erreichen konnte? Nicht zum ersten Mal an diesem Abend malträtierte Anabel ihre geschundene Unterlippe.

»Warte, Ian, ich gebe dir Anabel, dann kannst du ihr das rasch erklären. Ich glaube, sie braucht dringend gute Nachrichten.« Kurt reichte ihr lächelnd sein Mobiltelefon.

Gute Nachrichten? Na, das wäre doch einmal etwas Neues in dieser Nacht. »Ja bitte?« Sie lauschte angespannt auf das, was Ian ihr zu erzählen hatte.

»Anabel, ich mache es kurz. Sie bleiben trotz allem diese Nacht bei Kurt. Morgen früh um Punkt sechs Uhr steht Nicolas bei Ihnen vor der Tür, der Sie zurück nach Edinburgh bringt. Bitte machen Sie sich keine weiteren Sorgen. Nicolas ist mein Sozius und hat mein vollstes Vertrauen. Er weiß über alles Bescheid. Ich selbst werde schon eine Stunde früher losfahren, um alles in die Wege zu leiten. Alles, was Sie wissen müssen, ist, dass ich erfolgreich war und morgen alles anders ablaufen dürfte, als es sich die Herrschaften von Santé vorstellen. Bitte verstehen Sie, dass ich Ihnen nicht mehr sagen möchte, denn je weniger Sie im Moment wissen, desto besser für Sie, falls man Sie in die Finger bekommt.«

»Aber warum darf ich denn nicht wissen, was Sie erreicht haben? Haben die Damen vom Netzwerk schon mit Ihnen gesprochen?« Anabel war verwirrt und verunsichert.

Ian lachte leise. »Lass, bitte vertrauen Sie mir. Sie sind grundehrlich und Sie tragen Ihr Herz wirklich auf der Zunge. Wenn ich Ihnen nicht alles erzähle, dann nur zu Ihrem eigenen Schutz. Und das meine ich wahrlich nicht böse. Sie sind eine couragierte und tolle Frau, aber den Machenschaften und den Winkelzügen dieser routinierten Kerle haben Sie nichts entgegen zu setzen.«

»Hm, wenn Sie meinen. Da haben Sie sicher mehr Erfahrung als ich.«

»Wovon Sie ausgehen können. Hören Sie morgen einfach auf alles, was Nicolas Ihnen sagt. Er kennt den Ablauf und wir dürfen keinen einzigen Fehler machen. Eine Schwachstelle und wir sind aus dem Rennen. Und das wäre angesichts der Fakten, die wir in Händen halten, ein Kapitalfehler. Das darf nicht geschehen, verstehen Sie das, Anabel?«

Sie nickte, beeilte sich jedoch, Ihre Zustimmung auch noch entsprechend zu artikulieren. »Ja, das verstehe ich vollkommen.« Sie zauderte ein wenig, ehe sie weitersprach. »Und was ist mit der Band? Weiß man dort Bescheid?«

»Ganz sicher nicht. Diese impulsiven jungen Kerle, die momentan nur noch um sich schlagen, was ich zwar verstehen kann, was uns aber genauso gefährden würde wie Ihre Aufrichtigkeit, lassen wir vorerst genauso im Dunklen wie alle anderen.«

Na toll, das bedeutete, dass Duncan sie noch immer hasste wie die Pest.

»Okay, dann warte ich einfach ab, und Mika und ich stehen um sechs Uhr vor der Tür.«

»Sehr gut, Anabel.«

Ian sprach noch eine ganze Weile mit Kurt, der sie und Mika sehr bestimmt ins Bett scheuchte. »Verschwindet! Ihr braucht dringend eine Mütze voll Schlaf.«

»Wenn er die Autoritätsmasche abzieht, dann ist es besser einfach zu tun, was er sagt.« Mika ergriff ihre Hand und zog sie sanft mit sich.

Kurz darauf lag sie, nach einer kurzen aber erholsamen Dusche, auf Mikas Gästesofa, zog die kuschlige Wolldecke hoch bis zur Nase und beneidete die Freundin, um deren Fähigkeit, sofort einzuschlafen. Sie selbst schaffte es vorerst nicht, zu beharrlich drängte sich ein helles, verärgert funkelndes Augenpaar in ihre Gedanken.

Eigentlich war er immer der Meinung gewesen, seine Emotionen ganz gut im Griff zu haben. Was er aber seit zwei Tagen durchmachte, sprach nicht unbedingt für ein ausgeglichenes Gefühlsleben. Ein Wunder war es ja nun nicht. Anabels erschrockenes Gesicht auf dem Gerichtsflur zu sehen hatte ihn so unendlich wütend gemacht. War es nicht ein Eingeständnis ihrer Schuld? Ihre Tränen aber, ihr verzweifeltes Weinen, die passten einfach nicht ins Bild. Und doch sprach alles gegen sie. Nicht zum ersten Mal in dieser Nacht stand er vom Sofa auf und suchte sich im Halbdunkel des Flurs, der nur vom Licht der Straßenlaterne erhellt war, seinen Weg zum Kühlschrank. Ob es sinnvoll war, sich volllaufen zu lassen? Darüber machte er sich keine Gedanken. Ja, verdammt noch mal, er war wütend, und ja, er war verletzt. Dass eine halbe Flasche Whisky daran nichts ändern konnte, wusste er auch, aber es machte alles leichter, rückte die Realität in weite Ferne und dämpfte sowohl Zorn als auch Schmerz. Duncan öffnete die Kühlschranktür und musste ob des vergleichsweise hellen Lichts blinzeln. Mit unsicherem Griff angelte er die Flasche heraus und goss sich das sechste Glas für diese Nacht ein. Da er es nicht mehr schaffte, seinen Drink genau unter den Eiswürfelbereiter zu halten, klirrten einige der Eisstücke auf den Boden. Seufzend tastete er sich zurück auf sein Sofa.

»Verdammte Scheiße! Warum?« Zornig stürzte er in einem Zug die Hälfte des eiskalten Whiskys hinunter.

Er war sich so sicher gewesen, dass diese Augen nicht lügen konnten, dass sie einfach nur abgrundtief aufrichtig waren. Wie hatte er sich so täuschen können? Nicht nur, dass sie wohl mit ihm gespielt hatte, nein, sie war auch noch verlobt. Dieser schnieke, arrogante Widerling, dem sie sich offenbar anvertraut hatte, und, so wie Angus es schilderte, nur aus dem Grund, da ihr ansonsten die Ausweisung aus Schottland gedroht hatte, war ihr Verlobter. Stöhnend fuhr er sich über sein Gesicht, in dem die Bartstoppeln deutlich zeigten, dass eine Dusche und eine Rasur dringend nötig wären. Ihm brach der Schweiß aus allen Poren. Vertrug er denn gar nichts mehr? So gut es ihm eben gelang stemmte er sich hoch und ging zum Fenster, das er weit öffnete. Verdammt! Eigentlich sollte frische Luft guttun, doch ihm wurde lediglich noch schummriger. Gerade noch gelang es ihm, sich am Rahmen festzuhalten. Er sollte frieren, schließlich stand er mit nacktem Oberkörper in der kalten Nachtluft, doch das Gegenteil war der Fall. Diese Hitze in seinem Körper hatte nichts Natürliches mehr, aber was war in seinem Leben schon noch natürlich? Alles, was er sich aufgebaut, wofür er geschuftet hatte, lag in Trümmern. Vorsichtig löste er seine Finger vom Holz des Fensterrahmens und wischte seine schweißnassen Hände an der Jeans ab. Wenn es ihm doch endlich gelänge, diese Frau aus seinem Kopf zu verbannen. Immer wieder erschien ihr Gesicht vor ihm, dieses offene, liebevolle Lächeln, das ihn offenbar so sehr getäuscht hatte.

»Oh Mann, du Miststück, verschwinde endlich aus meinem Kopf.« Wütend schlug er sich mit den Handballen an seine Schläfen. »Wie viel muss ich denn in mich hineinschütten, um dich endlich nicht mehr sehen zu müssen?« Nur vage erinnerte er sich an das Telefonat vom Nachmittag. Die Sponsorenverträge für die Klamotten waren flöten. Sowohl für die Schuhe wie auch für die Jeans. Das Konzert auf dem Vorplatz des Schlosses hier in Edinburgh, ebenso das in Glasgow waren gecancelt. Und es war einzig und allein seine Schuld. Er hatte Anabel angeschleppt, er war auf bescheuerten rosa Wolken geschwebt, nur ihm war es zu verdanken, dass die Karriere der Band nun in Schutt und Asche lag. Und warum das alles? Weil er sich verlieben musste.

»Duncan Wolfe, du Vollidiot, du absolutes Arschloch, du hast alles zerstört.« Nur mühsam fand er seinen Weg zurück zum Sofa. Das Glas bewegte sich. Sollte er sich Sorgen machen? Wohl kaum. Es gab nichts mehr, um das zu sorgen sich gelohnt hätte. Es war egal, alles war egal. Um ein Haar hätte er gelacht. Mit Todesverachtung kippte er sich den Rest aus seinem Glas in den Mund, spuckte die Reste der Eiswürfel aus und schwankte erneut in die Küche.

»Verdammt, Anabel, du fehlst mir. Warum hast du Miststück mich so hinters Licht geführt?«

Duncan machte sich nicht mehr die Mühe, den Whisky in das Glas zu gießen. Dazu waren seine Bewegungen zu unsicher geworden. Es dauerte, ehe es ihm gelang, den Schraubverschluss zu öffnen und sich die Flasche direkt an die Lippen zu setzen.

Etwas in seinem Kopf klackte und dann war da das seltsame Gefühl, als packe jemand ihn in Watte, um ihn sachte anzuheben. Ohne zu begreifen, wie ihm geschah, sah er, wie neben ihm die Flasche auf dem Boden zerbarst. Der Schmerz in seinem Kopf explodierte regelrecht und die Welt um ihn herum wurde plötzlich dunkel.

26

»Guten Morgen, die Damen.«

Dieser Nicolas hatte, dafür, dass es gerade einmal sechs Uhr war, eine geradezu unverfroren gute Laune. Zu allem Überfluss war sie auch noch ansteckend. Ians Sozius war ausgesprochen sympathisch und nett.

»Na, konntet ihr ein wenig schlafen?« Er reichte zuerst ihr, dann Anabel die Hand und strahlte sie beide fröhlich an.

Mika räusperte sich umständlich. »Jetzt mal im Ernst, du bist aber nicht echt, oder?«

Nicolas schien etwas überfahren. »Hm, eigentlich schon, warum fragst du?«

»Um diese Uhrzeit kann ein normaler Mensch nicht so gut drauf sein.« Mika warf ihm einen vielsagenden Blick zu.

Die braunen Augen in dem schmalen, braungebrannten Gesicht blitzen amüsiert auf. »Ich habe nie behauptet, ein normaler Mensch zu sein und jetzt ab ins Auto mit euch.«

Von Kurt hatten sie sich schon verabschiedet. Der hing längst wieder am Telefon. Es machte den Anschein, als habe er die ganze Nacht telefoniert.

»Wenn du uns so lieb bittest …« Grinsend kletterte Mika auf den Rücksitz. »Los Anabel, schwing die Hufe. Heute geht's ums Ganze.«

»Ich habe Angst.« Anabel sah wirklich bemitleidenswert aus, müde und traurig. Doch ehe sie wieder aussteigen konnte, um sie zu trösten, war Nicolas an Anabels Seite.

»Hey, Anabel, nicht verzagen. Wenn Ian erklärt, er hat es im Griff, ist das die Wahrheit. Bitte vertrau mir, wenn ich dir sage: Alles wird gut.«

Mika betrachtete sich die Szene mit wachsender Begeisterung. Dieser Nicolas war aber auch ein Sonnenschein. Ein Stück größer als Anabel, kastanienbraune Haare und davon jede Menge, die ihm bis knapp auf die Schultern fielen, schlank und eindeutig gut trainiert. Auf jeden Fall saß die Jeans verdammt eng an diesem knackigen Hinterteil und das weiße Hemd sah an ihm auch ausnehmend gut aus. Gut zu wissen, dass Anwälte auch so aussehen konnten.

»Na komm, Anabel, nun hör auf den netten jungen Mann und steig ins Auto. Wir müssen einem Konzern, der es echt verdient hat, eine Lektion erteilen.«

Nicolas schenkte ihr ein sehr freundliches Lächeln. »Gute Einstellung, optimistisch, aber echt gut.«

Schon als sie bei Fort William auf die A82 abbogen, war Mika klar, dass sie pünktlich sein würden.

»Ähm, Nicolas, Geschwindigkeitsbegrenzung?«

Sie konnte seine lächelnden Augen im Rückspiegel sehen. »Sorry, war zu schnell. Konnte das Schild nicht lesen.«

Grinsend lehnte sich Mika im alten Ford Explorer zurück. Den Kerl mochte sie!

Edinburgh mit vergleichsweise wenig Verkehr zu erleben, gelang einem tatsächlich nur, wenn man um sieben Uhr dort ankam. Wobei, für ihn als Highlander war das hier schon die reinste Rushhour. Ian lenkte seinen Wagen vorsichtig durch die Innenstadt und suchte sich am Gerichtsgebäude einen nicht ganz legalen, aber dafür sehr zentralen Parkplatz. Das Schild mit dem Hinweis auf die Besucherparkplätze ignorierte er lieber. Eilig packte er seine Tasche unter den Arm, hangelte sein Handy aus der Freisprechanlage, steckte es in die Jackentasche und sperrte das Auto ab. Raschen Schrittes und ausgesprochen guten Mutes eilte er auf das Gebäude zu, überwand die wenigen Stufen im Eiltempo und strebte dem Büro seines Freundes Connor Cleardon entgegen. Gar nicht dumm, wenn man mit einem der besten und gefürchtetsten Staatsanwälte des Landes mehrmals jährlich angeln fuhr. Ian hatte kaum geklopft, als auch schon der beeindruckende Bass Connors ertönte. »Nun komm schon rein, du Nervensäge.«

»Deine Begrüßung war schon einmal freundlicher.« Grinsend schüttelte er die Hand des langjährigen Freundes.

»Mag schon sein, aber ganz sicher nicht bei dem Mann, der dafür gesorgt hat, dass ich nur zwei Stunden Schlaf bekommen habe.« Connor fuhr sich schmunzelnd durch den noch immer fast schwarzen Bart.

»Oh je, mein Beileid, aber wie so oft heiligt auch hier der Zweck die Mittel.« Ian wuchtete seine schwere Tasche auf Connors Schreibtisch.

Der beugte sich vor und stützte die Ellbogen auf der Tischplatte auf. »Ian, im Ernst, du weißt schon, dass ich mich hiermit verdammt weit aus dem Fenster lehne? Die Aktion, die ich heute seit dem Morgengrauen angeleiert habe, könnte nach hinten losgehen. Bist du dir sicher, dass von deiner Seite aus niemand Wind davon bekommen hat? Ein Fehler und wir beide können lange angeln gehen.«

»Das könnte dir so passen. Nein, ich habe geschwiegen wie ein Grab. In der nächsten halben Stunde wird Stephen eintrudeln.«

»Stephen?«

»Der Gutachter. Wir brauchen sein Equipment. Ich bin aus gutem Grund nicht mit ihm hierhergefahren. Wobei das wahrscheinlich unnötig war, denn ich glaube nicht, dass sie wissen, dass ich jetzt an der Sache dran bin.«

Connor nickte. »Hoffen wir es. Das kann nur klappen, wenn es ein Überraschungsangriff wird, das ist dir klar, oder?«

»Aber so was von. Glaube mir, auf so eine Chance habe ich jahrelang gewartet. Das lasse ich mir nicht verderben.« Mit grimmiger Miene öffnete Ian seine alte, abgewetzte Aktentasche. »Jetzt pass mal gut auf.«

»Nicht zu fassen.« Sean blickte mit milde erstauntem Blick aus dem Wohnzimmerfenster. »Die stehen noch immer da draußen. Wenn ich es nicht besser wüsste, würde ich sagen, die haben Angst vor Anabel, oder wohl eher vor dem, was sie weiß.«

Hanson trat hinter ihn und spähte über seine Schulter. »Tatsache! Und wahrscheinlich hast du recht. Ja, sie haben Angst vor Anabel. Wenn sie zur richtigen Zeit das richtige aussagt, könnten sie durchaus in großen Schwierigkeiten stecken. Daher müssen sie dafür sorgen, dass Anabel unglaubwürdig erscheint und ihr schon mal vorab die Worte im Mund umdrehen. Du hast doch mitbekommen, was sie für Geschütze auffahren.«

»Hm, stimmt schon. Wie spät ist es eigentlich?« Sean blickte sich suchend um.

»Gleich halb neun. Du solltest los zu deinem Praktikum. Versieb das nicht.«

»Schon gut. Ich bin eh schon fertig, aber ich habe ein mieses Gefühl bei der ganzen Sache. Ich wäre gern dabei, wenn Anabel kommt.« Sean war nicht wohl in seiner Haut.

»Unsinn. Verschwinde. Damit, dass du ein halbes Jahr deines Lebens verlierst, wenn du das in den Sand setzt, hilfst du ihr auch nicht. Ich bleibe hier. Wenn wirklich alle Stricke reißen, rufe ich dich an.« Hanson dirigierte ihn mit Nachdruck aus dem Wohnzimmer in den Flur. »Außerdem wäre es wirklich sinnvoll, wenn wir unseren normalen Rhythmus nicht aufgeben und denen da draußen beweisen, dass alles in Butter ist. Los, verschwinde.«

Nicht wirklich überzeugt griff Sean nach seinem Rucksack. »Nicht vergessen, ruf an, wenn die Hütte brennt.«

Schon als er die Haustür öffnete, setzte er seine unbeschwerte Beachboy-Miene auf. So ein wenig schauspielern konnte er dann doch. Leise vor sich hin summend passierte er den Wagen mit den beiden Bewachern und marschierte zielstrebig in Richtung Bushaltestelle.

Hanson sah seinem Mitbewohner nach, bis dieser aus seinem Sichtfeld verschwand. Seans Wandel in der letzten Zeit war beinahe schon erschreckend. Der Highlander machte sich wirklich Sorgen um Anabel. Und er war immer der Meinung gewesen, dass nichts an den coolen Ladykiller herankam. Tja, so konnte man sich irren. Nachdenklich schlurfte er in die Küche und setzte Teewasser auf. Sein Seminar an diesem Vormittag fiel aus und so konnte er sich Zeit lassen. Himmel noch mal, wenn das alles tatsächlich schiefging und Anabel Schottland verlassen musste, dann wäre das ein Fiasko. Vor allem, weil sie sich alle eine gehörige Portion Mitschuld an der aktuellen Situation gaben. Insbesondere, da Anabel eisern geschwiegen und sie somit alle aus der Sache herausgehalten hatte.

Mit der Kanne in der einen Hand und der Tasse in der anderen setzte er sich auf den Hocker am Küchentresen. Alleine im Esszimmer mochte er auch nicht sitzen. Abgesehen davon schmeckte ihm heute nicht einmal sein Tee. Es wurde Zeit, dass Anabel sich meldete. Wie auf Kommando wurde wenige Minuten später die Tür aufgeschlossen.

»Hey, jemand zu Hause?«

Wenn das mal nicht Mikas zartes Stimmchen war. Grinsend erhob er sich und eilte in den Flur.

Anabel sah erschreckend blass aus. Mika hingegen schien regelrecht aufgedreht. Und den dunkelhaarigen Mann, der hinter den beiden Frauen das Haus betrat, den hatte er noch nie zuvor gesehen. Der kam sofort auf ihn zu und begrüßte ihn freundlich.

»Ich bin Nicolas, guten Morgen. Ich gehöre zu Ian MacGregors Kanzlei. Wir haben wenig Zeit. Anabel, du solltest dich rasch frisch machen. Ich denke, dass in spätestens zehn Minuten entweder die Polizei oder jemand von Santé vor der Tür stehen wird. Das Reden übernehme dann ich. Sofern ich keine neuen

Anweisungen von Ian bekomme, müssen wir um Punkt zehn Uhr bei Gericht sein.« Er warf einen Blick auf seine Uhr. »Wir brauchen eine gute Viertelstunde hin. Also hast du zwanzig Minuten, Anabel.«

Hanson sah die Furcht in Anabels Augen. Es war kein gutes Gefühl. Ganz automatisch streckte er die Arme aus und zog sie an sich. »Hab Vertrauen, Anabel. Nicolas weiß, was er tut. Na komm, wo ist denn die optimistische Anabel abgeblieben?«

Nur kurz schlossen sich Anabels Arme um seine Mitte. »Die steckt noch immer in diesem Dreckslabor von Herbs 'n Spices und hat eine Heidenangst.«

»Das ist unnötig, Lass, wirklich. Ian ist ein alter Fuchs. Endlich hat er seine Beute da, wo er sie seit ewigen Zeiten haben will. Der macht jetzt keine Fehler.« Nicolas schien sich seiner Sache plötzlich sehr sicher zu sein.

Kurz nach neun Uhr öffnete sich, ohne dass zuvor geklopft worden war, ungestüm die Türe zu dem großen Besprechungsraum der Staatsanwaltschaft.

»Kann uns bitte jemand erklären, was diese Aktion bedeuten soll? Warum werden wir hierher zitiert, noch dazu ohne Angabe von Gründen? Eine bodenlose Frechheit, uns abzuführen wie Verbrecher.«

»Ich freue mich auch, sie zu sehen.« Connor Cleardon musterte die Neuankömmlinge mit zusammengekniffenen Augen. Er verfügte über mehr als genug Menschenkenntnis, um die Unsicherheit zu spüren, die in den Worten des Rechtsvertreters mitschwang. Die Vorladung per Polizeieinsatz war bei weitem nicht das Einzige gewesen, das an diesem Morgen von ihm angeordnet worden war. Nur wussten das die drei Anwälte wohl noch nicht und wenn es nach ihm ging, würden sie es auch in der nächsten halben Stunde nicht erfahren. Vor genau einer Stunde waren seine Einsatzkräfte bei den Anwälten vorgefahren, exakt zeitgleich begann die größte Razzia bei Herbs 'n Spices, die er zuwege hatte bringen können. Wenn Ian richtiglag, wovon er ausging, dann würde der heutige Tag vieles verändern. Wenn er falsch lag, dann auch … nur eben … darüber wollte er sich jetzt lieber nicht den Kopf zerbrechen.

»Meine Herren, ich muss Sie bitten, mir ihre Mobiltelefone auszuhändigen.« Auffordernd streckte er den Anwälten die Hand entgegen.

»Dazu fehlt Ihnen die Befugnis. Das können Sie nicht tun.«

Connor zog eine bedauernde Grimasse. »Die Befugnis dazu habe ich mir selbst erteilt, meine Herren, denn in diesem Augenblick vertrete ich, selbst wenn Sie das wohl ungern schlucken, das Gesetz. Darf ich also nochmals bitten, ihre Telefone abzugeben?«

»Mit welcher Begründung?«

»Gefahr der Verschleierung einer Straftat und der Möglichkeit, aussagekräftiges Beweismaterial zu vernichten oder verschwinden zu lassen.« Connor wusste selbst, dass sein Lächeln in diesem Augenblick selbstzufrieden wirkte, doch dagegen konnte er beim besten Willen nichts tun.

»Bei allem gebotenen Respekt, aber welches Lügenkonstrukt hat man Ihnen bitte aufgetischt und vor allem, wer? Und wo und warum sollten ausgerechnet wir Beweismaterial vernichten?« Sehr ungehalten legten die Anwälte ihre Telefone auf den Tisch, von wo sie ein bereitstehender Officer sofort an sich nahm.

»Das wird man Ihnen in etwa einer halben Stunde mitteilen. Bitte, meine Herren, machen Sie es sich doch bequem. Ein Schluck Tee?«

27

»Oh Mann, das ist verflucht viel Blut. Ist er tot? Bitte sagt mir, dass er nicht tot ist! Gott sei Dank war das Fenster sperrangelweit offen.« Die Stimme klang seltsam hohl und panisch.

Duncan zermarterte sich den Kopf, was das alles zu bedeuten hatte. Vorerst aber war noch alles schwarz, dann tobte in seinem Schädel die Schlacht von Culloden und außerdem war da das Gefühl unter Wasser zu sein und nicht atmen zu können. Verzweifelt rang er nach Luft. Dieses schreckliche, gurgelnde Geräusch, das konnte doch unmöglich er gewesen sein? Oder doch? Erneut versuchte er zu atmen. Es musste ihm doch gelingen irgendwie an die Oberfläche zu kommen. Wieso war er unter Wasser? Er streckte die Arme aus und griff nach dem nächstbesten Halt, den er finden konnte.

»Autsch! Schau einer an, ich glaube, er kommt wieder zu sich.«

»Bist du dir sicher?«

»Mann, Alter, er drückt mir gerade den Oberarm ab. Ja, ich schätze er wacht auf.«

Nigel? Das war doch Nigels Stimme. Er versuchte zu sprechen, vielleicht gelang ihm wenigstens das, wenn er schon ums Verrecken die Augen nicht aufbekam. Nur leider kam kein Ton über seine Lippen. Langsam geriet Duncan in Panik, seine Hand krallte sich in was immer er hier erwischt hatte.

»Au, Mann, Duncan, du tust mir weh. Halt still, sonst kann der Doc dich nicht verarzten!«

Ja, es war Nigel, aber wo war er und was sollte das alles? Warum verarzten?

»John, wisch ihm das getrocknete Blut aus den Augen, er bekommt sie ja sonst gar nicht auf.«

Okay, das war sein Großvater, aber was war das mit dem Blut? In seinem Kopf wurden gerade mehrere Kanonen gleichzeitig abgefeuert und er hätte gern die Hände an die Ohren gelegt, doch er schien nicht Herr über seine Bewegungen zu sein.

»Zum Donnerwetter noch mal, Duncan, halt still. Wer sich bis zur Besinnungslosigkeit betrinken kann, muss eben ein wenig leidensfähig sein.«

Oha, der Doc klang ziemlich angesäuert. Jemand wischte mit etwas Nassem über sein Gesicht. Nicht mal unangenehm, da es schön kühl war.

»So, jetzt sollte er die Augen wieder aufbekommen. Igitt, er sah schon mal besser aus.«

Das klang gar nicht gut. Vorsichtig bewegte er die Lider, was erneut die Kanonen auf den Plan rief, aber darauf konnte er keine Rücksicht nehmen. Zuerst sah er – nichts! Nur langsam begann die graue Masse zu zerfließen, und Umrisse schälten sich aus dem dichten Nebel. Sein Großvater, der sich mit halb verärgerter, halb besorgter Miene über ihn beugte, Nigel, dessen Arm er noch immer umklammerte, John, der neben ihm kniete, einen Schwamm in Händen, vom dem rotes Wasser tropfte. Rotes Wasser? Blut? Sein Blut? Mühsam drehte er seinen Kopf zur Seite. Tatsache, er lag in einer riesigen Blutlache.

»Nigel, gib ihm einen Schluck Wasser. Wahrscheinlich behält er es eh nicht bei sich und kotzt wieder, aber vielleicht kann er dann sprechen.« Oje, so sauer war sein Großvater nicht mehr gewesen, seit er als Zwölfjähriger dessen Motorrad zu Schrott gefahren hatte.

»Duncan, du kannst mich jetzt wirklich loslassen.«

Er spürte, wie Nigel ihm seine verkrampfte Hand sanft, aber bestimmt aufbog und seinen Arm wieder befreite. Dann hielt er ein Glas an seine Lippen. Duncan trank gehorsam. Autsch, verdammt, seit wann brannte Wasser im Hals?

»Das brennt.« Ah, da war ja seine Stimme wieder, auch wenn sie eher nach Blecheimer klang.

»Geschieht dir recht. Was musstest du dich so abschießen? Du hast dir wohl im Laufe der Nacht die Seele aus dem Leib gekotzt. Magensäure ätzt, weißt du, mein Junge?« Täuschte er sich oder klang der Doc verflucht schadenfroh?

»Ey, tut mir leid. Ich … was ist denn passiert?« Zumindest verständlich artikulieren konnte er sich wieder, allerdings klang er grauenhaft.

»Du bist nicht ans Telefon gegangen, und wir haben eine Vorladung zur Anhörung für zehn Uhr vor Gericht, da bin ich eben hergefahren. Ich habe mir schon gedacht, dass du ein Problem haben könntest.« Nigel rieb sich mit gerunzelter Stirn den Arm.

»Warum?«

»Warum? Selten blöde Frage. Du warst vorgestern schon dicht wie eine Haubitze, hast nichts gegessen, nur gesoffen wie ein Loch. Denkst du, ich bin blind? Mann, du hast eine fette Platzwunde am Kopf, sei froh, dass wir den Doc haben. Das wäre jetzt noch echt gutes Futter für die Medien. Scheiße, ey, reiß dich zusammen, Duncan. Egal, wie dreckig es dir geht, du stehst jetzt bitte aus Blut und Kotze auf, duscht dich und dann kommst du mit zu Gericht.« Nigel war wohl kaum weniger wütend als der Doc.

Beim Versuch aufzustehen, begann die Welt sich um ihn zu drehen.

»Ich kann nicht. Mir ist schwindlig.«

»Wer saufen kann, kann auch aufstehen und seine Gräten zu Gericht schleppen. Angus meint, das heute sei ein gutes Zeichen. Mann, mach hin. Ich warne dich, ich schleif dich höchstpersönlich unter die Dusche.« Nigel klang ziemlich bedrohlich.

»Das schaffst du nicht.«

Das Wasser war eiskalt, so kalt, dass seine Zähne aufeinanderschlugen, aber John und Nigel schienen das Wort Gnade nicht zu kennen. Warum musste er auch so eine blöde Bemerkung machen?

»Leute, das reicht dann, oder?«

»Keineswegs, mach die Augen zu, deine Haare sehen aus, als ob du im Müll gepennt hättest. Der Doc hat deine Platzwunde genäht und ein wasserdichtes Pflaster drauf. Jetzt halt still!« Johns Geduld war wohl gerade eher gering.

Peinlich genug, dass Nigel und John ihn duschten, abtrocknen würde er sich selbst. Einen letzten Rest an Würde sollte er sich bewahren. Es gab keine noch so winzige Faser an seinem Körper, die nicht schmerzte. Trotzdem gelang es ihm, sich abzutrocknen, Deo unter die Achseln zu sprühen, wobei ihm bei dem Geruch um ein Haar, was auch immer noch in seinem Magen war, hochgekommen wäre. Auch in die Jeans und das saubere schwarze Hemd zu schlüpfen, das seine Bandkumpels ihm entgegen streckten gelang, wenn auch mühsam.

»Hinsetzen, ich föhn dir die Haare … und halt jetzt bloß den Mund, Rapunzel.«

Nigel föhnte ihm schweigend die Haare, sorgfältig auf die noch immer tobendende Stelle an seiner Schläfe achtend.

»Was ist das denn?«

John, der das Bad aufräumte, wandte sich feixend zu ihm um. »Eine hübsche, formschöne Platzwunde, Prinzessin. Du wirst wohl ein Mützchen aufsetzen müssen.«

»Auf keinen Fall!«

Eine halbe Stunde später wankte er aus dem Haus, mit schmerzenden Gliedmaßen und einem Kopf, in dem der Ausgang der Schlacht wohl noch lange nicht entschieden war, und der zu einem großen Teil von einer zwar coolen, aber trotzdem ungeliebten Strickmütze verdeckt wurde.

»Ich warne dich. Wenn du mir ins Auto kotzt, schnall ich dich auf den Dachträger.« Nigel konnte ausgesprochen überzeugend klingen.

Das Klopfen kannte Hanson mittlerweile schon.

»Guten Morgen, die Herren. Womit kann ich dienen?«

»Damit, dass Sie Miss Anabel Taschner rufen, bitte. Wir haben eine Vorladung für die junge Dame.«

Hanson musterte den Officer, der ihm das Papier unter die Nase hielt. »Wo haben Sie denn heute den Anwaltstross gelassen? Jetzt nur noch der Sicherheitsdienst meines Lieblingsunternehmens?«

»Sie sollten achtsamer in Ihrer Wortwahl sein. Passen Sie auf, was Sie sagen, und holen Sie die junge Dame, falls diese denn heute geruht anwesend zu sein.«

Na, da war aber einer angesäuert. Hanson verbeugte sich leicht vor dem Security Mann. »Ich werde sehen, was ich für Sie tun kann.«

»Nun ist es aber gut, alle beide bitte.« Der Officer hatte wohl nicht allzu gut geschlafen, oder er mochte einfach nur den Kerl vom Sicherheitsdienst nicht, denn er warf diesem einen bitterbösen Blick zu. »Ist sie denn nun hier oder nicht?«, wandte er sich an Hanson.

»Sie ist hier.« Nicolas kam gemütlichen Schrittes aus der Küche, wo er sich von Mika einen Kaffee hatte brauen lassen. »Vielen Dank, Hanson. Ich kümmere mich um das hier.«

»Nichts lieber als das.« Nur zu gerne ließ er ihm den Vortritt und trollte sich den Flur nach hinten.

»Ms Taschner ist sofort hier. Ich bin einer ihrer Anwälte und werde sie begleiten. Darf ich mich vorstellen? Nicholas MacGregor.«

Dieser Schlingel! Hanson grinste zufrieden in sich hinein. Von wegen Sozius. Da hatte Ian MacGregor doch heimlich still und leise seinen Sohn damit beauftragt, sich um Anabel zu kümmern. Nun machte er sich keine Sorgen mehr. War ja klar, dass man bei einem solchen Vater in dessen Fußstapfen treten musste.

Nicolas wandte sich zur Treppe, deren letzten Stufen Anabel

gerade herunterstieg. Sie hatte sich umgezogen und trug jetzt ein weißes, knöchellanges Sommerkleid mit Spitzenbesatz und dazu ihre helle Jeansjacke. Mit ihren blonden Wuschellocken wirkte sie so bezaubernd unschuldig, dass es eine Wonne war. Hanson war sich durchaus bewusst, dass Nicolas hier beratend zur Seite gestanden haben musste.

»Anabel, komm, es ist so weit. Ich bin bei dir, keine Sorge. Alles ist in Ordnung.«

Er sah, dass Anabel zwar zögerlich, aber schon sicherer als noch zuvor nickte. »Gehen wir. Ich bin so froh, wenn das alles vorbei ist.«

»Mir ist schlecht.«

»Halt die Klappe und reiß dich zusammen!« Nigel war schon wieder wütend.

»Mann, ich kann doch nichts dafür.«

»Nichts dafür? Du Riesenvolltrottel! Weißt du, was du uns heute für einen Schreck eingejagt hast? Denkst du, es ist leicht, seinen besten Freund in seinem Blut vorzufinden? Bleich wie der Tod und auf den ersten Blick nicht atmend? Tu das nie wieder! Leiden sollst du und zwar so richtig. Du kannst von Glück sagen, dass die AC/DC CD im Studio ist, sonst hättest du die während der Fahrt volle Lautstärke genießen dürfen.«

Alleine bei dem Gedanken hämmerte sein Schädel gleich noch schmerzhafter. »Hm, dann habe ich das wohl verdient.«

»Oh ja, das hast du. Und nun benimm dich und zwar sofort. Ich hab zwar keine Ahnung, was da läuft, aber dort ist Angus, der weiß sicherlich mehr.«

Mit vorsichtigen Schritten, da jeder einzelne höllisch schmerzte, folgte er Nigel.

»Jungs, ich habe heute im Morgengrauen einen Anruf erhalten. Wir wurden aufgefordert hier zu erscheinen. Kein geringerer als der berühmte Anwalt für Umweltrecht und Tierschutz, Ian MacGregor, war der Anrufer. Er meinte, es genügt, wenn ich weiß, dass wir alle hier antanzen sollen. Den Rest würden wir dann schon verstehen, sobald es losginge. Ich habe also keine Ahnung, worum es geht. Duncan, du siehst beschissen aus.« Angus warf ihm einen prüfenden Blick zu. »Du siehst aus wie eine Wasserleiche auf Urlaub.«

»Danke für das reizende Kompliment. Können wir dann reingehen?« Er verspürte wenig Lust auf wie auch immer geartete Diskussionen.

»Na dann, rein mit uns.« Angus scheuchte ihn, Nigel und John vor sich her ins Gerichtsgebäude und steuerte zielstrebig auf eine Tür am Ende des langen Ganges zu.

»Zweihundertvierzehn, passt, hier sind wir richtig.« Duncan sah, wie Angus tief einatmete, entschlossen anklopfte und eintrat.

»Guten Morgen, meine Herren, bitte kommen Sie näher. Wie Sie unschwer erkennen können, ist die Gegenseite bereits anwesend.«

Ungläubig blickte Duncan auf den eindrucksvollen Mann mit dem dunklen Vollbart und der schwarzen Robe. Der schien seinen Blick zu bemerken, denn ein nicht unfreundliches Lächeln erschien auf dem gerade noch ernsten Gesicht. »Keine Angst, junger Mann, das trage ich nur, um ernst genommen zu werden.«

Er konnte nicht anders, als zurückzulächeln, auch wenn's weh tat. »Ich kann mir nur schwer vorstellen, dass irgendjemand Sie nicht ernst nimmt.«

»Gute Antwort, gefällt mir. Mein Name ist Connor Cleardon und ich bin der in diesem Fall zuständige Staatsanwalt.«

»Verzeihung, wenn ich mir den Einwurf erlauben darf, aber war das nicht Allan Sharp?« Der Santé-Anwalt, den er schon von der Befragung her kannte, schien überrascht.

»Allan Sharp hat derzeit leider ein kleines, nennen wir es einmal berufliches Problem. Er wurde kurzfristig zwangsbeurlaubt, doch das dürfte Sie ja nicht weiter stören, nicht wahr?«

Oh, da war aber ein sehr lauernder Unterton in der Stimme von Staatsanwalt Cleardon zu hören, oder täuschte er sich?«

Lange Zeit, um darüber nachzugrübeln, blieb Duncan nicht. Schon strebte der Staatsanwalt auf die Tür zum Nachbarraum zu, öffnete sie und rief: »Darf ich bitten, Mr MacGregor?«

Dass daraufhin die Santé-Leute gar nicht glücklich wirkten, bemerkte Duncan zwar, konnte sich aber keinen Reim darauf machen.

Viel Zeit blieb ihm auch nicht, denn sie wurden aufgefordert, an dem langgezogenen Besprechungstisch Platz zu nehmen, und so setzen sie sich auf die eine, die Santé Vertreter auf die andere.

Noch mehr wunderte er sich, als sich die Türe erneut öffnete und zwei uniformierte Beamte Richard Ziegler und dessen Sohn in den Raum geleiteten.

»Ach, Sie müssen Herr Ziegler sein. Darf ich bitten, sich zu Ihren Kollegen zu setzen? Ich muss mich für die überfallartige Abholung entschuldigen, doch es war leider Eile geboten, daher meine Officers.«

Richard Ziegler war offensichtlich überhaupt nicht amused. »Das war eine sehr sonderbare Aktion. Es war höchst unangenehm, wie ein Verbrecher von der Polizei aus dem Hotel geholt zu werden.«

Cleardon zuckte nur bedauernd die Achseln. »Ich weiß, dass Sie mehrmals versucht haben, Kontakt zu Ihren Kollegen aufzunehmen, doch das mussten wir leider unterbinden.«

»Ach, musste denn auch der Kontakt zu Herbs ’n Spices unterbunden werden? Dort ist seit dem frühen Morgen nur der Anrufbeantworter zu erreichen.« Richard Ziegler war sichtlich verärgert.

»Das wird sich Ihnen bald erschließen. Bitte setzen Sie sich doch endlich zu Ihren Kollegen und nehmen Sie Ihren Sohn an den Arm, wenn er alleine Probleme hat.« Eine eindrucksvolle Stimme.

Neugierig wandte Duncan sich um, was ihm zwar stechende

Schmerzen einbrachte, aber auch den Blick auf Ian MacGregor, der inzwischen unbemerkt den Raum betreten hatte.

»Einen etwas anderen Ton, wenn ich bitten darf.« Siehe da, Maximilian hatte auch noch eine Stimme.

Der Staatsanwalt hatte inzwischen an der Stirnseite des Tisches Platz genommen und klopfte nun unwillig auf die Tischplatte.

»Wenn hier jemand um einen anderen Ton bittet, dann bin das immer noch ich, junger Mann. Und nun darf ich Mr MacGregor bitten, mit seinen Ausführungen zu beginnen. Ian, Sie sagen Bescheid, wenn wir die junge Dame dazubitten sollen.«

Die junge Dame? Dabei konnte es sich ja wohl nur um Anabel handeln. Verdammt, sie zu sehen stand auf seiner Wunschliste gerade ganz weit unten. Ian MacGregors ruhige, tiefe Stimme riss ihn aus seinen Gedanken.

»Gentlemen, ich muss das, was heute hier geschieht, wohl erklären, was ich jetzt sehr gerne tun kann. Wir alle kennen den Fall aufgrund dessen wir heute hier sitzen. Ich vermelde mit Freude, dass ich der Anwalt von Anabel Taschner bin, da deren Vertrauen in Mister Ziegler und dessen Sohn, wenn ich das einmal so salopp ausdrücken darf, gelitten hat. Ms Taschner, deren Dozent und ein lieber, alter Freund, den Anabel hinzugezogen hatte, haben sich an mich gewandt und darüber bin ich sehr froh. Seit vielen Jahren verfolge ich das Tun des Santé-Konzerns und seiner Tochterfirmen mit wachsendem Interesse. Es dürfte allgemein bekannt sein, dass ich schon mehrmals Menschen vertreten habe, die gegen Santé klagten. Doch jedes Mal tauchten wie von Zauberhand Zeugen auf, die zuvor niemand gekannt hatte, oder es verschwand wahlweise Beweismaterial.«

»Was erdreisten Sie sich eigentlich? Schließlich sind hier nicht wir die Angeklagten. Was Sie da andeuten ist Rufmord, das wissen Sie, oder?«

Ians Lächeln war sehr, sehr freundlich. »Nun hören sie mir doch einfach einmal zu, ja? Aufregen können Sie sich immer noch hinterher. Betrachten wir doch einmal die Fakten.

Ja! Anabel und die Band sind in das Gelände eingedrungen, und noch mal ja, dies erfüllt den Tatbestand des Einbruchs. Doch sie hatten Gründe für ihr Tun, gute Gründe … und ich möchte jetzt nicht schon wieder einen Einwand hören.«

Duncan warf einen interessierten Blick auf die Gegenseite. Dort hatte Richard Ziegler tatsächlich bereits den Mund offen, klappte ihn jedoch nach Ians Worten wieder zu.

»Schön, ich darf fortfahren. Also die jungen Leute drangen aus gutem Grund in die Firmengebäude ein. Schon bei vorangegangenen Aktionen war ihnen klargeworden, dass die Aussage der Firma in ihrer Werbekampagne, die Produkte seien vollkommen ohne Tierversuche getestet worden«, hier machte Ian eine kurze Kunstpause, »schlicht eine unverfrorene Lüge war. In diversen Niederlassungen war man auf Versuchstiere gestoßen, die in mitleiderregendem Zustand waren.«

»Und das lässt sich beweisen?« Der Staatsanwalt fixierte MacGregor sehr aufmerksam.

»Allerdings, dieses Mal haben wir die Beweise.«

»Gefälschte Beweise, mit Fotos von gequälten Kreaturen, die Santé untergeschoben wurden, wie wir beizeiten beweisen werden.« Sehr zu Duncans Ärger klang der Anwalt des Konzerns schon wieder ziemlich überheblich.

Ian MacGregor drehte sich sehr langsam und bedächtig zu dem Zwischenrufer um.

»Ja, wie schon so oft, nicht wahr? Urplötzlich legt Santé oder eines der angeschlossenen Unternehmen wunderbare, exakt passende Beweisstücke vor oder lädt Zeugen, von denen bis dato kein Mensch etwas wusste. Ich muss Sie schwer enttäuschen. Dieses Mal waren wir schneller. Zu verdanken haben wir das dem Einsatz, dem Mut und der Ehrlichkeit einer wirklich besonderen jungen Frau.« Mit einem Lächeln auf den Lippen marschierte der Anwalt zur Verbindungstür. »Stephen, kommst du bitte?«

Ein Mann mittleren Alters, der in einem edlen grauen Anzug

steckte, betrat den Raum. Er schob einen riesigen Flatscreen vor sich her und stellte diesen so, dass alle einen guten Blick darauf hatten.

»Meine Herren, ich darf Ihnen meinen langjährigen und zuverlässigen Kollegen Stephen Liteon vorstellen. Stephen ist öffentlich bestellter und vereidigter Sachverständiger für Medien. Das bedeutet, dass er im Auftrag der Gerichte Filme, Fotos, E-Mails und so weiter begutachtet und analysiert. Eile war geboten, versuchte doch die Gegenseite mit allen Mitteln in den Besitz der von diesen couragierten, jungen Leuten gesammelten Beweise zu kommen. Bei Gericht eine Durchsuchung von Anabels Zimmer zu erwirken war eine der verzweifelten Maßnahmen.«

»Hören Sie, MacGregor, wir haben unsere eigenen Beweise. Glauben Sie uns, wir sind auf das gefälschte Material dieser Unruhestifter nicht angewiesen.« Richard Ziegler wurde Duncan immer unsympathischer, falls das überhaupt möglich war.

»Und genau hier musste ich leider einhaken. Das war etwas, das einfach zu offensichtlich war. Wissen Sie, es ist Ihnen ja schon oft gelungen, alle hinters Licht zu führen und für dumm zu verkaufen. Leider muss ich Ihnen aber mitteilen, dass Sie sich dieses Mal wohl vergaloppiert haben.« Ians zufriedenes Grinsen faszinierte Duncan. Das war verdammt spannend, der reinste Krimi. Er war ziemlich aufgeregt. In der Mitte des Tisches standen kleine Wasserflaschen und eine Kanne mit Tee und allem, was dazugehörte. Er warf einen begehrlichen Blick darauf. Er war verdammt durstig, hegte aber gleichzeitig den vagen Verdacht, dass sein Magen noch immer unwillig reagieren könnte und verzichtete widerwillig. Zu weiteren Überlegungen kam er sowieso nicht, denn Ian fuhr mit fester Stimme fort:

»Einmal zu oft, meine Herren, haben Sie sich auf die ominösen Aufzeichnungen Ihrer Überwachungskamera berufen. Wie mir von der Staatsanwaltschaft und der Polizei mitgeteilt wurde, hat noch niemand außer Ihnen diese aber jemals zu Gesicht bekommen.«

»Ja, da die Bänder ordentlich ausgewertet werden müssen. Wir wollen doch niemanden fälschlich anklagen, nicht wahr?« Hatten die Anwälte von Santé eigentlich alle irgendwie die gleiche Tonlage?

»Aber nein, das wollen wir ganz sicher nicht. Und daher habe ich Ihnen heute auch einmal kurz, aber dafür umso heftiger, unter die Arme greifen lassen, meine lieben Kollegen. Heute Morgen wurde auf gerichtliche Anordnung sowohl bei Herbs 'n Spices wie auch in der örtlichen Niederlassung von Santé eine ausgesprochen effektive Razzia durchgeführt. Im Zuge der Ermittlungen fiel den Beamten, neben Beweisen, mit denen wir gar nicht gerechnet hatten, ein Band in die Hände, das uns überraschte.« Ian legte den Kopf schief und betrachtete die Gegenseite mit gerunzelter Stirn.

»Ach, haben Sie etwa genau das gesehen, was wir die ganze Zeit verkünden? Nämlich, dass die Herrschaften sich gewaltsam Zugang verschafft haben?«

Ian seufzte laut. »Das bestreiten wir doch gar nicht, aber das war es auch schon mit den Tatsachen. Hat Ihnen schon einmal jemand gesagt, dass man sich beizeiten von alten Dingen trennen sollte? Hätten sie das doch einmal beherzigt. Wir haben nicht nur ein Band gefunden, nein, wir haben auch, wohlverstaut im Safe der Sicherheitsabteilung, das Original gefunden. Ich kann Ihnen sagen, das war spannend.« Ians Stimme troff vor Ironie. Er wandte sich an Stephen und deutete auf den Screen. »Stephen, möchtest du bitte dem Herrn Staatsanwalt und den anderen Anwesenden einmal die beiden Filme präsentieren? Mit Kommentar, wenn ich bitten darf.«

Der Sachverständige knipste den Fernseher an und startete ein Programm, das Duncan nicht kannte. Zuerst war alles schwarz, dann hörte man ein Poltern und leise Stimmen, allerdings noch immer kein Bild.

»Wie Sie sehen, hat zu Beginn der Aufzeichnung die Kamera gestreikt, doch sicher kann man die Stimmen zuordnen und man hört eindeutig, dass etwas in die Hallen getragen wird«, meldete sich einer der Anwälte zu Wort.

Stephen Liteon lachte leise auf. »Es ist interessant, dass Sie Dinge hören, die andere nicht einmal sehen können. Doch lassen wir das Band bitte einfach weiterlaufen. Denn ab Minute dreiundzwanzig haben wir – welch Überraschung – urplötzlich ein Bild.«

»Eines auf dem man erkennen kann, wie die Käfige mit den Tieren wieder hinausgebracht werden. Wo liegt Ihr Problem?«

»Das Problem, meine Herren, habe nicht ich, sondern Sie haben es. Denn dieser Film wurde nachträglich bearbeitet, was für mich sehr leicht zu erkennen ist. Sehen Sie, viel zu schnelle Übergänge, ein ausgeblendetes Bild und gleichzeitig jedoch hörbarer Ton, dazu Töne, die nicht in die Qualität des ursprünglichen Materials passen, die definitiv nachträglich aufgenommen wurden. Das mag einem Laien kaum auffallen, nur, sehr zu Ihrem Leidwesen, bin ich kein Laie. Und nun darf ich einfach bitten, sich den Rest sehr genau anzusehen. Wir alle bitte.«

Duncan kannte das, was dort abgespielt wurde, und doch auch wieder nicht. Einiges passte zeitlich einfach nicht zusammen. Nur hätte er das nie belegen oder beschwören können. Als sie alle die Halle verließen und Anabel suchend ihren Kopf hob, die Kamera erblickte, erschrak und sofort den Blick wieder senkte, spürte er einen heftigen Stich in der Magengrube. Anabel!

Stephen stoppte die Wiedergabe und warf Ian einen auffordernden Blick zu.

»Gut, nun haben wir das Band gesehen, auf das sich die Gegenseite beruft. So viel zur manipulierten Wahrheit. Und nun wenden wir uns bitte den tatsächlichen Geschehnissen und den Tatsachengrundlagen zu, anhand derer wir hier arbeiten.«

»Manipulierte Wahrheit? Woher nehmen Sie das Recht, eine solche Unverschämtheit zu äußern?« Lag das jetzt nur an seinen Kopfschmerzen oder klang Richard Ziegler etwas unsicher? Neugierig drehte sich Duncan wieder in Ians Richtung.

»Abwarten. Ich werde jetzt die Frau holen, die uns den Ablauf des Abends genauestens wiedergeben kann. Ich darf vor allem den Staatsanwalt bitten, Anabel Taschners Aussagen sehr genau zuzuhören, ich werde sofort im Anschluss erklären, warum.« Erneut eilte Ian zum Nebenraum. »Anabel, Nicolas, kommt doch bitte.«

Wenn er weiß wie die Wand war, dann wusste er, warum, aber warum sah Anabel so bleich aus? Abgesehen davon sah sie in ihrem Kleidchen mit den offenen Haaren aus wie ein zufällig auf die Erde gepurzelter Engel. Er biss die Zähne so fest aufeinander, dass es in den Kiefern knirschte. Immerhin war es diesem Engel zu verdanken, dass sie alle hier saßen. Als Anabels Blick zu ihm huschte, senkte er trotzig den seinen auf die Tischplatte.

»Anabel, bitte komm näher, du erzählst jetzt bitte den Ablauf des Abends genau so, wie du ihn mir gestern berichtet hast, ja? Genau das, was du Andrew und mir bereits erzählt hast, in Ordnung?« Ians Stimme klang fest und beruhigend.

Aus dem Augenwinkel erkannte er, dass Anabel nickte. Und dann begann sie zu erzählen, zuerst leise und hörbar aufgeregt, doch dann immer sicherer und zuversichtlicher. Bisweilen suchte sie nach dem richtigen englischen Wort, doch da niemand sie drängte, schaffte sie es immer wieder, sich zu konzentrieren und fortzufahren. Mit fester Stimme berichtete sie von den Zuständen in den Laboren, von dem, was sie vorgefunden hatten und wie sie vorgegangen waren. Als sie am Ende angelangt war, herrschte eine Weile Schweigen, ehe sich sofort wieder einer der Santé-Anwälte zu Wort meldete. »Welch reizend einstudierte Lügengeschichte, und wer, denken Sie, kauft Ihnen diesen rührseligen Unsinn ab?«

»Ich denke ein jeder hier, ebenso wie die zahllosen Radiosender, Fernsehanstalten, Zeitungen und Onlinemagazine, an die vor einer Stunde das Mailing des Ihnen sicher nicht unbekannten Journalisten Andrew Carnes ging. Sowohl die Ergebnisse unserer Untersuchungen, wie auch die Aussage von Ms Taschner haben ihn restlos überzeugt. So, und nun untermauern wir doch Ms Anabels Worte ein wenig.« Ian bedankte sich bei Anabel und bat sie ebenfalls Platz zu nehmen.

Anabels unsicherer Blick tat ihm weh, sie wusste nicht, wohin. Ehe er reagieren konnte, tat dies bereits Nigel.

»Hey, Bell, komm her. Setz dich zu mir.«

Anabel schenkte Nigel, der als Letzter am Tisch saß, ein dankbares Lächeln und setzte sich auf den Stuhl, den Nigel ihr zurechtschob.

»Nun, verehrte Anwesende, haben Sie ja noch die Aussage von Anabel in den Ohren, daher spielen wir Ihnen nun das heute von uns konfiszierte Originalband aus der Überwachungskamera vor. Dazu geben wir Bilder herum, die von Anabels Mobiltelefon stammen und die, wie Ihnen Stephen sicher bestätigen kann, unbearbeitet und im Originalzustand sind.«

Connor Cleardon hob fragend das Kinn. »Mister Liteon, können Sie das bestätigen?«

Stephen nickte zustimmend. »Meine eidesstattliche Versicherung, dass das gesamte Material, das mir von den jungen Leuten zur Verfügung gestellt worden ist, weder bearbeitet noch kopiert noch sonst in jedweder Form manipuliert wurde. Alles darauf ist exakt nachzuvollziehen. Zu meiner Freude darf ich noch bemerken, dass sich die auf dem von Ms Bauer gedrehtem Video erkennbaren Zeiten mit denen auf dem Originalband aus dem Überwachungssystem decken.«

Der Gutachter startete das Band, und von der ersten Sekunde an konnte man sie alle deutlich sehen. Man konnte auch sehen, wie sie zwar keine Käfige hinein, dafür aber umso mehr herausschleppten, genauso konnte man sehen, wie sie von Raum zu Raum huschten. Die Kamera war wirklich gut, der Radius der Aufnahmen war bemerkenswert. Direkt im Anschluss sahen auch er und die Band zum allerersten Mal die Videoaufzeichnung, die Mika im großen Labor gemacht hatte. Der Umstand, dass sich der älteste der Santé-Anwälte bereits mit einem Tuch über die Stirn fuhr, sprach für sich. Die Bilder auf dem Video mussten jedem, der Augen und ein Herz hatte, wahlweise die Tränen in die Augen oder den Schweiß auf die Stirn treiben. Die Bilder, die Ian dann der Reihe nach verteilte, taten ein Übriges. Anabel hatte die geschundenen Tiere – samt Produktproben – wirklich gut abgelichtet.

Stephen schaltete die Übertragung ab, wobei als letztes Standbild der kleine, bemitleidenswerte Hund mit den zerstörten Augen zu sehen blieb.

»Nun, verehrte Anwesende, ich darf Ihnen nochmals versichern, dass – falls das gewünscht wird – eine erneute Überprüfung durch einen unabhängigen Kollegen, der allerdings vom Gericht zu bestimmen sein wird, bestätigen wird, dass Video und die Zeiten auf dem Überwachungsvideo perfekt harmonieren. Sie sehen auch auf den Ausdrucken der Bilder, dass alles zusammenpasst. Die Aussage von Anabel Taschner ist vollumfänglich korrekt und nachvollziehbar.«

»Das ist doch alles erstunken und erlogen. Das Miststück würde doch Himmel und Hölle in Bewegung setzen, um ihrem Musikerfreund den Arsch zu retten.« Maximilians Gesicht war eine einzige Maske des Zorns.

Die sofortige Zurechtweisung des Staatsanwaltes hörte er kaum mehr. Was hatte Maximilian da eben gesagt? Anabel würde das alles für ihn tun? Aber *er* war doch mit ihr verlobt, war er noch immer nicht zurechnungsfähig oder passte hier etwas gerade überhaupt nicht mehr zusammen?

Ians ärgerliche Stimme riss ihn aus seinen wirren Gedankengängen. »Tja, Herr Ziegler, schon seltsam, nicht wahr? Da geben Sie bei einem polizeilichen Verhör zu Protokoll, dass Anabel Taschner Ihre Verlobte sei und sie sich Ihnen anvertraut habe, da man sie mehr oder weniger gezwungen hätte. Als eine Art Mutprobe von – wie nannten Sie die Band so schön – Vandalen? Seltsam, dass Ms Taschner uns mehrmals sehr überzeugend erläutert hat, dass es keine Verlobung gebe, dass sie seit geraumer Zeit getrennte Wege gehen würden und es einzig und allein Ihr gekränkter Stolz sei, der Sie zu einer dermaßen üblen Kampagne gegen Ihre ehemalige Lebensgefährtin veranlasst habe. Sie haben Anabel verleumdet, ebenso deren neue Freunde, sie haben rücksichtslos in deren Leben herumgewütet. Ja, Sie waren sich noch nicht einmal zu schade, der jungen Frau massiv zu drohen. Sie wollten mit aller Macht verhindern, dass Anabel ihren Traum von einem neuen Leben hier in Schottland wahrmachen kann. Ihnen ging es einzig und allein um das Prestige, in die Rechtsabteilung bei Santé einsteigen zu können und Anabel dafür zu bestrafen, dass sie es gewagt hat, Sie zu verlassen. Ich muss schon sagen, das ist absolut unentschuldbar.« Ian holte tief Luft und unterbrach Ziegler Senior, der wohl soeben zu einer Gegendarstellung ansetzen wollte, sehr bestimmt. »Anabel, ehrlich und gutgläubig, wie sie nun einmal ist, hat Ihnen das Ganze unter dem Siegel der Verschwiegenheit erzählt, in der festen Überzeugung, dass auch Sie von den Machenschaften des Konzerns angewidert sein würden. Wie konnte Anabel damit rechnen, dass der Mann, der jahrelang behauptete, sie zu lieben, ihr dermaßen in den Rücken fallen würde? Schämen Sie sich, das ist eines Mannes unwürdig. Das ist charakterlos und zeugt von einem sehr, sehr kleinen Geist.«

Beide Zieglers schwiegen daraufhin.

Der Staatsanwalt erhob sich zu seiner ganzen, stattlichen Größe und ließ seinen Blick über alle im Raum befindlichen Personen schweifen. »Was ich heute hier zu hören und zu sehen bekommen habe, hat sogar mich, der ich nun wahrlich einiges gewöhnt bin, erschüttert«. Mit sehr ernster Miene wandte er sich an die Vertreter des Konzerns. »Sie, meine Herren, haben nicht nur in diesem aktuellen Fall gelogen, nein, Sie haben auch seit langer Zeit die Verbraucher belogen und betrogen. Ich werde noch heute die Geschäftsführung und die Mitglieder des Vorstandes vorladen und gegebenenfalls die entsprechenden Haftbefehle erwirken. Mr Ziegler und seinen Vater werde ich, daran führt kein Weg vorbei, wegen eidesstattlicher Falschaussage und falscher

Verdächtigung belangen. Ich denke, ich muss nicht erwähnen, dass dies ein Skandal allererster Güte ist. Bei den Herren von der Band kann ich mich nur im Namen aller Verantwortlichen aus ganzem Herzen entschuldigen. Selbstverständlich werde ich dafür sorgen, dass die Anklage wegen Hausfriedensbruch und Vandalismus fallen gelassen wird. Ferner werde ich dafür Sorge tragen, dass Sie in einer öffentlichen Erklärung von sämtlichen Verdachtsmomenten freigesprochen werden.« Er stapelte das Beweismaterial, das Ian und Nicolas ihm überreichten, sorgfältig aufeinander. Dann zog ein Lächeln über sein Gesicht. »Ein Tipp noch an die Damen und Herren Tierschützer: Zukünftige Aktionen würde ich an Ihrer Stelle vorab unbedingt mit Ihrem exzellenten Anwalt abklären.«

Angus, der wesentlich entspannter als zu Beginn der Anhörung wirkte, beeilte sich zu erklären: »Ich verspreche Ihnen, dass ich mich darum kümmern werde. Ich verspüre kein Verlangen, mir meinen Sänger erschießen zu lassen.«

Ian lächelte sie alle freundlich an. »Ja, wendet euch bitte zukünftig vertrauensvoll an Nicolas oder mich. Und noch etwas, wenn ihr jetzt hinausgeht, wundert euch nicht. Anabel hat wirklich alle Geschütze aufgefahren, um eure Reputation wiederherzustellen. Sie hat sogar über Deutschland das internationale Frauennetzwerk mobilisiert, das bereits letzte Nacht den heutigen Artikel von Andrew Carnes erhielt. Nach Rücksprache mit mir ging man dort umgehend in die Vollen. Wenn ich richtigliege, ist mittlerweile in jedem Blog, in jedem Onlinemagazin, in jedem der Organisation angeschlossenen Radiosender eine Richtigstellung der Fakten erfolgt. Tja, meine Herren, von den Outlaws zu Helden der Nation in vierundzwanzig Stunden. Reife Leistung!«

Ian schüttelte ihnen der Reihe nach die Hände, was zwar in Duncans Kopf dafür sorgte, dass ein paar zurückgebliebene Blindgänger explodierten, doch das war nebensächlich. Zwar war es noch immer schwer, seine Gedanken zu ordnen, doch dass Anabel unschuldig war, ja im Gegenteil, dass eigentlich sie das Hauptopfer dieser Dreckskampagne war, die ihr Verflossener angezettelt hatte, das kapierte er nun. Sein Blick glitt suchend über die Menge. Die Santé-Vertreter diskutierten lautstark untereinander – kein Wunder, dort hatte man nun größere Probleme. Ian, Stephen und Angus sprachen mit dem Staatsanwalt, der bereits nebenbei telefonierte, und John unterhielt sich mit Nicolas MacGregor. Endlich sah er sie. Anabel stand allein neben der Tür, die Arme um den Körper geschlungen, als müsste sie sich noch immer schützen. Verdammt, sofort hatte er wieder das Bild aus dem Park vor sich, die gleiche, hilflose Haltung. Wie sehr hatte er ihr doch in diesem Fall Unrecht getan. Mühsam stemmte er sich von seinem Stuhl hoch. Hoffentlich schaffte er es, ihr in einigermaßen angemessener Haltung gegenüber zu treten. Als die Tür sich öffnete und vier uniformierte Beamte eintraten, auf einen Wink des Staatsanwaltes zu Vater und Sohn Ziegler gingen und diesen nahelegten, sie zu begleiten, drehte Maximilian offensichtlich durch. An den Polizisten vorbei stürzte er auf Anabel zu, brüllte ihr etwas auf Deutsch entgegen, hob die Hand und schlug sie mit aller Kraft ins Gesicht.

Ja, er schaffte es bis zu ihr und obwohl sein Deutsch miserabel war, verstand er die Worte »dreckige, kleine Hure«. Ehe Maximilian ein zweites Mal zuschlagen konnte, riss er ihn an der Schulter zu sich herum. Und mit einer Wucht, von der er gerade nicht genau wusste, woher er die Kraft dazu nahm, ganz zu schweigen von der Koordination seiner Gliedmaßen, landete seine Faust im Gesicht von Anabels Exfreund. Das Nächste, was er wahrnahm, war Anabels erschrockener Aufschrei und, dass er sie in die Arme nahm.

Duncan musste sich an die Wand lehnen, um das Gleichgewicht zu bewahren, doch um nichts in der Welt hätte er sie jetzt losgelassen.

»Anabel, bist du okay? Hat er dich verletzt?«

Sie schüttelte vorsichtig den Kopf. »Nein, mein Ohr pfeift, aber das kenne ich, das geht vorbei.«

»Woher willst du das wissen?« Er legte seine Rechte unter ihr Kinn und hob es sachte an.

»Weil ich als Kind von meinem Vater so manche Ohrfeige einstecken musste. Bis jetzt ging es noch immer vorbei. Die Demütigung tut länger weh.«

Mit der festen Wand im Rücken wagte er es, sie eng an sich zu ziehen. »Anabel, es tut mir so leid. Ich hätte vernünftig mit dir reden sollen, aber es sah alles danach aus, dass du mit diesem Arsch gemeinsame Sache machst. Ich war so blöd.«

»Ich kann es verstehen. Die Falschaussage, die Behauptung sie wären meine Anwälte, das alles hat ins Bild gepasst. Quäl dich nicht. Ich war ja auch schuld, weil ich meinen dummen Mund nicht halten konnte.«

Nun gab sie sich auch noch die ganze Schuld. »Nein, Lass, du trägst einfach dein Herz auf deiner Zunge und das ist eines der Dinge, die ich so an dir liebe.«

»Leute, ich unterbreche ja euer Liebesgeflüster ungern, aber ich muss losfahren. Ich bin sicher, wir sehen uns bald wieder. Angus hat uns gebeten, die ganze Abwicklung mit den Sponsorenverträgen zu übernehmen und all das.« Nicolas stand breit grinsend vor ihnen. »Außerdem, wenn ich meinem Newsfeed auf dem Handy Glauben schenken darf, findet demnächst ein Konzert mit den Helden Edinburghs auf dem Schlossplatz statt. Da haben die Stadtväter aber zackig reagiert, Respekt.«

Er löste nur einen Arm von Anabels Körper und hielt Nicolas seine Hand entgegen. »Ich freu mich auf das Wiedersehen, dann feiern wir anständig. Und Ihr seid natürlich unsere Ehrengäste. Herzlichen Dank für alles.«

»Kein Thema, ich habe keine Ahnung ob ich richtigliege, Duncan, aber ich hab das Gefühl, dir geht's nicht so gut. Du solltest zusehen, dass du hier rauskommst. Bis bald, ihr zwei.« Nicolas drückte Anabel einen freundschaftlichen Kuss auf die Wange und verschwand.

Der Mann lag verdammt richtig. Ihm ging es tatsächlich dreckig. Irgendetwas stimmte nicht mit ihm, und das war nicht nur ein Kater, damit kannte er sich aus.

»Anabel, bist du so lieb und holst Nigel und Angus? Ich würde echt gern abhauen.« Er ließ sie nur ungern los.

Er machte ihr Sorgen, große Sorgen. Kreidebleich und zittrig und das lag sicher nicht an dem ausgesprochen kräftigen Hieb, den er Maximilian versetzt hatte. Gut nur, dass der sofort von der Polizei aufgesammelt und abgeführt worden war. Nun war der Alptraum hoffentlich vorüber und es war wirklich an der Zeit, nach Hause zu fahren. Solange Duncan in solch schlechter Verfassung war, brauchte er Ruhe.

Sie tippte Nigel zaghaft auf die Schulter. »Es tut mir leid, ich wollte nicht stören, aber ich habe das Gefühl, Duncan ist krank. Er lässt fragen, ob du ihn nach Hause fahren könntest.«

Der Bassist zog eine sehr seltsame Grimasse. »Krank? Mhm, so kann man es nennen. Aber ja, lass uns verschwinden. Komm mit, verabschieden wir uns von allen.«

Nachdem sie sich der Reihe nach bei Ian, Stephen und auch Connor Cleardon bedankt und verabschiedet hatten, sorgten Ian und Angus dafür, dass sie nicht durch den Hauptausgang ins Freie mussten, sondern gleich in Nigels Wagen am Hinterausgang steigen konnten.

»Draußen sind etwa hundert Journalisten und zahllose Fans, die im Radio die Erklärung gehört haben oder selbst die Pressemeldung auf dem Tisch hatten«, erklärte Ian. »Das übernehmen heute John, Angus und ich. Ihr verschwindet und erholt euch, wir sehen uns sicher bald wieder.«

Es dauerte eine Weile, ehe sie mit Duncan zum Auto und dann auch noch hineinkamen.

»Mann, ich fühle mich wie ein leerer Sack. Ein verflucht alter Sack, wohlgemerkt.« Duncan warf ihr einen Blick zu, der wohl aufmunternd sein sollte.

»Duncan, es ist vorbei, bitte, du kannst dich echt beruhigen.

Was ist denn los mit dir?« Sie saß neben ihm auf dem Rücksitz und hielt seine kalte, schweißnasse Hand.

Die Antwort kam nicht von Duncan, sondern von Nigel. »Der Herr hat seit Tagen nichts mehr gegessen und sich letzte Nacht mit einer Flasche Whisky total abgeschossen. In der Küche war wohl Eiswasser aus seinem Kühlschrank auf dem Boden und er ist total besoffen gerutscht und umgekippt, hat sich die Stirn am Küchentresen aufgeschlagen, ist beinahe verblutet und hatte Glück, dass John und ich ihn gefunden haben. So, wie die Küche aussah, hat er wohl die halbe Nacht gekotzt. Der Doc hat die Platzwunde genäht und versorgt. Außerdem hat der Kleine eine satte Gehirnerschütterung. Der braucht ein Bett, zwei Liter Wasser und Ruhe. Danach dann wieder was Leichtes in den Magen.

Erschrocken wandte sich Anabel wieder Duncan zu und streichelte ihm zärtlich über die Wange.

»Ähm, Nigel?«

»Ja, Anabel?«

»Wie kräftig bist du?«

»Hä? Wie kommst du jetzt darauf?«

»Weil wir ihn jetzt dann wohl zu mir verfrachten werden müssen. Ich lass ihn nicht alleine. In der WG haben wir alles, um ihn aufzupäppeln und abgesehen davon ist er gerade ohnmächtig geworden.«

Sie erhaschte Nigels dezent verzweifelten Blick im Rückspiegel. »Bleibt mir eigentlich heute gar nichts erspart?«

28

Zwei Wochen später

»Was schaust du denn schon wieder so ernst? Mensch, Anabel, das ist doch ein genialer Tag.« Mika beschrieb einen riesigen Kreis in der Luft. »Alles, einfach alles ist wundervoll. Sieh doch hin.«

Anabel folgte der Aufforderung und wandte den Kopf in die von der Freundin angedeutete Richtung. Mika lag schon richtig. Zwar hatte es an diesem Samstag den ganzen Vormittag, bis nach Mittag geregnet, doch jetzt, um kurz nach neun Uhr war es ein herrlicher Abend. Die Sonne hatte über den Nachmittag die großen Wasserlachen auf dem Vorplatz des altehrwürdigen Schlosses zu winzigen Pfützen schrumpfen lassen und der Wind trug den salzigen Duft des Meeres über die Royal Mile zu ihnen herauf. Anabel versuchte einzuschätzen, wie viele Menschen zu dem heutigen Konzert gekommen waren, doch es gelang ihr beim besten Willen nicht. Kopf an Kopf standen die jubelnden Fans und schrien sich ihre Begeisterung aus dem Leib. Sogar die Fahne der Ravens of Avalon durfte an diesem Tag auf dem Platz wehen, und das sah schon verflixt beeindruckend aus.

»Was denkst du, wie viele sind das?«

Mika zuckte ratlos mit den Schultern. »Tausendfünfhundert, zweitausend, dreitausend? Ich kann es nicht sagen, sie stehen bis zur Royal Mile. Sie haben Leinwände aufgestellt, damit auch die in den letzten Reihen etwas sehen können.« Ihr Blick fiel auf

Anabels Gesicht. »Jetzt reicht es aber, nun freu dich gefälligst. Sie sind von allen Anschuldigungen freigesprochen worden. Letzte Woche wurden sie vom Bürgermeister empfangen, alles ist gut. Was ist denn los?«

»Na, ich freu mich doch, ich mache mir lediglich Sorgen um ihn. Er hätte sich schonen sollen und was war? Schon nach drei Tagen nur noch Fototermine, Radiointerviews, Termine mit Magazinen und dann auch noch der Auftritt bei BBC in London. Mika, er ist doch noch gar nicht wieder fit.«

Auf der Bühne prügelte John auf seine Drums ein. Nigel und Seamus standen auf riesigen Podesten im Abendwind, was bewirkte, dass Nigel wieder einmal aussah, wie einer der Elbenkrieger aus Herr der Ringe. Unwillkürlich musste sie lächeln. »Legolas ist wieder in Aktion.«

Mika tippte ihr grinsend auf die Schulter. »Nicht nur der, dein Fürst der Dunkelheit ist auch ganz gut dabei.«

Tatsächlich sprang Duncan in diesem Augenblick von Johns Schlagzeugpodest herunter, direkt zwischen Nigel und Seamus, rannte an den Bühnenrand der gut fünfzehn Meter breiten Bühne, wobei ein Windstoß in seinen langen Ledermantel fuhr, so dass sich dieser hinter ihm wie ein mittelalterlicher Umhang blähte, und sang gleichzeitig den Refrain einer mitreißenden Coverversion von Billy Idols »Dancing with myself«. Unter dem Mantel trug er seine schwarze, geschnürte Lederhose, ein grobmaschiges Netzhemd und extra für ihn gefertigte, kniehohe Lederstiefel mit glänzenden Schnallen an der Seite. Kaum sah sie ihn sich länger an, wurde ihr Lächeln automatisch etwas breiter. Seine Bühnenshow war faszinierend, er strahlte eine Begeisterung und Lebensfreude aus, bei der, egal, wie man gelaunt war, einfach ein Funke überspringen musste. Duncan hatte sein Publikum seit der ersten Minute im Griff. Egal, ob er zum Mitsingen aufforderte oder sie mit geradezu akrobatischen Einlagen wie einem Salto rückwärts von einem der Podeste zu Jubelstürmen hinriss. Anabel war eigentlich sehr glücklich, denn allein der heutige Abend zeigte deutlich, dass die Band nicht nur wieder ihren alten Nimbus zurückerobert, sondern noch einige Schritte auf der Leiter nach oben geklettert war. An den glücklichen Gesichtern der Musiker konnte man die Freude ablesen, die sie über den frenetischen Jubel ihrer Fans empfanden.

Sie zog Mika näher zu sich und brüllte ihr ins Ohr. »Alles ist wunderbar und doch mache ich mir Sorgen, er ist noch immer nicht ganz gesund. Du weißt, wie es ihm ging.«

Mika nickte mit großen, unschuldigen Augen. »Ja, allerdings. Das waren wohl die beiden wahnsinnigsten Tage meines bisherigen Lebens.«

»Ach, Duncan liegt mit einer schweren Gehirnerschütterung, dehydriert und entkräftet in meinem Zimmer und du bist hin und weg?« Sie warf der Freundin einen strafenden Blick zu. »Da hatte sich was mit *gefeierter Rockmusiker.* Stundenlang haben wir ihm Wasser, Kräutertee und Hühnerbrühe eingeflößt.«

Mika schniefte lautstark. »Ja, und er wurde viel zu schnell gesund. Ich hätte wer weiß was darum gegeben, Duncan Wolfe noch eine Weile an unserem Tisch und unter unserem Dach zu haben.«

»Schämst du dich wohl gleich?« Anabel hatte alle Mühe, nicht zu lachen.

»Nicht die Bohne. Es war saucool.« Mika runzelte nachdenklich die Stirn. »Ob wir das mal wiederholen können?«

»Mika!«

»Man wird ja wohl noch träumen dürfen, oder? Was ist denn jetzt eigentlich heute? Hat er sich schon zu seinen kryptischen Ankündigungen geäußert?«

Anabel verneinte. »Er hat lediglich gesagt, ich soll alles, was ich zum Überleben brauche, in meinen Rucksack packen. Und es muss in die Satteltasche der Harley passen.«

»Mehr nicht?«

»Keinen Ton, ich konnte ja auch nicht viel fragen. Seit letzten Samstag habe ich ihn nicht mehr zu Gesicht bekommen.«

»Hm, dann musst du dich wohl tatsächlich überraschen lassen.« Mika sah kaum weniger ratlos aus als sie selbst.

Von ihrem versteckten Platz am rechten Bühnenrand aus genoss sie weiter das Konzert, noch immer unsicher, was sie davon halten sollte, dass Duncan sich dermaßen verausgabte. Allerdings war die Show schlicht und ergreifend überwältigend. Die neuen Songs kamen hervorragend an, die Musiker harmonierten perfekt, das Wetter passte – alles war in Ordnung. Anabel warf einen kurzen Blick zur Seite. Neben Mika beobachteten Hanson und seine ausgesprochen nette Freundin sowie Sean, Hattie, Sally und Brayden das Konzert. Auf den VIP-Plätzen im Publikum erspähte sie Kurt, Ian, Connor, Andrew und Nicolas. David und dessen Frau waren vor Beginn des Konzertes zu ihr gekommen, und David hatte ihr einen Umschlag in die Hand gedrückt. »Für später. Schauen Sie es sich in Ruhe an.«

Das wollte sie gerne tun, nur Ruhe fand sie derzeit keine. Zuerst musste dieser große, wundervolle Kerl dort oben das Konzert heil überstehen.

Anabel atmete tief durch und lauschte den Klängen der letzten Zugabe. Gemeinsam mit ihrem Publikum, nur mit zwei zusätzlichen Dudelsackspielern und Seamus zwölfseitiger Gitarre, sangen die Ravens of Avalon »Mull of Kintyre«. Diesen Song aus grob geschätzt zweitausend Kehlen zu hören, hier, unter freiem Himmel, vor der einzigartigen Kulisse des mächtigen, altehrwürdigen Schlosses, sorgte dafür, dass erneut jedes einzelne Härchen an Anabels Körper zu Berge stand. Verstohlen wischte sie sich die Tränen aus den Augenwinkeln, doch ein scheuer Blick zu Seite zeigte ihr, dass die anderen nicht weniger ergriffen waren als sie.

»Kommt, lasst uns verschwinden, die Band verzieht sich schon nach hinten.« Sean zog sie kurzerhand mit sich.

Angus geleitete sie alle in einen großen Trailer, versorgte sie mit Getränken und einem Imbiss, plauderte ein wenig mit ihnen, ehe er sich an Anabel wandte. »Anabel, kommst du bitte mal rasch mit. Ach, und Duncan sagte etwas von einem Rucksack, ohne den du nicht aufzutauchen brauchst? Keine Ahnung, was er meinte.«

»Aber ich.« Schmunzelnd hob sie ihren vollgepackten Rucksack an.

»Sehr gut, dann komm mit.«

Anabel warf ihren Freunden einen fragenden Blick zu, doch die zuckten nur ratlos die Achseln, also trabte sie gehorsam hinter Angus her. Zu ihrer Überraschung hielt der nicht auf den Luxustrailer zu, in dem die Band sich umziehen und entspannen konnte, sondern führte Anabel zu einem kleinen, abgesperrten Bereich seitlich der Bühne. Hier war niemand, und zwar wirklich niemand, bis auf einen unbeteiligt dreinblickenden Mann von der Security.

»Warte doch bitte hier, Anabel.« Angus verschwand, ehe sie auch nur zu einer Antwort ansetzen konnte.

Es war eine warme, angenehme Nacht. Aus geringer Ferne hörte sie die Fans, die auf dem Schlossplatz ausharrten und immer wieder nach der Band riefen. Hinter ihr vernahm sie die Rufe der Roadies, die bereits die Bühne abbauten. Jetzt war sie neugierig. Duncan war lediglich vor dem Konzert ganz kurz zu ihr gekommen, wobei sie vollkommen verschwitzt hatte, ihn nach seinen Plänen zu fragen. Während sie noch ratlos vor sich hin grübelte, hörte sie den Sound von Duncans Harley. Das tiefe Wummern kannte sie gut. Der Security öffnete die Absperrung vor sich und gab Duncan den Weg frei, der die Maschine direkt neben ihr zum Stehen brachte. Er nahm den Helm ab und darunter kam ein strahlendes Gesicht zum Vorschein, aus dem sie diese unglaublichen Augen unternehmungslustig anblitzten.

»Mylady, Eure Kutsche ist vorgefahren. Darf ich mich um Euer Gepäck kümmern?« Duncan stieg ab, öffnete eine der Satteltaschen, griff sich ihren Rucksack und stopfte ihn in die Satteltasche. »Gerade noch so. Also echt, dass ihr Mädels immer so viel zum Überleben braucht.« Lachend schloss er sie in die Arme. »Na, bereit für eine kleine Überraschung?«

Sie konnte nicht anders – seine Freude und seine gute Laune waren ansteckend. »Sehr gerne, auch wenn ich immer gerne weiß, was auf mich zukommt.«

»Das darfst du getrost vergessen. Vertrau mir einfach. Und jetzt setzt du diesen Helm auf. Warm genug angezogen bist du ja.« Duncan betrachtete zufrieden ihre warme Lederjacke, die Jeans und die Wildlederstiefel an ihren Füßen.

Verblüfft registrierte Anabel, dass der Security ihr lächelnd einen Motorradhelm entgegenhielt.

»Weiß hier mal wieder jeder, was los ist? Also jeder, außer mir?«

Das Lächeln des Mannes vertiefte sich. »Schon möglich, Lass.«

Seufzend nahm sie den Helm entgegen. »Männer! Schotten ganz besonders.« Grummelnd stülpte sie sich das schwarze Monster über den Kopf und kletterte auf den Sitz.

»Braves Mädel!« Duncan stieg vor ihr auf, startete die Maschine und rief nach hinten. »Festhalten, wir fahren jetzt eine Weile.«

Sie schlang die Arme um Duncans Mitte und schmiegte sich eng an seinen warmen Körper. Tatsächlich schien er Größeres geplant zu haben, denn sie verließen Edinburgh und fuhren auf der M9 in Richtung Stirling. Auf den Straßen war es um diese nachtschlafende Zeit ruhig und so konnte Duncan problemlos Gas geben. Schotten und Tempolimits – das schien einfach nicht zu harmonieren.

Sie passierten Stirling, durchquerten das nächtliche Callander und gelangten so in die Trossachs. Wohin, um Himmels Willen, wollte er denn, mitten in der Nacht? Bei genauerer Betrachtung war es ihr egal, denn ihn zu spüren, ihn bei sich zu haben und das, nachdem sie gedacht hatte, ihn verloren zu haben, war wichtiger als alles andere.

Nach gut eineinhalb Stunden, und das in teils atemberaubendem Tempo, wurde er langsamer. Bereits vor einer Weile waren sie von der M9 abgefahren und über kleine, gewundene Straßen durch eine herrliche Gegend gefahren. Selbst im Mondlicht ließ sich erahnen, wie schön es hier war. Endlich bog er scharf rechts ab, fuhr auf einen großen Parkplatz, hielt an und stellte den Motor aus.

»Da wären wir.«

»Wo?« Es hätte Sinn gemacht, wenn er sie verstanden hätte. Umständlich zog sie sich den Helm vom Kopf. »Ich wollte nur wissen, wo.«

»Wir sind am Loch Katrine.«

»Ah ja. Schön. Und was tun wir um halb zwei Uhr morgens an einem See?« Nun war sie aber gespannt, was da kommen würde.

»Nun warte doch einfach ab.« Schmunzelnd reichte er ihr den Rucksack. »Mit Überraschungen hast du es nicht so, oder?«

Anabel hob ertappt die Schultern. »In letzter Zeit leider nicht.«

»Keine Panik, Schatz, ich bin's, alles ist gut.« Er warf sich seinen eigenen Rucksack über die Schulter, legte ihr den anderen Arm um die Hüfte und zog sie kurzerhand mit sich.

Zu ihrer großen Überraschung gingen sie auf ein sehr schönes, weißes Boot zu, das an einem Steg vertäut lag. Keines von der kleinen Sorte, sondern mit Kajüte und allem Drum und Dran.

»Deines?« Neugierig blickte Anabel zu ihm auf.

»Nicht ganz. Es gehört dem Doc, aber die Jungs und ich haben schon so manche Nacht auf dem Loch verbracht, immer dann, wenn wir einmal wieder unsere Ruhe vor allem und allen haben wollten. Na komm, an Bord mit dir.«

»Echt jetzt?«

»Ja, schon. Es sei denn, du möchtest hinterher schwimmen. Ich hätte dich ehrlich gesagt lieber bei mir.«

»Witzbold.« Vorsichtig kletterte Anabel an Bord und blickte sich forschend um. »Cool, das sieht alt und doch so neu und gepflegt aus.«

Duncan nickte zustimmend, während er das Boot losmachte und mit einem geschickten Satz an Bord sprang. »Der Doc hütet sie wie seinen Augapfel, er hegt und pflegt sie. Er hat uns alle damit angesteckt.«

»Sie?«

»Japp, die ›Lady Katrine‹. Letzten Herbst haben Nigel, John und ich eine Woche lang geschliffen und gepinselt. Das alte Mädchen sah danach aus wie frisch geliftet.«

»Verstanden. Und du willst wirklich jetzt rausfahren? Im Dunkeln?«

»Dunkel? Lass, ernsthaft. Das ist nicht dunkel. Tausend Sterne leuchten über dir und du sprichst von Dunkel. Daran müssen wir noch arbeiten, echt.« Kopfschüttelnd schloss Duncan die Tür zur Kajüte auf. »Bring doch bitte unsere Sachen hinein, ich fahr schon mal los. Links neben dir ist ein Lichtschalter.«

Sie tastete suchend über die Seitenwand und fand den Schalter sofort. Warmes Licht erfüllte eine sehr schöne, behagliche Kabine. Direkt neben ihr war eine winzige Küche eingebaut, auf der anderen Seite befand sich ein kleiner Wandschrank. Als sie mit den beiden Rucksäcken in der Hand nach hinten ging, sah sie eine Bank und zwei Stühle, die um einen länglichen Holztisch gruppiert waren. Gegenüber der Sitzgruppe erkannte sie zwei Stockbetten, die sogar recht groß erschienen. Vor den Betten war jeweils ein weiß-blauer, kleiner Vorhang angebracht. Kein Wunder, dass sich hier alle wohl fühlten, es war wirklich gemütlich. Auf den zweiten Blick erkannte sie, dass man die Bank ausziehen und in ein Doppelbett verwandeln konnte. Genug Platz für die ganze Band. Sorgsam verstaute sie die Rucksäcke in einer offenen Truhe neben den Betten und gelangte, ein wenig wacklig wegen der schnellen Fahrt, auf der sie sich mittlerweile befanden, zurück an Bord.

»Aye, Kapitän, alles ausgeführt. Und jetzt?« Sie hielt sich an seiner Lederjacke fest und sah zu ihm hoch.

Er löste eine Hand vom Steuerrad, umfing ihren Hinterkopf, zog sie zu sich heran und küsste sie. »Jetzt, my Lass, fahren wir an unseren Lieblingsplatz auf dem See, abseits der normalen

Route der Ausflugsschiffe, und dort ankern wir.« Er hob den Blick und sein Kinn ruckte nach vorne. »Siehst du, dort in der kleinen Bucht?«

Mit ihrer Hilfe warf er den Anker und stellte den Motor ab. »Na komm, wirf noch einen letzten Blick in diesen traumhaften Nachthimmel.«

»Wieso letzter Blick? Willst du gleich wieder zurück?« Sie war verwundert.

»Und wovon träumst du sonst noch nachts? Nein, mein Engel, das erste Mal habe ich dich ganz alleine für mich, weitab von allen anderen, weitab von Mobiltelefonen, WhatsApp und dem ganzen anderen Kram. Glaub mir, ich bringe dich so schnell nicht ans Ufer zurück.«

Das klang vielversprechend.

»Geht's?« Er reichte ihr vorsorglich die Hand, als sie hinter ihm die wenigen Stufen in die Kajüte hinunterstieg.

»Ich kann das, ich bin groß, weißt du?«

Grinsend wandte er sich ab. »Prima, dann verstau deine Sachen. Dort hinter der schmalen Tür ist das Bad. Neben den Betten ist ein Schrank.«

»Oh, ich dachte, *das* sei ein Wandschrank.«

»Da bist du nicht die Erste.«

»Nicht die Erste? Wie viele waren denn schon hier?«

Schmunzelnd streckte er den Arm aus und zog sie an sich. Sie sah aber auch zu bezaubernd aus mit der sorgenvoll gerunzelten Stirn. »Nur Theresa und nun du. Ist das für dich in Ordnung?«

Zufrieden registrierte er, wie ihre Stirn sich umgehend glätte- te. »Ja, ich denke, damit kann ich leben.«

Duncan begann, die frisch bezogenen Betten aufzuschütteln, während Anabel hinter der »Wandschranktür« verschwand.

Himmel, was war er froh, dass alles sich so schnell geklärt hatte. Vor allem beeindruckte ihn Anabels Einsatz in Sachen Santé schon sehr. Er hängte seine schwere Lederjacke an einen der Haken in der Wand und zog sich den warmen Rollkragenpullover aus. Sich kräftig zu strecken war nur eine teilweise gute Idee. Leise fluchend rieb er sich den Kopf. Er war einfach zu groß für diese Welt. Da Anabel gerade zurückkam, ließ er die Hand rasch sinken. Sie machte sich sowieso noch zu viele Sorgen wegen seiner Kopfverletzung. Aber Anabel schien sein Malheur gar nicht bemerkt zu haben, denn sie strahlte übers ganze Gesicht. In ihren Händen hielt sie den Brief, den ihr David vor dem Konzert in seinem Beisein überreicht hatte. Nun hieß es sich nichts anmerken zu lassen, denn natürlich kannte er den Inhalt.

»Duncan! Ich habe richtig gute Neuigkeiten, richtig, richtig gute.«

Lächelnd streichelte er ihr über die vor Aufregung geröteten Wangen. »Ganz ruhig, Schatz, was ist denn passiert?«

»David hat doch meinen Entwurf eingereicht. Er hat gewonnen! Ab Herbst ziert meine Zeichnung die Werbeplakate von ›Visit Scotland‹. Aber das ist ja noch gar nicht alles. Sein Freund hat ein Café in Edinburgh, in dem er regelmäßig Ausstellungen mit jungen Künstlern und Lesungen macht.« Sie leuchtete regelrecht, so sehr freute sie sich. »Ich habe meine im Oktober, also meine Ausstellung! Zusammen mit der Veröffentlichung der neuen Werbekampagne. Und um dem Ganzen die Krone aufzusetzen, braucht dieser Eric auch noch jemanden, der ab und an im Café aushilft. Duncan, ich kann meine Bilder ausstellen, ich bekomme eine Prämie von tausend Pfund und ich kann nebenbei arbeiten.« Sie hob in einer ratlosen Geste die Arme. »Hast du annähernd eine Ahnung, wie glücklich ich bin?«

»Ich kann es mir vorstellen, zumindest ein wenig.« Es störte ihn nicht wirklich, dass sie sich jubelnd in seine Arme warf. Als David vor einer Woche anrief, um zu fragen, ob die Idee mit der Ausstellung und dem Job gut sei, war auch er sofort Feuer und Flamme. Alles war gut, solange Anabel nur in Schottland und damit bei ihm blieb. Sanft ergriff er sie bei den Oberarmen und schob sie ein klein wenig von sich. »Alles, was meinen Engel glücklich macht, kann nur gut sein.«

Anabel legte das Schreiben zusammen und steckte es sorgfältig in ihren Rucksack. »Wieder ein Schritt in eine erfolgversprechende Zukunft.«

»Die Gegenwart ist auch nicht zu verachten.« Duncan ergriff ihre Hände, zog sie zu sich heran und küsste sie auf die zerzausten Locken. »Weißt du, wie anziehend du in diesem Augenblick aussiehst? Hast du eine Ahnung, wie schön es ist, dich so strahlen zu sehen?« Sachte hob er ihr Gesicht an und küsste sie. Dieses Mal war sie heil und ohne wie auch immer geartete Verbände, ein Umstand, den er sehr zu schätzen wusste. Seine Hände tasteten sich über ihren Rücken, fanden den Saum ihres dünnen weißen Pullis und mogelten sich darunter. Ihr das Teil über den Kopf zu streifen war eine relativ leichte Übung für ihn. Zu sehen, wie ihre langen, blonden Haare dann über die nackten Schultern fielen, wie eine der langen Locken sich im schmalen Träger des Spitzenteils, das – noch – ihre schönen Brüste bedeckte, verfing, sorgte dafür, dass ihm beträchtlich wärmer wurde. Sehr langsam strich er die Strähne beiseite, zeichnete mit dem Zeigefinger den Ansatz ihres BHs nach, fuhr lächelnd unter den Rand des Nichts aus hellbrauner Spitze, während er sie erneut küsste. Anabels Arme lagen fest um seinen Hals, ihre Hände gruben sich in seine langen Haare und sie schmiegte sich so vertrauensvoll an ihn, dass es ihn einiges kostete, sie nicht kurzerhand auf das Bett zu werfen und ihr die restlichen Kleider vom Leib zu reißen. Doch das war nicht, was er wollte. Er wollte sie erfühlen, Stück für Stück ihres köstlichen Körpers. Anabel war eine wunderbare Frau, mit einem weiblichen Körper, keine der wandelnden Kleiderständer. Mit leisem Lachen ließ er den Büstenhalter aufschnappen und streifte ihn ihr von den Schultern. Ganz sanft glitten seine Finger über die weiche, helle Haut, umspielten ihre Brustwarzen, die unter seiner sachten Liebkosung hart wurden, und schließlich fand seine suchende Hand den Knopf ihrer Jeans. Als er ihr die

Hose genüsslich von den Beinen streifte, bemerkte er ihre funkelnden Augen.

»Noch nie hat ein Mann mich so ausgezogen, ach, was sage ich, mich hat überhaupt noch nie ein Mann ausgezogen. Du überraschst mich wirklich immer wieder.«

Lächelnd drückte er sie an sich und seine Hände glitten zärtlich von ihren Schultern bis hinunter zu den festen Pobacken. »Glaub mir, Lass, jetzt gerade überrasche ich mich selbst.«

Ihr Blick war ein wenig verwirrt. »Wieso das denn?«

»So viel Zurückhaltung hätte ich mir gar nicht zugetraut.«

Dass Anabel daraufhin die Knöpfe seiner Lederhose einen nach dem anderen öffnete, trug nicht unbedingt zur Aufrechterhaltung seiner Selbstbeherrschung bei. »Du weißt aber schon, was du da tust, oder?«

Schmunzelnd schnippte Anabel den letzten Knopf auf. »Eigentlich schon.«

Mist, seine Hose war schon lange nicht mehr so verflucht eng gewesen. Anabel schien das nicht weiter zu stören. Sie steckte ihre schlanken Hände in den Bund und schob die widerspenstige Lederhose Stück für Stück nach unten, genau so lange, bis die kritische Zone überwunden war und das Teil von selbst zu Boden fiel.

»Siehst du? Ich kann das. Oh, ihr habt also nicht nur unter dem Kilt nichts an?«

Langsam wurde es kritisch. »Lass, das machst du auch nicht das erste Mal, oder?«

Anabel schüttelte den Kopf, während ihre Fingernägel sehr bedacht und vorsichtig über seinen Oberkörper fuhren, was ihn erschauern ließ. »Falsch! Es ist das erste Mal und es macht richtig viel Spaß. Es kommt immer ganz darauf an, was man auspackt, weißt du?«

»Anabel, du bist unglaublich.« Er stieg so schnell er konnte aus seiner Hose, kickte sie beiseite, nahm Anabel in die Arme und legte sie auf das Bett hinter ihr. Während er sich von ihrem

Mund über ihre entzückenden Brüste zu ihrem Bauch küsste, konnte er fühlen, wie sie sich an ihn schmiegte.

»Gib doch einfach zu, dass du nicht echt bist. Duncan, du kannst nicht real sein. Ein Mann, der so aussieht wie du, der so erfolgreich ist, der so … liebevoll und zärtlich ist, ach verflixt, du kannst doch jede haben.«

Es fiel ihm zunehmend schwerer zu sprechen, aber hier musste es sein. »Ich will aber nicht jede. Ich will dich, Anabel, ganz genau dich, dich leicht verrücktes, bezauberndes, liebevolles, von Selbstzweifeln geplagtes, bildschönes Wesen.«

»Hab ich es doch geahnt, du hast einen Augenfehler. Glück gehabt, Duncan Wolfe. Ich bin trotzdem verrückt nach dir.«

»Okay, Anabel, das war es. Als Strafe für die Unverschämtheit mit dem Augenfehler und als meine Antwort auf das ›verrückt nach dir‹ hat es sich jetzt mit der Zurückhaltung.« Aufstöhnend grub er seine Hände in ihre Haare, zog ihren Kopf zu sich und küsste sie mit all der Leidenschaft, die er in diesem Moment fühlte. Seine Linke glitt über ihren Körper bis zu ihren Schenkeln und er drückte ihre Beine auseinander. Sehr zu seiner Freude musste er sich nicht besonders anstrengen, denn Anabel öffnete sich ihm offenbar mit Freude, ihre Fingernägel gruben sich fordernd in seinen Hintern und er hörte ihre leise geflüsterten Worte: »Hey, Schotte, wir haben zwar alle Zeit der Welt, aber wollen wir die wirklich mit Warten verbringen?«

»Lass, das wirst du bitter bereuen.«

Ihr leises Lachen bewies ihm, dass sie sehr genau wusste, wovon er sprach.